JEAN BARBE

Né en 1962 à Montréal, Jean Barbe a longtemps été journaliste culturel et critique, notamment aux hebdomadaires *Voir* et *Ici* qu'il a contribué à fonder, avant de se consacrer à l'écriture. Éditeur chez Leméac depuis 2005, il a remporté le Prix des libraires du Québec et le Prix littéraire de l'Association France-Québec pour *Comment devenir un monstre*. Son plus récent roman, *Le travail de l'huître*, a paru chez Leméac en 2008.

COMMENT DEVENIR UN ANGE

Personnalité énigmatique, gourou malgré lui, homme d'une absolue bonté, Victor Lazarre a-t-il des pouvoirs surnaturels ou sait-il seulement écouter les autres au point de modifier le cours de leur vie ? Cette question va accompagner François pendant des années, jusqu'à ce que la mort obscure de cette figure emblématique lui donne l'élan qui lui manquait pour écrire et donner un sens à sa vie. Avec une fille idéaliste nommée Provençal et le junkie Fred, il nouera une amitié fabuleuse fondée sur le respect et l'indépendance, qui les fera évoluer, changer, s'arracher au passé, en subir parfois les conséquences, tout en percevant, ensemble, le chaos d'un monde que les décennies 1980 et 1990 ont tragiquement redessiné.

D1637820

COMMENT DEVENIR UN ANGE

DU MÊME AUTEUR

Les soupers de fête, Boréal, 1991.
Chroniques de l'air du temps, Boréal, 1993.
Autour de Dédé Fortin, Leméac, 2001.
Comment devenir un monstre, Leméac, 2004 ; Babel, 2006.
Comment devenir un ange, Leméac / Actes Sud, 2005.
Le travail de l'huître, Leméac, 2008.

Jean Barbe

Comment
devenir un ange

roman

BIBLIOTHÈQUE QUÉBÉCOISE

BQ BIBLIOTHÈQUE QUÉBÉCOISE est une société d'édition administrée conjointement par les Éditions Hurtubise inc. et Leméac Éditeur. BQ reconnaît l'aide financière du gouvernement du Canada par l'entremise du Fonds du livre du Canada pour ses activités d'édition et remercie le Conseil des Arts du Canada, la Société de développement des entreprises culturelles du Québec (SODEC) et le Programme de crédit d'impôt pour l'édition de livres du Québec (Gestion SODEC) du soutien accordé à son programme de publication.

Conception graphique : Gianni Caccia
Typographie et montage : Luc Jacques, typographe

ISBN 978-2-89406-322-4

Dépôt légal : 4ᵉ trimestre 2011
Bibliothèque nationale du Québec

IMPRIMÉ AU CANADA

*Pour Joanne, mon amour, qui enseigne
l'art de vivre à l'élève peu doué que je suis.
Merci de ne pas céder au désespoir.*

Pour mes enfants :

*Pour Jules, qui a dit : Quand je mets ma main
sur un beau beau diamant,
je vois à travers ma main et à travers le diamant.*

Pour Sacha, qui a dit : Les nuages pleurent.

Pour mes parents.

Pour mes amis.

Un par un, plus rien ne compte.
Au-delà de moi, c'est le néant des autres.
Un milliard de dieux pour un milliard de cieux :
Trop de nous pas assez d'eux.
Trop de prières échouent
Trop de rivages flous.
Nous avons perdu les mots
du voyage.
Nous avons perdu la clé
du bagage.
Vers qui se tourner ?
Vers qui ?
Nous savons pourtant ceci
Avec une indécrottable
Une absolue
Une terrifiante
certitude :

Rien n'arrive par hasard.
Ou alors tout.

— *Geoffroi de Malbœuf,* La légende du siècle.

PROLOGUE

La chute
(2001)

Il ÉTAIT VENU M'ATTENDRE à l'aéroport, ce qui n'était pas dans ses habitudes. J'avais beau le connaître depuis vingt ans, nous n'avions pas ce genre de rapport qui appelle les claques dans le dos et les menus services.

Naturellement, il n'était pas venu seul. Sa garde rapprochée de fanatiques éperdus le serrait de près. Tandis que le douanier mexicain jetait un coup d'œil torve à mes bagages (des vêtements, essentiellement), j'examinais quant à moi ces jeunes gens au sourire franc, aux dents blanches et aux manières polies. Pourquoi me faisaient-ils froid dans le dos? Leur admiration pour Victor avait quelque chose d'inhumain, d'absolu, voilà. Je n'étais pas très à l'aise avec la notion d'absolu.

Au milieu d'eux, petit, quelconque, pas même beau ni remarquable en rien, Victor se tenait debout, immobile, inexpressif. Il me regardait approcher, une valise dans chaque main. Il n'avait que quelques années de plus que moi, la quarantaine bien entamée, mais il avait l'air d'un petit vieux, comme si les années avaient compté double pour lui. Ou comme si, en soulageant les autres de leur fardeau, il avait alourdi le sien.

Je vis, en me rapprochant, que son œil était cependant resté vif et qu'il parcourait mon visage dans les moindres détails comme s'il s'agissait des pages d'un livre. Je l'avais souvent soupçonné de lire dans les pensées, d'une manière ou d'une autre. Il s'en était à chaque fois défendu – ce qui n'avait jamais empêché ma pénible impression d'être lu par lui.

Ses gardiens s'écartèrent comme à regret lorsque je parvins jusqu'à eux et que je tendis la main à leur chef spirituel.

— Bonjour Victor, dis-je. Ça fait un bail.

— Oui. Bonjour François.

Sans plus de cérémonie, il me tourna le dos et se dirigea vers la sortie tandis que son escorte, après un bref moment de flottement, se recomposait à ses côtés dans un ordre impeccable.

Je trottinais derrière eux avec mes valises dont personne n'avait songé à me débarrasser. Dehors, je fus accueilli par un soleil éblouissant et une chaleur d'étuve. Quelle drôle d'idée, pensai-je, le Mexique en septembre! J'étais devenu un peu chochotte et je craignais de souffrir indûment. Il faut dire que j'étais dans un état physique assez lamentable. Gras et mou, je considérais la lecture comme un exercice violent dont je me reposais en fumant des clopes.

Suant et soufflant, je parvins à me hisser à bord d'un minibus sur la banquette duquel je m'affalai avec gratitude, en face de Victor, tandis que les disciples empilaient les bagages et verrouillaient les portes avec des airs de boy-scouts passant un badge. Dans l'espace confiné et merveilleusement climatisé de l'habitacle, nous étions maintenant huit, et les deux seules personnes qui ne souriaient pas béatement étaient

Victor et moi. Nous nous observions cependant. Ses yeux étaient rivés aux miens et, encore une fois, j'eus l'impression qu'il me fouillait l'âme.

Ce n'était pas une intrusion brutale, qui force l'entrée d'un coup d'épaule, renverse les meubles et déverse sur le sol le contenu des tiroirs. C'était la visite amicale d'une entité qui possède depuis toujours la clé de chez moi, et fait le tour des pièces en effleurant les surfaces du bout des doigts. Du moins est-ce ainsi que je la percevais. Je sentais cette présence, calme, apaisante, familière et surtout, je sentais qu'elle ne me jugeait pas. Mais je résistais néanmoins. J'avais toujours résisté. Je résistais depuis vingt ans.

J'étais un résistant. J'avais choisi ma névrose. Je préférais la crispation à la détente. Personne, jamais, n'avait le droit de parcourir mes jardins secrets. Mon esprit se recroquevilla sur lui-même. Victor le sentit. Comme toujours il le sentit et se retira aussitôt. Il esquissa un sourire, appuya sa tête contre la banquette et ferma les yeux. Je gardai les miens ouverts, en cherchant à me convaincre que tout cela n'était que le fruit de mon imagination morbide, ou alors le résultat d'un cerveau en pénurie d'oxygène.

Nous roulions vers l'ouest, c'est-à-dire vers la mer. La route traversait un haut plateau à demi désertique où les ocres et les rouges étaient çà et là éclaboussés de vert.

— À gauche, tu verras dans un instant une plantation de cactus. À partir des cœurs, on obtient le mescal.

Je l'avais cru endormi. Victor n'en avait pas pour autant ouvert les yeux. Il a mémorisé le paysage, pensai-je. Un autre de ses trucs. Il vieillit. Il devient cabotin. Peut-être a-t-il seulement envie de s'amuser un peu? Se foutre de la gueule de ses adorateurs?

— C'est un pays de contrastes, poursuivit Victor, les yeux toujours fermés. Le cactus se gorge d'eau au milieu du désert. Il est le symbole du désert, et pourtant c'est une éponge humide, tu ne trouves pas ça étrange?

La question étant de pure rhétorique, je n'y répondis pas.

— Il faut sortir des villes pour retrouver les contrastes qui sont l'essence même de notre existence, continua Victor. Dans les villes on ne les voit plus. Ils sont cachés par l'empilement des corps, des choses, des illusions. Tandis qu'ici... Jamais en ville tu ne verras aussi clairement les choses, la manière dont la vie s'organise: un enfant, des fruits, un squelette, un vautour.

Au même moment, sur la route, nous dépassâmes un enfant chevauchant un âne qui portait sur les flancs deux vastes paniers d'osier remplis de mangues encore vertes. À moitié enfoui dans le sable, sur le côté de la route, le squelette blanchi d'un bovidé servait de perchoir à un vautour qui regardait passer l'enfant avec un intérêt non dissimulé. J'éclatai de rire. Comment Victor avait-il fait?

À cet instant, le vautour prit son envol et s'éleva en spirale vers l'infini du ciel.

— Entre le fruit, l'enfant et le vautour, nous choisissons l'enfant, bien sûr, dit Victor. Mais qui vole comme un ange?

Les disciples ouvraient de grands yeux. Je gloussais. Victor souriait. J'attendis la suite. Mais de tout le trajet, il n'ouvrit plus la bouche.

* * *

Il nous fallut près de deux heures pour rejoindre sur la côte un petit village de *cabañas* posées sur le sable d'une baie encaissée, au pied d'une falaise de roches volcaniques noires. Une vingtaine de petites maisons au toit de palmes s'agglutinaient autour d'une vaste *palapa* qui servait à la fois de bar, de restaurant et de salle de conférence. Des palmiers et des palétuviers poussaient çà et là et fournissaient parcimonieusement la denrée la plus précieuse sous cette latitude : l'ombre.

Victor s'éloignait déjà en direction de la *palapa*. Sans m'adresser la parole, un disciple me conduisit à une cabane dont la porte en bois plein était ornée de fresques d'inspiration maya. L'homme déverrouilla la porte, me tendit la clé et dit à contrecœur :

— Dîner dans une heure.

Puis il me tourna le dos et s'éloigna. En haussant les épaules, j'entrai dans ma cabane. À part un lit, une armoire, une petite table et deux chaises, la pièce était nue. Sur le rebord de la fenêtre, une provision de bougies ficelées de raphia indiquait clairement qu'ici, les touristes se la jouaient à la dure : pas d'électricité, pas d'eau courante. Mais une armée de pauvres gosses pour leur cirer les pompes et veiller à leur moindre désir.

Je défis mes valises et me changeai : short, sandales et une chemisette en lin que l'humidité ambiante se chargerait de défroisser. Puis je sortis faire quelques pas sur la plage en attendant l'heure du repas.

La mer était violente, creusée de vagues échevelées qui s'enflaient en approchant du rivage pour mieux s'abattre avec fracas sur les pitons de basalte qui hérissaient la baie. Impossible de nager. On ne venait pas ici pour se ressourcer auprès de la mer nourricière d'où avait surgi la vie, mais plutôt pour contempler avec frayeur une force immémoriale qui avait le pouvoir de nous détruire. C'était bien dans la manière de Victor d'avoir choisi un endroit pareil.

Fouetté d'embruns, assourdi par le vacarme de l'océan qui giflait la rive sans répit, je parvins un instant à oublier mon corps et mes ennuis, à faire taire mes peurs, les yeux mi-clos et la bouche ouverte sur un cri muet. J'attendis. J'avais faim.

Une trentaine de tables s'éparpillaient sous la vaste *palapa*. Il n'y avait pas de menu mais un plat unique constitué de poisson grillé, de riz, de haricots noirs et de laitue croquante. Je m'assis à une table, seul, et je mangeai lentement en regardant les groupes se former autour de moi. Un bourdonnement insouciant montait de ces visages souriants. Ils étaient de tous les âges et de toutes les provenances, une bonne trentaine, qui se houspillaient gentiment et décochaient des blagues, inoffensives comme des flèches en caoutchouc. On se serait cru dans une colonie de vacances pour enfants sages. Le spectacle de leur bonheur était à peine supportable.

Victor fit son entrée une bonne quinzaine de minutes après que tout le monde eut été servi. Son apparition fit taire un moment les disciples. Il s'assit et, en souriant, attaqua son assiette. Les bruits reprirent aussitôt. J'observai Victor pendant tout le repas. Il parlait peu, se contentait de hocher la tête et d'écouter avec cette qualité d'attention qui lui était habituelle et que je comparais à de la télépathie. Ses interlocuteurs faisaient tout le travail, mais lorsqu'ils se taisaient enfin, ils semblaient apaisés, légers, heureux.

Je finis de me sucer les dents, me levai de table et retrouvai, dans la lumière rougeoyante du crépuscule, le chemin de ma cabane. Là, je sortis une chaise et je m'assis pour regarder la mer scintiller jusqu'à l'extinction des feux. Je restai ensuite dans le noir, la chaise en équilibre sur deux pattes, son dossier appuyé contre le mur extérieur de la cabane. Je vis les feux follets des lampes de poche danser parmi les ombres tandis que les disciples rentraient se coucher. Je vis la lune se lever puis disparaître derrière des nuages de plus en plus compacts. J'attendais. Je n'étais pas pressé.

À peine visible sur le sable, un petit chien aux oreilles et au museau pointus zigzaguait en suivant son nez et vint s'arrêter à mes pieds pour me renifler les chevilles. C'était un de ces chiens errants du Mexique, galeux et pelé, qui se nourrissait d'aumônes et du contenu des poubelles. Il était blond comme le sable.

— Salut, dis-je en tendant une main pour le caresser derrière les oreilles. Comment tu t'appelles ?

— Je ne sais pas comment *il* s'appelle, mais *moi* je l'ai nommé Dune.

Victor sortit de l'ombre et vint s'accroupir à mon côté pour cajoler le chien.

— Tu comptes le garder ? demandai-je.

— C'est à lui qu'il faudrait poser la question.

Je soupirai.

— Comment vas-tu, François ? demanda-t-il.

— Tu le sais très bien.

— J'aimerais te l'entendre dire.

— Non, je ne crois pas.

Victor se releva et entra dans ma cabane. Je pris ma chaise et le suivis à l'intérieur. Je verrouillai la porte derrière moi. Ensuite, et malgré la chaleur, je vérifiai que la fenêtre était bien fermée. Victor était assis sur le lit. Dune se coucha à ses pieds et entreprit de s'explorer l'anus à grands coups de langue, me permettant de constater du même coup qu'il s'agissait d'un mâle. J'allumai une bougie dont la flamme tremblota un instant avant de se stabiliser. L'ombre de Victor, projetée sur le mur, était énorme.

Je savais que c'était à moi de commencer. Mais à quoi servait-il de poser des questions ? Victor avait emprunté à Socrate la désagréable manie de toujours répondre à une question par une autre. J'optai pour une affirmation :

— C'est assez lamentable.

— Quoi donc ?

— Tout ça. Thérapie sur la plage. À quand l'agence de voyages astraux ?

— Tu m'en crois capable ?

Je fermai les yeux un moment. J'étais trop fatigué pour jouer à ce jeu-là.

— Écoute, dis-je, tout ce que je sais, c'est que tu m'as demandé de venir, et que j'ai reçu par la poste une enveloppe contenant de l'argent et un billet d'avion. Me voilà. Alors que veux-tu ?

— Tu n'étais pas content de sortir de ton trou ?

— Ce n'est pas un trou, c'est un appartement. Et, oui, j'avais besoin de prendre l'air. J'ai une vie de chiotte, un travail de chiotte, merci de me le rappeler. Grâce à l'argent que tu m'as envoyé, j'ai pu régler le loyer du mois et m'offrir un taxi jusqu'à l'aéroport. Mais tu sais tout ça puisque tu sais toujours tout. Et tu sais également que, derrière ma colère, il y a de la reconnaissance. Mais le fait que tu saches tout ne change pas le fait que moi, je ne sais rien. Alors, s'il te plaît, que me veux-tu ?

— T'aider.

— Je ne t'ai rien demandé.

— S'il fallait qu'on attende que tu le demandes…

Il avait raison, bien sûr. Je fis néanmoins une grimace. Victor poursuivit :

— Ton orgueil te procure-t-il tant de satisfaction qu'il vaille vraiment la peine de lui laisser toute la place ?

— Ce n'est pas de l'orgueil.

— Qu'est-ce que c'est alors ?

Dans la lueur dansante de la flamme, je le voyais sourire. Il ne se moquait pas de moi. Il était incapable d'ironie. Je préférai changer de sujet.

— Mais qu'est-ce que tu fous là, Victor ? Qu'est-ce que tu fais avec ces gens qui boivent chacune de tes paroles comme si c'était de l'eau bénite ?

— J'en dis le moins possible !

— Ce n'est plus drôle. Ce l'était peut-être voilà quinze ans, mais ce ne l'est plus. Ça devient malsain. Ils t'aiment trop. Ils t'adorent comme un dieu mais t'entourent comme des barreaux de prison. Ils t'ont volé ta liberté !

— Qu'est-ce que la liberté, François ? Es-tu libre ? Qu'as-tu fait de ta liberté pour que tu sois si crispé, si amer, si blessé ?

— Je me bats, dis-je.

— Contre quoi ?

— Là est la question.

— Je peux t'aider.

— Tu ne sais pas te battre.

— Je ne veux pas me battre. La liberté n'est pas une victoire à remporter. Au nom de la liberté, je devrais tourner le dos à ceux qui ont besoin de moi? Tu es pourtant bien placé pour savoir dans quel état ils sont arrivés jusqu'à moi : battus, brisés, malades, malheureux. Les victimes du rouleau compresseur contre lequel tu te bats, précisément. Tu avais de la compassion pour eux, jadis. Il ne t'en reste plus maintenant qu'ils vont mieux, qu'ils vont bien?

— C'est comme si on leur avait lavé le cerveau.

— Me crois-tu capable de faire une chose pareille? Ou alors c'étaient leurs blessures que tu aimais, leurs os brisés, leurs plaies ouvertes, mais pas eux, pas vraiment eux?

Je ne savais que répondre. Depuis quelque temps, j'avais commencé à pressentir justement cela. Mais je n'étais pas encore prêt à me l'avouer.

Sous la caresse du vent, les poutres du toit grinçaient doucement. Couché aux pieds de son maître, Dune regardait le plafond en agitant les oreilles comme s'il soupçonnait une souris d'y avoir fait son nid.

— Laisse-moi t'aider, François.

— Non.

Victor soupira. J'avais toujours été son client le plus difficile.

— Alors c'est moi qui te demande de l'aide.

— Tu as besoin de moi?

— J'ai toujours eu besoin de toi.

— Que veux-tu?

— Un livre.

— Je n'ai jamais été capable de terminer un livre.

— Tu seras capable de terminer celui-là.

— Quel livre?

— Notre histoire.

— La vôtre? La tienne? La nôtre?

— Celle que tu choisiras d'écrire.

— Pourquoi?

— Pour... témoigner.

— Pourquoi moi?

Il eut un petit rire.

— Disons que tu es... impartial. Presque hostile! Jamais personne ne t'a soupçonné de posséder une âme et de t'en réclamer. D'ailleurs, as-tu déjà écrit le mot?

— Âme? Jamais. Je n'écris que sur ce que je connais.

— Alors voilà : écris sur ce que tu connais de notre histoire.

Je réfléchissais. Il y avait des aspects pratiques à prendre en considération. Un livre sur Victor pourrait me remettre en selle.

— C'est bien payé, ajouta Victor. D'ailleurs, comme tu pourras le constater, une certaine somme a déjà été versée à ton compte en banque.

— Je n'ai pas accepté ta proposition.

— Appelons ça un cadeau pour service rendu.

— Je ne t'ai rendu aucun service.

— Ça viendra.

— J'ai besoin de réfléchir, dis-je.

— Mais oui, réfléchis! répondit Victor en se redressant.

Dune bondit sur ses pattes et suivit son maître jusqu'à la porte.

— Victor, si jamais j'accepte, il me faudra une totale liberté.

— Oui, oui! répondit-il avec un plaisir exagéré. Totale liberté! Pour ce que cela veut dire, ajouta-t-il avant de disparaître, Dune sur les talons, avalé par l'obscurité.

— *Si* j'accepte, ajoutai-je à l'endroit de la nuit.

* * *

Au matin, je fus réveillé par une série de coups frappés à ma porte. Je criai :

— Entrez !

Mais personne ne vint. Je m'habillai en vitesse et allai ouvrir la porte seulement pour voir s'agiter en tous sens les disciples de Victor qui portaient sur l'épaule des glacières, des outres, des chaises de plage, de longs tuyaux et des rouleaux de tissu synthétique. Je me dirigeai vers la *palapa* avec l'idée de me boire quatre ou cinq cafés avant d'adresser la parole à quiconque.

Il n'y avait pas de café. Sur les tables s'amoncelaient des victuailles : sandwichs sous cellophane, tortillas empilées, bouteilles d'eau et de bière dans des glacières, haricots en salade dans des seaux en plastique, pyramides de mangues et d'oranges, bocaux en verre remplis de *ceviche*.

Au milieu des tables, Victor chuchotait à l'oreille d'une femme splendide, aux traits indigènes et à la peau mate. Elle portait sa quarantaine comme une parure de reine. Sa chevelure noire cascadait en boucles lourdes et lentes jusqu'au milieu du dos. Au coin de ses yeux, des pattes d'oie témoignaient d'une vie passée à rire.

— C'est Elena, dit Victor en s'écartant d'elle. Une collaboratrice. Une amie.

— Enchanté. Pas de café ?

24

— Pas le temps, dit Victor. Nous le prendrons au sommet du volcan.

— Pourquoi donc?

— Pour prendre l'air!

Les disciples se chargèrent des victuailles qu'ils transportèrent en direction des véhicules. Je vis Victor embrasser Elena sur la joue. Elle s'éloigna vers la mer tandis que Victor me prenait par le bras et m'entraînait vers le parking.

— Elle ne vient pas avec nous?

— Elena est en charge du bateau. Elle se méfie des hauteurs.

— Sérieux, on va faire quoi?

— Les anges! Quoi? Ça n'a pas l'air de t'emballer?

— Je n'aime pas le gibier à plumes.

Dans un nuage de poussière, une bonne demi-douzaine de véhicules démarrèrent en faisant rugir leurs moteurs. Le convoi roula pendant une dizaine de minutes vers l'intérieur des terres avant de prendre à droite une petite route de terre qui grimpait en lacets le flanc érodé d'un ancien volcan. Sur les deux cents derniers mètres, la pente était raide et les moteurs peinaient. Enfin, à moins de cinquante mètres du sommet, une sorte d'esplanade naturelle servit de parking à la flottille qui stationna en pagaille.

Les disciples déchargèrent le matériel et s'élancèrent à l'assaut d'un étroit sentier en corniche qui menait au sommet. Les mains vides mais moites, je me mis en route. Au bout d'une vingtaine de pas, les muscles de mes cuisses brûlaient et mes poumons sifflaient de petits airs saugrenus. Je dus m'arrêter à plusieurs reprises pour me reposer, si bien que je me retrouvai seul, largué comme le dernier des imbéciles. Que diable avais-je fait de mon corps? Une existence de pur esprit! À quoi pensait-il, le pur esprit, tandis que j'émergeais enfin du sentier pour atteindre le sommet, jambes flageolantes et cerveau en compote?

Toute la petite colonie s'agitait, assemblant les tuyaux et les toiles en ailes de deltaplanes multicolores. Nous étions à six cents mètres d'altitude environ. Le ciel était bleu, le soleil du matin parsemait les terres de taches d'ombres denses. La mer, elle, était calme malgré un vent soutenu, puissant, venu du large.

Je m'avançai le long d'un éperon rocheux qui formait un tremplin naturel sous lequel s'ouvraient cinquante mètres de vide. La paroi du volcan dégringolait à la mer en blocs énormes. Un petit bateau de pêche, dont j'appris qu'il était piloté par Elena, vint prendre position en face du volcan, à une distance respectueuse de la rive hérissée de roches volcaniques aux arêtes coupantes comme du verre. C'était vertigineux. J'écartai les bras, je renversai la tête et je fermai les yeux.

Le vent plaquait ma chemise sur mon torse; j'avais l'impression de pouvoir y prendre appui. Mes talons décollèrent du sol. Je ne tenais plus que par la pointe de mes dix orteils. Poussé par le vent, l'oxygène pénétrait sans effort dans mes poumons gonflés à bloc. Je rêvais d'une rafale violente qui m'arracherait du sol. Au lieu de quoi, j'y ancrai à nouveau mes talons et je laissai retomber mes bras. J'ouvris les yeux. Je tournai la tête. Victor me regardait en souriant.

— Tu veux essayer?

Il portait une combinaison de vol, un gilet de sauvetage et un harnais pourvu de nombreuses attaches métalliques qui tintinnabulaient en accompagnant chacun de ses mouvements.

— Je ne saurais pas, dis-je.

— On peut voler en tandem, tu sais.

— Non, je ne crois pas.

— La bonne vieille pesanteur, hein?

— On peut s'y fier.

Victor me regardait en secouant la tête. J'avais souvent l'impression de le décevoir, d'une manière ou d'une autre. Ou alors de correspondre exactement à ses attentes. Ce n'était pas très clair pour moi.

Il m'invita de la tête à le suivre et nous nous dirigeâmes vers un deltaplane posé sur l'aile dont un disciple achevait de vérifier les tendeurs. C'était un homme chauve au visage mangé de barbe, qui ouvrit de grands yeux en me voyant approcher. Son visage me disait vaguement quelque chose – et surtout cette expression effrayée et lunaire qu'il affichait maintenant, comme si j'étais un loup et lui un enfant égaré dans les bois. Je le dévisageai un moment, avec toute l'arrogance qui me restait. L'homme s'empressa de détourner le regard et fit mine de s'absorber dans sa tâche.

— C'est prêt? lui demanda Victor.

— Oui, répondit l'homme avec réticence.

Victor se glissa sous l'aile et entreprit de se harnacher. On dégageait devant lui un corridor qui menait au tremplin rocheux. Enfin, Victor souleva l'aile, l'équilibra sur ses épaules et se tint, debout, les jambes largement écartées.

— Tu as eu le temps de réfléchir? me demanda-t-il.

— Pas encore.

— Je crois, dit-il en souriant, que tu devrais commencer tout de suite à prendre des notes.

Il s'élança au pas de course. Parvenu à l'extrémité de l'éperon rocheux, le vide l'avala et il disparut de ma vue. Mon cœur rata un battement. Puis l'aile réapparut, déjà loin, et vira pour emprunter l'ascenseur d'une colonne d'air chaud. Victor monta, monta, jusqu'à devenir un petit point de couleur tranchant à peine sur le bleu du ciel.

Pendant quelques minutes, je contemplai ses arabesques, ses courbes et ses spirales en proie à un étrange et irrépressible sentiment d'envie et de gratitude entremêlées. Le monde me semblait un endroit meilleur du fait de l'existence d'un être tel que Victor. Mais du coup, ma propre personne me faisait l'effet d'une esquisse maladroite au trait appuyé, que la main impatiente d'un dieu théorique aurait arrachée du cahier avant de la chiffonner et de la lancer par terre. Si Dieu existe… pensai-je, mais je n'allai pas plus loin. Là-haut, le deltaplane de Victor, au terme d'une montée sur l'aile, semblait avoir décroché et plongeait vers la mer en une spirale incontrôlée. Autour de moi, les disciples retenaient leur souffle. D'un même mouvement, instinctif et inutile, nous nous massâmes au bord de l'abîme pour prodiguer à distance des conseils superflus.

— Redresse! Redresse!

Mais rien ne semblait vouloir stopper la chute de Victor. Des mille cinq cents mètres où il avait culminé, il en dégringola plus de mille à une vitesse terrifiante. À ce moment, l'aile sembla vouloir reprendre appui sur l'air, la spirale infernale se ralentit un tant soit peu, mais c'était trop peu, trop tard. Au dernier moment, dans une ultime tentative, Victor réussit tout juste à soulever le nez du deltaplane avant qu'il ne s'abîme dans les flots.

Le bateau, piloté par Elena, fendait déjà les vagues en direction de l'aile qui surnageait, ballottée comme un oiseau mort. Lorsqu'il arriva enfin à sa hauteur, nous vîmes Elena se précipiter vers le bastingage pour, armée d'une gaffe, attirer à bord le deltaplane et son passager. Malgré la distance, nous comprîmes tout de suite que quelque chose clochait. L'aile venait trop facilement. D'une seule main, Elena réussit à en soulever la moitié. D'un autre mouvement, elle finit de l'arracher à la mer et la hissa à bord. Il n'y avait personne dessous.

Accrochée par les sangles à l'aile brisée, épouvantablement orange, la veste de sauvetage pendouillait lamentablement.

Elena fit le tour du bateau en cherchant Victor. Même à cette distance, je pouvais voir la panique qui montait en elle – je devinais le trou de sa bouche ouverte qui criait le nom de Victor.

Sur la montagne, après quelques minutes de paralysie, nous finîmes par dévaler la pente en abandonnant le matériel pour retourner à toute vitesse au village.

Sans doute avertis par radio, une douzaine de chaloupes, de barques et de zodiacs nous y attendaient, prêts à larguer les amarres pour participer aux recherches. J'embarquai à bord d'un canot automobile taillé pour la vitesse. Nous fûmes parmi les premiers à rejoindre le bateau d'Elena, qui quadrillait le secteur où Victor s'était perdu.

Je n'y croyais pas tout à fait. Je m'attendais à un autre de ses tours de passe-passe, une sorte de blague pour ange pervers. Mais plus le temps passait et plus je commençais à accepter l'évidence. Pendant des heures, nous scrutâmes la surface agitée du Pacifique en élargissant progressivement le périmètre de nos recherches. Un hélico de l'armée parcourut la côte à basse altitude sur plusieurs kilomètres, dans l'espoir de repérer le corps rejeté sur les rochers. L'hélico s'en fut au changement de marée, quand il devint évident que le corps, s'il y en avait un, serait aspiré vers le large plutôt que ramené à la terre.

Nous poursuivîmes les recherches jusqu'après la tombée de la nuit, et c'est dans le noir que nous nous résignâmes à regagner le port, lentement, à contrecœur, en continuant contre toute logique à chercher Victor bien au-delà des eaux où il s'était perdu.

Le petit port grouillait de Mexicains curieux et d'agents de police. Les disciples formaient un groupe compact au sein duquel je ne me sentais pas bienvenu. Je restai à l'écart, malheureux et inutile.

Les policiers montèrent à bord du bateau d'Elena et examinèrent l'épave du deltaplane. J'entendis bientôt le staccato d'une conversation animée. Je m'approchai. Les policiers montraient du doigt les montants métalliques. Un autre désignait les sangles du gilet de sauvetage.

— *¿Que pasa?* demandai-je.

— *No accident*, me répondit un policier.

De la main il fit le geste de scier.

— *No accident*, répéta-t-il. *Murder! Murder!*

Il le savait, pensai-je. Victor le savait. Voilà la raison pour laquelle il m'avait fait venir. «Pour témoigner», avait-il dit. Le salaud. Le magnifique, le merveilleux salaud! Il le savait et n'a rien fait pour l'empêcher. Rien!

Alors, en serrant les dents, je sortis de ma poche un carnet et un stylo. Je chassai du poignet les larmes qui me brouillaient la vue, et je commençai à écrire.

PREMIÈRE PARTIE

NOS POUVOIRS

1

Le matin des magiciens

En 1972, *deux missions Apollo se posaient sur la Lune.*
Le Parrain, *de Francis Ford Coppola, envahissait les*
écrans du monde et deux cent mille Hutus étaient
massacrés au Burundi. Au Vietnam, c'était la huitième
et avant-dernière année de la guerre. Le cheveu se
portait long et, à Saint-Maur-des-Fossés près de Paris,
le 22 avril, naissait Vanessa Paradis.

Pendant ce temps, un petit garçon de douze ans
observait sa mère se maquiller avec une impatience
croissante. Certes, il n'ignorait pas qu'elle se soumettait,
chaque fois qu'elle devait sortir, à un interminable rituel
magique qui consistait à transformer par la peinture
le visage d'une maman en celui d'une madame, mais
c'était la première fois qu'il y assistait, d'un bout à l'autre
et aux premières loges. Crèmes, poudres, pinceaux,
crayons, jusqu'aux poils des yeux qui étaient colorés,
allongés et courbés de force à l'aide d'un instrument de
torture brillant et compliqué.

— T'as fini? demanda le petit garçon pour la
troisième fois.

— Pas encore.

Le petit garçon tenta de se calmer. Pour la première fois ce soir, on allait le laisser seul à la maison pendant une heure ou deux. Ce qu'il allait tenter exigeait le calme et la solitude. Patience. Il comprenait cependant les sautes d'humeur de son père, qui arpentait en ce moment le salon en jetant de fréquents coups d'œil à sa montre. Quant à son jeune frère, en habit du dimanche, il faisait mine de s'absorber dans un roman du Club des Cinq alors qu'en réalité, il était terrifié à l'idée de la rencontre parents-élèves de ce soir. Sans doute souhaitait-il de son côté que jamais ne s'achèvent les préparatifs de sa génitrice.

— T'as f...

Le petit garçon se retint juste à temps en constatant que sa mère rangeait ses pinceaux et revissait d'innombrables couvercles sur une multitude de petits pots.

— Alors, qu'est-ce que t'en dis? demanda-t-elle.

— C'est parfait. Allez, bonsoir.

— Hé, attends une minute! Tu ne trouves pas qu'il me manque quelque chose?

Elle désignait la rangée de cinq têtes en mousse expansée qui encombraient la coiffeuse et servaient de support à autant de perruques de couleurs et de styles différents.

— On prend laquelle?

— La brune, la brune! s'exclama le petit garçon, exaspéré.

Mais sa mère prit le temps de réfléchir avant d'opter pour la rousse aux mèches bouclées, qu'elle enfila comme un casque et qu'elle ajusta pendant une autre interminable minute. Ensuite, elle passa la veste de son tailleur vert émeraude, chaussa ses souliers à talons puis s'empara d'un minuscule sac à main perlé dont le petit garçon était convaincu qu'il ne pouvait rien contenir d'autre qu'une velléité d'élégance. Sa mère, enfin, après un dernier coup d'œil dans la glace, lui demanda :

— C'est bien ?

— Très bien, maman, répondit le petit garçon avec un soupir de soulagement. Il suivit l'étrange femme qu'était devenue sa mère jusqu'au salon, où son père l'accueillit avec un sourire et un baiser. Puis tout le monde se dirigea vers la porte. Le petit garçon sautillait sur place comme s'il avait envie de faire pipi. Ses parents lui répétèrent les recommandations d'usage.

— Je sais, je sais.

— Tu ne nous prépares pas un mauvais coup, toi ? lui demanda son père, rendu soupçonneux par la fébrilité de son aîné. Peut-être que je ferais mieux de rester ? ajouta-t-il à l'intention de sa femme.

— Non ! Je ne prépare rien, je vous le jure, mentit le petit garçon, qui sentit aussitôt ses joues s'enflammer.

Sa mère l'embrassa. Son père le décoiffa avec une tendresse bourrue tandis que son jeune frère lui jetait le regard implorant d'un condamné à l'échafaud.

— Sois sage, lui intima une dernière fois son père avant d'ouvrir la porte.

Le petit garçon attendit que sa famille se soit installée dans la voiture avant de refermer la porte et de se ruer vers la fenêtre du salon. Il entrouvrit les rideaux et vit la voiture reculer dans l'entrée jusqu'à la rue, puis lentement s'éloigner et disparaître au-delà du carrefour.

Le petit garçon revint alors à la porte d'entrée, qu'il verrouilla. Il passa derrière par la cuisine et verrouilla également la porte donnant sur le jardin. Ensuite il fit le tour de toutes les pièces de la maison et éteignit les lumières.

Avançant prudemment dans l'obscurité relative, le petit garçon revint à la cuisine. D'un tiroir, il prit un bout de chandelle et une boîte d'allumettes. D'un second tiroir, il sélectionna parmi d'autres une délicate cuillère à thé.

Serrant son butin contre sa poitrine maigre, il descendit au sous-sol. Il mit la bougie sur une table basse et l'alluma, puis il déposa la cuillère entre la bougie et lui. Il s'agenouilla sur le tapis roux. Il prit une grande respiration. Il ferma les yeux pour mieux se concentrer.

Et pendant l'heure suivante, sans parvenir à aucun résultat visible, le petit garçon tenta, par la pensée, de tordre la petite cuillère, ou à tout le moins de la déplacer. Mobilisant l'armée de ses neurones, puisant à des sources profondément enfouies au cœur de son esprit, il lançait à la petite cuillère des lassos d'énergie et tendait vers elle une main astrale. Puisqu'il était si facile de l'imaginer se déplaçant, c'est qu'on pouvait la déplacer. Il suffisait de trouver le bon truc. D'ouvrir la bonne porte. Et d'essayer, encore et encore.

Il ne se laisserait pas décourager. Cela se produirait, un jour ou l'autre, comme pour Uri Geller. Il en était convaincu.

Les pouvoirs étaient en lui. Ils y étaient depuis toujours.

2

L'évasion de l'Amour Éternel

En 1981, le comédien Ronald Reagan devenait président des États-Unis d'Amérique, le prince Charles épousait, à la télé, Lady Diana Spencer, et une nouvelle maladie faisait son apparition : le sida.

Le premier août de cette même année, à vingt et une heures précises, la veille de son seizième anniversaire, Patrick Morno feignait de dormir.

Dans le dortoir, une quinzaine de garçons s'agitaient sur des lits en cherchant le sommeil. Ils étaient tous frères. Ceux qui étaient nés ici ne savaient pas laquelle des femmes de la communauté était leur mère biologique. Elles étaient toutes leur mère. Tous les hommes étaient leur père.

Depuis l'âge de sept ans, Patrick dormait ici, dans le dortoir des garçons. Avant, il dormait dans celui des enfants. Avant… Avant, il gardait le vague souvenir d'une maison avec un jardin, où ses vrais frères et ses vraies sœurs se bousculaient en criant.

À la différence de ses compagnons de dortoir, il savait qui était sa vraie mère, non pas que cela fasse la moindre différence puisqu'en général, celle-ci ne lui accordait pas un regard, pas un signe de reconnaissance, pas une caresse. Il avait quatre ans lorsqu'elle l'avait remis aux bons soins des Disciples de l'Amour Éternel. Cela faisait si longtemps qu'on l'avait séparé d'elle que personne ne pouvait soupçonner qu'il s'en souvînt encore, et qu'il s'ennuyât toujours d'elle. Il la voyait pourtant souvent : aux repas, aux offices. Mais c'était elle et c'était une autre. Elle portait la robe bleu clair des sœurs et la coiffe qui dissimulait ses cheveux ne faisait qu'accentuer sa mine grise et jamais souriante… Elle n'était plus qu'un souvenir de mère, une image sous l'image. Quand il la regardait, il voyait ce qui lui était à jamais refusé, les gestes tendres, les baisers doux, une épaule où reposer sa tête – la simple et merveilleuse possibilité d'un contact humain, chaleureux, miraculeux.

Ici, on ne touchait Patrick que pour le punir, par l'entremise d'une courroie de cuir. Nu sous sa robe de novice, son sexe d'adolescent se dressait parfois sans raison, et les apôtres avaient vite fait de repérer la bosse sous le tissu. Les corrections étaient destinées à chasser les mauvaises pensées, Patrick le savait et ne s'en offusquait pas. Mais dernièrement, il ne savait plus distinguer les mauvaises pensées des bonnes. Ou alors c'était tout son être qui était rongé par le mal. Cette idée l'affolait. Et pourtant, quelque chose en lui la repoussait.

Tout était maintenant tranquille dans le dortoir. Patrick se glissa hors du lit, enfila sa robe et les sandales sans lanière que les novices devaient porter, l'été, pour résister à la tentation de courir. En hiver, on leur donnait des bottes beaucoup trop grandes. Dieu n'aimait pas les courses à pied, les épreuves de force, le plaisir physique.

En traînant les pieds pour éviter que les sandales ne claquent sur le sol, Patrick se dirigea vers la porte du fond. Sortir du dortoir ne posait aucun problème puisque les latrines étaient à l'extérieur. Aux jours de grand froid, les membres de la communauté évitaient de boire pour ne pas avoir à sortir. La communauté encourageait la rétention. Avant la Chute, Adam et Ève n'avaient pas de souillures à expulser. Patrick n'urinait qu'une fois par jour, ne déféquait qu'une fois par semaine. On s'habitue très bien aux crampes lorsqu'on croit qu'elles sont normales.

Il sortit du dortoir. Il n'y avait pas de lune cette nuit-là. Patrick se dirigea vers les latrines, mais plutôt que d'y entrer, il en fit le tour. Derrière, un mur aveugle faisait face à une forêt soigneusement entretenue. C'était par là qu'il pensait s'enfuir, mais plutôt que de s'élancer, il tendit l'oreille, à l'affût des chiens.

Les bergers allemands servaient à protéger la communauté des forces du Mal. Le Diable était hors des murs. Le péché, la fornication. Sodome et Gomorrhe. Patrick traversa au trot la mince bande de terrain découvert qui le séparait de la forêt. Sous les frondaisons, il s'arrêta à nouveau pour reprendre son souffle et scruter le silence, épais comme un manteau.

Il avait peur, il était terrifié. Le Mal était là, dehors, et il allait vers le Mal. Mais il ne pouvait pas rester. Demain, pour son seizième anniversaire, on allait lui tonsurer le crâne et l'envoyer au loin, dans une autre communauté, en Amérique du Sud, où que cela puisse être. À compter de demain, s'il les laissait faire, ce serait à son tour de frapper les plus jeunes avec la courroie de cuir. À compter de demain, il pourrait agir comme certains des grands frères et humilier dans leur chair les plus jeunes des disciples en leur infligeant la douleur du sexe. Leur faire avaler la liqueur amère qui s'écoule d'un sexe qu'on n'a pas assez meurtri. Tordre les testicules de ceux qui ne sont pas assez humbles. Exorciser dans des bains glacés, jusqu'à l'évanouissement, les malades qui s'accrochent à leur maladie plutôt qu'au Christ.

Il tourna le dos au complexe des Disciples de l'Amour Éternel et s'enfonça dans les bois. Il avançait en trébuchant, les bras tendus. Il perdit une sandale, tâtonna pour la retrouver puis perdit l'autre. Il continua pieds nus. Il verserait son sang. Il expierait sa faute. C'était mal de vouloir être aimé.

Il buta contre une racine et s'affala de tout son long. Son front cogna une pierre. Il sentit la peau se fendre sous l'impact. Le sang coula dans ses yeux. Il s'essuya avec sa manche et reprit sa marche, plus lentement cette fois.

Patrick entendit aboyer les premiers chiens en arrivant au pied du mur. Il était haut de trois mètres et son sommet était hérissé de tessons de bouteilles. Repeint de blanc chaque année, il reflétait la faible lueur du ciel en la concentrant. Tout au long du mur, une bande de terrain était dégagée, sur laquelle il était aisé de courir. Les aboiements venaient de la gauche. Patrick courut vers la droite.

En courant, il cherchait du regard une prise, un effondrement, un arbre tombé, n'importe quoi qui lui permettrait de franchir le mur. Les bruits se rapprochaient. Il entendait le craquement des branches et le bruissement des feuilles. Ce n'étaient pas des chiens qui étaient lancés à sa poursuite, mais la meute de ses propres péchés. Il se poursuivait lui-même. Il se fuyait lui-même.

Il vit un gros rocher couvert de mousse qui empiétait sur la bande de terrain dégagée. Patrick accéléra le rythme, bondit sur le rocher et s'élança dans les airs. Il tendit les bras loin au-dessus de sa tête et s'écrasa contre le mur. Le choc lui coupa le souffle. Mais ses mains s'agrippaient au sommet, des morceaux de verre enfoncés dans les paumes et les chairs tendres des doigts. Dans un effort qui lui arracha une plainte, il réussit à passer une jambe par-dessus le mur, lacérant sa cuisse et son mollet. Il se redressa puis se laissa tomber de l'autre côté du mur au moment précis où les chiens arrivaient sur lui. Il entendit leurs gémissements de frustration.

Il s'enfonça dans une forêt inconnue et broussailleuse, sombre et dangereuse. Des enchevêtrements déchiraient sa robe. Il trébucha plusieurs fois. La sueur se mêlait au sang. Soudain il déboucha à l'air libre. Une bande d'herbe rase le séparait d'une coulée de matière noire, luisante sous les étoiles, que deux traits blancs séparaient par le milieu.

De part et d'autre, la coulée s'étirait à perte de vue. Il s'avança prudemment et s'accroupit. Il tendit un doigt et toucha la matière noire. C'était dur comme la pierre, granuleux. Il porta le doigt à sa bouche et grimaça. Cela avait le goût de l'huile rance et de la tuile des toits. Il se redressa et avança jusqu'au centre. Les bandes étaient de la peinture, cela il le savait. Il regarda à gauche : la coulée s'enfonçait dans la forêt et disparaissait derrière le rideau des arbres. Il regarda à droite : il distinguait une lueur, comme une couronne de lumière dans le ciel. Il opta pour la droite et se mit en route.

Il marcha une vingtaine de minutes en suivant les deux lignes blanches qui le guidaient aussi sûrement qu'une voix chuchotée à son oreille. Il marchait vers la lumière. Plus il avançait, plus les couleurs s'affirmaient. Rouge, vert, jaune, bleu. Au débouché d'un ultime virage, il vit alors la chose, dans le ciel. Un objet étrange et beau, qui brillait en dessinant des lettres. «Chez Mado, bière, vin, liqueurs».

Patrick avança vers elles en récitant les mots comme une prière, quoi qu'ils puissent réellement signifier. Il ne tarda pas à arriver en vue d'une construction assez vaste festonnée de lumières. Contrairement à ce qu'il avait cru, les lettres ne flottaient pas dans le ciel mais étaient fixées sur un immense mât métallique.

Bien qu'en retrait de la coulée, la construction était entourée d'un vaste espace de la même matière. Une douzaine de véhicules fort peu semblables à ceux de la Communauté y semblaient endormis.

De la musique s'échappait de la construction. Patrick s'approcha prudemment et se hissa sur la pointe des pieds pour regarder à l'intérieur. Il n'y avait pas de monstres là-dedans, seulement des hommes vêtus de façon bizarre et dont aucun ne portait la barbe mais plusieurs la moustache. Ils étaient assis par deux ou trois autour de petites tables rondes. D'autres s'appuyaient à une sorte de long comptoir et écoutaient en riant les propos d'une femme aux cheveux incroyablement blonds. Tous les hommes tenaient un verre à la main. Patrick passa une langue rugueuse sur ses lèvres sèches.

Juste à ce moment, la femme aux cheveux blonds le vit. Elle déposa son torchon puis, lentement, en souriant, elle quitta son comptoir et se dirigea vers la porte.

Patrick recula d'une dizaine de pas, prêt à s'enfuir. La porte s'ouvrit doucement. La femme apparut. Elle fit encore deux pas puis s'immobilisa. Elle souriait. Elle était si belle, avec ses cheveux d'ange. Elle tendit la main vers Patrick et dit, d'une voix douce :

— Viens mon chéri.

Patrick s'avança vers elle. Il prit la main qu'elle lui tendait. Avec d'infinies précautions, la femme l'attira par les épaules et le serra contre elle. Sa main remonta le long du cou et vint lui caresser les cheveux. Au bout de quelques instants, la tête de Patrick s'abandonna contre la poitrine de la femme.

— Ça va mon cœur, c'est fini maintenant, dit-elle.

Patrick ferma les yeux.

* * *

— Où est-il? demanda le policier.

— Là, répondit Mado en désignant une table au fond du bar.

— Tu es sûre que c'en est un?

— Oui. Je lui ai servi une tasse de chocolat.

— Et?

— Et il ne savait pas ce que c'était.

Le policier soupira. À cette heure, le bar venait de fermer. Les derniers clients étaient partis un peu plus tôt, poussés dehors par Mado, qui ne voulait pas effrayer son protégé.

Patrick s'était endormi, la tête appuyée sur ses bras, après avoir mangé un énorme sandwich et bu trois tasses de chocolat. Mado avait superficiellement nettoyé ses plaies, préférant concentrer ses efforts à lui tenir la main et à lui murmurer des phrases rassurantes. Elle avait attendu une bonne demi-heure avant d'appeler la patrouille.

Le policier traversa la salle dans un cliquetis de badge, de talkie-walkie, de matraque et d'arme à feu. Il s'arrêta devant la silhouette effondrée du garçon, dont les épaules étaient protégées par une couverture de laine aux motifs bariolés. Le policier soupira à nouveau puis tendit la main.

— Hep! Réveille-toi! dit-il en secouant gentiment l'épaule de Patrick.

Celui-ci battit des paupières et releva la tête. Il eut un mouvement de recul en apercevant le policier.

— C'est bon, c'est bon, lui dit Mado. C'est un ami.

— Comment t'appelles-tu? lui demanda le policier en sortant son carnet de notes.

— Patrick.

— Patrick comment?

Le garçon ne répondit pas. Il regardait le policier en ouvrant de grands yeux, comme s'il attendait la suite de la question.

— Ton nom de famille?

Le garçon avait l'air si malheureux! Le policier referma son carnet et soupira pour la troisième fois.

— Ouais, dit-il à Mado. C'en est un. Allez, viens mon garçon. On va s'occuper de toi.

Patrick suivit le policier. Il aurait préféré rester avec Mado pour toujours mais, apparemment, il ne lui appartenait pas de décider.

— Ça va aller, mon grand, lui dit Mado en guise d'adieu. Courage.

Le policier escorta Patrick jusqu'à sa voiture de service, le fit asseoir à l'arrière puis s'installa au volant.

En faisant rugir le moteur, il quitta le parking, rejoignit l'autoroute puis fonça dans la nuit.

Quelques secondes plus tard, les lettres qui formaient «Chez Mado, bière, vin, liqueurs» clignotèrent avant de s'éteindre.

3

La fête de la légèreté

En 1982, on implantait avec succès les premiers cœurs artificiels. L'Angleterre et l'Argentine se faisaient la guerre pour la possession des îles Malouines. Le premier bébé-éprouvette avait quatre ans. Mille Palestiniens étaient massacrés dans les camps de Sabra et Chatila. Deux cosmonautes soviétiques revenaient sur Terre après avoir passé deux cent onze jours dans l'espace. Et le magazine américain *Time* consacrait Pac-Man Homme de l'année.

— Qu'est-ce que tu en dis ? demandai-je.

— C'est grand, répondit Fred.

C'était grand en effet. Empilés n'importe comment dans des boîtes au milieu de la salle à manger, la totalité de nos biens terrestres formait un monticule dérisoire qui n'accaparait qu'un infime pourcentage de l'espace disponible.

— Hé ! Tu entends ? Il y a de l'écho !

Fred claquait des doigts mais on aurait juré entendre un danseur de claquettes se démener sur un vieil air de jazz.

C'était un appartement étrange, sombre, aux boiseries vermoulues et aux nombreuses fioritures de plâtre. Des angelots aux yeux éteints guettaient les moindres de vos mouvements. Des sylphides noyées dans leur chevelure écaillée semblaient prêtes à se détacher des murs pour fondre sur vous et vous griffer le visage. C'était chez nous.

Fred s'éloigna pour aller explorer les pièces du fond. J'allai visiter quant à moi celles de devant. C'était un appartement qui encourageait les civilités : il aurait fallu des poumons de montagnard pour que Fred m'entendît si je lui criais de venir me rejoindre. Ce n'était pas grand, c'était immense. Mais c'était aussi sale, vieux, décrépit et lugubre. *Home sweet home.* Je levai la tête pour contempler un plafond vachement rococo, tout à fait hors de portée de pinceau. Je n'osais même pas imaginer la quantité invraisemblable de peinture qu'il nous aurait fallu acheter pour redonner à ce vieillard cacochyme une bonne couche de fond de teint. Bah! Un seul litre de badigeon était déjà au-dessus de nos moyens. Mais nous avions payé le premier mois de loyer, j'avais vingt-deux ans et l'avenir nous appartenait.

Trois semaines plus tôt, j'avais préféré sécher mes cours à l'université pour aller au parc lire tranquille. Mais mon attention avait été attirée par le spectacle d'un homme dans la cinquantaine qui faisait le va-et-vient entre le trottoir et le troisième étage d'un vieil immeuble d'habitation sans jamais cesser de jurer à voix haute. Sur le trottoir, à chacun de ses voyages, grossissait un énorme tas de sacs-poubelles, de meubles brisés, de bouteilles vides et de ballots de paille. Je m'étais approché, curieux. Le bonhomme grommelait, sacrait, pestait. Il me vit sourire et aboya :

— Il y a quelque chose de drôle?

Mais rien n'aurait pu ce jour-là entamer ma bonne humeur. J'avais dans les poches un chèque de trois cents dollars, une fortune que j'avais méritée en vendant un article à un hebdomadaire très en vue.

— Vous avez besoin d'un coup de main? proposai-je.

Le vieux me regarda en jouant de ses sourcils broussailleux.

— Vous avez besoin d'un appartement?

— Faut voir.

— Alors venez.

Le vieux s'était engagé dans l'escalier en m'invitant à le suivre. À mi-chemin, il s'arrêta brusquement et se tourna vers moi, les yeux plissés et le doigt pointé.

— Vous êtes musicien?

— Non, pourquoi?

— Les précédents locataires étaient musiciens. Rock folklorique, pouah! Ils s'occupaient surtout à boire de la bière et à fumer des cochonneries. Ils m'ont rentré des ballots de paille, les cons. Et ils s'éclairaient à la bougie! (Il se détourna et reprit l'ascension.) Le problème c'est que plus personne ne veut du vieux, alors forcément, je dois louer à des...

Il s'interrompit à nouveau.

— Vous n'êtes pas étudiant quand même?

— Je suis journaliste, mentis-je à moitié.

— Ouais, grogna le vieil homme. J'imagine que c'est une coche au-dessus de musicien.

Il s'appelait Bourré, Marcel Bourré, et j'appris très vite que son principal trait de caractère consistait en ceci que monsieur Bourré était radin. Il possédait de nombreux immeubles du début du siècle, conçus pour durer. Mais les appartements à l'intérieur n'avaient pas été retouchés depuis la Seconde Guerre mondiale, et certains portaient encore sur les murs les tuyaux de cuivre qui servaient jadis à l'éclairage au gaz.

L'appartement que monsieur Bourré me fit visiter, face au parc et à la montagne, ne faisait pas exception à la règle. Mais jamais je n'avais vu quelque chose d'aussi vaste, et j'imaginais sans peine les fêtes mémorables que je pourrais y donner. J'en avais de toute manière jusque-là d'habiter la cité universitaire, toute neuve mais déjà passée de mode, avec ses odeurs de chaussettes de sport et de colle à moquette. Je me voyais très bien assis devant ma machine à écrire, sous un plafond de quatre mètres, des livres sur tous les murs et tapant furieusement des romans impérissables.

C'était cher, d'accord. Trois cents dollars par mois. Et je préférais ne pas penser aux frais de chauffage d'un entrepôt pareil. J'endossai néanmoins le chèque du journal et le tendis à monsieur Bourré, et c'est ainsi que j'entrai en possession des clés de mon château en ruine.

On était au début de l'été. J'avais six mois devant moi avant d'être confronté au problème du chauffage. Pour le moment, il me fallait surtout trouver deux colocataires.

J'avais tout de suite pensé à Fred, ce qui était une drôle d'idée puisque Fred était toujours sans le sou. Mais il faisait des miracles en cuisine avec deux poignées de riz et une boîte de thon. Il avait une tendance marquée à me taper d'un billet une fois par mois, mais il me le remettait scrupuleusement au cours de l'année suivante, ce qui était pour lui l'équivalent d'un crédit irréprochable.

Il habitait seul dans un appartement guère plus grand que son futon, et comme il n'en avait jamais été expulsé, j'en avais déduit qu'il parvenait malgré tout à payer son loyer. Sa part serait de cent dollars, plus une vingtaine d'autres pour les frais. En cas de difficultés financières, il pourrait toujours recourir à sa solution habituelle et vendre de la dope, même s'il détestait cela, préférant de loin en consommer. Le colocataire idéal, en somme.

De plus, c'était un ami de longue date. Nous nous étions connus au cégep, cinq ans auparavant. Il s'était présenté au journal étudiant que je dirigeais pour proposer sa candidature au poste de critique musical. Je l'avais reçu derrière mon bureau bancal de rédacteur en chef débutant et, avec un sérieux qu'on ne devrait posséder qu'à dix-huit ans, je lui avais demandé :

— Qu'est-ce qui t'intéresse dans la critique musicale ?

— Les billets gratuits.

J'avais haussé les sourcils.

— C'est tout ?

Il avait paru réfléchir, comme étonné par ma question.

— Et les disques gratuits, avait-il ajouté.

L'honnêteté de ses réponses m'avait ravi. Je l'avais engagé sur-le-champ.

Il était le fils unique d'une mère poule et coq à la fois, qui ne le lâchait pas d'une semelle depuis sa naissance. Pour ne pas devenir fou, il était devenu existentialiste. Au début de cette année-là, au cégep, il traînait partout avec lui un exemplaire soigneusement défraîchi de *L'être et le néant*, de Jean-Paul Sartre. Mais il s'aperçut bien vite qu'avec un pareil programme de vie, il valait mieux s'avancer les mains vides. De toute manière, ce n'était pas un bon plan pour attirer les filles.

Contre toute attente, il avait été reçu en physique à l'université et réussissait très bien aux cours qu'il acceptait d'honorer de sa présence, un ou deux par session, guère plus. Le reste de son existence était entièrement consacré à la recherche du plaisir et de la liberté tels qu'on peut les concevoir à l'âge tendre et dur à la fois de vingt ans.

On se croyait revenus de tout mais on ne revenait que de l'enfance. On faisait les durs, on jouait aux cow-boys. Sur nos hanches, nos deux six-coups s'appelaient Sarcasme et Dérision. Fred m'avait aidé à chercher un titre pour mon article sur les sectes. Tout comme moi, il s'était délecté du récit de la foi confinant à la bêtise et de la figure du Christ en chef de gang d'une bande de pédophiles véreux.

— *Jesus sucks!* avait dit Fred.

— L'Église et ses membres, avais-je répliqué.

— Coup de pied dans le Culte, plaça Fred.

— *Anus Dei*, le contrai-je.

— *Laissez venir à moi les petits enfants*, scora Fred.

Il n'y avait pourtant pas matière à rire. Parmi les gens que j'avais rencontrés au cours de ma recherche, nombreuses étaient les véritables victimes, désespérées et impuissantes.

Mais nous étions à ce point convaincus, Fred et moi, de la bêtise du monde ancien, que chacune de ses horreurs, plutôt que de nous consterner, nous réjouissait au-delà de toute mesure. Plus le scandale était flagrant et les victimes nombreuses, plus nous pensions avoir raison.

Je n'avais pas de meilleur ami que Fred. Il n'en avait pas de plus proche que moi.

Sans une seconde d'hésitation, il avait accepté de venir habiter dans mon nouvel appartement. Ce matin-là, il avait roulé son futon avec les draps dedans, se l'était chargé sur l'épaule et était sorti en laissant la clé sur la porte en guise de préavis. Pas plus compliqué que ça.

Il en avait fini de son exploration du fond de l'appartement et vint me rejoindre à l'avant.

— Provençal devrait bientôt être là, dit-il.

— D'un moment à l'autre.

— Ce serait bien si elle avait, disons, une table et des chaises, dit Fred.

— Un peu de vaisselle.

— Quelques chaudrons.

— Une lampe.

— Du papier de toilette.

Juste à ce moment, nous entendîmes la sonnerie de la porte d'entrée. En nous penchant dans la cage d'escalier, nous vîmes tout en bas la minuscule silhouette de Provençal qui nous faisait des signes de la main pour que nous l'aidions à monter quatre caisses en carton qui, nous l'apprîmes par la suite, ne contenaient que des livres et les notes de son mémoire de maîtrise sur le fascisme italien (1922-1945). Pas de table ni de chaise, pas de vaisselle ni de lampe et, à moins d'accepter de souiller les pages desséchées et jaunies de vieux bouquins en format poche, pas de papier de toilette non plus.

Nous descendîmes avec entrain pour nous charger des caisses et les ramener dans notre palace, avec Provençal sur les talons. Nous déposâmes ses possessions à côté des nôtres puis nous restâmes debout, tous les trois, à nous regarder sans rien dire. Au bout d'un moment, je me raclai la gorge.

— Bon ben, bienvenue, dis-je.

— Oui, c'est ça, répondit Provençal. Je veux la chambre du fond.

— J'avais pensé qu'on aurait pu tirer au sort.

— Je ne me soumets pas au hasard, énonça-t-elle.

Que répondre à ça?

Comme son nom ne l'indique pas, Provençal était un petit bout de femme aux cheveux et aux yeux noirs, animée d'une énergie féroce et parfois glaciale. C'est Fred qui avait eu l'idée de l'inviter à partager notre maison. Il l'avait connue dans le collège tenu par des frères des écoles chrétiennes où sa mère l'avait envoyé à l'âge de douze ans, «pour lui mettre du plomb dans la tête».

Déjà, Provençal se faisait appeler Provençal, y compris par les professeurs. En se dévissant le cou, Fred avait un jour jeté un coup d'œil sur sa carte d'identité et n'y avait vu, en guise de prénom, qu'une initiale: L.

Je l'avais rencontrée brièvement, deux jours auparavant, sur l'insistance de Fred qui affirmait qu'elle était parfaite pour nous.

— Ses parents sont morts quand elle était jeune. C'est une tante qui l'a envoyée au collège pour se débarrasser d'elle. Je ne l'ai jamais vue faire autre chose qu'étudier.

— En quoi cela nous concerne-t-il?

— Elle touche l'argent des assurances.

Malgré ce que m'en avait dit Fred, rien ne m'avait préparé à la vision que j'en eus lorsqu'elle vint s'asseoir à la table du café où nous lui avions donné rendez-vous.

D'abord, elle était coquette. Elle portait ce jour-là une ravissante robe violette en coton peigné qui lui descendait aux chevilles. Elle arborait quelques bijoux discrets et des anneaux d'argent au lobe de ses oreilles. Dès qu'elle fut assise, elle alluma une cigarette et en tira une longue bouffée. Je remarquai alors les taches de cendre sur sa robe et les petits trous de cigarette qui la criblaient comme si on lui avait tiré dessus. Le soin qu'elle apportait au choix de sa tenue et l'absence de soins qu'elle accordait à son entretien révélaient une personnalité complexe, peut-être contradictoire. Intéressante en tout cas.

Elle portait ses cheveux noirs mi-longs, et une frange en pagaille cachait en partie ses yeux profonds comme des lacs. Elle avait la peau très blanche, lumineuse, au grain incroyablement serré. Des traits fins, un petit nez, une bouche sensuelle. Mais, comme la robe, le visage était grêlé d'une dizaine de petits trous, cicatrices laissées par l'acné.

Après trois bouffées, elle avait écrasé sa cigarette et s'était enquise des modalités de la colocation. Je les lui avais expliquées. Elle avait hoché la tête en guise d'acquiescement, avait allumé une autre cigarette puis avait pris la parole pour énoncer ses conditions.

— D'abord, je ne suis pas une fille. Pas de blagues salaces, pas de claques sur les fesses, pas de galanterie, rien. Pas de pensées cochonnes. Je ne fais pas la vaisselle ni le lavage des autres. Je ne torche personne. Je fais mes affaires, vous faites les vôtres. Pas de questions. Pas de commentaires. À la moindre violation, je m'en vais, c'est compris ?

Sonnés, nous opinâmes du chef.

— Autre chose : c'est Provençal mon nom. Pas de diminutif, pas de surnom. Provençal, un point c'est tout. Une dernière chose : on ne touche pas à mes affaires. On ne les emprunte pas. Et surtout, on ne rentre pas dans ma chambre, jamais, jamais. Voilà, c'est tout. Alors ?

Alors nous avions dit oui, bien sûr. Et nous lui avions serré la main, scellant ainsi notre destin commun.

Une fois qu'elle fut partie, je regardai Fred en haussant les sourcils.

— Hé, dit-il, fataliste.

— C'est drôle, mais je ne l'imagine pas avec des boutons d'acné.

— Oh ! Elle n'en avait pour ainsi dire pas. Mais les quelques-uns qui lui sont venus à l'adolescence, elle les pinçait, les triturait – elle creusait les plaies de ses ongles jusqu'à ce qu'ils se transforment en cratères sanglants. Personne n'osait rien lui dire.

— Ah.

— Oui. C'était affreux. Je crois qu'elle ne supportait pas d'être belle. Elle voulait s'enlaidir. Elle ne se *voyait* pas belle.

— Et pourtant elle l'est.

— Oui.

— Elle est très belle.

— Très.

Nous nous regardâmes en silence, une esquisse de sourire aux lèvres. Nous étions déjà tous deux tombés sous le charme particulier de Provençal, quoi que cela puisse signifier.

— Elle est très belle, mais on ne le lui dira pas, dis-je.

— Oh non !

— Non. On ne lui dira jamais combien elle est belle.

— Jamais, soupira Fred.

— Jamais, répétai-je.

Pendant quelques instants, nous contemplâmes en silence le fond de café tremblotant dans nos tasses.

* * *

Elle hérita bien sûr de la chambre du fond. Nous l'aidâmes à y porter ses lourds cartons et ce fut la seule fois en de nombreuses années où nous eûmes l'occasion de pénétrer dans son domaine.

Nous achevâmes ensuite de départager nos maigres biens. Il nous apparut très vite évident qu'à l'exception du système hi-fi de Fred et de celui, low-fi, de Provençal, nous ne possédions rien qui soit en mesure de rendre une maison fonctionnelle, encore moins agréable et chaleureuse.

— Et le téléphone, demanda Fred, est-ce qu'on a le téléphone?

Je me tapai sur le front. J'avais demandé qu'on nous branche, bien sûr, mais j'avais laissé l'appareil au fond d'une boîte. Je me mis à sa recherche et le trouvai enfin, une sorte de mastodonte en bakélite noir, rescapé des années cinquante. Je trouvai une prise et le branchai. Il se mit immédiatement à sonner.

J'en restai saisi de surprise, à tel point que Provençal, venue voir ce qui se passait, dut me suggérer de décrocher, comme si je ne pouvais y penser tout seul, ce qui était peut-être le cas.

Un seul coup de fil peut-il radicalement changer le cours d'une vie? Comment répondre? Il faudrait disposer de deux existences identiques. Dans l'une résonnerait longuement la sonnerie antique d'un téléphone démodé. Dans l'autre ne se ferait entendre que la vibration mélancolique de la tonalité. En observant le déroulement de ces vies à partir de cette divergence, on pourrait alors mesurer avec exactitude l'impact réel du coup de fil. Malheureusement, la vie n'est pas une science exacte puisqu'on ne dispose que d'une seule et qu'on la vit au jour le jour, au ras des événements, le nez collé sur la page pour en déchiffrer, lettre par lettre, les mots qui s'assemblent en récit dont on oublie le début avant d'en connaître la fin.

Bref, je répondis. Dès que je reconnus la voix de mon interlocuteur, je tournai le dos à mes colocataires. Pendant quelques minutes, je me contentai d'écouter en émettant les grognements d'usage, puis je le remerciai chaleureusement avant de raccrocher. Je me retournai lentement. J'étais pâle, je le savais. Je ne dis rien. Fred n'y tint plus.

— Quoi?

— Fini l'université, dis-je.

— On t'expulse? demanda Provençal.

— Mieux que ça. C'était le journal. Ils ont beaucoup aimé mon article. Ils m'offrent un poste. Je commence lundi.

— C'est génial! s'exclama Fred. Alors? Éditorialiste? Journaliste au sport, à la culture? Politique?

— Mmm. En fait, ils veulent que je commence par m'occuper d'une sorte de concours qui s'adresse aux lecteurs, avec mise en nomination et tout le bataclan. Un gros truc.

— C'est quoi comme concours? demanda Provençal.

— *L'être le plus extraordinaire que j'ai rencontré.*

Il y eut un silence stupéfait. J'entendis Fred pouffer derrière sa main. Provençal quant à elle avait oublié de fermer la bouche.

— Oui, je sais, dis-je.

— Mais non, dit Fred qui, décidément, se marrait bien. L'important, c'est de rentrer au journal. Il faut bien commencer quelque part.

— J'aurais préféré les chiens écrasés.

— Mais tu les as! dit Provençal. Seulement, ce seront des lecteurs qui s'écraseront devant des vedettes du petit écran.

— Des chanteurs populaires, ajouta Fred, des politiciens, des curés de village.

— Des infirmières dévouées, des médecins dévoués…

— Des mamans désignées par leur enfant. Des enfants désignés par leur maman!

— Des handicapés si courageux! Des cancéreux si philosophes!

— Des professeurs qui auront su allumer l'esprit de leurs pupilles!

— Des joueurs de baseball, des joueurs de hockey. Des athlètes olympiques!

— Des gros qui ont maigri, des maigres qui ont grossi, poursuivit Fred.

— Ça va, dis-je.

— Des bons samaritains, ajouta Provençal, des médecins sans frontières.

— Des pompiers courageux, des voisins compatissants, des…

— Vous avez pas fini? dis-je en élevant le ton.

Ils se turent aussitôt. Je fis un large sourire.

— Vous avez oublié une catégorie, dis-je.

— Laquelle? demanda Fred.

— Ceux qui se mettent eux-mêmes en nomination!

Nous finîmes de déballer nos affaires. Nous nous retrouvâmes une heure plus tard, assis par terre dans le salon, pour tenir notre première assemblée officielle de colocataires. C'est Fred qui lança le bal :

— Bon, dit-il, on a un problème. Tout ce vide, je veux dire. Et le fait qu'on soit assis par terre. D'autre part, il faudrait quand même marquer le coup et célébrer l'entrée de François sur le Merveilleux Marché du Travail. Alors voilà : je propose de faire une fête. Une grosse.

Provençal n'était pas d'accord. Elle ne voyait pas comment une fête, même grosse, contribuerait à meubler notre appartement, à moins de garder captifs nos invités pour s'asseoir dessus. Mais Fred nous expliqua alors son plan dans le détail, et c'était une idée qui se tenait, aussi bizarre soit-elle.

— Et tout cela pour un investissement minimal, dit Fred. Je crois que je peux m'en tirer avec vingt-cinq dollars.

En soupirant, je tirai des billets de ma poche et les lui tendis.

Dès le lendemain, Fred transforma ces vingt-cinq dollars en mille affichettes qui invitaient la population étudiante des trois universités à venir célébrer, dans notre appartement, la Fête de la Légèreté. Dans un mélange de rhétorique anarchiste mal digérée et d'allusions salaces à peine déguisées, il invitait les étudiants à redécouvrir les vertus de la nudité et à résister au conformisme de leurs pères en se débarrassant des objets qui encombraient leur vie et formaient, en s'accumulant, les murs épais d'une prison. Vaisselle, bibelots, coussins, tables basses et hautes, chaises et lampes – avant qu'il ne soit trop tard, Fred invitait les étudiants à s'en débarrasser en les emportant à la Maison Toute Nue, ce samedi soir, dès 20 heures. Au menu : musique continuelle pour hommes sans poids et femmes légères. BYOB *(Bring Your Own Booze)*.

Dès dix-neuf heures ce samedi-là, il apparut que le stratagème de Fred allait connaître un grand succès. Sur le trottoir devant la maison se formait déjà un attroupement de jeunes hommes et de jeunes femmes qui attendaient l'ouverture de nos portes en buvant de la bière au goulot. Trois types étaient assis sur un divan défoncé et faisaient du plat à une bande de filles qui retouchaient leur maquillage dans le miroir craquelé d'une coiffeuse bancale. Certains arrivaient en tenant à la main une unique cuillère à soupe, mais ils furent aussi bien accueillis que les huit immenses gaillards de l'équipe de volley-ball des Carabins qui firent leur apparition au pas de course en brandissant au-dessus de leur tête un monumental buffet gothique bariolé d'une bonne dizaine de couches de peinture de couleurs différentes, toutes antiques et toutes écaillées.

À vingt heures précises, j'ouvris la porte et Fred mit sur le pick-up le premier disque de la soirée (B-52's, si je me souviens bien). À vingt et une heures, ils étaient plus de cent cinquante à danser et à boire sans retenue dans l'espace soudain rétréci de notre appartement, qui se transformait en bazar des mille et une nuits, ou en cimetière des cochonneries, selon le point de vue d'où l'on se plaçait.

Sur toute cette agitation, Fred présidait avec un plaisir manifeste, passant de Joy Division à Gilles Vigneault puis aux Beatles sans le moindre avertissement. Il se faisait remplacer le temps de quelques danses et de deux ou trois baisers, puis retournait à sa tâche qui consistait à mélanger les genres et les sexes sur le plancher de danse qu'était devenu le plancher du salon.

Je me demandais où était Provençal. Elle avait cloué sur la porte de sa chambre un panneau *Défense d'entrer*. Je l'imaginais claquemurée derrière et compulsant ses centaines de fiches consacrées au fascisme et à son Duce. Aussi, quelle ne fut pas ma surprise de la voir danser en tenant un garçon par le cou tandis que de l'autre main elle portait à ses lèvres le goulot d'une bouteille dont elle avala le contenu d'une seule gorgée. Échevelée, la peau brillante d'une pellicule de sueur, elle offrait le spectacle sans retenue de sa féminité. Elle prit le garçon par les cheveux et lui plaqua sur la bouche un baiser d'une telle puissance aspirante qu'elle laissa le pauvre homme pantois, d'autant plus qu'elle le recracha comme un noyau et se désintéressa aussitôt de lui. Je la vis ensuite, mi-dansant mi-titubant, disparaître dans la masse des corps qui s'agitait en se refermant sur elle.

D'après mes estimations, plus de trois cent cinquante personnes passèrent par l'appartement cette nuit-là. Le volume des objets et des meubles qui s'entassaient près de l'entrée ne cessait d'augmenter. J'entretins quelques conversations. Je dansai quelques minutes. Pendant la première partie de la soirée, je caressai l'espoir d'un flirt valable avec une jolie blonde aux épaules découvertes, mais en revenant du frigo avec deux bières fraîches à la main, je la trouvai occupée à masser l'entrejambe d'un des Carabins. Je n'avais pas l'aisance de Fred. Je n'avais pas l'ivresse de Provençal. J'avais besoin d'air.

La cuisine donnait sur un petit balcon. Je m'appuyai sur la rambarde en regardant les murs aveugles de la maison voisine. J'étais peut-être un peu triste, ou tout simplement frustré. Je sentis une présence derrière moi. C'était Provençal. Elle contempla un moment le spectacle de la cour en contrebas, jonchée d'ordures et de crottes de chat.

— C'est très laid, dit-elle.

Je bus une gorgée de bière en la regardant à la dérobée. Elle paraissait sobre maintenant. L'espèce de furie s'en était allée. Elle leva les yeux au ciel.

— Tu as vu cette trappe? dit-elle. Je parie qu'on peut aller sur le toit par là.

Je levai les yeux à mon tour. Dans l'avancée du toit qui recouvrait le balcon, un rectangle était découpé, et une simple planche peinte en gris bouchait l'ouverture. J'allai chercher dans le tas de meubles une table et une chaise que je ramenai au balcon. Je posai l'une sur l'autre, les escaladai et atteignis la trappe, qui céda à la première poussée. J'avais la tête et les épaules qui dépassaient.

— Alors?

— Ben, c'est un toit.

— Donne-moi la main.

J'aidai Provençal à grimper et nous marchâmes côte à côte dans le gravier qui crissait sous nos semelles. Notre immeuble était un peu plus grand que ses voisins, un peu plus haut même que la cime des arbres du parc, en face. C'était comme si s'étendait à nos pieds un tapis moutonnant, bosselé et mouvant.

Nous avançâmes jusqu'au bord du toit qu'ornaient des éléments sculptés, frises et sphères de bois. De l'autre côté du parc et des arbres, au flanc de la montagne, nous faisant face exactement, tout en haut d'un piédestal, se tenait la statue monumentale d'une femme ailée. De sa main gauche, elle semblait nous saluer. Elle avait le pied posé sur un globe et paraissait prête à s'envoler, à s'arracher de la pierre dans le battement vert-de-gris de ses ailes de bronze.

— Un ange, dis-je.

— Non, répondit Provençal. Elle est bien plus vieille que les anges. C'est une muse. L'une des filles de Jupiter et de Mnémosyne, aussi appelée Mémoire. Celle-ci s'appelle Clio, ou Renommée. C'est la muse de l'Histoire.

— C'est ta muse alors?

— Ça, c'était chez les Romains. Pour les anciens Grecs, Renommée est fille de Gaïa, la Terre, qui est née après Chaos. Dans la mythologie grecque, Renommée est un monstre. On l'appelle aussi Fama : la voix publique... Les anges ne sont venus que bien après, dans la mythologie judéo-chrétienne.

— Mais les créatures ailées ont toujours existé?

— Leur idée en tout cas.

Nous continuâmes à regarder la statue en silence. À un moment, une voix avinée se fit entendre derrière nous. Nous nous retournâmes. Un homme au torse nu se hissait sur le toit.

— Toi, en bas! aboya Provençal avec une telle autorité que le jeune homme dégringola littéralement.

Nous reprîmes notre contemplation de la Renommée. Mais quelque chose avait changé. Le corps de Provençal vibrait. On aurait juré une toupie, qui semble immobile lorsqu'elle tourne à haute vitesse. J'avais l'impression qu'il m'aurait suffi de toucher Provençal du doigt pour déclencher le chaos. Je dis doucement :

— On redescend?

Elle fut secouée d'un long frisson. Je la suivis à pas lents vers la trappe et la fête de la légèreté qui, en bas, battait son plein.

4

L'autre monde

Pendant que, derrière les murs de l'Amour Éternel, le Moyen Âge suivait son cours, Patrick Morno accueillait le vingtième siècle comme une pluie de coups à l'estomac. Bing! Bang! Pif! Paf! On prenait ses grimaces pour des sourires et sa stupéfaction pour du courage.

Tout était différent maintenant : ses vêtements, l'horaire de ses journées, les gens qu'il rencontrait; le moindre objet usuel le plongeait dans des abîmes de perplexité; il lui fallait de longues minutes pour déchiffrer le sens d'une phrase anodine.

Même Dieu, dehors, n'avait pas la même allure : il était... bienveillant. Comme s'il acceptait de fermer les yeux sur certaines choses. Dieu? Un vieillard débonnaire? Ce ne pouvait qu'être le Diable déguisé. Mais un prêtre en soutane, dépêché par les Services sociaux, lui avait longuement expliqué que, si Dieu était immuable et éternel, notre façon de le voir, elle, changeait avec le temps.

— L'Église évolue avec les Hommes, disait-il. La ligne de démarcation entre le Bien et le Mal comporte des zones d'ombre qui en brouillent parfois les frontières. Dieu est toujours le même, mais nous l'interprétons différemment selon les époques.

Ce charabia fit penser à Patrick que le prêtre en question aurait eu besoin de tâter du cuir de l'Amour Éternel pour se remettre les idées en place. Mais il préféra se taire et hocher la tête. Il n'avait pas sauté le mur pour plonger dans des discussions théologiques. Puisque, dans le flou, il lui appartenait de choisir sa propre ligne de conduite, qu'avait-il besoin de Dieu? Surtout d'un Dieu pareil, mou et modelable à l'infini. En quittant le prêtre, il se jura de ne plus jamais faire appel à ses services.

Cela ferait bientôt un an, et il découvrait chaque jour que le monde était un endroit bien plus vaste que ce qu'il avait imaginé les seize premières années de sa vie. Depuis qu'il allait à l'école, il restait stupéfait devant l'étendue de son ignorance. Il n'était pas encore à l'aise avec le téléphone. Il avait mal aux pieds dans ses chaussures. Les autobus lui semblaient des monstres rugissants et il préférait marcher plutôt que d'y monter.

Les rapports humains, surtout, lui semblaient parfaitement incompréhensibles. Il avait l'impression d'assister à un vaste jeu d'alliances et de mésententes dont les règles lui échappaient. Qu'est-ce qu'une blague? Pourquoi rit-on à certaines paroles et pas à d'autres? Quand sourire à quelqu'un et pourquoi? Comment expliquer l'isolement de certaines personnes alors que d'autres étaient sans cesse entourées?

Dans le but de parfaire son éducation, il regardait beaucoup la télévision. Il crut y comprendre des choses, bien qu'il n'arrivât pas à savoir si c'était la télé qui s'inspirait de la vraie vie ou la vraie vie qui s'inspirait de la télé. Quoi qu'il en soit, le petit écran était un formidable moyen de faire le dos rond en attendant que le temps passe.

Car Patrick était pressé. Il avait dix-sept ans et il avait hâte de devenir un homme ordinaire, avec un métier, de l'argent, peut-être même une petite amie. Ses hormones, jugulées auparavant par le cuir et la prière, explosaient maintenant en éclaboussant le plafond ! Cela se traduisait par une agitation vaine qu'il ne réussissait à calmer qu'en s'empiffrant de sucreries.

Il habitait pour l'instant dans une famille d'accueil qui le laissait tranquille. À dix-huit ans, devenu majeur, Patrick avait l'intention de se prendre un petit appartement et de s'inscrire, après ses cours de rattrapage, dans un atelier de mécanique automobile. Il était fou de voitures. Fou ! Cela remontait aux premières heures de sa liberté.

En quittant le bar de Mado, le policier avait fait vrombir le moteur de sa voiture de fonction, dont le rugissement avait tout d'abord inspiré à Patrick une terreur primordiale. Il s'était recroquevillé sur le siège arrière en s'agrippant des deux mains à la poignée de la portière. Sur l'autoroute, déserte à cette heure de la nuit, le policier avait roulé à toute vitesse, négociant en souplesse les virages successifs. Au bout de quelques minutes, le corps de Patrick s'était progressivement détendu. Il regardait filer le rideau des arbres. Les traits blancs de la route ressemblaient à des petits pointillés alors qu'il savait très bien, pour avoir marché dessus, que chacun des segments était plus long que lui.

Il avait l'impression de voler. Une voiture, c'étaient des ailes. C'étaient la grâce et la puissance. La beauté et le mystère.

Depuis, il en savait un peu plus, mais il rêvait toujours de percer ce mystère-là. Dans un an commenceraient ses cours de mécanique. Dans quatre ans, il obtiendrait son diplôme. Il y avait cela de bon dans la discipline que lui avaient inculquée les Disciples : il pouvait s'absorber de longues heures dans des livres d'étude sans ressentir la faim ni la soif, sans se laisser distraire par des rêveries non sollicitées.

En fait, et c'était l'envers de la médaille, il ne parvenait toujours pas à uriner plus d'une fois par jour ni à déféquer plus de deux fois par semaine. Les souillures du corps le mettaient encore profondément mal à l'aise. Il prenait sa douche en fermant les yeux.

Les entrailles d'une voiture sentaient l'huile et pas la merde. On pouvait d'un coup de chiffon en faire reluire les composantes. On pouvait les démonter et les remonter, les changer. C'était solide, réel. Le mécanicien était un dieu, mineur certes, mais tout-puissant, qui régnait sans ambiguïtés sur un univers logique et fonctionnel.

Je serai ce dieu-là, s'était promis Patrick.

Le policier l'avait remis entre les mains d'une fonctionnaire de la Protection de la jeunesse, qui l'avait installé dans une chambre d'hôtel bon marché avec un lit, un téléviseur et une boîte de beignets. Puis elle l'avait laissé seul pour qu'il se repose un peu.

Quelques heures plus tard, elle était revenue armée d'un dossier dont Patrick devait apprendre qu'il était entièrement consacré aux Disciples de l'Amour Éternel. La fonctionnaire s'appelait Rose et sa haine des agresseurs dépassait, de loin, son amour des enfants.

Patrick était assis sur le lit et mangeait le dernier beignet. Rose, debout, parlait en marchant autour de lui.

— Bon, dit-elle… Nous avons appelé ta maman. Elle vient te chercher pour te ramener là-bas.

Patrick cessa de mastiquer. Il regardait Rose. Un bout de langue vint lécher sur ses lèvres un peu de sucre glace.

— Le fait est, mon garçon, que tu es mineur. Un mineur en fugue. Et mon travail avec les mineurs en fugue, c'est de les ramener à la maison.

Le visage de Patrick coulait comme de la cire fondue.

— De toute manière, continua Rose, ça ne sert à rien d'en discuter. Ta mère arrive et je suis tenue par la loi de te remettre entre ses mains. À moins que…

Patrick releva la tête et lentement prononça :

— Je ne veux pas retourner là-bas.

Rose cessa de marcher. Elle se pencha vers lui.

— Je suis aussi tenue par la loi de te protéger en cas de danger physique ou psychologique.

— Oui, murmura Patrick en attendant la suite.

— Mais alors c'est du sérieux. Des allégations pareilles, il faut qu'elles soient précises. Il me faut des faits, il me faut des noms. Il faut que je sache exactement pourquoi je dois t'enlever à la garde de ta mère.

Un an plus tard, Patrick ne parvenait toujours pas à se rappeler cet épisode sans se tortiller sur sa chaise. Le prix de sa liberté avait été la trahison.

Pendant les mois qui suivirent, il y eut plusieurs scènes désagréables devant des comités d'experts qui le pressaient de questions et le forcèrent à en dire beaucoup plus qu'il ne l'avait souhaité, et même un peu plus que la stricte vérité. Mais cela leur faisait tellement plaisir… Puis vint le jour du tribunal, et Patrick vit entrer sa mère, en grande tenue de sœur, à la tête d'une délégation de disciples rasés et d'avocats rasoirs. Dès qu'elle vit son fils, elle tendit les bras vers lui et s'écria, éplorée :

— Mon bébé, mon chéri!

Cela déchira le cœur de Patrick. Il savait bien qu'il s'agissait d'une démonstration théâtrale destinée à impressionner le juge. Mais que n'aurait-il pas donné pour que cela fût vrai! Trop peu, trop tard. Les services sociaux avaient bien fait leur travail. Patrick savait maintenant qui il avait été : Patrick Morno, dernier enfant d'une famille qui en comptait quatre. Son père, alcoolique, était mort peu après sa naissance. Ses frères et sœurs avaient disparu dans les brumes des communautés étrangères. Quand Patrick avait eu trois ans, sa mère avait vendu tous leurs biens aux Disciples pour la somme symbolique d'un dollar.

En échange de ses informations, Patrick racontait à Rose de larges pans de sa vie sous l'égide de l'Amour Éternel : la discipline de fer, les interminables séances de prières à genoux sur le sol dur ; les exorcismes et les bains d'eau glacée pour chasser le démon des corps agités de soubresauts (une maladie que Rose lui apprit être l'épilepsie). Il raconta aussi les jours de jeûne, le gargouillis des ventres et l'impossibilité de se plaindre puisque Jésus, quarante jours et quarante nuits durant, n'avait pas poussé une seule plainte.

Il ne lui dit pas que l'indignité des jours de jeûne aboutissait parfois à une dépossession de soi qui ressemblait à l'état de grâce ; la connaissance intime et inexprimable d'une connexion divine. La plénitude ressentie alors n'était pas ce que Rose voulait entendre. Elle était pourtant aussi réelle que les visites nocturnes de certains disciples qui invitaient les garçons à des jeux d'amour en mémoire de l'amour de Jésus.

Une partie de Patrick regrettait sans doute de ne pas avoir eu le courage de rester pour devenir un saint. Il gardait à l'esprit le récit d'Adam et Ève, chassés du jardin d'Éden pour avoir goûté le fruit de l'arbre de la connaissance du Bien et du Mal. Seulement, Patrick n'avait pas d'Ève pour partager son exil. Il ne trouvait alors un peu de réconfort que dans le goût des beignets, comme si le sucre et le gras parvenaient à engourdir sa conscience, à l'apaiser.

Il assista aux procédures, des bonbons plein les poches. Une seule fois, il crut voir dans le regard de sa mère une étincelle de reconnaissance véritable. Mais c'était le visage de la haine. Le regard courroucé d'une femme trahie qui refuserait à jamais son affection au fruit de ses entrailles et au produit de son lait.

Patrick lui fut enlevé et confié à la garde de la Protection de la jeunesse. D'autres accusations furent portées contre les Disciples, mais elles s'enlisèrent bien vite dans les marécages des recours juridiques.

On trouva pour Patrick une première maison d'accueil, puis une seconde. Rose fut remplacée par une femme plus jeune et débordée de travail. On l'inscrivit à des cours de rattrapage où il apprit que la Terre tournait autour du Soleil.

En un an, il avait pris vingt kilos. Il s'était fabriqué une armure de graisse qui amortissait les coups, étouffait les sons et écrasait les souvenirs. Il ne ressemblait en rien au jeune homme émacié qui avait sauté le mur en s'embrochant sur les tessons de verre. D'ailleurs, il ne pouvait plus sauter. Il déchiffrait des magazines de mécanique en s'empiffrant. C'était un moment de transition. Il n'était plus, il n'était pas encore.

Quand il observait, par la fenêtre de sa chambre, les allées et venues de ses voisins, il lui semblait que rien ne pourrait le combler autant que de réussir à devenir comme eux : des gens ordinaires menant une vie ordinaire. Même cela lui semblait hors de portée. Plus il cherchait à en fixer les contours, plus le visage de l'homme ordinaire lui semblait flou, comme s'il n'existait que de loin, jamais de près. Et Patrick redoutait qu'à trop vouloir lui ressembler, il finisse par ne ressembler à rien.

5

Musiques

Nous nous installâmes pendant les semaines qui suivirent dans une routine qui allait rester la nôtre pour de nombreuses années. D'abord, il nous avait fallu disposer de ce bazar que nous avaient légué les invités de la fête. Très vite et en guise de défi, nous résolûmes de ne rien jeter. Les cache-pots en macramé, les chromos *made in Florida*, les cendriers promotionnels, les tabourets à une patte et les poufs en cuirette farcis aux haricots, rien ne subirait l'insulte d'un retour aux poubelles.

À cet exercice de décoration, Fred montra beaucoup d'imagination. Il n'avait pas son pareil pour agencer trois ruines en une singulière composition qui s'avérait utile et parfois jolie. Provençal noua un peu partout des morceaux de cotonnade indienne aux couleurs éclatantes, en recouvrit les abat-jour et en punaisa aux murs comme des tableaux. Bientôt l'appartement ressembla à un souk, bizarre mais confortable.

J'installai en permanence une échelle sur le balcon, permettant l'accès au toit. Ainsi notre intérieur s'ouvrait sur le ciel, la montagne et la statue de la Muse qui déployait ses ailes.

J'avais commencé mon nouveau travail. Le patron du journal s'appelait Pierre Ballot. Il avait peut-être trente ans et l'allure d'un jeune homme de bonne famille ayant étudié dans des collèges privés. Sur ses vêtements étaient cousus de petits alligators ridicules.

Le fameux concours dont je devais être le responsable était censé remplir les pages d'un cahier spécial que subventionneraient abondamment des publicités de prestige.

— Trouve-moi quelqu'un de vraiment extraordinaire, me dit Ballot le premier jour.

— Ça existe?

— Pour autant que les gens y croient.

L'idée, m'expliqua-t-il, était de s'y prendre long-temps à l'avance et de ne donner l'information qu'à petites doses afin de créer un climat d'attente et de convaincre le lectorat de l'imminence d'une révélation.

— Il faudrait que les personnalités publiques traficotent en sous-main pour apparaître sur la liste, tu vois? Il faut que ça compte pour eux. D'ailleurs, attends-toi à recevoir des cadeaux, des invitations au resto, ce genre de choses.

— Ce n'est pas éthique.

Ballot haussa les épaules.

— Ce n'est pas exactement du journalisme d'en-quête, tu sais.

— Je croyais que si.

— Ben non.

On en resta là. Je rentrai à la maison, un peu déçu. Mais j'essayai de me convaincre du contraire. Quand Fred vint m'accueillir en demandant:

— Et alors?

Je répondis: «Super!» sans trop avoir à me forcer.

* * *

Vint le jour de notre première querelle domestique. Je lisais au salon. Fred fricotait Dieu sait quoi dans sa chambre et Provençal travaillait sur son mémoire de maîtrise dans la sienne. Tout était calme, reposant. Soudain, de la chambre de Fred me parvinrent les premières notes d'une chanson de The Police, *Roxanne*. Les ondes sonores s'échappèrent par tous les interstices et se déployèrent dans l'espace en rebondissant sur les planchers de bois pour grimper jusqu'aux hauts plafonds en gagnant de la force.

Je vis bientôt Provençal apparaître sur le seuil de sa chambre, les poings sur les hanches et la bouche pincée. Elle rentra précipitamment et j'entendis bientôt s'élever les volutes atonales d'une composition de Schoenberg. Le volume sonore augmenta. La voix mélodieuse de Sting combattait pied à pied mais perdait du terrain sous les assauts répétés de cascades musicales apparemment dépourvues de sens.

Fred à son tour sortit de sa chambre, un sourire ironique aux lèvres. Il pencha la tête comme pour mieux écouter, puis rentra. Sting se tut, tout de suite remplacé par le *J'aurais voulu être un artiste* chanté par Claude Dubois dans la première version de *Starmania*. Le «i» de artiiiiste parvint un moment à faire plier les genoux au dodécaphonisme.

Provençal répliqua avec John Zorn.

Fred contra avec Barbara.

Provençal lança Tony Bruynèl dans la mêlée.

Fred envoya les Beatles au front.

J'étais exactement au centre du conflit. J'étais curieux de connaître l'issue de cet affrontement.

Dans le coin droit, représentant une culture du plaisir, mélangeant les genres au gré de sa fantaisie, Fred pouvait compter sur un vaste arsenal qui allait du ragtime à la new wave en passant par Sinatra et Vian.

Dans le coin gauche, Provençal était à la tête de troupes moins nombreuses mais mieux entraînées, habituées au combat corps à corps contre les tenants de l'immobilisme. C'était l'histoire de l'avant-garde musicale qu'elle lançait dans la bataille, comme les hordes de Gengis Khan, sur le passage desquelles plus rien ne repoussait.

L'air était plein d'échos discordants, d'accords désaccordés, de voix grinçantes. Lorsque Provençal mit Stockhausen à fond, Fred n'y tint plus. Il se rua hors de sa chambre, traversa le salon et hurla pour couvrir le vacarme :

— Trop, c'est trop ! Stockhausen, ce n'est pas humain !

— Mais au moins c'est de la musique, répliqua Provençal, pas de la gnognotte commerciale !

— Les Beatles, de la gnognotte ?!?

— *She loves you yeah yeah yeah*, c'est de la littérature, peut-être ?

— Éteins ça !

— Non.

— Éteins ça !!!

— Non mais, écoute ! Cinq cents ans d'histoire de la musique qui explose ! Un nouveau langage musical qui se crée, pour dire autre chose, de nouvelles choses !

— François ! cria Fred en désespoir de cause.

Avec un soupir, je m'extirpai du vieux divan et j'allai les rejoindre. Les yeux de Fred pétillaient. Rien n'était jamais assez grave pour qu'il se départisse longtemps de son sens de l'humour. Provençal par contre était terriblement sérieuse. Son front plissé faisait ressortir l'arrondi de ses lèvres et le sang qui lui montait à la tête donnait des couleurs à ses joues d'habitude si pâles. Je souriais en imaginant la gifle que je recevrais si j'avais le culot de lui dire combien elle était belle lorsqu'elle était en colère.

Je lui demandai plutôt :

— L'autre soir à la fête, tu semblais aimer les choix de Fred, non ?

— J'avais bu.

— Vous pourriez partager la semaine.

— Je ne veux pas entendre ces merdes.

— Même en baissant le volume ?

— Un filet de merde, c'est encore de la merde.

— Bon, alors c'est simple, dis-je.

— Quoi ? demanda Fred.

— Casque d'écoute obligatoire.

— Et pendant les repas ? demanda Fred. Et pendant que je fais le ménage, la vaisselle ? Je ne veux pas être confiné à ma chambre ou confiné au silence. Ce n'est pas juste.

Je regardai Provençal.

— Il doit bien y avoir un terrain d'entente, entre Sting et Stockhausen, vous ne croyez pas ?

Provençal parut réfléchir, puis elle leva le front vers Fred et lui lança :

— Stravinski.

— D'accord, mais avant cinquante et un.

— Cinquante et un ? demandai-je.

— Il se convertit au sérialisme.

— Ah.

— D'accord, répondit Provençal.

Elle tendit une main menue et blanche qui disparut jusqu'au poignet dans la paluche de Fred.

— J'y vais ou c'est toi? demanda-t-il.

— À toi l'honneur.

Fred courut vers sa chambre et bientôt s'élevèrent les premières mesures du *Sacre du printemps*.

— C'est super bien, dit-il en revenant.

— La fin d'une époque, pas tout à fait le début d'une autre.

— En tout cas ça s'écoute.

— Oui, ça s'écoute.

En vingt ans, j'ai dû l'entendre plus de mille cinq cents fois. Il serait faux de dire que je le connais par cœur. Je le connais de tout mon corps. Je le connais de chacune de mes cellules. Chacun des atomes qui me constituent est un spécialiste du Stravinski d'avant cinquante et un.

* * *

Il était plus de minuit. J'étais couché dans mon lit et Fred dans le sien, de l'autre côté du corridor. Nous venions d'inventer un jeu, qui consistait à chercher des prénoms commençant par L et qui auraient pu convenir (ou pas) à la personnalité de Provençal.

— Lili, disait Fred.

— Lolita!

— Lucie.

— Louise.

— Lotte!

— C'est bon ça, Lotte. Un point, dis-je.

— Lotte Provençale.

— On dirait une bouillabaisse.

— Lara?

— Mmm. Lucrèce.

— Lisbeth.

— Louisiane!

— Louisiane Provençale? Ça va pas? Conflit de cultures.

— Et les Cajuns? Et les touristes?

— Ouais, bon. Un petit point.

Toutes les lampes étaient éteintes. Nos voix se croisaient dans l'obscurité. Nous avions cessé de jouer en entendant le bruit d'une clé dans la serrure, en bas, puis des pas dans l'escalier, lourds, irréguliers. La porte d'entrée s'ouvrit puis se referma. Rien d'autre. Je tendis l'oreille pour percevoir le bruit irrégulier d'une respiration difficile.

Je sortis de ma chambre et me cognai contre Fred dans le noir. D'un clic, j'allumai le plafonnier du corridor.

Menue et ensanglantée, Provençal s'appuyait contre la porte d'entrée. Sa robe déchirée lui découvrait l'épaule. Elle était sale, couverte d'éraflures. Du fin gravier était incrusté dans ses plaies. Elle ouvrit les yeux, deux incisions dans la boursouflure des chairs. Elle nous vit. Ses lèvres, en formant un sourire, se fendirent comme des fruits trop mûrs.

— Mes héros, souffla-t-elle.

Comme si ces mots avaient appuyé sur le bouton de notre éveil, nous nous précipitâmes vers elle pour la soutenir. Je la pris dans mes bras et la déposai sur le divan du salon tandis que Fred allait chercher à la cuisine de l'eau chaude et un chiffon propre.

Provençal n'avait plus de chaussures. Mon regard remonta le long des jambes minces et épilées, jusqu'aux cuisses blanches où se voyait déjà l'ombre jaunâtre des ecchymoses.

Je ne savais pas comment le lui demander. Fred avait entrepris de lui nettoyer les plaies du visage. Je le regardai. Il hocha gravement la tête. Il redoutait la même chose que moi.

Provençal avait à nouveau fermé les yeux. Je saisis délicatement le bas de sa robe en loques et la soulevai entre le pouce et l'index, puis je penchai la tête entre les cuisses. Jamais la vision d'un petit slip de coton blanc ne m'avait fait si chaud au cœur.

— Rassure-toi, dit Provençal. Je suis toujours vierge !

Je relevai la tête et la regardai, choqué. Elle éclata de rire. Ses plaies s'ouvrirent un peu plus.

— Bon sang, Provençal, tiens-toi tranquille.

— Mmm.

Elle laissa aller sa tête vers l'arrière et ferma les yeux. Fred lava ses plaies avec d'infinies précautions. Il enleva un à un les morceaux de gravier qui s'y accrochaient. Il lava le sang frais et le sang séché en croûtes brunâtres. Je passai derrière pour désinfecter les plaies avec de l'alcool sans que jamais Provençal tressaillît. Nous lui retirâmes sa robe raidie de crasse. Je la revêtis de ma vaste robe de chambre en coton éponge blanc. Elle semblait dormir. Je tamisai l'éclairage et regardai ma montre. Il était quatre heures du matin.

— Allons nous coucher, murmurai-je à Fred.

Mais nous n'avions pas fait deux pas vers nos chambres que nous entendîmes, haute et claire, la voix de Provençal.

— Je ne veux pas dormir toute seule.

Je revins m'asseoir à l'extrémité du divan. Je soulevai les pieds de Provençal et les posai sur mes cuisses.

Fred s'assit par terre, le dos appuyé au divan. La main droite de Provençal glissa et vint se poser comme un oiseau sur l'épaule de Fred, puis ce fut tout et j'attendis longtemps le sommeil.

Le lendemain vers midi, après une longue douche brûlante, Provençal semblait aller beaucoup mieux. Elle vint nous rejoindre à la cuisine où je lui servis un bol de crème *budwig* passée au mixeur. Elle le touilla de sa cuillère sans le porter à ses lèvres tuméfiées. Elle nous regardait tour à tour avec une expression étrange qui tenait plus de la satisfaction après l'orgasme que de la douleur physique et morale.

Fred terminait une assiette d'œufs au bacon. Il l'essuya d'un bout de pain, se recula sur sa chaise et dit :

— Bon. Allez, accouche.

Comme si elle n'avait attendu que ça, elle dit tout de suite :

— C'est plutôt drôle, en fait, quand j'y pense.

— C'est vrai que le sang a un drôle de goût, ajoutai-je, pas vraiment amusé.

— J'étais allée boire un verre au centre-ville, reprit-elle, et j'ai décidé de rentrer à pied par le parc.

— En pleine nuit ? m'étonnai-je.

— Quoi, c'est interdit ? Non ? Bon. Alors je traversais le parc en pleine nuit quand j'ai vu trois gars assis sur un banc qui buvaient des bières depuis un certain temps, à en juger par la quantité de cannettes vides dans l'herbe à leurs pieds. Les gars étaient déguisés en *Orange mécanique*. Vêtements blancs, bottes militaires, chapeau melon, yeux maquillés et batte de baseball. Des petits cons qui ont vu le film de Kubrick une bonne vingtaine de fois sans rien comprendre. Ils parlent le drôle de langage inventé par Burgess, l'auteur du roman, et ils rêvent de défonce, de violence gratuite et de viols collectifs.

— Ils ont sauté sur toi? Ils ont tenté de te violer?

— Pas exactement, avoua Provençal en baissant la tête.

En vérité, finit-elle par expliquer, c'est elle qui leur avait sauté dessus. D'un pas ferme et décidé, elle avait marché jusqu'au banc et s'était plantée devant eux pour leur expliquer quelques-unes de leurs erreurs d'interprétation cinématographique. En pointant vers eux un index professoral sinon accusateur, elle leur avait expliqué : un, que lorsque l'auteur Anthony Burgess avait écrit son roman, c'était pour dénoncer la violence et non pour la glorifier; deux, que sa propre femme ayant été agressée par des voyous londoniens, il avait voulu comprendre le processus d'aliénation et décortiquer la raison pour laquelle la société n'arrivait pas à l'éradiquer; trois, que c'était en définitive une œuvre sur le libre arbitre et la nécessité vitale de pouvoir choisir son destin, et non pas une incitation à imiter bêtement des personnages de fiction et à agir en imbéciles sous prétexte qu'on ne sait pas lire un livre ni regarder un film. Tout ce qu'ils réussissaient à prouver, c'est qu'ils possédaient une cervelle d'oiseau et pas assez de couilles pour accepter d'être eux-mêmes.

— C'est à ce moment qu'ils t'ont tabassée? demandai-je.

— Pas exactement. Ils ont vidé leurs cannettes, se sont levés et ont commencé à s'éloigner en ne me jetant même pas un regard. Puis j'en ai entendu un dire : «T'as vu la devotchka? Pas assez de groudnés.»

— Traduction? demanda Fred.

— «T'as vu la fille? Pas assez de seins.»

— Je ne comprends pas, dis-je.

— Je les ai rattrapés en courant, je me suis plantée devant le plus grand et je lui ai donné un bon coup de pied dans les couilles.

— Et c'est alors qu'ils t'ont tabassée.

— Exactement.

Elle avait l'air ravi. J'étais consterné. Fred éclata de rire. Qu'y avait-il à ajouter?

Je pris ma tasse et j'allai la rincer dans l'évier.

6

L'esprit ouvert

I<small>L ÉTAIT COUCHÉ DANS SON LIT</small> et cherchait le sommeil, qui ne venait pas. Trop de pensées. Trop d'incertitudes. Il avait treize ans maintenant, et son corps changeait. Mais en quoi changeait-il ? Tout lui paraissait étrange, différent. Il lui semblait ne plus appartenir au monde qui l'avait vu naître.

Ce qui l'effrayait, c'était de devenir à ce point différent des autres qu'il n'appartiendrait plus au genre humain. Il avait lu À la poursuite des Slans et Le Monde des non A, de Van Voght. Il savait les dangers qui guettaient les mutants. Déjà, son père levait les yeux au ciel presque à chaque fois que son fils ouvrait la bouche.

— Qui est-ce qui m'a donné un enfant pareil ? demandait-il.

— Ah, ça ! répondait la mère.

Il y avait donc un qui ? Et comment définir ce pareil ?

Il ne comprenait plus ses parents, ses parents ne le comprenaient plus. Quoi qu'il arrive, que cela arrive vite, pensa le petit garçon. Je me sens comme une larve, coincé dans un état intermédiaire, ni chenille ni papillon.

Il alluma sa lampe de chevet. Toute la maison dormait, comme dorment les êtres humains ordinaires, *longtemps. Il se mit debout et retira son pyjama. Il se tint devant le miroir. Toutes ses lectures tendaient à prouver que le mystère s'éclaircissait avec la puberté. Chez les Slans, c'était l'époque de l'apparition des pouvoirs.*

Il s'examina dans la glace. La métamorphose était bel et bien commencée. Il leva le menton à la recherche d'une pomme d'Adam. Lui pousserait-il des vrilles dans les cheveux, des antennes de télépathe? Ou alors sa différence serait-elle intérieure?

Il regarda son pubis. Trois longs poils noirs frisottaient misérablement, chacun de son côté. Le petit garçon secoua la tête et se jeta sur son lit. Il étira un bras pour éteindre la lumière. Il n'y avait rien à faire. Il devait se contenter d'attendre. Des forces étaient à l'œuvre qu'il pouvait à peine imaginer. Il fallait faire confiance. Garder l'esprit ouvert.

Et fermer les yeux pour espérer trouver le sommeil, car demain, très tôt, c'était le cours de natation.

7

« L'être le plus extraordinaire que j'ai rencontré »

Quelqu'un parla à quelqu'un qui raconta à un autre ce que la rumeur laissait entendre depuis la fête de la légèreté. Le temps fit son ouvrage et Fred se vit offrir le poste de DJ dans une boîte qui allait devenir célèbre et symboliser à elle seule une bonne partie des années 1980.

Le mouvement punk, issu d'Irlande à la fin des années 1970, servit d'abord à décrire les jeunes *No Future* qui donnaient dans le transport des armes pour nourrir les appétits meurtriers d'une guerre de religion sans foi ni loi. Après un transit par Londres, qui lui conféra un statut officiel en troquant le désespoir pour l'esthétique, le punk arriva jusqu'à nos berges, pas mal fatigué, avec pour seule ambition d'être une mode passagère.

Les cheveux jusqu'alors portés longs se raccourcirent et se hérissèrent sur les crânes en défiant les lois de la gravité sous l'effet de gels, de pommades ou de mélanges d'eau sucrée et de blancs d'œufs battus. Des boutiques chics vendirent très cher des vêtements déchirés. Il fallait un temple au punk, ce fut la boîte qui engagea Fred. Le décor post-nucléaire, pseudo sale et chichement éclairé semblait tout droit sorti d'un album de bandes dessinées de Druillet.

Deux fois par semaine, les vendredi et samedi, Fred faisait danser deux ou trois punks à peu près véritables et deux ou trois cents imitateurs qui consacraient beaucoup d'efforts pour donner à leur tenue une allure d'après la bombe. L'an prochain, ils adopteraient pareillement la new wave puis se dégoteraient un travail et se contenteraient dorénavant de l'uniforme de leur classe sociale.

Sauf Fred. En bermuda et t-shirt informe, il avait gardé depuis l'enfance le même coiffeur et le même produit capillaire : une nuit de sommeil et un oreiller. C'était une forme suprême de détachement de n'en avoir rien à foutre. Il devint cependant une sorte de célébrité locale, ce qui le força à prévenir la grosse tête en s'administrant de fortes doses d'autodérision. Entre deux disques, il se saisissait du micro et se lançait dans des tirades existentialistes auxquelles il mélangeait anecdotes biographiques et détails croustillants sur la vie sexuelle de Simone et Jean-Paul. Dans un débit rapide et chantant, il narrait par le menu les aventures imaginaires du super duo aux prises avec la trivialité du quotidien et la bêtise du social. C'était une étrange mixture d'initiation à la philosophie et de récit de super héros (les yeux de Jean-Paul lançaient des éclairs au petit bonheur tandis que Simone tirait sa force de son chignon) qui faisait la joie de la foule. Puis, sans prévenir, Fred passait à l'explication méticuleuse de la théorie du chaos sur un rythme de grosse caisse et de guitare basse bien pesante. Cela faisait son petit effet.

De temps à autre, Fred assénait à ses punks de pacotille un Dalida bien senti ou un Joe Dassin de derrière les fagots. Le fait est qu'on l'applaudissait d'agir ainsi et que pas un moment les spectateurs ravis ne le soupçonnaient d'aimer pour de vrai Dalida et Joe Dassin.

— Le second degré, c'est de la rétention anale, hurlait Fred dans le micro.

Applaudissements frénétiques.

— Oh et puis merde! Pause cheveux. Allez vous refaire la crête, mes petites poules, mes petits coqs, disait-il encore avant de mettre un disque de chant grégorien.

Alors il descendait de l'espèce de cage vitrée qui lui servait de bureau et il venait nous rejoindre au bar, désabusé et rieur, pour boire un verre avec nous en repoussant les avances des punkettes en minijupes décorées d'épingles de nourrice.

Souvent, Provençal allait finir la nuit dans les bras d'un étranger qu'elle tirait par les couilles tandis que Fred disparaissait aux toilettes histoire de se faire tailler une pipe. Tout cela paraissait normal. Rien ne portait alors à conséquence. Nous ne fréquentions personne de plus de trente ans. Le sida n'était encore qu'une rumeur lointaine.

Nous finissions la soirée bien après les heures légales, et dans des états tels qu'il fallait du temps pour nous en remettre, ce qui compromettait sérieusement la journée du lendemain, si bien que ces deux soirs me bouffaient la moitié de la semaine. Comment Provençal faisait-elle pour tenir le rythme? Son mémoire de maîtrise, disait-elle, avançait bien. Dès le matin, le cliquetis de sa machine à écrire semblait confirmer la chose.

Fred, lui, dormait toute la journée.

Quant à moi, adepte de l'insomnie, je pensais pouvoir chaque matin me lever pour aller travailler sans payer trop cher. Mais l'alcool et les joints m'embrumaient les esprits, et j'en vins à regretter les rares heures de sommeil que l'insomnie m'accordait d'habitude. Bref, j'étais d'une efficacité douteuse, et suffisamment je-m'en-foutiste pour risquer la catastrophe.

En juillet, j'avais rédigé le texte qui, le 15 du mois, lança le concours *L'être le plus extraordinaire que j'ai rencontré*. Afin de faire tout un ramdam à la rentrée, le rédacteur en chef avait tenu à accepter les mises en nomination jusqu'à la mi-septembre, avec pour résultat que je reçus en moyenne trois cents lettres par semaine pendant huit semaines. Ce n'était pas précisément une sinécure de lire la prose maladroite d'individus laissant libre cours à un lyrisme sirupeux farci de clichés. Pour bien faire, j'aurais dû m'atteler à la tâche dès le départ, mais bon. J'avais une paye régulière, des occasions de la dépenser et du temps devant moi, si bien que je laissai les lettres s'accumuler en montagne jusqu'à devenir mon Everest personnel, qu'il me faudrait gravir sans oxygène et au péril de l'ennui. Je repoussai l'expédition tant que je pus.

Vint septembre. À ce stade j'avais reçu un peu plus de deux mille lettres, et il en arrivait toujours. La publicité entourant le concours ne faisait pas relâche et je m'attendais à en recevoir au moins cinq cents autres avant la date limite. Or, en consacrant deux minutes pour ouvrir et lire une première fois chacune des lettres, j'en avais déjà pour deux semaines à temps plein. Et ça, c'était sans réfléchir, sans juger, sans comparer, sans classer, sans choisir. J'étais dans le caca jusque-là. Mais au début de la vingtaine, on n'a pas le nez très fin. Je fourrai toutes les lettres dans deux grands sacs postaux que je coltinai jusqu'à un coin de ma chambre où je les laissai tomber en soupirant d'aise, comme si la moitié de la tâche était accomplie.

Puis j'appelai Fred et Provençal, qui accoururent. Je leur expliquai la situation et j'implorai leur aide à genoux.

— Moi je veux bien t'aider, dit Provençal. C'est comme une étude anthropologique : *Figure du héros dans l'imagerie populaire à la fin du vingtième siècle.*

— Moi aussi je vais t'aider, dit Fred. Mais seulement parce que je crois qu'on va rigoler.

Je me redressai en les remerciant.

— Qui sait, dis-je, on aura peut-être une bonne surprise?

* * *

Chaque fois que ce fut possible dans les deux semaines qui suivirent, nous nous réunîmes à la table de cuisine autour d'un gros tas de lettres dans lequel nous piochions allégrement. J'avais espéré, en recrutant mes amis, diviser par trois le temps nécessaire pour en venir à bout, mais c'était sans compter l'hilarité qui nous prenait à la lecture de certaines missives, hilarité que nous voulions partager en lisant à voix haute. Au contraire, certains passages émouvants nous laissaient sans voix, et la lettre passait de main en main pour déclencher, après plusieurs minutes de réflexions intimes, des discussions enflammées sur la nature de la société et l'abondance de ses maux. Tout cela n'était pas très efficace, mais je dois dire que ces moments comptent parmi les plus beaux souvenirs que je conserve de ces années de ma jeunesse. Il nous arrivait de lire jusqu'au milieu de la nuit – et dans nos mains voltigeaient les feuilles pliées comme des papillons. Fred plissait le front. Provençal se mordillait la lèvre. Je regardais mes amis sous le cône de lumière de la lampe suspendue, et j'avais le sentiment d'un lien puissant entre nous et les autres, l'impression précise d'être là où je devais être, à ma place exacte, remplissant exactement la tâche que je devais remplir.

Dans les lettres, les êtres extraordinaires ne méritaient ce statut qu'en raison de l'impuissance de ceux qui les rédigeaient. Il y avait autant de lettres de mères mettant en nomination le médecin qui n'avait pas réussi à sauver leur enfant que de lettres où le médecin l'avait ramené à la vie. Dans tous les cas, c'était la maladie qui détenait le véritable pouvoir. Cancer, leucémie, fibrose kystique, insuffisance rénale, troubles neurologiques, autisme, trisomie… C'étaient des récits d'enfances foudroyées, où la perspective imminente de la mort donnait à toutes choses un caractère sacré, jusqu'aux dessins animés du samedi matin à la télévision.

Malgré tous les tubes qui lui sortaient de la bouche, du nez et des bras, mon petit Guillaume riait parce que le coyote tombait encore une fois de la falaise. Il riait et il applaudissait parce que le coyote à chaque fois se relevait. Mais mon enfant n'était pas un personnage de dessin animé. Il s'est éteint le deux mai dernier, ses petites mains dans les miennes.

Évidemment, le héros ne révèle sa nature qu'au moment des catastrophes, et sans catastrophe, il n'est point besoin de héros. Notre cynisme fondait comme neige au soleil. Nous restions de plus en plus silencieux, absorbés par notre tâche, écrasés par le poids de notre responsabilité.

Il fallait néanmoins faire preuve de sens pratique. Pour nous y retrouver, nous décidâmes de classer les lettres. Nous y passâmes toute la première semaine et un tiers de la seconde, pour accoucher au bout du compte des catégories suivantes :

Malheureusement banales

C'est la catégorie des pères exemplaires, des mamans aimantes, des grands frères protecteurs et des papys assénant leurs leçons de vie aux petits-enfants à la veille de mal tourner. On y retrouve en fait des gens faisant ce qu'ils sont censés faire.

Ils sont payés pour ça

Les médecins, les infirmières, les policiers, les pompiers et les instituteurs entrent dans cette catégorie. C'est leur métier de sauver des vies, de protéger les citoyens, d'éteindre les incendies et d'enseigner les matières. Encense-t-on le boulanger parce qu'il fait du pain ?

L'autopromotion

Ici se retrouvent ceux qui se mettent eux-mêmes en nomination, vantant sans vergogne leurs propres mérites, ainsi que ceux, légèrement plus subtils, qui n'en désignent un autre que pour mieux faire ressortir leur propre mérite (*mon bras droit, sans qui notre ascension vers le succès aurait été impossible – un bon p'tit gars qui sait m'épauler en cas de coup dur*, etc.).

Les impraticables

Le Dalaï Lama et Jésus comptaient parmi les nominations de cette catégorie. Mère Teresa, Raspoutine, Roosevelt également. Mahomet, François d'Assise, Nelson Mandela. Des personnalités trop importantes, trop éloignées ou trop décédées pour venir chercher avec un peu d'émotion une plaquette honorifique remise par un journal à peu près inconnu hors de sa ville natale.

Le fan club

S'y retrouvaient toutes les mises en nomination d'artistes morts (voir Impraticables) ou vivants, ou entre les deux (tels Elvis et Marilyn Monroe).

Enfin venaient les deux dernières catégories, les plus intéressantes à lire :

L'ordinaire ordinaire

L'ordinaire extraordinaire

C'étaient les cas qui échappaient aux autres catégories et qui mettaient en scène des gens ordinaires dans des circonstances qui parfois l'étaient et parfois ne l'étaient pas. Ce petit garçon, par exemple, jouissant d'une excellente santé, et qui consacrait ses heures de loisir à jouer avec les jeunes leucémiques de l'hôpital pour enfants. C'était un cas d'ordinaire ordinaire, une démonstration de bonne volonté, de bonté, de gentillesse. Dans cette même catégorie se retrouvaient les rescapés de la drogue ou de l'alcool dont la rédemption avait des répercussions positives sur leur entourage.

Dans les cas d'ordinaire extraordinaire, on retrouvait de rares, très rares exemples de véritables dons de soi. Ainsi cet homme, témoin de la chute d'une jeune femme dans un torrent printanier. Il n'avait pas hésité à sauter dans les eaux glacées pour tenter de la secourir.

Alors que le courant m'emportait vers la mort, je sentis une poigne solide me saisir. Luttant, soufflant, l'homme réussit à me faire grimper sur un rocher si petit qu'il n'y avait de place que pour une personne. Il s'accrochait comme il pouvait à la pierre lisse et couverte d'algues. Je voulus l'aider, il repoussa ma main avec un sourire. Bientôt il n'y tint plus. Ses doigts gelés ne s'accrochaient plus à rien. Je le vis glisser, centimètre par centimètre. Juste avant d'être emporté, il leva les yeux vers moi et me dit: «Ravi de vous avoir rencontrée.» On retrouva son corps plus de cinq kilomètres en aval. Les policiers m'apprirent son nom. Je voulais vous le faire connaître.

Mais dans la majorité des cas, ce que les lecteurs considéraient comme extraordinaire était d'une banalité à pleurer, et cela en disait beaucoup sur l'état du monde qu'un simple geste gentil puisse émouvoir les gens au point de croire nécessaire de le signaler à l'attention des autres.

D'un commun accord, nous avions décidé que les catégories *Ils sont payés pour ça, Autopromotion* et *Impraticables* étaient par définition exclues de la course. Mais nous discutâmes longtemps avant de décider du sort de *Fan Club*. Provençal était d'avis que toute mention d'une vedette dans les journaux équivalait à en faire la promotion. Bonne action ou pas, la notoriété se transformait en vente de billets, en pouvoir de négociation. Ce qui, selon elle, nous ramenait à *Ils sont payés pour ça*.

— On ne va quand même pas les punir parce qu'ils sont des artistes, gronda Fred.

— Qui parle de les punir ? Il s'agit simplement de ne pas les récompenser.

— On devrait les traiter comme n'importe quel autre citoyen, dit Fred.

— Au nom de quel fumeux principe d'égalité ? fulmina soudain Provençal. À chaque fois qu'il pète, monsieur Toulmonde n'a pas droit à sa page dans le journal à potins ! À chaque fois qu'il va au restaurant, monsieur Toulmonde n'a pas sa table réservée et le cognac offert par le patron ! Tout ce que fait publiquement la vedette contribue à étoffer sa légende. Si la vedette voulait faire un bon geste sans en retirer le moindre profit, elle s'arrangerait pour le faire sous le couvert de l'anonymat.

— Et nous n'en saurions rien, dit Fred.

— Et la question ne se poserait pas, répliqua Provençal.

Fred garda le silence un moment, puis se tourna vers moi.

— Elle est redoutable !

— Oui, admis-je avec un sourire. C'est le mot.

— Un esprit acéré, dit Fred.

— Hé, ho! dit Provençal.

— La repartie vive, dis-je.

— La culture vaste, ajouta Fred.

— JE SUIS LÀ! nous rappela Provençal.

Nous nous tournâmes vers elle en feignant la surprise.

— Oh, bonsoir Provençal, dis-je.

— Bonsoir L., ajouta Fred en esquissant une révérence.

— Vous êtes vraiment cons, dit Provençal. Et sexistes. Des cons sexistes!

— Qu'est-ce que tu veux de plus? demanda Fred. Tu as gagné. *Le Fan Club* aux poubelles!

— Ce n'est que justice, énonça Provençal en faisant mine de se replonger dans sa lecture.

— T'as vu? Elle sourit, me dit Fred.

— Mais oui, t'as raison: c'est un sourire!

— Elle doit être contente.

— Peut-être même qu'elle est heureuse?

— Vous avez pas fini?!? hurla Provençal. Vous croyez qu'elles vont se lire toutes seules, les lettres? Vous avez trop de bite pour avoir un cerveau?

Comme deux gamins grondés, nous reprîmes le travail en silence. Puis j'entendis Fred chuchoter en se cachant derrière une lettre:

— Oui, c'est ça, t'as sûrement raison: elle est heureuse.

* * *

Grâce à l'aide de mes amis, j'arrivai à temps à l'échéance du 15 septembre. Toutes les lettres avaient été lues, classées, discutées, relues et rediscutées. Sur deux mille cinq cents lettres, nous avions sélectionné les vingt meilleures, puis les dix, puis les cinq. À ce stade, elles se valaient toutes, et j'aurais été bien en peine d'en privilégier une au détriment des autres. De toute manière, l'éditeur et le rédacteur en chef du journal se réservaient ce privilège.

Nous avions rendez-vous dans la salle de conférence. J'y arrivai en avance, avec mes sacs postaux, et j'étalai sur la table toutes les lettres regroupées en catégories et attachées par des élastiques. J'avais fait des photocopies des cinq lettres finalistes que je disposai sur la table, devant les chaises vides qu'occuperaient mes patrons. J'étais soucieux de bien paraître, et prêt à en rajouter un peu sur l'effort que tout cela m'avait coûté.

Le rédacteur en chef et l'éditeur arrivèrent en retard, accompagnés d'une troisième personne que je ne connaissais pas et qu'on me présenta comme étant la directrice des ventes.

— Des ventes du journal? demandai-je.

— De la publicité, répondit-elle.

Ensuite, dans un silence sépulcral, je leur passai les photocopies des lettres sélectionnées qu'ils parcoururent aussitôt en diagonale.

— Tu en as d'autres? me demanda Ballot après deux minutes.

— Ce sont les meilleures, répondis-je. Celles qui nous présentent des gens vraiment extraordinaires.

— Mais ce sont des inconnus, intervint la directrice des ventes.

Je la regardai, sans voix.

— Ils-ne-sont-pas-connus, insista-t-elle.

— J'avais compris, dis-je. Est-ce que ce n'est pas à nous de les faire connaître?

— Pas en page couverture, dit Ballot. Non, écoute, c'est de ma faute, j'aurais dû prendre le temps de t'expliquer. La page couverture, c'est notre publicité à nous.

— Ce n'est pas du contenu éditorial?

— Non. C'est une affiche distribuée à deux cent mille exemplaires et qui fait que les gens liront ou pas notre journal. Un inconnu en page couverture, c'est moins de lecteurs. Une vedette, c'est plus. Une grosse vedette, c'est beaucoup plus.

— Plus il y a de lecteurs, plus on vend notre espace publicitaire cher, dit la directrice des ventes.

— Plus on le vend cher, mieux on peut te payer. C'est la loi du marché. Tu comprends?

Je restais interdit, sans voix, submergé par des émotions contradictoires.

— Il faut être réaliste, reprit Ballot en guise de consolation. Alors, tu as d'autres lettres pour nous?

— Excusez-moi un instant, dis-je en quittant la salle de conférence.

J'allai pisser mais rien ne vint. Je tournai en rond devant les urinoirs en secouant la tête. Je marmonnai rageusement, mais c'était un monologue destiné à personne, pas même à moi. Je fermai les yeux un instant, puis je retournai à la salle de conférence. Sans dire un mot, je passai devant mes patrons, farfouillai dans les tas de lettres et en extirpai celles de la catégorie *Fan Club*. Je retirai l'élastique et j'étalai les lettres sur la table.

— Ah, c'est mieux! dit Ballot.

— C'est très bien, renchérit la directrice des ventes.

— Du beau travail, articula l'éditeur pour la première fois.

— Merci, dis-je, misérable.

La grande gagnante fut une vedette de la télévision, porte-parole de nombreuses bonnes causes et animatrice de téléthons au profit de la recherche contre le cancer. Lors de la séance de photo pour la page couverture, la vedette était accompagnée de son attaché de presse qui s'avéra être le signataire de la lettre de mise en nomination.

Le vedette, cependant, se révéla excellente comédienne en feignant la surprise, la timidité, la modestie et la reconnaissance. Ce qui ne l'empêcha pas d'exiger par trois fois des retouches à son maquillage et de refuser catégoriquement de présenter à la caméra ce qu'elle appelait son «mauvais profil».

Cette semaine-là, le journal avait un nombre exceptionnel de pages, dont les trois quarts étaient du contenu publicitaire. Il s'envola comme des petits pains chauds. Une semaine plus tard, tout était déjà oublié. La vedette réintégra les pages des journaux à potins, et je n'avais plus à me soucier du quotient de popularité de mes sujets d'articles. Si j'avais mauvaise conscience, je parvins d'autant mieux à l'oublier que Ballot me proposa de tenir chaque semaine une chronique.

— Sur quoi? demandai-je.

— Ce que tu veux. Sur l'air du temps.

Mes velléités de sens moral ne lui avaient pas échappé, me dit-il. Il existait un lectorat pour ça, qui avait tendance à fuir le journal depuis que ce dernier faisait beaucoup d'argent.

— C'est un important segment de marché qu'il faut se réapproprier. Je crois que tu es l'homme qu'il nous faut.

— C'est très flatteur, dis-je, vaguement nauséeux.

— Tu vois, c'est exactement ce que je voulais dire!

J'acceptai son offre, bien sûr. Dorénavant j'étais libre. Que des compromis m'aient conduit à cette liberté n'était qu'une autre ironie du hasard.

Ce soir-là, au moment de partir, Ballot vint me saluer à mon bureau. Il se prit les pieds dans les sacs postaux et faillit tomber.

— Tu me fous ça aux poubelles, m'ordonna-t-il.

— Mais ce sont les lettres du…

— Ça fait pas propre, dit-il en s'éloignant.

Je contemplai les sacs. Nombreux étaient ceux qui avaient écrit leurs lettres avec des larmes et du sang. Beaucoup de héros resteraient à jamais inconnus sous prétexte qu'ils n'animaient pas de quiz à la télé. Je ne pouvais me résoudre à les jeter aux poubelles, parmi les os de poulet et les mégots de cigarettes. En soupirant, je jetai les sacs sur mes épaules. À la maison, ce n'était pas la place qui manquait.

* * *

L'automne s'installa, magnifique et froid. Les arbres de la montagne se teignirent de rouge pailleté d'or. La Renommée semblait saigner sur le flanc d'une nature dont l'agonie n'empêchait pas l'exubérance.

Maintenant, la nuit était déjà tombée quand je rentrais du travail. Le rythme de nos soirées s'en trouva ralenti. Nous sortions moins. Fred réduisit à deux par semaine ses soirées de travail, puis à une. L'air vif et piquant combiné à l'absence de lumière poussaient mes amis à se coucher tôt et à dormir longtemps. Je n'avais pas cette chance. Voyageur immobile au pays de l'insomnie, j'écarquillais les yeux dans le noir en cherchant le sommeil. Invariablement, je finissais par me lever pour bouquiner, jusqu'à piquer du nez sur la page, généralement deux ou trois heures avant le réveil.

Un soir, tandis que me tombait des mains *Voyage au bout de la nuit* de Céline, mon regard s'arrêta sur les sacs postaux que j'avais déposés dans un coin. Un vague sentiment de culpabilité m'avait jusqu'alors empêché d'y revenir. Pour en faire quoi, d'ailleurs, puisque tout était consommé? C'est alors que me vint l'idée d'un livre, peut-être. Je rêvais d'écrire des romans mais je manquais d'imagination. Les seules histoires qui me venaient à l'esprit m'ennuyaient au point que je ne parvenais pas à les rêver bien longtemps. Mais dans ces sacs, me dis-je, il y a des milliers d'histoires qui ne demandent qu'à être racontées!

Je n'en avais lu qu'un tiers. Je me promis de les lire toutes. J'y consacrai le reste de mes nuits d'automne. Ce que je découvris me stupéfia.

Pendant plus d'un mois, je parcourus les lettres sans ordre, sans plan, sans idée préconçue. Simplement, je mettais de côté celles qui m'apparaissaient intéressantes, non plus dans le but de désigner un gagnant, mais parce qu'elles me touchaient, m'intriguaient ou me surprenaient. Au bout de quelques semaines, il m'apparut clairement que cinq lettres partageaient plus qu'une vague ressemblance. Trois hommes et deux femmes y faisaient mention d'une rencontre avec un parfait inconnu dont la qualité d'écoute était telle qu'ils avaient eu pour la première fois de leur vie l'impression d'être entendus. Ces rencontres avaient suffi, semblait-il, à modifier le cours jusqu'alors tortueux de leur vie. À chaque fois également, l'inconnu les avait quittés sans laisser d'adresse ni de numéro de téléphone, et n'avait plus jamais donné signe de vie.

À la fin de l'été, Fred, Provençal et moi avions partagé les lettres en trois monticules. C'est la raison pour laquelle les similitudes avaient pu nous échapper. Mais maintenant que je les relisais seul, à froid, dans la quiétude de ma chambre tandis que la ville dormait, il me semblait hautement improbable que ces cinq lettres puissent faire mention d'autre chose que d'un seul et même homme.

Et pourtant c'était le cas. Les inconnus portaient cinq noms différents.

Cela me travaillait. Je ne croyais pas au hasard. Du moins pas comme ceux qui croient au hasard parce qu'ils hésitent à prononcer le nom de Dieu. Je ne croyais en rien. Le hasard ne se lit pas comme un livre. Si les coïncidences s'accumulent, c'est forcément sous l'influence d'une volonté. Or les humains seuls font preuve de volonté, bonne ou mauvaise. Donc, il y avait de l'*hommerie* là-dessous.

Armé d'un stylo et d'une feuille de papier, je notai les similitudes : Cinq personnes habitant une même ville rencontrent au cours d'un même printemps un inconnu qui, en l'espace de quelques heures, modifie leur vision du monde et leur redonne un certain sens de la dignité, de la beauté et de la bonté. À chaque fois, c'est l'inconnu qui prend l'initiative de la rencontre. À chaque fois, les *contactés* s'ouvrent à lui comme ils ne se sont jamais ouverts à personne. À chaque fois, hormis le nom sous lequel il s'est présenté, l'étranger s'éclipse sans donner d'autre renseignement sur lui-même.

Je transcrivis ensuite les noms :

Sébastien Verne mettait en nomination Jean-Jacques Aléa.

Myriam Songeur mettait en nomination Georges Sort.

Jacques Ledoux mettait en nomination Victor Lazarre.

Isabelle Carné mettait en nomination Benjamin Fortuit.

Kevin Hughes mettait en nomination Michel Dé.

Je contemplai la liste un bon moment en me demandant si j'étais fou. Je regardai ma montre : il était une heure du matin. Je pris la feuille et j'allai gratter à la porte de Fred, qui répondit au bout d'un moment.

— Quoi ?

— Faut que je te parle !

— Ça peut pas attendre demain ?

— Je ne pense pas.

— J'arrive.

Il y avait un rai de lumière sous la porte de Provençal, aussi n'hésitai-je pas à cogner franchement.

— J'ai quelque chose à te montrer, lui dis-je à travers le panneau de bois.

J'allai à la cuisine et allumai la lumière. Je sortis du congélateur une bouteille de vodka. Je mis trois verres sur la table. Fred apparut et me regarda faire en souriant.

Je me versai une rasade que j'avalai aussitôt. Provençal sortit de sa chambre, vêtue d'une robe de chambre en cotonnade bleu royal. Je remplis les trois verres. Je priai mes amis de s'asseoir, puis je leur expliquai l'essentiel de mes ruminations : les cinq lettres, les cinq inconnus, le même effet bénéfique pendant le même printemps, la répétition insensée des motifs et la disparition des bienfaiteurs à chaque occasion. Lorsque j'eus fini, Fred secouait la tête.

— Qu'est-ce qu'il y a d'anormal à ça?

— Tu trouves normal que cinq personnes qui ne vont pas très bien se fassent aborder par cinq inconnus qui les bouleversent à ce point que nos cinq rescapés ressentent le besoin de prendre la plume pour dire au grand public à quel point ces cinq inconnus sont extraordinaires? Tu trouves ça normal? Dans notre monde? Dis, t'en connais combien, des gens extraordinaires, toi? Mettons les choses au plus simple : t'en as rencontré combien, des inconnus, depuis disons, six mois?

— Ben…

— Comment il s'appelle, le voisin d'en bas? Ah! Tu vois!

— C'est peut-être juste un hasard, dit Provençal.

— Ah! dis-je en jetant la feuille de papier sur la table.

— Qu'est-ce que c'est? demanda Fred.

— Les noms.

Fred s'empara de la feuille. Provençal rapprocha sa chaise et se pencha sur son épaule.

— C'est exactement ce que je me suis dit, continuai-je. Par quel incroyable concours de circonstances… Le hasard… C'est alors que j'ai compris.

— Quoi? Quoi? demanda Fred. Je ne vois pas.

Je regardai Provençal. Elle hocha la tête.

— Les noms de famille des nominés, dit-elle.

— C'est ça, dis-je.

— Merde, dit Fred après un moment.

— Oui, merde, ajouta Provençal.

— Aléa, Sort, Lazarre, Fortuit, Dé, énonçai-je.

— Mais on ne dit pas l'hasard, objecta Provençal.

— Pourquoi pas ? répliqua Fred. On devrait. Le hasard a quelque chose de reptilien. Moi c'est Dé que je ne comprends pas.

— « Un coup de dés jamais n'abolira le hasard », cita Provençal.

— Mallarmé, dis-je.

— Merde, dit Fred.

— Tu te répètes. Mais tu n'es pas le seul. Un seul et même homme sous cinq pseudonymes qui sont des synonymes. Et cet homme a bouleversé cinq personnes qui ont pris la peine de nous l'écrire. Et s'il y en avait d'autres ? S'il y en avait plein d'autres qui n'ont pas cru bon de le crier sur les toits ?

— Mais qu'est-ce que ça nous donne ? demanda Provençal. Un *serial* sauveur ?

— Ça nous donne un homme qui ressent le besoin de cacher sa véritable identité.

— Ce n'est pas un crime, que je sache. Et il n'a rien fait de mal.

— Je ne sais pas.

— Bon, moi je vais me coucher, dit Fred.

— Comment ? Tu n'es pas curieux ?

— Si, bien sûr. Mais je ne vois pas très bien ce qu'on pourrait faire de plus à deux heures du matin. Si cet homme a tenu à rester anonyme, c'est qu'il le voulait bien. S'il se cache, c'est pour qu'on ne le trouve pas. Vérifiez si vous y tenez, mais je ne crois pas qu'on trouvera un monsieur L'hasard dans l'annuaire. Bonne nuit.

Fred avait raison, bien sûr. Dans l'excitation de ma découverte, je n'avais pas pensé plus loin. C'était tout ? Je me servis un autre verre de vodka.

— Et moi ?

Je remplis le verre de Provençal. Elle me regardait sans rien dire. Je tendis la main pour ramener la feuille et y relire les noms. Mais l'espèce de jubilation qui s'était emparée de moi lorsque j'avais découvert l'ordre caché derrière la grimace du hasard, cette décharge d'adrénaline s'était considérablement tarie.

Provençal vida son verre et se leva. Elle passa derrière moi. Elle mit ses mains sur mes épaules. Je me raidis inconsciemment.

— Tu n'es pas obligé d'en rester là, dit-elle.

Elle se pencha et me souffla à l'oreille :

— Un journaliste, ça fait des recherches…

Puis elle se redressa et se dirigea vers sa chambre.

— Et pourquoi je ferais ça? lui demandai-je juste avant qu'elle n'en franchisse le seuil.

— Parce que c'est là, dit-elle avec un sourire.

8

L'apprentissage de la solitude

En 1983, Lech Walesa obtenait le prix Nobel de la paix et les Américains envahissaient la Grenade. Pour la première fois de l'histoire de l'humanité, un objet fabriqué par la main de l'homme quittait le système solaire : la sonde spatiale Pioneer, lancée onze ans plus tôt. Nous étions alors cinq milliards sur la Terre.

Ce qui n'empêchait pas Patrick Morno de souffrir de solitude.

Avant, sous le regard de Dieu, Patrick n'était jamais seul. Mais sous celui des Hommes, il n'avait pas droit à l'existence. Dès qu'il avait atteint l'âge de sa majorité, la Protection de l'enfance l'avait laissé tomber comme une vieille chaussette. La source de revenus s'étant tarie, la famille d'accueil lui avait fermé ses portes. Son dossier officiel avait été transféré aux Services sociaux, et toute l'aide à laquelle il pouvait maintenant prétendre se résumait à un chèque mensuel et à un sermon trimestriel ânonné par un fonctionnaire blasé qui posait chaque fois les mêmes questions sans jamais écouter les réponses.

Il s'était trouvé un petit appartement d'une pièce en sous-sol et il avait attendu, seul, le début de ses cours en regardant les souliers des passants par la fenêtre en soupirail. C'était, au début, un sentiment grisant que de disposer de soi-même, de n'être plus soumis aux impératifs d'un groupe. Dans cette pièce humide qui était chez lui, il vit se développer les prémices de son individualité. Il apprit à jouir, au début du moins, de sa solitude.

Dans la solitude, il n'avait pas à redouter de commettre un faux pas. Dans la solitude, on ne peut pas dire de bêtises, on ne peut pas faire preuve d'ignorance. Dans la solitude, personne ne vous regarde de travers. Vous mangez ce que vous voulez aux heures où vous le voulez. Vous dormez quand le sommeil vous saisit, dans la posture où il vous saisit. Personne ne vous reprochera un linge de corps douteux. La solitude est une équation simple parce qu'elle réduit à un le nombre des variables.

Mais il ne fallut pas très longtemps à Patrick Morno pour comprendre que «un», c'était déjà beaucoup. Car le problème avec la solitude, finit-il par comprendre, c'est qu'on n'échappe pas à soi-même.

Juge de lui-même, avocat de lui-même. Procureur de lui-même. Bourreau de lui-même. Patrick n'avait besoin de personne pour se chercher des poux, il était parfaitement capable de s'en charger tout seul.

La solitude n'était pas ce qu'il voulait. Mais il ne voulait pas non plus de sa présence gauche dans le monde et des petits rires derrière son dos ou, pire, des regards qui glissaient sur lui sans s'arrêter, comme s'il n'était pas là, comme s'il n'avait jamais existé.

Existait-il? Il en doutait parfois. Les personnages de la télévision avaient plus de réalité que lui, avec leurs voitures, leurs vêtements, leur coiffure. Jamais ils ne bégayaient, jamais ils ne prononçaient les mauvais mots. Ils ne connaissaient pas les temps morts, les files d'attente devant la caisse à l'épicerie. Ils ne lavaient pas leurs chaussettes dans le lavabo, ils ne les étalaient pas sur le radiateur pour les faire sécher – et alors le petit appartement sentait la laine mouillée, le savon et une vague odeur de pieds.

Vers qui se tourner pour obtenir de l'aide? Il essaya de prier le Dieu de son enfance, sévère et menaçant, mais il sortait de ces méditations en tremblant de peur, obsédé par l'ampleur de ses fautes et convaincu de se voir à jamais interdite l'entrée du Paradis.

Heureusement il y avait les beignets, ceux du jour en particulier, recouverts de chocolat et fourrés de crème pâtissière. Dans les moments de crise, il pouvait en ingurgiter six ou sept, qu'il faisait passer avec de grandes goulées de lait. Au bout d'un moment, la stupeur induite par le sucre et les gras lui permettait d'envisager l'avenir avec un peu plus de sérénité.

Vint le premier jour de classe. Énorme et maladroit, Patrick se casa tant bien que mal derrière son pupitre, comme un cachalot au milieu d'un banc de dauphins, en l'occurrence une vingtaine d'étudiants tous plus minces que lui et plus jeunes de deux ou trois ans, l'équivalent d'un demi-siècle dans le monde parallèle de l'adolescence.

Le professeur était un grand gaillard moustachu qui souhaitait qu'on l'appelât Benoît et non pas monsieur Brodeur. Il avait de grandes mains rugueuses, encrassées en permanence, et Patrick sursauta lorsque l'une d'elles vint se poser sur ses épaules à la fin de la première semaine de cours.

— J'ai vu dans ton dossier que tu n'as pas ton permis de conduire, c'est vrai? demanda Benoît Brodeur.

Patrick acquiesça en baragouinant. Les autres étudiants le regardaient comme s'il lui manquait les deux bras et les deux jambes, ainsi que quelques organes internes dont le cœur, le foie et la rate. Voilà, songea Patrick avec consternation. Pas un d'entre eux ne lui avait adressé la parole depuis le début de la semaine, et il était maintenant convaincu que pas un ne la lui adresserait la semaine suivante.

Mais Benoît, qui savait lire entre les lignes d'un dossier administratif, décocha à Patrick un clin d'œil complice avant de déclarer à haute et intelligible voix :

— Pas grave, mon vieux! Je vais te montrer, moi! Dans un mois, tu seras le meilleur conducteur de l'école. À part moi, bien sûr!

Aussitôt, le regard des étudiants était passé de la pitié à la jalousie, et Patrick comprit avec certitude que la qualité de son intégration était à jamais compromise. Être ignoré est douloureux. Mais être remarqué l'est tout autant, conclut-il ce jour-là.

Malheureusement, Benoît Brodeur était un homme de parole. Le lundi suivant, après les cours, il confia à Patrick les clés de son véhicule personnel, une antique Chevrolet cabossée dont le moteur ronronnait cependant comme un grand félin. Patrick s'installa au volant, Benoît prit le siège du passager et le guida de la voix à travers toute une série de virages et de manœuvres délicates dans l'espace relativement sécuritaire du parking quasi déserté de l'École d'automobile. L'embrayage, heureusement pour Patrick, était automatique. Ce qui ne l'était pas, c'était la conversation entre les deux hommes, qui calait invariablement en seconde phrase.

— Comment ça va aujourd'hui ? demandait Benoît.

— Bien.

Silence.

« Et vous ? » pensait Patrick, mais beaucoup trop tard. Il se tapait mentalement le front contre le volant pour se fustiger.

Benoît ne semblait pas beaucoup plus à l'aise, et il fallut l'épreuve de la route et celle des embouteillages pour qu'il parvienne à passer outre au silence obstiné de son élève et à sa propre gêne de se mêler de ce qui ne le regardait pas.

Cela se passait à la troisième semaine des cours, et Patrick désormais savait conduire une voiture. La Chevrolet pour le moment avançait à dix mètres à l'heure dans une laborieuse tentative pour accéder à la bretelle d'une voie rapide.

— J'ai vécu en Afrique, tu sais, commença Benoît.

Où voulait-il en venir ? Il ne le savait pas lui-même. Mais peu importe l'histoire, il espérait qu'un peu de sa sagesse rejaillirait sur son élève et l'aiderait à guider ses pas.

— C'était un projet de coopérative, poursuivit-il devant l'absence de réaction de Patrick. En pleine brousse sénégalaise. Je devais superviser la mise en chantier d'un atelier de mécanique pour la machinerie agricole. Seulement, ça faisait deux ans qu'il n'avait pas plu, alors, la machinerie agricole, hein...

Patrick écoutait, les poings crispés sur le volant. La Chevrolet avança d'un autre cinq mètres.

— C'était en 1973. J'étais vaguement hippie. L'amour universel, tous des frères sous le soleil, enfin, tu vois ce que je veux dire.

Benoît jeta un regard de côté, mais Patrick ne réagissait toujours pas. Les années soixante-dix ? Ah oui. Cette année-là, au complexe de l'Amour Éternel, une averse de grêle avait massacré les plants de tomates, ce qui avait entraîné une volée de pénitences carabinées censée calmer le courroux divin.

— Ce que je veux dire, reprit Benoît, c'est que j'étais plein de bonne volonté en arrivant là-bas, mais il ne m'a pas fallu longtemps pour comprendre que c'était une bonne volonté *blanche*, et qu'elle n'était pas plus efficace au cœur de l'Afrique noire qu'une tapette à mouches pour lutter contre la malaria. Pendant que je me battais avec les gars du village pour qu'ils viennent à l'atelier désencrasser des bougies, les enfants couraient derrière moi en rigolant et les vieilles peaux édentées me traitaient de fou en wolof. Tu sais pourquoi?

— Non, s'arracha Patrick, qui se demandait encore ce que diable pouvait être une bonne volonté blanche et pourquoi il n'en avait jamais rencontré, pas plus d'ailleurs que de malaria.

— Parce que les gens vraiment importants du village, les gens intelligents, les gens qui comptaient, avaient d'autres choses à faire que nettoyer des bougies. Ils essayaient de faire la pluie.

Patrick appuya sur l'accélérateur. La Chevrolet bondit puis pila net. Encore un bon dix minutes avant d'atteindre la voie rapide. Est-ce que tout cela avait un rapport avec moi? se demanda-t-il. Et si oui, qui suis-je supposé être dans cette histoire? Un blanc arrogant? Un païen faiseur de pluie? Une bougie encrassée? Ou carrément la pluie?

— Ce que j'essaye de te dire, poursuivit Benoît en avalant sa salive avec beaucoup de difficulté, c'est qu'il faut savoir s'adapter. Il faut garder l'esprit ouvert. Il faut faire des efforts. Je n'y croyais pas, moi, à leurs histoires de fabrication de pluie. En retour, ils ne croyaient pas à mes histoires d'entretien mécanique. Mais j'étais seul de mon côté, tu comprends? J'étais le seul blanc, et je ne suis arrivé à rien tant que je n'ai pas adopté les coutumes de ma société d'accueil. Tu sais ce que j'ai fait? Je suis allé voir le chef du village pour parler avec lui de la pluie et du beau temps! Une interminable discussion au bout de laquelle je lui ai offert mes services de faiseur de pluie selon les rites de mon pays. Naturellement, je ne savais pas faire la pluie. Mais de toute évidence, eux non plus. L'essentiel était que je fasse preuve de bonne volonté. De bonne volonté *noire*. Alors, avec un vieux moteur diesel et beaucoup de fumée, j'ai invoqué les dieux de la pluie, Cascade et Hydro. Le ciel est resté désespérément bleu. Mais le lendemain matin, j'avais trois gars prêts à me donner un coup de main à l'atelier. Et quand il a commencé à pleuvoir, un mois plus tard, toute la machinerie était fonctionnelle! Tu comprends ce que j'essaie de te dire?

— Mmm.

— Quand tu es seul parmi des gens différents de toi, ça ne veut pas dire que tu es moins bon qu'eux ou que tu n'as pas ta place. Ça veut seulement dire que tu dois faire un effort d'adaptation – que tu dois aller vers les autres plutôt que d'attendre qu'ils viennent vers toi. J'ai passé deux ans dans la brousse. Tu sais ce que j'y ai gagné? Une femme et deux enfants! J'ai épousé une des filles du chef du village. Après ça mon vieux, tout a marché comme sur des roulettes!

Benoît riait tout seul. La Chevrolet accéda enfin à la voie rapide. La complexité des manœuvres et la concentration nécessaire à leur réussite dispensèrent

Patrick de rien ajouter à la parabole de son professeur. Bien sûr qu'il avait compris, il n'était pas un imbécile! Mais ici, ce n'était pas l'Afrique noire. C'était l'hiver, il faisait froid, et depuis que Benoît lui prodiguait des cours privés, les autres étudiants lui murmuraient des «chouchou!» dans le dos. Oh! Il avait très bien compris. Être dans les petits papiers du professeur ne vous garantissait pas un sauf-conduit pour le vrai monde, celui des corridors tapissés de casiers à numéro, celui des toilettes pour hommes et des vestiaires. Celui, terrifiant, de la cafétéria. Ici, la bonne volonté blanche était celle du professeur.

De tout ce discours, il avait cependant retenu une chose: le pouvoir intégrateur d'une épouse.

Il me faut une femme, pensa Patrick. Peut-être pas la fille du chef, mais une femme.

Il joua avec cette pensée pendant le reste du trajet. De retour dans le parking de l'école, il sortit de la voiture sans dire un mot, puis tendit les clés au professeur.

— Merci beaucoup, monsieur Brodeur, dit-il. Je crois que je peux passer mon permis maintenant.

Cette marque de déférence atteignit Benoît en plein cœur. Il regarda son étudiant s'éloigner, puis monta à bord et quitta le parking comme à regret. Voilà qu'il s'était fait congédier par un étudiant obèse pas même capable d'aligner deux phrases de suite. Ainsi va la vie. Ceux qu'on aide, parce qu'on les aide, se retournent contre nous. La preuve de notre réussite, c'est qu'ils nous rejettent. Il pensa à ses deux enfants, nés dans la brousse. Adolescents maintenant, ils refusaient systématiquement les câlins ainsi que toute forme de contact physique qui pouvait trahir la tendresse, l'affection ou l'amour. Ainsi va la vie, pensa encore Benoît, dont l'épouse, la fille du chef, était morte deux ans auparavant d'un cancer du sein. Comme elle me manque! Je suis tout seul, pensa-t-il. Nous sommes tous tout seuls, et c'est insupportable.

Insupportable, répéta-t-il à voix haute, pour personne, en grillant un feu rouge.

Une femme, pensait Patrick en marchant pour rentrer à la maison. Il me faut une femme. Avec une femme, tout serait parfait.

9

La poursuite du hasard

LES FEUILLES TOMBÈRENT DES BRANCHES. Le ciel devint gris et s'abaissa d'un cran ou deux. Les haleines fumaient dans l'air glacé. Enfin la neige vint recouvrir tout ça et assourdir les sons. Il faisait bon rester dedans.

Provençal tapait à la machine tout ce qu'elle savait sur les milices de Mussolini, le fascisme et le chianti. Certains jours, elle ne sortait de sa chambre que pour aller pisser. Elle avait ainsi des accès de mémoire, des excès d'étude. Pendant ce temps, du moins, elle ne parcourait pas la ville, la nuit, à la recherche des petits cons à qui casser les couilles. D'où tirait-elle cette force, cette obstination, cette inconscience qui lui permettait en toutes choses d'aller trop loin? Je l'ignorais. Mais j'étais bien content de l'avoir à la maison pour moi tout seul, puisque Fred, lui, cherchait ailleurs des matelas plus confortables, des couettes plus moelleuses et, surtout, des corps chauds et doux pour passer agréablement les interminables nuits d'hiver. Sa facilité à «fraterniser» m'avait toujours sidéré. Les tactiques de jongleur nécessaires pour mener de front trois ou quatre liaisons me semblaient tenir de la sorcellerie. Il était par ailleurs égal à lui-même, et lorsqu'il revenait à la maison, c'était comme s'il n'était sorti qu'un instant pour acheter au coin un paquet de cigarettes. Il s'assoyait et reprenait la conversation exactement là où nous l'avions laissée, puis il repartait, parfois sans finir sa phrase et sans jamais aller au bout de son idée, car ses idées n'avaient pas de bout.

Et moi? Autant que possible, j'évitais le sujet. Je rencontrais des filles, j'allais dans les restaurants. Je vivais des histoires avortées, des aventures sans danger autre que celui d'une gifle, et encore. Sinon je travaillais. L'absence d'opinion que j'avais de moi-même dans la vie était largement compensée par la grisante sensation d'être lu chaque semaine par deux cent mille personnes. Je me découvrais un talent dont j'avais à peine osé rêver. J'avais une opinion sur tout et je m'aperçus que ladite opinion était âprement disputée par les lecteurs dans la page qui leur était réservée. Dorénavant, je recevais par la poste des invitations aux premières et des colis de livres. Après un seul et unique passage à la télé dans une émission d'affaires publiques, on commençait à me reconnaître dans la rue. Je me laissais aller à cette sensation nouvelle d'être quelqu'un.

Tandis que l'hiver se calait dans sa ouate, tout aurait été pour le mieux s'il n'y avait pas eu, dans un coin de ma chambre, les sacs postaux pour me rappeler l'existence, quelque part dans la ville, d'un homme secret et extraordinaire à la recherche duquel j'aurais dû me consacrer. Cela devait pourtant être facile, pour un journaliste.

Et au début, cela avait semblé facile, en effet.

À l'automne, j'avais simplement appelé le premier nom sur la liste. Sébastien Verne avait rencontré Jean-Jacques Aléa. Je lui expliquai qui j'étais, l'histoire du concours et la découverte de notre L'Hasard anonyme. J'appelais, avais-je dit, pour tenter de retrouver celui qui, à bien y penser, pouvait s'avérer être quelqu'un de véritablement extraordinaire, et c'était pourquoi je sollicitais son aide.

Au bout du fil, il y avait eu un long silence. Puis Sébastien Verne demanda, d'une voix flûtée et avec une pointe d'accent :

— Vous dites que vous étiez le responsable du concours ?

J'acquiesçai prudemment.

— Et vous avez préféré déclarer « personne extraordinaire » une pouliche de la télé qui n'est pas foutue d'aller se branler aux toilettes sans l'approbation de son gérant ? Ça ne vaut pas de la schnouffe, votre affaire. Trop peu, trop tard, ducon !

Et il avait raccroché.

J'étais resté assez longtemps le combiné à la main, en proie à une confusion de sentiments dont le moindre n'était pas la profonde perplexité dans laquelle me plongeait l'origine étymologique du mot *schnouffe*. Le *trop peu, trop tard, ducon* frappait aussi dans le mille.

La seconde sur la liste s'appelait Myriam Songeur, et j'évitai soigneusement de lui raconter mon affaire au téléphone. Nous prîmes rendez-vous pour le lendemain, dans un restaurant du centre-ville réputé pour sa luzerne vendue au poids. J'arrivai à l'avance et m'installai dans la section fumeurs avec un café à la chicorée. « Je porterai du jaune », m'avait dit Myriam Songeur.

En l'occurrence un boubou jaune, dix mètres de tissu éblouissant drapé sur la sculpturale silhouette d'une Africaine d'environ cinquante ans. Je la priai de s'asseoir, ce qu'elle fit. Je la laissai commander une assiette de crudités avant de me lancer. Je me présentai comme journaliste et pas du tout comme le responsable du concours qui avait couronné la porte-parole de tous les dentifrices. J'avais relu les lettres délaissées, mentis-je, et je flairais la bonne piste. Pouvait-elle me raconter son histoire ?

— Mais oui ! dit-elle avec un large sourire.

Elle entreprit alors de me décrire, sans jamais se départir de son sourire, la lente et terrible agonie de son mari, décédé plus de deux ans auparavant d'un cancer des os. Elle dépeignit, à courts traits précis, les effets dévastateurs de la maladie. Elle me décrivit la déchéance physique et mentale d'un homme qu'elle idolâtrait depuis l'adolescence et à qui elle avait remis, près de quarante ans auparavant, les clés de son jardin secret. Au terme d'un combat épique que les médecins savaient perdu d'avance, son mari avait rendu les armes en perdant l'esprit. La dernière semaine de sa vie sur Terre avait fait de lui une lanterne éteinte, incapable de contrôler ses propres intestins et encore moins de mettre un nom sur le visage penché sur lui qui pleurait en l'embrassant.

Tant qu'il resta quelque chose à faire pour lui, elle ne s'effondra pas. Les formalités de l'enterrement, les rendez-vous avec le notaire, les innombrables coups de fil à des fonctionnaires qui se contredisaient, tout cela elle l'accomplit de bon cœur, avec une sorte de calme féroce. Mais quand tous les papiers furent signés, toutes les cendres éparpillées et qu'elle se retrouva à la maison avec pour seule occupation celle du souvenir, quelque chose en elle se brisa.

— Ce n'était pas de la folie, monsieur François, simplement du chagrin. Trop de chagrin.

Elle ne voulait plus voir personne car les gens, deux mois après la crémation, avaient déjà commencé à montrer des signes d'impatience devant la constance du débit des larmes de Myriam Songeur. Les mêmes qui, au début, lui disaient de pleurer, allez, ça fait du bien, levaient maintenant les yeux au ciel quand elle repartait pour une bordée. «Mais ressaisis-toi», lui disaient les plus patients. Mais ressaisir quoi puisqu'elle était là, bien en chair, toujours vivante et que c'était son mari qui manquait à l'appel? Pourtant elle avait encore dans le nez son odeur, elle sentait encore sa barbe piquer sa joue, et certaines nuits, elle se réveillait langoureuse, chaude et humide, puis réalisait soudain que c'était un mort qui l'avait ainsi émoustillée, sans espoir aucun de jamais la satisfaire.

Au printemps dernier, le 2 mai plus exactement, elle avait rencontré par hasard Georges Sort au parc La Fontaine, sur un banc où elle s'était réfugiée pour tenter de maîtriser les violents sanglots qui la secouaient. Ce jour-là, malgré le soleil, le parc était gris et terne dans ses habits d'hiver. Les arbres étaient des griffes tendues vers le ciel et l'air était piquant, comme si le printemps ne reviendrait plus jamais.

Elle sanglotait donc, assise sur le banc, lorsqu'elle perçut la présence d'un jeune homme qui l'observait.

— Ça va, ça va, dit-elle en agitant son mouchoir, dans un geste qui voulait à la fois rassurer et chasser l'intrus.

Contre toute attente, celui-ci choisit plutôt de s'asseoir sur le banc, à l'autre extrémité. Ce faisant, il eut un sourire triste, compatissant, que Myriam Songeur, des mois plus tard, assise dans un restaurant végétarien, ne parvenait toujours pas à décrire avec exactitude.

— C'était un sourire bon, finit-elle par conclure à ma grande insatisfaction.

La présence de l'inconnu, en ce 2 mai de l'année dernière, n'avait fait que raviver les sanglots de Myriam Songeur, car un sourire bon ne pouvait que lui rappeler celui de son mari. Après quelques minutes, pendant une accalmie, elle releva la tête et s'excusa auprès de l'étranger. Elle vit alors qu'il était petit et plutôt moche, mais qu'il avait des yeux de fille, bruns, aux cils très longs, et qu'il conservait toujours, comme peint sur le visage, son sourire empreint de bonté.

Comme il ne réagissait pas à ses excuses, Myriam Songeur se crut obligée de lui expliquer brièvement les raisons de son émoi. Sans qu'elle s'en rendît compte, l'explication dura deux bonnes heures. Elle parla, timidement d'abord, puis avec de plus en plus de force. À un certain moment, le jeune homme avait dû se présenter puisqu'elle connaissait maintenant son nom. Mais il restait d'une discrétion exemplaire. Il ne l'interrompait jamais mais profitait parfois d'une pause naturelle, d'une respiration du discours pour insérer une phrase, quelques mots dont elle avait oublié la teneur mais pas l'effet, celui d'un baume sur une plaie vive.

Au terme de ces deux heures où elle avait, à un parfait inconnu, tout raconté de ses amours et de ses morts, du vide qui l'habitait en prenant paradoxalement toute la place, remontant dans son récit le cours du temps pour mieux le redescendre ensuite, elle parvint par les mots à rejoindre le moment présent, et ce fut une révélation, comme si son âme errante réintégrait soudain son corps avec un claquement de ferrure.

Elle s'arrêta de parler, surprise de ressentir autre chose qu'un horrible sentiment de perte. Elle n'appartenait plus au chagrin. Le chagrin lui appartenait.

Elle s'aperçut alors que Georges Sort était debout et lui tendait la main, qu'elle serra sans savoir quoi dire. Il s'en fut, laissant derrière lui une femme vivante, et disparut au bout de l'allée.

À ce moment précis, Myriam Songeur se laissa aller contre le dossier et leva les yeux au ciel pour constater avec stupeur que l'arbre sous lequel elle était assise arborait toutes ses feuilles. Elle sauta sur ses pieds pour regarder alentour, mais non : tous les arbres du parc, à l'exception de celui-ci, étaient encore bruns et nus. C'était un miracle, elle n'en doutait pas une seule seconde, et depuis ce moment, tout allait pour le mieux.

Son récit terminé, Myriam Songeur me regarda sans cesser de sourire, non pas comme si elle attendait une réaction de ma part, mais plutôt comme si elle me mettait au défi *de ne pas réagir*.

Ce dont j'étais parfaitement incapable. Son histoire m'avait ému, mais le miracle à la fin était une insulte à mon intelligence.

— Certaines espèces d'arbres font leurs feuilles avant les autres, dis-je.

— C'est tout ce que vous avez retenu ? me demanda Myriam Songeur.

Je pris le temps de réfléchir. J'étais venu pour en apprendre un peu plus sur Georges Sort, et non pas pour mettre à mal la spiritualité d'écolière d'une veuve éplorée. Or qu'avais-je appris sur Georges Sort ? Rien, sinon qu'il était petit et pas très beau.

— Essayez de vous rappeler. Que vous a dit Georges Sort qui vous ait tant marquée ?

— Je ne me souviens pas, dit-elle. Des choses banales, j'imagine.

— Alors en quoi est-il si extraordinaire ? lui demandai-je.

— Peut-être qu'il n'est pas extraordinaire. Mais l'effet qu'il a eu sur moi, oui, il l'était. Parfaitement extraordinaire.

— Je ne vois pas, dis-je.

Elle ferma les yeux comme pour mieux se remémorer la scène.

— J'avais l'impression de parler à un miroir, dit-elle. Comme si je parlais à mon reflet. Mais pas le reflet de moi maintenant. Mon reflet à tous les âges, à toutes les époques de ma vie. Mon reflet d'enfant rêveuse. Mon reflet d'adolescente soupirant après l'amour tout en le redoutant. Mon reflet de femme heureuse, mon reflet de vieillarde, au terme d'une longue vie qui n'aurait pas été vécue en vain… Peut-être que ça tenait à son sourire. D'habitude, quand je pleurais, les gens prenaient une mine d'enterrement. Pas lui. Il souriait tout le temps. Il s'émerveillait de ma douleur, il s'émerveillait de mon amour, il s'émerveillait de l'abondance de mes larmes. Il semblait capable de s'émerveiller de tout.

— Comme les enfants d'âge préscolaire et les trisomiques, dis-je. La naïveté n'est pas une qualité.

— Je vois.

Pour la première fois, elle ne souriait pas. Sans rien ajouter, elle se leva et enfila son manteau. Le boubou jaune disparut sous une avalanche de tissu pied-de-poule.

— Mais ne partez pas comme ça ! dis-je. Dites que j'ai tort de penser ce que je pense ! Sortez des arguments, des faits, des preuves! Essayez de me convaincre!

— Et pourquoi je ferais ça? me demanda-t-elle.

— Parce que c'est comme ça que ça se fait, répondis-je.

Elle me regarda assez longuement pour que je me sentisse gêné. Pendant ce temps, peut-être malgré elle, le sourire lui revenait progressivement.

— Eh bien non, ce n'est pas comme ça que ça se fait, dit-elle en exhibant la blancheur retrouvée de ses dents.

Puis elle me tourna le dos, remonta l'allée vers la sortie, qu'elle franchit pour rejoindre, sur le trottoir, la foule des promeneurs, où elle disparut comme par magie.

Je restai un moment pour fumer une autre cigarette, puis je ramassai mes affaires et je rentrai à la maison. Je ne dis rien à Fred et Provençal de mon rendez-vous raté, comme je ne leur avais rien dit de mon coup de fil catastrophique à Sébastien Verne.

Je laissai passer quelques jours, que je consacrai à la rédaction de chroniques méchantes qui me valurent les éloges de mon patron. Enfin, je me sentis d'attaque pour reprendre la piste de mon L'Hasard. Malheureusement, mes efforts ne furent pas récompensés.

Isabelle Carné avait mis en nomination Benjamin Fortuit. Depuis, elle avait pris un congé sans solde de son emploi aux livres anciens de la Bibliothèque nationale, où on m'informa qu'elle n'avait pas précisé la date de son retour des Indes.

Kevin Hughes avait mis en nomination Michel Dé, mais son numéro de téléphone n'était plus en service.

Quant à Jacques Ledoux, qui avait mis en nomination Victor Lazarre, il n'avait tout simplement pas de téléphone, ou du moins ne tenait pas à le faire connaître. En lieu et place, il avait inscrit au bas de sa lettre l'adresse parfaitement anonyme d'un casier postal. Je lui adressai le texte que voici :

« Intéressé à en savoir plus sur Victor Lazarre. Merci. »

Je signai, et j'indiquai toutes les façons de me joindre. Je mis la lettre dans une enveloppe et l'enveloppe à la poste. À ce moment précis (c'était à la fin du mois d'octobre), je ressentis une sorte de soulagement. Je ne pouvais rien faire de plus. Cela ne dépendait plus de moi. Mon impuissance me réconfortait.

Puis l'hiver s'installa. Les mois passèrent et je ne reçus rien de Jacques Ledoux. Tant pis, me disais-je. Passons à autre chose. Mais je n'y réussissais pas. La figure mystérieuse de L'Hasard revenait me hanter pendant mes insomnies, et les sacs postaux dans le coin de ma chambre me semblaient emplis de voix qui cherchaient à se faire entendre. J'éprouvais, par moments, le sentiment désagréable de n'être pas allé jusqu'au bout de quelque chose dont j'étais seul à posséder la clé.

Avec le redoux, Fred réintégra sa chambre, sa vieille couette ridée et son futon bosselé qui perdait aux coins son rembourrage. Plus échevelé que jamais, les vêtements usés, troués, les godasses éculées, il avait une gueule de clochard céleste comme les aimait Kerouac. Il avait démissionné en plein hiver de son poste de DJ.

— L'obligation de faire la fête, c'est une forme d'esclavage comme une autre. J'aime pas être obligé, avait-il sobrement déclaré pour justifier son geste.

Son retour coïncida avec la décision de Provençal de prendre congé de son mémoire pour un temps. En quatre mois d'hiver, elle avait réécrit 22 fois les cinquante premières pages d'un ouvrage qui devait en compter six cents. Pour célébrer le printemps, nous décidâmes de faire un repas de fête. J'achetai un gros tas de crevettes et de pétoncles, de la crème et des tagliatelles pour nous concocter un plat de pâtes. Provençal apporta trois bouteilles de montepulciano d'Abruzzo. Fred s'installa à table, les mains vides mais le sourire contagieux, on ne lui en demandait pas plus. Cela ferait bientôt un an que nous habitions ensemble, il y avait de quoi trinquer.

À la seconde bouteille, je demandai à Provençal de quoi parlait sa thèse, au juste.

— Je veux dire, à part le fascisme.

On aurait pu croire qu'elle aurait grise mine après quatre mois dans une chambre à fumer des cigarettes et à grignoter des cochonneries, mais non. Sa peau avait la couleur et la finesse de l'ivoire.

Provençal nageait dans deux chandails en laine trop grands qu'elle avait sans doute piqués à d'anciens amants. Le bout de ses doigts dépassait à peine l'extrémité des manches. Elle semblait fragile, facile à briser. N'empêche qu'elle était chouette à regarder, et nous ne nous en privions pas, Fred et moi, bien qu'à la dérobée, selon les termes de notre contrat de cohabitation.

Provençal avait déposé sa fourchette et bu une longue gorgée de vin.

— La douleur, dit-elle.

— C'est ton sujet, ça, la douleur?

Elle secoua la tête et se suça les dents.

— La négation de la douleur.

Nous la regardâmes en ouvrant de grands yeux. Elle reprit sa fourchette, porta à sa bouche un petit amas de pâtes et le dégusta longuement. Je comptai une bonne quinzaine de mastications. Enfin, elle redéposa sa fourchette, reprit une grande gorgée de vin et reporta ensuite son attention sur nous. Elle souriait, la vache.

— Mon principe de base, c'est que le fascisme, toutes les dictatures, tous les totalitarismes ont pour but premier de nier la douleur. Ils ne nient pas que la douleur existe, mais ils affirment, que dis-je, ils promettent qu'elle peut disparaître si on suit leur programme à la lettre. Ce qu'ils nient, c'est le caractère inéluctable de la douleur. Le Duce s'est allié à l'Église parce qu'il se voulait une figure christique. Il se voyait comme un sauveur du peuple italien – mais de quoi allait-il le sauver?

Provençal nous regardait en attendant une réponse.

— De la douleur! déclarâmes-nous en chœur.

— Exact. Pas du péché. Pour cela il y a Dieu. De la douleur. Pour les fascistes, la douleur n'est pas une composante de la vie, elle n'est pas chevillée à la vie aussi solidement que peuvent l'être les atomes d'une molécule. Pour les fascistes, il existe une vie sans douleur, et c'est la vie fasciste.

— Mais la maladie, le cancer? demandai-je. Le fascisme n'est pas une cure.

— Sous le régime fasciste, de meilleurs hôpitaux, de meilleurs médecins, de meilleures infirmières, de meilleurs médicaments. Et une meilleure hygiène de vie.

— La peine d'amour? suggéra Fred.

— Sous le régime fasciste, une meilleure moralité, des rapports humains sous l'égide de la Sainte Mère l'Église, un processus amoureux encadré par des lois, des liens matrimoniaux qui, une fois noués, peuvent difficilement être rompus.

— La dépression, les maladies mentales?

— Le dépressif est celui qui n'a pas de but. Le régime fasciste lui en donne un : contribuer à restaurer la grandeur du peuple italien. Les maladies mentales ne seraient que le résultat d'un conflit entre le rêve et la réalité. Changez la réalité pour qu'elle corresponde au rêve, et les maladies mentales disparaîtront.

Elle nous jaugea du regard, comme si elle nous mettait au défi de trouver d'autres colles. Mais sa démonstration était éloquente et nous ne trouvions rien à ajouter. Elle recommença à manger en nous regardant par en dessous. Nous, hommes, avions fini depuis longtemps d'engloutir le contenu de nos assiettes.

— Où as-tu trouvé cette idée? demandai-je au bout d'un moment.

— Les slogans, répondit-elle. En fouillant les archives, je suis tombée sur des documents de propagande. Il y avait des pages et des pages de slogans fascistes et nazis qui m'ont tout de suite fascinée.

— Pourquoi?

— Ils ressemblent à la pub d'aujourd'hui. Toute cette idée du «nouveau et amélioré». Des dents plus blanches, une peau plus saine, une apparence plus jeune, ça ne vous rappelle pas les jeunesses hitlériennes? Les produits de consommation ont remplacé de nos jours l'idéologie fasciste. Vous voulez repousser *ad vitam æternam* l'obstruction de vos artères? Tartinez de la margarine sur votre pain! Vous voulez être un héros? Achetez notre voiture. Vous voulez être désirable? Procurez-vous nos vêtements.

Vous voulez devenir riche? Suivez nos conseils financiers. Vous voulez gagner du temps? Achetez nos équipements électroménagers, nos produits d'entretien, nos plats préparés. Vous n'en pouvez plus de votre vie? Nos forfaits vacances. Il y a une solution à tout, et c'est votre problème si vous ne voulez pas l'utiliser. Le fascisme n'est pas mort, au contraire. Seulement, il n'est plus besoin de l'imposer de force, à l'aide de milices portant des chemises noires. Nous l'achetons de bon cœur, à crédit la plupart du temps. La négation de la douleur passe par la consommation. C'est le fascisme économique. La pensée magique et la morale marchande, marchant main dans la main vers des lendemains qui scintillent. Dans la publicité comme dans la propagande fasciste, il n'y a personne de laid, de handicapé, mais toujours des représentants idéaux d'une race supérieure, quelle qu'elle soit.

— Tu n'exagères pas un peu?

Elle parut réfléchir. Puis elle se leva brusquement de table, pénétra dans sa chambre et en revint aussitôt en brandissant un petit rectangle de papier qu'elle jeta sur la table. Un chèque. D'un montant de cinq mille dollars. Au nom de L. Provençal.

— C'est quoi Cosette, Valjean et Cie? demanda Fred.

— La plus grosse agence de pub au pays.

— Pourquoi te donnent-ils cinq mille dollars *à toi*? m'enquis-je.

— J'ai voulu faire une expérience. J'ai établi une liste de slogans fascistes, et j'ai attribué à chacun un produit de consommation. J'ai envoyé le tout aux différentes agences de publicité, qui ont très bien réagi.

— Tu veux dire que tu as reçu d'autres chèques que celui-là? s'étonna Fred.

— Deux ou trois. Vous connaissez la lessive Power ? Et son slogan : « L'avenir en blanc » ?

— Ton slogan ?

— Le slogan des fascistes, qui voulaient les richesses de l'Abyssinie, mais pas les Abyssiniens. Et cet autre, pour une voiture de sport : « Le pouvoir entre vos mains ». Et encore, pour une crème pour le visage : « La pureté avant tout ». Et celui-là, le plus drôle, le plus désespérant, pour un débouche-toilettes particulièrement puissant : « La solution finale »... Je me suis arrêtée parce que c'était trop facile. Aucune protestation de la part des consommateurs. Pas une lettre dans les journaux. Pas une plainte officielle. J'imagine que ceux à qui « la solution finale » rappelait quelque chose n'y ont vu qu'un second degré inoffensif.

— Ce ne l'est pas, selon toi ?

— Bien sûr que non ! La lessive, la voiture et le débouche-toilettes le sont peut-être, mais pas la pensée qui les vend. L'image de l'humanité qui est fabriquée par les slogans publicitaires est une image fasciste, magnifiée, qui nie la douleur de vivre. En faisant la promotion exclusive de la jeunesse, de la beauté et de la richesse, elle est en fait une usine à fabriquer des laissés-pour-compte : les laids, les malades, les pauvres, les vieux, les impuissants de la Terre.

— Eh ben, dis-je.

— Ouais, répondit Provençal.

— Et il y en a pour combien ? demanda Fred, toujours pratique.

— Des dollars ? Douze mille et quelques.

— Tu comptes en faire quoi ?

— Pour l'instant rien. Je ne sais pas. J'ai un petit problème éthique.

— Oui, je comprends, dis-je.

— Pas moi, déclara Fred. Ne pas encaisser ces chèques, c'est ça qui serait immoral.

— Je ne peux pas m'enrichir avec des slogans fascistes!

— Mais les marchands de savon, eux, le peuvent? Prends cet argent, dépense-le, donne-le aux pauvres, mais ne le redonne pas aux agences de publicité qui empoisonnent le cerveau des gens!

— Fred, dis-je.

— Non mais, c'est vrai, continuait-il, c'est beaucoup d'argent, vous ne comprenez pas?

— Fred, répétai-je.

Il leva la tête pour me regarder. Je désignai Provençal du menton. Elle semblait perturbée. Ses yeux brillaient comme si elle était sur le point de pleurer.

— C'est ma décision, dit-elle.

— Bien sûr, dis-je.

— Mais oui, concéda Fred. Seulement, si j'avais douze mille dollars, moi...

Provençal alla remettre le chèque à sa place et revint s'asseoir, et il ne fut plus question de fascisme ni de slogan de toute la soirée. Mais Fred semblait maussade. Ce n'est que le lendemain que je compris pourquoi, quand ses parents nous rendirent visite pour la première fois, les bras chargés de paquets pour leur fils indigent et, sur le toit de la voiture, un futon tout neuf pour remplacer l'ancien.

Je n'avais pas fait bien attention. J'avais un travail. Provençal avait l'argent des assurances. Fred n'avait rien. Je lui enviais sa liberté de mouvement, mais je n'avais pas compris que s'inviter chaque jour chez l'un ou chez l'autre était un excellent moyen de se procurer des repas gratuits. Portait-il ses vieux vêtements fripés par choix ou par nécessité? Un peu des deux sans doute : il avait le choix de ses nécessités.

En désespoir de cause, il avait demandé de l'aide à ses parents. Cela avait dû lui coûter, puisque le soutien parental s'accompagnerait inévitablement de sermons maternels et de questions inquisitrices propres à rebuter un esprit rebelle à toute restriction morale imposée de l'extérieur. Les seules fois où Fred parlait de ses géniteurs, c'était pour en railler le conformisme délirant, dont même les excentricités étaient tirées des pages d'un magazine. Pour décrire l'hystérie normalisatrice de sa mère, Fred se trouvait parfois à court de mots.

— C'est... ma mère, concluait-il. La mère de toutes les mères.

C'est elle qui, la première, grimpa l'escalier menant à notre château, et resta muette devant le spectacle qui s'offrait à elle. Ses yeux s'emplirent aussitôt de larmes et elle s'empressa de prendre son fils dans ses bras pour l'embrasser en s'écriant :

— Oh! Pierre-Frédéric, mon pauvre chéri!

Quelques pas derrière, le père restait de marbre, imperturbable et vaguement absent. Quand vint son tour d'embrasser son fils, il se contenta de grogner, comme si sa femme s'était accaparé tous les mots et qu'il ne lui en restait plus.

— Mon chéri, continuait-elle, je comprends pourquoi tu n'appelles pas plus souvent. *Tu as honte!* Regarde-moi cette horreur! Vous vous assoyez vraiment dessus? Ce n'est pas comme ça qu'on attrape des hémorroïdes? Tu as vu ça Clément? Clément? Clément?

— Mmm, fit son mari.

— Dans mon temps, quand on s'établissait en ménage, c'était tout du neuf, repartait-elle déjà sans se soucier le moins du monde de l'avis de sa tendre moitié. Enfin, j'ai lu quelque part que l'exposition à la poussière pouvait renforcer le système immunitaire. Si c'est vrai, tu ne seras jamais malade, mon chéri, ha! ha! ha!

Puis son rire se transforma en sanglot.

Elle fit lentement le tour de notre appartement en soufflant sur les surfaces pour en chasser la poussière (ou pour nous montrer qu'il y en avait), sans jamais cesser d'émettre des commentaires désobligeants sur notre façon de vivre. Deux pas derrière, Clément se contentait de suivre, comme au bout d'une laisse invisible.

Elle termina son inspection par la cuisine et ravala ses sanglots devant la vaisselle sale empilée et la croûte de nourriture calcinée qui décorait le dessus de la cuisinière. Le babil fit place au silence. La mère de Fred s'empara d'un torchon à peu près propre, fit couler de l'eau chaude dans l'évier et ouvrit les portes des placards en cherchant le liquide à vaisselle.

— Maman! protesta Fred.

— Va aider ton père à monter le lit, murmura-t-elle en plongeant les assiettes dans l'eau mousseuse.

Fred leva les yeux au ciel.

Clément prit son fils par les épaules et le força à s'éloigner.

— Elle m'énerve! dit Fred.

— Mmm, répondit Clément.

— Oui, je sais, concéda Fred à contrecœur.

En plus du futon extra rembourré, sa mère avait également fait l'acquisition de deux petites tables de chevet couleur pervenche, ainsi que d'une reproduction d'un tableau de Renoir à accrocher au-dessus du lit. Clément installa le tout conformément aux instructions que lui criait son épouse, toujours aux prises, dans la cuisine, avec notre vaisselle sale.

Lorsqu'elle eut fini, elle vint vérifier la chambre à coucher de son fils. Elle rectifia l'angle du Renoir puis déplaça de quelques millimètres la table de chevet de droite. Enfin elle sortit de son sac à main un réveille-matin à pile qu'elle déposa sur la table de chevet de gauche.

— Je l'ai pris tout simple. Tu sauras t'en servir, mon chéri?

— Maman!

— Mmm, énonça Clément en prenant son épouse par le bras.

— Tu as raison, il se fait tard. Au revoir! Tu appelleras?

— Mais oui maman.

Après d'autres embrassades et d'autres promesses que Fred n'avait pas l'intention de remplir, les géniteurs s'en furent enfin. La porte se referma sur eux et le silence nous submergea.

Fred nous défiait du regard.

— Je... commençai-je.

— Pas un mot! dit-il.

— Mais... dit Provençal.

— Pas-un-mot.

— D'accord, dis-je.

— Oui, d'accord, concéda Provençal.

— Quelqu'un a l'heure? demandai-je.

Fred me fusilla du regard.

— Demande à Pierre-Frédéric, je crois qu'il sait déjà lire l'heure!

— Quelle heure est-il mon chéri? lui demandai-je.

— J'abandonne, dit Fred. Je me rends. Allez-y. Foutez-vous de ma gueule. Ça m'apprendra à avoir une mère.

— Tu ne connais pas ta chance, dit Provençal sans sourire.

Fred parut surpris. Il prit le temps de réfléchir.

— Tu as raison, dit-il en hochant la tête. Je ne la connais pas.

Deux jours plus tard, je recevais par la poste une enveloppe contenant ma propre lettre : *Intéressé à en savoir plus sur Victor Lazarre.* Griffonné à la hâte en travers de la feuille, ce simple mot : *Pourquoi?*

Sans prendre le temps de réfléchir, je pris un stylo, et sous le «Pourquoi», j'écrivis : «Je le soupçonne d'être un peu plus qu'un homme extraordinaire.» J'allai chercher une enveloppe neuve dans le tiroir de mon bureau, y inscrivis l'adresse postale de Jacques Ledoux. Puis je sortis dans la rue sans manteau et courus déposer la lettre dans la boîte, deux cents mètres plus loin. Je revins, toujours en courant, essoufflé. Provençal, au salon, leva les yeux de son livre et constata mon état :

— Qu'est-ce qu'il y a?

— Rien, dis-je.

C'était vrai. J'attendais.

10

Le plus grand pouvoir de tous

À QUATORZE ANS, le petit garçon délaissa progressivement le mystère des petites cuillères pour s'intéresser de plus en plus au mystère des petites filles. D'ailleurs, il n'était plus petit, et elles non plus.

Mais pourquoi rient-elles sans cesse ? se demandait-il. Avant, elles jouaient au ballon avec vous, maintenant elles gloussent entre elles !

La métamorphose s'opérait en lui aussi, mais avec une lenteur désespérante. Sa voix n'en finissait plus d'hésiter entre les aigus et les graves à l'intérieur d'une même phrase, et parfois d'un même mot. Dans ces conditions, rien de ce qu'il pouvait exprimer n'avait de poids, et les gens à qui il s'adressait (ses parents au premier chef) perdaient parfois le fil en éclatant de rire. Frustrant.

Il vivait ainsi sur le seuil entre l'enfance et l'âge adulte. Pendant ce temps, les filles de sa connaissance passaient gracieusement d'un monde à l'autre, sans effort apparent.

Heureusement, il y avait le cours de poésie. C'était le seul endroit au monde où il perdait momentanément conscience du mouvement affolé de sa toute nouvelle pomme d'Adam. Le seul lieu où son corps et son esprit opéraient une sorte de jonction, une trêve à tout le moins, comme si les hormones s'apaisaient, le temps d'un cours, avant de repartir, comme des hordes barbares, à la conquête de son corps.

Cela tenait peut-être à la personnalité du professeur, monsieur Dion, qui écoutait le sens des mots et pas les sons stridents ou caverneux qu'ils produisaient. Cela tenait peut-être aussi à la petite taille de l'enseignant, qui le forçait parfois à lever les yeux pour rencontrer ceux de ses élèves.

Ou alors, c'était à cause de la poésie elle-même, qui semblait mettre en mots ce que le garçon ressentait de plus trouble. L'infiniment petit et l'infiniment grand cohabitaient dans les vers des classiques, et bien que monsieur Dion s'évertuât à en démonter la mécanique, il prenait toujours grand soin d'avertir ses élèves que la beauté d'un poème ne pouvait se réduire à l'assemblage de ses composantes.

— Mais alors, qu'est-ce qui en fait la beauté? demandait-il à ses élèves. Eh bien, on ne sait pas. C'est un mystère, voilà!

Monsieur Dion portait des chemises aux imprimés à fleurs et adorait parler des mystères. Il était entiché de parapsychologie et énonçait souvent ce lieu commun que l'Homme n'utilisait que dix pour cent de son cerveau. À la fin de chaque cours, quelques élèves traînaient en classe pour assister, assis en tailleur sur les pupitres, à des conférences improvisées sur la télépathie, la télékinésie et les phénomènes extrasensoriels en général.

C'est monsieur Dion qui, le premier, leur parla de Carlos Castañeda et des sorciers yaquis – en usant d'extraordinaires contorsions pour éviter de paraître favorable à l'utilisation de drogues psychédéliques qui, comme il le disait, «ouvraient les portes de la perception».

Parmi les quatre ou cinq élèves à assister sur une base quasi quotidienne à ces réunions mystiques, le garçon se trouva des affinités particulières avec une fille qu'il connaissait pourtant depuis toujours. Au jardin d'enfance, il lui avait tiré les tresses. Plus tard, il l'avait superbement ignorée, elle et ses jeux de filles, poupées et marelles. Mais c'était bien fini tout ça : elle avait des seins maintenant, et pas n'importe lesquels. Ils s'étaient développés pendant l'été.

Elle s'appelait Marie Létourneau. Elle lui faisait l'effet d'un coup de poing dans le ventre. C'est dire qu'en sa présence il perdait tous ses moyens. Marie. C'était maintenant une femme, mais elle ne semblait pas en avoir conscience. Elle portait encore des t-shirts lâches et des pantalons usés pour se rouler dans l'herbe. Elle n'affichait pas encore l'air lointain et évanescent de ses sœurs mutantes, qu'un simple bonjour avait l'air de froisser comme si elles étaient faites en ailes de papillon.

Malgré tout, le garçon ne se sentait pas de taille. Quelle monstrueuse blague de la nature que de provoquer la puberté des garçons après celle des filles ! Si, au paléolithique, il y avait une bonne raison à cela, le garçon n'en voyait aucune qui fût valable pour le cours secondaire. Marie était plus grande que lui et, fallait-il le répéter, elle avait des seins. À en juger par l'aspect de ses aisselles au cours de gymnastique, on pouvait lui attribuer des tas de poils à des endroits stratégiques. La petite fille sèche et osseuse avait acquis des rondeurs et de l'humidité ; cela seul parvenait, lorsqu'il y pensait, à lui scier les jambes.

Or, après la classe de monsieur Dion, dans l'ambiance occulte créée par la rencontre entre la poésie et le paranormal, et quand bien même Marie était assise sur le bureau d'à côté, le garçon s'aperçut qu'il réussissait à parler, qu'il lui arrivait même de dire des choses sensées sinon profondes, sans se laisser distraire par la rondeur des cuisses qui tendait le tissu du jean de sa voisine.

Peut-être était-ce parce que le sujet de la discussion l'intéressait particulièrement ? Mais peut-être aussi ces rencontres étaient-elles magiques, qu'elles abolissaient la distance entre les êtres, entre les sexes, pour que s'opère en douceur le rapprochement des âmes.

Conformément à son rôle d'allumeur de réverbères (syndiqué de surcroît), monsieur Dion refusait de reconnaître à ces réunions un caractère formel et d'organiser quelque activité parascolaire tournant autour du paranormal ou du parapsychologique. Il enseignait la poésie, un point c'est tout. Ce qui ne l'empêchait pas de mentionner que tel conférencier était en ville et que telle activité gratuite semblait particulièrement intéressante. C'est ainsi que Marie et le garçon en vinrent à sortir ensemble.

Ils eurent quinze ans tous les deux au cours de l'année scolaire. Les surréalistes étaient au programme du cours de poésie, et le garçon consacra désormais une partie de ses nuits à l'écriture automatique. La pointe du stylo posée sur le papier, il attendait qu'une puissance souterraine guide sa main et trace pour lui des mots et des phrases échappés d'une autre réalité.

De son côté, Marie se livrait aux mêmes expériences. Le jour, ils s'échangeaient leurs travaux. C'était en général des poèmes échevelés que l'impatience et la

139

fatigue leur dictaient quand, au bout de deux ou trois heures, la page était restée désespérément blanche.

Monsieur Dion aimait ces poèmes libres et insolents. Il reconnaissait du talent aux deux jeunes gens.

— Le talent est un mystère, disait-il. Pourquoi ce mot plutôt qu'un autre ? Pourquoi cette association d'idées, pourquoi ce redoublement des sons ? On ne saurait l'expliquer. On peut tenter de le faire mais, à ce que je sache, sur la table d'autopsie, on trouve les causes de la mort, jamais celles de la vie.

À ces paroles, Marie et le garçon se jetaient des regards en biais, intimidés par leurs propres poèmes et réciproquement admiratifs. Par la suite, ils échangèrent leurs textes avec la gravité et les précautions qui entourent la passation d'un nourrisson endormi d'une paire de bras à une autre.

Vers la fin de l'année scolaire, ils participèrent à une séance d'information sur l'hypnose. Cela se passait dans la suite d'un hôtel où un homme émacié vêtu comme un fonctionnaire les fit s'étendre sur des matelas posés par terre et fixer des yeux la blancheur douteuse du plafond.

— Ne pensez à rien, intima-t-il.

C'était plus facile à dire qu'à faire. Sur l'écran blanc du plafond apparaissaient des images non sollicitées, bien vite rejointes par d'autres, jusqu'à ce que le plafond ressemblât à un plancher de danse encombré pour un bal populaire de l'inconscient. Et puis il y avait Marie, étendue juste à côté, et dont il sentait la chaleur.

— Ne pensez à rien, répéta l'hypnotiseur. Maintenant, je veux que vous imaginiez un paysage. Un paysage dans lequel vous serez bien. Calme, paisible. Comment est le ciel ? Plantez des arbres. Décorez votre paysage de rochers, de montagnes au loin. Y a-t-il du vent ?

Des sons? Concentrez-vous. Réglez l'éclairage de votre paysage. Vous êtes couché en son centre. Sentez-vous l'herbe ou le sable sous votre corps? C'est votre lieu secret. Votre refuge, vous y reviendrez. Maintenant, regardez le ciel, cessez de penser...

Pendant plus d'une heure, en les guidant de la voix, l'hypnotiseur amena la douzaine de participants à se construire mentalement des mondes imaginaires à l'intérieur d'autres mondes imaginaires, comme des poupées russes s'emboîtant les unes dans les autres jusqu'au vide.

Mais à peine avait-il posé les fondations de son second paysage que le sommeil s'était emparé du garçon. Un sommeil profond et sans rêves. Un coup de coude dans les côtes le réveilla alors que tout le monde était déjà debout et s'apprêtait à partir.

— Tu ronflais, lui dit Marie, hilare.

— Je ne ronfle pas! protesta le garçon.

— Oh oui! Aussi fort que mon père. L'hypnotiseur était furieux!

En effet, l'homme ramassait ses affaires en évitant de regarder dans leur direction. Cela fit sourire le jeune homme, car quelque chose d'important venait de se produire.

— Je ronfle vraiment?

— Oui.

Cela signifiait qu'il devenait un homme. Il bondit sur ses pieds et tendit la main à Marie pour l'aider à se relever. Le contact de sa paume lui fit comme une décharge électrique qui remonta le long de son bras et alla jouer au yoyo dans sa colonne vertébrale. Il en fut surpris, mais encore plus de constater l'expression inhabituelle sur le visage de Marie, une sorte de grimace douloureuse qui révélait un caractère d'urgence, de gravité – et de désir.

Ils s'empressèrent de quitter l'hôtel et n'avaient pas fait trois pas dans les jardins qu'une puissance inconnue jusqu'alors les plaqua l'un contre l'autre comme s'ils étaient aimantés. Le visage de Marie plongea vers celui du garçon. Leurs lèvres se soudèrent, leurs dents s'entrechoquèrent. Leurs langues voulaient changer de bouche.

Le baiser dura longtemps, puis leurs jeunes poumons réclamèrent un peu d'air frais – mais il reprit aussitôt. Enfin, l'heure avancée de la nuit et l'image de leurs parents grimaçants assis près de la porte d'entrée leur firent craindre une punition qui les empêcherait de se revoir le lendemain. Alors seulement ils retrouvèrent en partie le contrôle de leurs corps. Sans que leurs peaux se détachent, ils se mirent en route, confus et heureux, invincibles et diaphanes. D'un commun accord qui n'avait pas besoin d'être exprimé, ils ne parlèrent pas de ce qui venait de se passer, de ce qui se passait encore. Dans l'autobus, Marie dit plutôt :

— Ce n'était pas vraiment un hypnotiseur.

— Non, mais je me sens plutôt bien.

Ils rirent.

Rien à ce moment n'aurait pu se glisser entre eux, pas une pensée, pas une lame. Ils ne faisaient qu'un et ils avaient tous les pouvoirs. Le garçon comprit que l'amour était une forme délicieuse et particulièrement puissante de télépathie.

Quant au reste, il n'avait pas encore de mots pour le décrire.

11

Monsieur L'Hasard

— JE NE M'APPELLE PAS VRAIMENT Jacques Ledoux,
commença l'homme. Vous allez bientôt comprendre
pourquoi. Tout ce que je vais vous raconter doit rester
entre nous. C'est d'accord? Dans le cas contraire, je
saurai vous retrouver. Il y a des vengeances qui ne
laissent aucune trace, vous comprenez?

— Oui.

— Un matin vous vous réveillez, et vous êtes mort.
Civilement mort. Vos comptes en banque bloqués,
votre existence rayée des registres. Plus de fiche de
paye, plus d'assurances. Un barrage de fonctionnaires incrédules. C'est très embêtant. Ce n'est qu'un
exemple. Je me fais bien comprendre?

— Oui.

— Bon. Rassurez-vous! Je ne suis pas un meurtrier!
Je ne suis qu'un petit escroc. Ou, comme je préfère
me qualifier moi-même: un fournisseur de produits
dérivés.

Il éclata d'un rire aigu et chevrotant. Je jugeai prudent
d'émettre quelques hoquets d'accompagnement.

J'avais devant moi un homme qui devait approcher
la soixantaine, très grand et très large. Ses cheveux

abondants étaient uniformément argentés et des lunettes de corne encadraient avec sévérité des yeux qui autrement auraient pu paraître doux. Il portait un costume sombre que j'imaginais mieux convenir à un inspecteur des finances qu'à un fournisseur de produits dérivés. Une gueule de croque-mort, avais-je pensé la première fois que j'avais posé les yeux sur lui. Avec des chaussures noires aux épaisses semelles, parfaites pour fouler les tombes fraîchement creusées.

Il avait fallu un autre mois pour que Jacques Ledoux réponde à ma missive. La même feuille de papier m'était revenue, sur laquelle il avait inscrit une adresse, une date et une heure. L'adresse était celle d'un magasin d'antiquités fermé depuis des années, comme en témoignaient les panneaux de contreplaqué qui tenaient lieu de vitrine. Tapi dans l'ombre d'un porche de l'autre côté de la rue, Jacques Ledoux n'avait quitté sa cachette qu'après s'être assuré que je n'étais pas suivi. Cette pièce d'homme s'était avancé vers moi et m'avait tendu la main en prononçant d'une voix étonnamment flûtée :

— Vous vouliez me voir ?

Il m'avait alors entraîné dans un salon de thé non loin, rempli à cette heure du jour de vieilles Anglaises décharnées s'empiffrant de scones et de sandwichs aux concombres. On n'y parlait pas un mot de français, ce qui assurait la confidentialité de notre discussion, m'assura Jacques Ledoux sans sourire. Il attendit poliment qu'on nous eût servis avant de procéder à sa mise en garde. J'étais quant à moi bien déterminé à fermer ma grande gueule, du moins jusqu'à ce que j'eusse obtenu les informations que j'étais venu chercher. Dès ma première question, je cherchai à m'assurer que le jeu en valait bien la chandelle.

— Décrivez-le-moi, dis-je. Physiquement.

— Physiquement?

Le géant lapa une goutte de thé, Lapsang Souchong, l'auriculaire suspendu dans le vide.

— Un pou. Petit. Laid. Brun.

Je soupirai de soulagement. C'était bien le même homme. Prudemment, j'entrepris de raconter au faux Jacques Ledoux les raisons qui m'avaient poussé à suivre la piste de Victor Lazarre, alias Dé, alias Fortuit, alias Sort, alias Aléa. L'escroc en face de moi souriait à mon histoire où il faisait figure, en quelque sorte, de l'arroseur arrosé. Il avalait maintenant son thé avec une bonhomie qui faisait sourciller les dames anglaises, pour lesquelles toute forme d'expression faciale frisait l'indécence. Lorsque j'en eus fini de mon histoire, je demandai à Jacques Ledoux de me raconter la sienne, sans m'épargner les détails. Ce qu'il fit complaisamment:

— Mon père était escroc, je crois que le sien l'était aussi. C'est une tradition familiale, qui s'achève avec moi puisque je suis sans enfants. Si j'en avais eu, je n'aurais sans doute pas été un très bon maître pour eux puisque depuis toujours je répugne à faire du mal aux gens. Peut-être en aurais-je fait des citoyens ordinaires, mais alors ils auraient eu honte de leur père. Le mien, en tout cas, était souvent désespéré et se demandait ce qu'il avait fait pour mériter un fils pareil. Sa spécialité était les fraudes d'assurances, mais il connaissait tous les trucs du métier et avait entrepris de me les inculquer à coups de claques derrière la tête.

Quand j'ai eu seize ans, j'étais suffisamment aguerri pour seconder mon père dans ses entreprises. Je devins son bras droit. C'était mon père après tout, et je l'aimais. À sa manière, il m'aimait aussi. Ma mère était morte en me mettant au monde. Je n'avais pas d'autre famille. Les seules personnes avec qui il nous arrivait de nous lier étaient des gens de la profession venus prêter main-forte pour un coup juteux. Mais la nature même de nos relations nous obligeait à ne surtout pas nous fréquenter. C'était une vie solitaire. C'est pourquoi j'accordais une importance démesurée à l'opinion de mon père : c'était la seule. J'essayais, dans la mesure du possible, qu'elle fût bonne, puisque j'avais besoin de chaleur humaine.

C'était un grand bonhomme, plus grand que moi, plus fort, plus intelligent, plus dur que je ne le serai jamais. Il aurait pu vivre jusqu'à cent ans, mais il n'était pas fait pour la prison, et c'est cela qui l'a tué.

J'avais trente ans et lui soixante quand un de nos coups s'est retourné contre nous. Mon père fut arrêté au moment de la cueillette, accusé de fraude et reconnu coupable. La sentence, sévère, de dix ans, s'explique par le fait qu'il refusa tout au long de l'enquête d'identifier ses complices. Nous avions depuis longtemps convenu que dans un tel cas, je devais disparaître et ne jamais tenter de le joindre ou de l'aider. Pour la dernière fois, j'obéis à mon père, en lui tournant le dos.

J'empruntai une nouvelle identité et je continuai le travail en attendant que mon père sorte de prison. Seulement, il n'en est jamais sorti. Un peu plus de deux ans après son entrée au pénitencier, une crise cardiaque le terrassa en pleine nuit. J'appris la nouvelle huit mois plus tard, d'un associé temporaire qui la tenait d'un autre qui sortait de prison.

Je ne peux pas commencer à vous décrire l'effet que fit sur moi la mort de mon père. C'était comme si on avait pratiqué une incision dans la peau de ma nuque pour me retirer la colonne vertébrale. Je m'effondrai, désossé. Je pris une chambre et ne la quittai pas pendant deux semaines. Je n'avais rien de mon père, pas une photo, pas une lettre. Même son nom véritable s'était perdu dans le labyrinthe de ses fausses identités. Je le pleurais de mémoire. Vous connaissez cette phrase : Un seul être nous manque et tout est dépeuplé ? C'était d'autant plus vrai que je ne connaissais que lui.

Mais au bout de ces deux semaines, il me fallut bien constater que j'éprouvais une sorte de soulagement. Ma vie m'appartenait. Mon père parti, j'étais libre. Mais libre de quoi ?

Pendant des années, je gagnai ma pitance en plaçant dans les journaux et les magazines d'Amérique une petite annonce vantant les mérites d'un sèche-linge révolutionnaire, écologique et silencieux, fonctionnant à l'énergie éolienne. Sur les millions de lecteurs, il s'en trouvait toujours quelques-uns pour m'envoyer cinquante dollars à seule fin de recevoir, par retour du courrier, dix pieds de corde à linge et une notice explicative.

Cela marcha gentiment jusqu'au tout début des années quatre-vingt, quand mes affaires commencèrent soudain à péricliter. Les gens se tournaient en masse vers les joies du consumérisme. Un sèche-linge à cinquante dollars, ce n'était plus assez cher pour eux.

Cela se passait voilà trois ans. Il me fallait trouver autre chose pour gagner ma vie qui, sans être parfaitement légal, ne fût pas exactement contraire à la loi. Voici ce que j'ai trouvé :

Chaque lundi, j'envoie une prédiction à mille foyers d'un quartier précis de la ville. Ça peut être n'importe quoi : « Aujourd'hui, vous vous sentez inexplicablement déprimé. » Ou alors : « Aujourd'hui, vous rencontrerez quelqu'un que vous avez perdu de vue depuis longtemps. »

Le mercredi, j'envoie aux mêmes foyers une seconde prédiction de la même eau, puis le lendemain une troisième, mais accompagnée cette fois de la notice suivante : «Pour en savoir plus, envoyez cent dollars au casier postal suivant.»

En théorie comme en pratique, on peut estimer que cinquante pour cent des gens se sentent déprimés un jour sur deux. Ce qui nous fait cinq cents personnes particulièrement enclines à bien accueillir ma seconde prédiction. Et sur ce demi-millier de personnes, combien auront ce jour-là croisé par hasard un ancien camarade de classe, une ancienne collègue de travail, la mère d'une amie ou le cousin d'un beau-frère ? Le tiers ?

Enfin, vous aurez compris qu'au bout de mon troisième envoi, je me retrouve avec une cinquantaine de crédules pour qui mes prédictions se sont avérées justes à chaque fois. Parmi cette cinquantaine, mon expérience prouve qu'au moins vingt personnes m'enverront de l'argent dans le seul but de pouvoir lire, le soir, ce qui leur est arrivé plus tôt dans la journée.

Je possède, punaisée à un mur de mon appartement, une grande carte de la ville que j'ai subdivisée en secteurs comptant environ mille numéros civiques. Je travaille toujours sur deux ou trois secteurs en même temps. Vous allez comprendre tout à l'heure pourquoi cela a son importance.

Un jour, au mois de mai dernier, tandis que je dépouillais mon courrier, j'ai trouvé dans une enveloppe une liasse de billets pour un total de mille dollars. Une demi-liasse, devrais-je dire, puisqu'elle était proprement coupée en deux. Une note l'accompagnait, qui ne comportait qu'une date, une heure et une adresse. J'étais intrigué, je l'avoue. Par prudence, je n'avais aucune intention d'accepter ce rendez-vous. Par curiosité, je voulais cependant voir la tête de celui ou de celle qui me l'avait fixé.

Au jour et au lieu dit, mêlé aux passants et un peu en retrait, j'attendis. Je comptais lui jeter un coup d'œil puis m'éloigner mine de rien. Nous en serions quittes chacun pour un demi-millier de dollars inutilisables.

Or ce qui est étrange, c'est qu'aussitôt qu'il apparut, je reconnus en Victor Lazarre mon mystérieux correspondant. Immédiatement, je sus que c'était lui, et que de lui je n'avais rien à craindre. Je n'avais pas pour autant l'intention de me découvrir, et après l'avoir examiné à la dérobée, je m'apprêtais à partir lorsqu'il se dirigea droit sur moi, en souriant et en me tendant la main. Le plus drôle, c'est que je la lui tendis également, comme si c'était tout naturel pour un escroc de métier.

Or, je ne vois pas comment l'expliquer autrement, *c'était* naturel.

C'est tout naturellement qu'il me prit par le bras et m'amena marcher. C'est tout naturellement que je me laissai faire comme si je n'avais toute ma vie attendu que cela. C'est tout naturellement qu'il entama la conversation par des remarques anodines sur le temps, sur la ville, sur les couleurs variables des briques qui décoraient les façades. Et c'est tout naturellement que je l'écoutais, que j'opinais du chef, que je souriais.

Je souriais! Je vivais un moment de légèreté absolue, de pur bonheur. Cet étranger était un frère qui me connaissait depuis toujours, qui savait lire en moi, et devant lequel je n'avais plus besoin de masque ni de mensonge.

Notre promenade dura deux bonnes heures, au bout desquelles nous étions revenus à notre point de départ. Nous nous serrâmes chaleureusement la main, et Victor Lazarre disparut dans une bouche de métro, laissant derrière lui un homme changé. Moi.

— C'est… c'est tout? demandai-je, incrédule.

Le salon de thé s'était progressivement vidé de ses vieilles Anglaises, sans doute pressées d'aller nourrir leur chat. J'étais étonné de la quantité phénoménale de thé que Jacques Ledoux pouvait boire sans éprouver le besoin de pisser. J'étais surtout furieux d'avoir perdu mon temps avec une histoire d'escroc qui n'était peut-être qu'invention de mythomane.

— Ce n'est pas assez pour vous? me demanda-t-il en souriant comme un enfant joueur de tour.

— Ce n'est pas précisément ce que j'espérais.

— Comme le disait Victor, peut-être qu'on espère mal.

— Si c'est là une de ses perles de sagesse, alors oui, j'espérais mal.

Contrairement à Myriam Songeur, Jacques Ledoux ne se départit pas de son sourire en m'entendant critiquer Lazarre. Au contraire. Je l'entendis glousser.

— Alors il faudrait peut-être que je vous raconte la raison pour laquelle Victor avait tenu à me voir, qu'en pensez-vous?

— Allez-y toujours, dis-je sans conviction.

— Au cours de la promenade, après une heure de propos anodins, Victor sortit de sa poche trois feuilles pliées en quatre. C'étaient mes prédictions. Je les avais complètement oubliées. Je ressentis aussitôt une certaine gêne.

«Comment faites-vous?» me demanda Victor.

«Comment je fais quoi?»

«Comment faites-vous pour voir?»

«Je ne vois rien, avouai-je, honteux. C'est un truc. Une simple question de statistique.»

J'entrepris alors de lui expliquer comment fonctionnait mon gagne-pain, exactement comme je l'ai fait avec vous tout à l'heure. Cependant, et contrairement à vous, mon explication semblait réjouir Victor Lazarre.

«Ça ne marche pas!» s'exclama-t-il lorsque j'eus terminé mon exposé.

«Mais oui, ça marche. Je gagne très bien», répondis-je.

«Non! Statistiquement, ça ne tient pas! Écoutez, je sais de quoi je parle, avec le genre de prédictions que vous faites, un taux de réponse de vingt pour cent est un maximum absolu.»

«Et alors?»

«Vingt pour cent de vingt pour cent de vingt pour cent… Sur mille personnes, il est statistiquement improbable que vous en ayez plus de huit, à la fin de la semaine, pour qui les prédictions se seront avérées justes. Et même si la moitié de ces huit-là vous envoyait de l'argent, ça ne pèserait pas bien lourd.»

«Il doit y avoir une erreur, dis-je, parce que ça marche mieux que ça.»

«Exactement! s'exclama Victor Lazarre. Exactement! Il doit y avoir une erreur. Une erreur, ou autre chose…»

C'était la fin de la promenade. Il me tendit alors la main.

«Oui, il doit y avoir autre chose, dit-il encore. Tâchez d'y prêter attention. Que se passe-t-il en vous lorsque vous écrivez vos prédictions? Vous serez surpris, je crois. On l'est toujours, non?»

Puis il me tourna le dos et disparut dans la bouche du métro.

J'avais beaucoup à penser et je suis retourné chez moi lentement. Ce qui venait de se passer me semblait irréel, et pourtant j'en ressentais des effets par trop réels. Qui était vraiment ce petit homme? J'étais content en tout cas de ne pas lui avoir réclamé la seconde moitié de la liasse. Mais en arrivant chez moi, au moment de retirer ma veste, je la trouvai dans ma poche poitrine. Il faut être un sacré pickpocket pour me faire ce coup-là, *à moi*!

J'ai repris mon business, mais je fais plus attention, maintenant. J'y pense. Je vois des images. Pour ce que ça veut dire, depuis un an mes revenus ont augmenté. Oh! Pas de beaucoup. Neuf pour cent. Ce qui est, comme vous le savez maintenant, statistiquement impossible.

— Ouais, dis-je. Vous n'avez jamais revu Victor Lazarre?

— Non.

— Il n'a jamais cherché à vous revoir?

— Non plus.

— Il ne vous a pas laissé d'adresse ni de numéro de téléphone?

— Rien.

— Alors c'est foutu, dis-je. L'oiseau s'est envolé.

— Mais non! répondit Jacques Ledoux avec un large sourire.

— Je ne comprends pas.

— Moi, je l'ai déjà contacté. Trois fois, pour être exact. Je ne sais pas précisément où il habite, mais je sais dans quel secteur.

Jacques Ledoux extirpa alors de sa poche une photocopie grand format d'un plan de la ville. Cinq pâtés de maisons étaient encerclés d'un large trait rouge.

— Il habite l'une de ces mille maisons, me dit l'escroc en exhibant des dents tachées de thé.

12

Linda

Elle s'appelait Linda et elle était l'une des trois filles à suivre le cours de mécanique. Elle n'était pas la plus jolie des trois. Surtout, elle était affligée d'un défaut d'élocution dont elle avait terriblement conscience, si bien qu'elle n'ouvrait à peu près jamais la bouche. Et lorsqu'elle se voyait dans l'obligation de le faire, les sifflements et les crachotements de sa voix explosaient dans le silence en un feu d'artifice de confusion sonore où les «s» et les «ch» se dévergondaient dans une forme d'échangisme particulièrement débridée.

Jamais Patrick n'aurait fait attention à elle, si ce n'était pour faire comme les autres et s'en moquer cruellement. Faire comme les autres pour être accepté par les autres. Mais dans les relations sociales, Linda pouvait en témoigner, la bonne volonté comptait pour des prunes.

Benoît, le professeur de mécanique, assistait, catastrophé, à la déchéance de Patrick. Le plus vieux de ses élèves, en effet, calquait son comportement sur celui des garçons les plus populaires de la classe, qui se trouvaient également être les plus cons. C'était des petits machos qui, à dix-sept ans, pensaient avoir tout compris. Et sans doute avaient-ils raison puisque, dans soixante ans, ils n'en sauraient pas plus.

Cela chagrinait beaucoup le professeur, d'autant plus que les efforts pathétiques de Patrick n'amélioraient en rien son intégration. Mais ce que Benoît n'acceptait pas, c'était le manque d'égards de sa classe à l'endroit de Linda. Il le fit savoir à Patrick comme aux autres en multipliant les tests-surprises, les surcharges de devoirs, les corvées de nettoyage et les vidanges d'huile.

Quant à l'outragée elle-même, si elle se contentait, en classe, de hausser les épaules et de s'emmurer dans son silence, il lui arrivait très régulièrement, au-dehors, de distribuer avec une joie féroce des coups de poing, des crocs-en-jambe et des coups de genou dans les couilles de ses condisciples. Car loin d'être timorée, Linda était une lionne, une véritable rentre-dedans, placide en apparence, vicieuse au fond – dangereuse toujours.

L'adoration de Patrick pour Linda commença le jour où elle lui donna une raclée. Pourquoi à lui plutôt qu'à un autre ? Le hasard. La fureur de Linda n'était pas discriminatoire. À la fin de la journée, elle s'était empressée de se changer pour aller se poster à la sortie et attendre dehors qu'en émerge un de ses tourmenteurs. Ce fut Patrick.

Linda le poussa violemment. Il tomba sur le dos et se cogna la tête contre l'asphalte. Pendant quelques instants, il vit du noir et des étoiles. Quand il recouvra enfin ses esprits, ce fut pour découvrir Linda assise sur sa poitrine, les genoux de part et d'autre de son visage, qui immobilisaient ses bras. Elle le giflait méthodiquement sans une seule fois ouvrir la bouche.

Au terme de sept claques retentissantes, elle se releva et, sans un regard en arrière, se dirigea vers l'arrêt d'autobus. Sonné, groggy, désorienté, Patrick gisait, une goutte de sang au nez, une autre au coin de la bouche. Il n'avait pas mal au point d'être incapable de se relever. Bien que Linda fût plutôt costaude, elle ne donnait après tout que des gifles de fille. Il avait connu bien pire sous l'égide de l'Amour Éternel. Non, ce qui le poussait à rester ainsi étendu sur le sol, c'était la sensation persistante du poids de Linda sur sa poitrine, c'était la sensation de ses cuisses contre ses joues et l'odeur légèrement âcre de sa féminité qui se mélangeait à celle du sang – qui *était* celle du sang.

C'était une révélation. Le doigt de Dieu, en l'occurrence le corps de Linda, l'avait touché de sa grâce.

Quand enfin Patrick se remit sur ses pieds et s'épousseta du revers de la main, il était un autre homme. Un homme amoureux.

13

St-Émile

— Est-ce qu'on arrive ? demanda Provençal pour la dix millième fois.

— Je ne sais pas, répondis-je. Fred ?

— Quelques kilomètres, dit-il.

Il gardait la carte routière déployée sur ses genoux mais n'y jetait pas un coup d'œil. Il n'y avait qu'une route par ici, et des chemins de terre qui s'ouvraient de chaque côté. Une seule route et pas grand-chose pour la border à l'exception notable de forêts et de champs ainsi que de plusieurs milliards de moustiques et de mouches noires qui réussissaient inexplicablement à pénétrer dans la voiture malgré un habitacle hermétiquement clos et une vitesse de croisière de cent dix kilomètres-heure.

Provençal se tortillait sur la banquette arrière de la Chrysler Le Baron 1979, en proie à une envie de pisser qu'elle avait refusé de soulager sur le côté de la route. Tant pis pour elle.

C'était une magnifique journée de mai, et les feuilles tendres émergeaient tout juste des bourgeons. La route sinuait entre les collines basses. De petits ponts enjambaient des rivières. Le soleil faisait miroiter les fragments de mica mêlés à l'asphalte bien lisse d'une route toute neuve où nous étions seuls à rouler.

— C'est encore loin ? demanda Provençal en geignant.

Un panneau indicateur se chargea de lui répondre :
St-Émile, 2 km.

Trois cent vingt-huit habitants, avais-je appris au cours de mes recherches. Industries : aucune. Sans doute le village de St-Émile avait-il connu ses heures de gloire lorsqu'il avait été traversé par l'ancienne route. Les automobilistes s'arrêtaient alors pour faire le plein, se dégourdir les jambes et acheter quelque chose à grignoter. Mais cette époque était bien révolue depuis que le ministre des Transports avait décidé du tracé de la nouvelle route, et conclu qu'un détour par St-Émile était un détour de trop. Depuis, le village végétait à l'écart, coincé entre rien et nulle part, visité uniquement par ceux qui connaissaient déjà son existence et qui, contre toute logique, souhaitaient y retourner.

La Chrysler quitta la route neuve pour rejoindre l'ancienne, défoncée par endroits et dont les côtés étaient envahis de broussailles.

Pris en tenailles entre une rivière récalcitrante et une colline trop pentue, le village ressemblait à une victime d'étranglement. Nous le traversâmes à petite allure, sans voir âme qui vive. Des maisonnettes en bois, pour la plupart en mauvais état. Un bureau de poste. Un magasin général aux vitrines dégarnies de toute marchandise, à moins qu'on eût l'intention d'en acheter la poussière. Puis enfin, le seul endroit où semblait régner une quelconque activité : l'hôtel du village et son bar de danseuses nues.

J'engageai la voiture dans le parking. À peine s'était-elle immobilisée que Provençal en jaillit pour s'engouffrer en courant dans l'hôtel.

— Je crois qu'elle a pissé sur le siège, dit Fred avec une grimace de dégoût.

— Ma mère va me tuer! m'écriai-je.

— Mais non! Elle est impeccable, la Chrysler de maman!

— T'es con.

— Oui, merci.

Je descendis de voiture à mon tour. Je regardai un moment l'enseigne de néon qui parvenait bien mal à concurrencer la lumière du soleil. L'un de ses trois X était éteint.

— Bon, on y va? demandai-je?

— Elles sont vraiment à poil, tu penses?

— Partout sur le corps, répondis-je.

Sur ce point je me trompais. La fille qui se déhanchait langoureusement sur le *Hello* de Lionel Richie n'avait pas l'ombre d'un poil sur sa personne. Son pubis rasé surmontait des lèvres pincées que contemplaient avec avidité trois clients bien beurrés qui rêvaient sans doute d'une excursion sur le mont Chauve. La scène proprement dite n'était qu'une estrade de bois aux couleurs passées, éclairée par trois spots et reléguée dans un coin.

Nous nous dirigeâmes vers le bar, derrière lequel présidait une femme fatiguée. Tout en elle était fatigué : ses vêtements, sa permanente, sa cinquantaine, ses paupières. Même l'énorme chewing-gum qu'elle se trimballait d'une joue à l'autre semblait fatigué. Nous commandâmes deux bières, puis une troisième lorsque Provençal sortit des toilettes en rigolant et en se pinçant le nez.

Nous bûmes quelques gorgées en silence. Je sortis une enveloppe de ma poche et la laissai négligemment tomber sur le comptoir, en espérant que la curiosité de la barmaid ferait le reste. Mais sa curiosité devait être fatiguée elle aussi. La femme ne jeta pas un coup d'œil à l'enveloppe. C'était le moment du plan B.

— Dites donc, commençai-je. Il y a ce type, Victor Lazarre, qui m'a envoyé un chèque. Il s'est trompé de montant. Il a mis cent dollars de trop. Comme je passais par ici, j'aimerais les lui remettre. Seulement, je n'ai pas son adresse exacte. Vous pourriez m'aider?

La barmaid me regarda sans réagir. Puis elle examina l'enveloppe sur le comptoir, qui portait le cachet de la poste de St-Émile.

— Vous *passiez* par ici? demanda-t-elle.

Elle sortit de son tablier fatigué un chiffon qui ne l'était pas moins, puis elle entreprit d'essuyer un comptoir qui avait depuis longtemps perdu son lustre.

— Cent dollars! dit-elle. Vous pouvez les garder. Il ne verra pas la différence. Il est riche.

— C'est pour le principe, dis-je.

— Ça aussi vous pouvez le garder. On s'en passe bien, nous!

Elle souriait! Et son sourire sembla chasser de ses traits des années d'usure. Elle s'accouda sur le comptoir pour me dévisager. Fred et Provençal firent pivoter leur tabouret pour lui tourner le dos et, accessoirement, contempler en connaisseurs les contorsions de la femme sans poils.

— Qu'est-ce que vous lui voulez vraiment, à Victor? demanda la barmaid.

Ses yeux, pensai-je, ses yeux n'étaient pas fatigués. Ce n'est pas elle qui vieillit, c'est tout le reste qui se déglingue.

— Je vous l'ai déjà dit…, commençai-je.

— Vous vous appelez Mary Travers, c'est ça? dit la femme en s'emparant de l'enveloppe. C'est un drôle de nom pour un jeune homme.

— Écoutez, dis-je, je veux seulement lui parler.

— Il n'est pas très causant.

— Je veux bien courir le risque.

La barmaid haussa les épaules et se détourna. Elle alla cueillir dans une glacière une bouteille de bière bien fraîche qu'elle décapsula et vint poser devant moi avec un charmant petit sourire complice.

— Qu'est-ce que vous voulez savoir, au juste? demanda-t-elle.

Je soupirai de soulagement. Enfin, j'étais près du but. Tout près.

* * *

C'était Jacques Ledoux qui m'avait expliqué la procédure à suivre pour retrouver Victor Lazarre.

— Mais quand vous l'aurez trouvé, vous me donnerez ses coordonnées, c'est ma seule condition.

Je n'avais pas d'objection.

— Alors c'est simple. Il suffit d'écrire un message, de le photocopier à mille exemplaires et de le distribuer à chacune des adresses incluses dans le secteur que j'ai entouré de rouge. Puisque Victor Lazarre y habite, il recevra le message.

— Mais puisqu'il ne veut pas être connu! Il se contentera de jeter le message au panier.

— Alors, dit Jacques Ledoux, il faut s'adresser aux autres, à ceux de son entourage, ses voisins, son propriétaire, son concierge. Et leur promettre une récompense.

— Quel genre de récompense?

— Assez importante pour encourager la délation.

Je réitérai ma promesse de lui faire part des résultats de mon enquête, puis je rentrai chez moi. J'étais embêté. Je ne disposais pas d'assez d'argent pour seulement assourdir le premier scrupule venu.

— Mais moi j'en ai, dit Provençal ce soir-là. L'argent des slogans fascistes.

— Il est à toi.

— En théorie, il appartient plutôt aux descendants des propagandistes mussoliniens. T'as besoin de combien?

— Pas tant que ça.

La question de la récompense réglée, il me fallait maintenant décider du texte. Après plusieurs pages chiffonnées, j'optai pour la simplicité: «Cherche à retrouver Victor Lazarre, Benjamin Fortuit, Jean-Jacques Aléa, Georges Sort, Michel Dé. Si vous pouvez m'aider, contactez-moi au numéro suivant. Récompense de mille dollars.»

Avec Fred, j'avais distribué tous les messages en deux heures à peine. Puis j'attendis. Toute une journée et toute une nuit à craindre l'échec, et alors quoi? Il ne me restait plus beaucoup d'options.

Mais le lendemain, une femme appela. Elle s'appelait Mary Travers. L'année précédente, elle avait fait passer une petite annonce dans le journal pour sous-louer son appartement pendant qu'elle séjournait deux mois à l'étranger. Un certain Victor Lazarre avait répondu à l'annonce. Il avait proposé de payer le loyer à l'avance et en liquide, qu'elle avait reçu par la poste. Elle n'avait évidemment pas gardé l'enveloppe. Par contre, elle avait précieusement conservé la lettre qu'il lui avait fait parvenir après son retour de voyage. Que contenait cette lettre? C'est personnel, expliqua Mary Travers. En vivant chez elle pendant près deux mois, Victor Lazarre avait *senti* des choses dont il lui avait communiqué la teneur par écrit. C'était, et de loin, la plus belle lettre qu'elle eût jamais reçue. Et l'enveloppe? Oui, elle avait toujours l'enveloppe, elle était sur la table de cuisine en ce moment même, juste à côté du téléphone. Y avait-il un cachet de poste lisible? Oui. Acceptait-elle de se départir de l'enveloppe? Pour mille dollars, une simple enveloppe? Aucun problème. Mais la lettre, pas pour tout l'or du monde.

Et voilà. J'avais emprunté la voiture de ma mère et, par un beau samedi matin de printemps, nous nous étions mis en route jusqu'à aboutir ici, dans ce bar, devant cette barmaid qui, pour une raison qui m'échappait, semblait m'avoir à la bonne et me racontait volontiers tout ce qu'elle savait des Lazarre de St-Émile.

C'étaient des gens de la ville, m'apprit-elle, venus vingt-cinq ou vingt-six ans plus tôt s'établir ici, on se demande pourquoi. La femme était enceinte jusqu'aux yeux, ce qui ne l'empêchait pas de porter une robe si moulante qu'on lui voyait le nombril. Et pas que le nombril, d'ailleurs. Ils venaient d'acheter l'ancienne ferme des McAllister, une terre à patates, sablonneuse, aride, ingrate. La maison était pas mal, grande et solide, mais personne ne l'habitait depuis trente ans à part les mulots et les tourterelles.

Ils étaient passés ici pour boire un coup avec le notaire et célébrer la signature des papiers, poursuivait la barmaid, qui lui avait demandé ce qu'il comptait faire de la vieille ferme.

— De l'horticulture, avait répondu le père de Victor. Des fleurs.

La barmaid avait éclaté de rire, ainsi que tous ceux qui avaient entendu cette énormité.

— Des fleurs, dans du sable !?!

L'homme avait lentement vidé son verre, puis il s'était levé, avait serré la main du notaire, aidé sa volumineuse épouse à s'extraire de sa chaise, puis il avait quitté le bar sans un mot et sans un regard en arrière. Jamais il n'avait remis les pieds ici. Il préférait faire cinquante kilomètres en voiture pour acheter son pain dans un autre village. C'étaient des gens fiers, bizarres mais fiers. On disait par ici que la femme avait accouché seule pendant que son mari se contentait de faire bouillir des linges et de tourner en rond. On dit aussi que l'accouchement avait été si long et si douloureux que les cris de la parturiente s'étaient fait entendre à des milles à la ronde pendant près de trois jours. Il paraît qu'elle n'a plus jamais été la même après ça. Un peu folle, vous comprenez ?

La barmaid agitait un index tout près de sa tempe pour bien me faire comprendre. Selon elle, la mère de Victor cessa alors de pratiquer toute autre forme d'activité que celle de caresser son enfant. C'est le père qui faisait tout, les repas, le lavage, le ménage. Ce qui n'avait pas empêché la vieille ferme de retourner à l'abandon.

Quant aux fleurs, on n'en avait jamais vu la queue d'une. Dans du sable, vous pensez ! On raconte par ici

164

que c'est exactement ce que le bonhomme Lazarre avait voulu : une terre de sable sec. On raconte que son projet était de créer une variété de fleurs capables d'y pousser, sans eau ou presque. On dit que sa grande ambition était de faire fleurir les déserts du monde. Chose certaine, à part les spécimens qu'il cultivait bien à l'abri d'une petite serre, la terre était restée comme elle l'était avant son arrivée, pleine de broussailles et de cailloux, et c'est ce qu'elle pouvait donner de mieux, cette terre : de la broussaille et des cailloux.

Avec les années, on avait commencé à voir le petit Victor se promener ici et là. Sa mère lui faisait l'école à la maison, Dieu sait ce qu'elle a pu lui fourrer dans le crâne. Mais c'était un bon garçon, très gentil mais pas très bavard. On l'appelait le Zèbre, parce qu'il portait toujours les vieux vêtements de son père, recoupés à sa taille, toujours noirs. Comme il y a beaucoup de poussière par ici, ça lui faisait des rayures dans les plis. C'était un drôle de petit bonhomme qui surgissait de nulle part et vous regardait avec de grands yeux comme si vous étiez un Martien, quelqu'un de totalement étranger à son univers.

Les choses en sont restées là pendant quelques années, jusqu'à la mort de la mère, on n'a jamais su de quoi. Ils l'ont enterrée au bout du champ. Ils ont planté des fleurs sur la tombe, mais une heure plus tard elles étaient fanées.

Après, c'est le père qui a pris en main l'éducation de son fils, et à en juger par le résultat, ça ne devait pas être brillant. On dit par ici qu'il était une sorte de savant fou, un docteur Frankenstein de l'horticulture. On raconte qu'il avait créé une sorte de rose mutante et qu'il est mort en se piquant à ses épines. Il est vrai qu'on raconte parfois n'importe quoi. Ce qui est certain, c'est que le bras gauche du mort était enflé et noir jusqu'à l'épaule.

Victor avait plus de seize ans à l'époque. Comme il héritait d'une bonne somme et qu'il s'était habitué à vivre presque seul, les autorités l'avaient laissé tranquille. Cela faisait dix ans maintenant, et pendant ces dix années, ma barmaid ne l'avait croisé que quatre ou cinq fois.

— Au moins, dit-elle, il ne s'habille plus en noir maintenant. Mais il me regarde toujours comme s'il avait affaire à une Martienne. Peut-être a-t-il raison ? Mais je serais plutôt de l'avis contraire : c'est lui le Martien, et il ne sait plus comment rentrer chez lui.

— Où se trouve la vieille ferme ? demandai-je.

— À la droite du magasin général, il y a un vieux chemin de terre. Suivez-le jusqu'au bout pendant environ six kilomètres. Quand il n'y aura plus de chemin, vous serez arrivé.

— Je vous remercie. Vraiment.

— Vous allez prendre une chambre pour la nuit ? demanda-t-elle.

— Non, je ne crois pas. Désolé.

— Pas de quoi. Je n'y croyais pas tellement non plus, me dit-elle avec un clin d'œil.

Fred et Provençal refusèrent de m'accompagner jusqu'à la vieille ferme.

— C'est ton truc, dit Provençal.

— Et puis on pourrait l'effrayer en arrivant à trois, ton Lazarre. On va rester ici et t'attendre en jouissant du spectacle, dit-il en désignant la danseuse sans poils.

— On va lui glisser des billets dans sa culotte ! ajouta Provençal.

— Elle n'a pas de culotte, dit Fred.

— On trouvera bien quelque chose…

Je les laissai à leurs petits jeux et j'allai chercher la voiture au parking. Mon cœur battait la chamade. Je contournai le magasin général et empruntai le chemin de terre. Je traversai un petit pont aux planches branlantes et m'enfonçai dans une forêt mal en point, torturée, assoiffée. Pendant une quinzaine de minutes, je roulai lentement pour éviter les ornières. Enfin le rideau des arbres s'effaça pour laisser toute la place à des champs de poussière qui servaient de terrain de jeu aux tourbillons du vent. Tout au bout de la route, la vieille ferme montrait sa façade pelée. Sur la véranda, un homme était assis, un livre sur les genoux. Il me regarda descendre de voiture et m'avancer vers lui. Je vis qu'il souriait. Je vis aussi que son livre était un dictionnaire.

— Victor Lazarre? demandai-je, bien que je susse avec certitude que c'était lui.

— Oui, c'est moi, répondit-il.

— Benjamin Fortuit, Georges Sort, Michel Dé, Jean-Jacques Aléa?

Il continuait de sourire. Puis, lentement, il se mit debout. Sans cesser de me regarder, il fit deux pas de côté et mit la main sur la poignée de la porte, qu'il entrouvrit à moitié.

— Entrez, dit-il. Je vous attendais.

14

Simples mortels

*L*E PETIT GARÇON *était maintenant un jeune homme et Marie, une femme splendide. Cela faisait deux ans qu'ils formaient un couple. Ils avaient vécu ensemble l'essentiel de leur adolescence.*

Ils continuaient à s'échanger des poèmes, dont la teneur s'était cependant modifiée. Ils avaient accueilli la révélation de leur amour avec une gravité qui n'était pas de leur âge. Ils reconnaissaient instinctivement le caractère miraculeux de leur union, où les corps s'emboîtaient aussi bien que les esprits. Pris séparément, ils n'étaient encore que deux gamins en pleine formation. Mais ensemble, ils devenaient gracieux et aériens, ils semblaient briller d'une lumière intérieure alors que tout le reste paraissait un peu éteint. D'un regard, ils échangeaient leurs pensées. D'une caresse, ils mélangeaient leurs âmes.

Ils ne supportaient pas longtemps de rester séparés, malgré leurs parents respectifs qui voyaient d'un mauvais œil cette passion fusionnelle se déployer devant eux. Cela n'augurait rien de bon pour la réussite des études. Pères et mères craignaient en secret une grossesse prématurée qui ruinerait à jamais la chance des deux jeunes d'avoir une existence normale. Alors, sans vouloir heurter de front leurs enfants, ils faisaient leur possible pour contrarier leur amour. Des règles étaient édictées qui les empêchaient de se revoir, des activités et des voyages étaient planifiés dans le seul but de les séparer et de leur faire rencontrer d'autres jeunes.

Mais les amoureux n'en avaient cure et supportaient tout avec la conviction inébranlable de leur privilège. La nuit, ils passaient par la fenêtre de leur chambre pour se rejoindre dans des parcs où ils faisaient l'amour à l'abri des massifs de fleurs. Si un enfant devait naître de ces unions, ils l'accueilleraient comme le reste, avec gratitude, car l'univers était un endroit magique, n'en étaient-ils pas la preuve vivante?

Cette nuit-là, par un juillet torride, le jeune homme s'était endormi, repu, tranquille. L'air chargé d'humidité dessinait des rigoles de sueur sur son dos. Marie en suivait du doigt le dessin quand soudain de grosses gouttes de pluie vinrent s'écraser sur le dos de sa main.

— François, réveille-toi. François! François!

Elle riait en enfilant son pantalon tandis que François se frottait les yeux, englué d'un sommeil épais et noir comme de la mélasse.

— Viens, on va se faire tremper! dit Marie sans cesser de rire.

La pluie tombait dru maintenant, et le ciel lourd grognait comme un vieux chien. François essayait de passer son jean en se trompant de jambe.

— Allons à l'abribus, dit Marie, déjà trempée.

— Vas-y, je te suis. Je ne trouve pas mon t-shirt.

Marie s'élança. François mit enfin la main sur son t-shirt et, sans prendre le temps de l'enfiler, se mit à courir lui aussi. Dix foulées devant, Marie riait toujours.

Puis il y eut un grand bruit de tonnerre. Un éclair déchira l'espace et s'abattit sur le sol. Sur Marie. Un éclair s'abattit sur Marie.

François arrêta de courir. Il avança doucement. Il savait qu'elle était morte. Il le sentait en lui. Il y avait ce vide, déjà.

Il se pencha sur Marie et la prit dans ses bras. Sa chair fumait légèrement en dégageant une odeur d'ozone. Il pencha la tête pour regarder le ciel. Des gouttes de pluie s'écrasèrent sur son visage et emplirent ses orbites qui, sinon, seraient restées sèches. Il ne pleurait pas. Il hurlait.

Il ne pleurait pas.

Pendant les jours qui suivirent, tandis que ses parents cherchaient à le consoler, il ne pleura pas. Il ne pleura pas devant le cercueil ouvert. Il ne pleura pas dans l'église bondée. Il resta debout à l'arrière, loin de l'autel et du prêtre – loin de ce Dieu immonde qui avait fait mourir Marie.

Les poings crispés. Le cœur n'est qu'un muscle.

Tous les dieux sont immondes, tous les pouvoirs sont gâchés.

Toute consolation est un mensonge.

Tous les mystères se résument à ceci :

Pour toute chaleur : la douleur.

Pour tout amour : la colère.

Pour tout sommeil : le souvenir.

Marie morte.

Marie morte.

Marie morte.

Morte.

15

Victor Lazarre

—Alors, qu'est-ce qui s'est passé? me demanda Fred lorsque je revins à l'hôtel du village, deux bonnes heures après l'avoir quitté.

Sur le chemin du retour, j'avais roulé encore plus lentement qu'à l'aller, sans rien voir, les idées en désordre et un goût de bile à la bouche. Plusieurs minutes durant, dans le parking de l'hôtel, j'étais resté derrière le volant en écoutant comme une musique le bruit du moteur qui tournait au ralenti. J'essayais de ne penser à rien, mais c'était difficile. J'aurais préféré le vide à la confusion, mais, dit-on, il ne nous appartient pas de choisir. Par un acte de courage et de volonté que je serai à jamais le seul à célébrer, j'avais éteint le moteur et j'étais entré dans l'hôtel pour rejoindre mes amis.

— Rien, répondis-je à Fred.

— Comment ça, rien?

— Rien. Il ne s'est rien passé, d'accord? T'es content?

— Bon, bon.

Je m'assis à côté de lui et contemplai pendant un moment les contorsions extravagantes de la danseuse sans poils. Provençal me regardait avec inquiétude. Je haussai les épaules et me forçai à sourire.

— Et vous, qu'est-ce qui s'est passé ? dis-je.

— Tu ne le croiras pas, dit Fred.

— Vas-y toujours.

— Tu lui donnes un peu de liquide à vaisselle, et elle fait des bulles avec sa chatte !

Je plissai le front.

— Non. Ça, ça va, lui répondis-je. Ça, j'y crois.

* * *

Je ne parlais jamais à personne de Marie. Je n'avais aucune intention d'en parler avec Victor Lazarre. Je m'étais volontairement éloigné de mes amis de l'époque pour m'en faire de nouveaux qui ne pouvaient soupçonner, devant l'ironique insomniaque que j'étais devenu, l'enfant confiant, ouvert, *spirituel* que j'avais été.

Je m'étais fermé comme une huître sur ma douleur. Au fil des nuits, je l'enrobai de nacre : elle devint ce que j'avais de plus précieux.

Pour le reste, j'avais conscience d'être desséché. Il n'y avait plus de géant, de mystère. Je ne regardais plus les étoiles dans le ciel en m'émerveillant : je calculais la distance et le temps en me disant qu'une partie d'entre elles étaient mortes avant que leur image ne me parvienne.

Je me cramponnais à la réalité de choses qui s'expliquent, avec le hasard aveugle comme dernier recours. Sinon, il m'aurait fallu trouver une explication à la mort de Marie, à la précision diabolique avec laquelle l'éclair l'avait frappée. Je ne pouvais pas supporter cette idée.

Une partie de moi cherchait Victor pour le dégommer. Son aura mystique, son effet apaisant semblable à du Valium, l'absence totale de regard critique chez ses victimes : tout cela dénotait un reflux de bondieuserie mensongère qui me semblait être une attaque personnelle que je devais dénoncer et détruire à la racine. Puisque je devais avoir raison, il devait avoir tort.

Cependant, une autre partie de moi, beaucoup plus souterraine, espérait vaguement quelque chose. J'en voulais à Myriam Songeur et à Jacques Ledoux de ne plus souffrir. J'en étais venu à la conclusion que la souffrance était la seule réalité humaine véritable, mais si on m'avait offert un voyage dans le temps, je serais immédiatement monté à bord pour aller convaincre Marie d'éviter les galipettes au parc par temps d'orage.

Aussi, quand Victor Lazarre m'invita dans sa maison en disant : « Je vous attendais », une partie de moi voulait bien le croire tandis qu'une autre s'y refusait tout à fait. À quoi sert de rêver puisqu'on se réveille un jour ?

Néanmoins, je le suivis dans sa maison vieille et grinçante, couverte d'écailles de peinture grise comme un vieux dinosaure. D'un geste, Lazarre m'invita à m'asseoir à la table de cuisine, une bizarrerie en formica des années cinquante. Je gardai le silence tandis qu'il préparait un pot de thé glacé où flottaient des rondelles de citron. Il me servit un grand verre tout embué puis s'assit en face de moi. Il avait ce sourire que j'ai appris à connaître, qui est moins une expression faciale qu'une attitude philosophique. Les sculptures du Bouddha avaient le même.

Je ne voulais pas parler le premier. Il me semblait que si j'étais le premier à prendre la parole, je perdrais la partie avant de l'avoir commencée. Comme s'il avait deviné le cours de mes pensées et qu'il renonçait de son plein gré à l'avantage du terrain, Victor Lazarre dit soudain :

— Ça ne sert à rien de précipiter les choses, n'est-ce pas ?

— Que voulez-vous dire ?

— Simplement ça.

Il but une gorgée de thé glacé puis me regarda sans plus rien dire. Mais je pouvais maintenant me lancer.

— Vous avez dit que vous m'attendiez ?

— Vous, ou quelqu'un comme vous. Un jour ou l'autre. Il semble que je fasse un certain effet sur les autres. On se fait toujours remarquer, dans ces cas-là, d'habitude, non ?

— Je ne sais pas. C'est la première fois que je rencontre un tel phénomène. Car vous ne niez pas être un phénomène ?

— Je suis ce que je suis. Est-ce que j'ai l'air d'un phénomène ?

Je pris le temps de bien le regarder. Je ne l'aurais pas reconnu dans une foule. Il ne dégageait rien d'autre qu'une incontestable aura de banalité. Et pourtant.

— Si vous n'êtes pas un phénomène, qu'êtes-vous ?

— C'est à vous de me le dire.

— Écoutez, j'ai cinq témoignages par écrit qui vous dépeignent sous les traits d'un sauveur. Or les sauveurs n'existent pas. Vous pourriez être un escroc.

— C'est ce que vous pensez de moi ?

— Je ne sais pas ce que je pense de vous.

— Allons marcher, voulez-vous ?

Il se leva et se dirigea vers la porte sans m'attendre. Je vidai mon verre d'un trait et le rejoignis dehors.

Nous fîmes lentement le tour de la propriété. Il me posa des questions auxquelles je répondis franchement. Je lui en posai à mon tour et il ne se fit pas prier pour répondre, mais sans jamais tout à fait éclairer ma lanterne. Cela ressemblait à un match de badminton entre deux gentlemen anglais, très polis, imperturbables en apparence. Il voulut savoir comment j'avais retrouvé sa trace. Je le lui expliquai et il éclata de rire comme s'il s'agissait d'une bonne blague. À mon tour je voulus savoir pourquoi il s'était caché derrière des pseudonymes.

— Pour les autres, me répondit-il.

— Que voulez-vous dire?

— L'effet que je fais à certaines personnes… S'ils le pouvaient, ils resteraient avec moi plutôt que de vivre leur vie. Je ne me cache pas vraiment. Mais je tente de brouiller les pistes.

Nous étions au cœur du sujet. Une question, une seule, me brûlait les lèvres. Et pourtant il m'était impossible de demander à Victor Lazarre : Possédez-vous des pouvoirs surhumains? Tout mon être se rebellait contre cette possibilité. Et tout mon être se tendait vers elle. Je dis plutôt :

— Cet effet, qu'est-ce que c'est?

— Je ne sais pas. C'est aux autres qu'il faut le demander.

— Je l'ai fait. Pour deux d'entre eux, du moins, vous êtes une sorte d'ange.

Victor Lazarre s'arrêta de marcher et me regarda droit dans les yeux, sans cesser de sourire.

— Mais vous savez bien qu'une telle chose n'existe pas, n'est-ce pas?

— Moi, je le sais. Mais vous, le savez-vous?

Il reprit sa marche.

— Je sais que, demain, le soleil va se lever. Cela me donne-t-il pour autant un pouvoir sur le soleil?

— Je ne sais pas.

— Qui sait?

Nous continuâmes la promenade en silence. Quelque chose s'était produit, que je n'avais pas su saisir. C'était moi qui marchais dans le sentier de sable sec, le bon vieux moi. Rien n'avait changé. Marie ne m'avait pas été redonnée, les cieux ne s'étaient pas ouverts pour laisser descendre, sur l'escalier d'un éclair figé, la jeune femme intacte de mes rêves agités. Il n'y avait pas de magie, pas de victoire. Il n'y avait pas d'apaisement. La vieille blessure ne s'était pas fermée. Victor Lazarre ne m'avait pas changé. J'avais toujours mal. Un peu plus, peut-être, pour avoir été tenté de croire. Je m'en voulais. Je m'en voulais de cette naïveté. Je m'en voulais d'avoir, ne fût-ce qu'un instant, *cru* que les choses iraient pour le mieux. Je savais, pourtant. Je savais bien que les choses n'allaient jamais pour le mieux. En marchant au côté de Victor Lazarre, je regardais la pointe de mes chaussures se couvrir de poussière. Il aurait suffi d'un autre éclair pour que je meure moi aussi. Mais cet éclair n'était pas venu, et maintenant la poussière recouvrait mes chaussures.

Nous arrivâmes bientôt en vue d'une serre aux vitres rendues opaques par la poussière et les fientes d'oiseaux. Les propos de la barmaid me revinrent à l'esprit.

— Au village, on raconte des tas de choses sur vous.

— Vous croyez tout ce qu'on raconte?

— On dit que votre père voulait faire pousser des fleurs dans le désert.

Victor soupira. Il embrassa du regard l'étendue morne de sa propriété.

— C'est une bonne idée, vous ne trouvez pas? Disons que mes parents avaient plus de foi que de connaissance.

— Et vous?

— Je préfère l'équilibre. Mais c'est notre cas à tous, non?

Nous revînmes à ma voiture. Nous nous serrâmes la main. Au moment d'embarquer, il lança:

— Avouez quand même, les pseudonymes…

— Quoi les pseudonymes?

— Les synonymes, c'était chouette, non?

— Oui, dis-je en m'installant derrière le volant. C'était chouette.

— Au revoir, au revoir, cria-t-il tandis que je faisais faire demi-tour à la Chrysler pour reprendre le chemin vers le village.

— Adieu, plutôt, dis-je pour moi-même.

Mais, bien entendu, c'est Victor qui avait raison.

DEUXIÈME PARTIE

NOTRE TEMPS

1

Le parfait bonheur
(rien n'est parfait)

E<small>N</small> 1985, Mikhaïl Gorbatchev était nommé secrétaire général du Parti communiste soviétique. C'était le début de la fin de la guerre froide.

La même année, Desmond Tutu devenait le premier évêque anglican noir de Johannesburg. C'était le début de la fin de l'Apartheid. De meilleurs jours étaient à venir. Mais, déjà, Patrick et Linda filaient le parfait bonheur.

C'était un couple redoutable dont l'étrangeté même laissait sans voix les plus cyniques parmi les spectateurs involontaires de leurs manifestations amoureuses. Les petits mots doux que s'échangeaient à voix basse les amants prenaient dans la bouche de Linda les accents crachotants d'une mitrailleuse légère, et ses baisers mouillés faisaient en s'achevant un bruit de succion qui s'entendait dans la pièce voisine.

Au moins, elle ne frappait plus personne, réservant ses coups à celui qui l'aimait et qui portait ses ecchymoses comme autant de médailles.

Tous les deux gras, maladroits et étranges, ils étaient si parfaitement dégoûtants qu'il n'y avait rien à ajouter. On les laissa tranquilles jusqu'à la fin de leurs études.

L'unique stratégie qu'avait pu concevoir Patrick pour attirer l'attention de Linda avait été de s'offrir à ses coups dès qu'il en avait l'occasion. Sans cesse, il se mettait en travers de son chemin en guettant les signes de sa colère sourde. Pendant des semaines, deux fois sur trois, quand Linda voulait taper quelqu'un, c'est sur Patrick qu'elle faisait pleuvoir les coups. À la longue, elle finit par le reconnaître.

— Encore toi?

— Oui.

Pif. Paf.

Un jour elle lui demanda:

— Ch'est quoi, ton nom, déjà?

— Patrick.

Bang!

Un soir, à la fin des cours, après une journée particulièrement éprouvante, alors qu'elle cherchait à se défouler, Linda vit encore une fois Patrick apparaître devant elle.

— Ah non! dit-elle. Pas toi.

— S'il te plaît.

Elle le roua de coups, mais c'était déjà autre chose. La sensualité prenait le dessus. La bagarre devenait une façon de toucher et d'être touché. Le reste appartient à la légende, que se racontaient avec horreur les autres étudiants, et qu'ils avaient intitulée: les ébats des baleines blanches.

À la fin de leurs études, Patrick se classa plutôt bien et Linda plutôt mal, mais l'ensemble du corps professoral s'entendait pour affirmer que la réussite professionnelle de Linda ne faisait aucun doute tant elle savait se montrer rapace, malhonnête et menaçante. Pour elle, une voiture était réparée quand elle réussissait à sortir du garage par ses propres moyens. «Tant que ça roule!» était son adage préféré. Elle ne prenait pas le soin de préciser si ça pouvait également freiner.

Linda était ce que Patrick avait connu de plus percutant. L'amour de Linda était sauvage, sale, échevelé. Elle lui faisait des choses qui le laissaient bouche bée. Il ne pouvait s'empêcher d'y voir à l'œuvre quelque force primordiale plus ancienne que les humains, et qui se serait emparée d'eux, de leurs corps, pour s'ébattre à son aise dans le monde du concret. Les claques que lui assénait Linda au moment de la jouissance ne lui faisaient pas mal, au contraire, elles le propulsaient vers des sommets d'extase où la rareté de l'air étranglait toute pensée, bonne ou mauvaise, pour le laisser gisant, comme vidé de lui-même : un nouveau-né.

— Une petite vidange d'huile avec cha? lui proposait Linda.

Patrick en convenait, c'était une autre manière de voir les choses.

Une semaine après que les résultats d'examen eurent été affichés, Linda annonça à Patrick qu'elle était enceinte et qu'ils devaient se marier. Ce n'était pas une base de discussion mais l'énoncé d'un état de fait.

Le cerveau ramolli par ses pratiques de débauché, Patrick se laissa entraîner sans résistance jusqu'à la maison des parents de Linda pour leur être officiellement présenté. Ce fut un moment assez embarrassant. Non pas tant parce que Linda ne cessa de tout le repas de le tripoter sous la table en gloussant, mais surtout parce qu'elle n'avait pas pris la peine de prévenir ses parents de leur visite inopinée.

Sans frapper, Patrick et Linda étaient entrés pour les surprendre, flambant nus, au milieu d'une partie de Scrabble, à croupetons sur le tapis du salon.

C'étaient de fervents naturistes convertis depuis peu ; ils bondirent sur leurs pieds et rougirent jusqu'à la racine de leur sexe, puis bafouillèrent quelques paroles incompréhensibles avant de disparaître dans une autre pièce pour passer un short sur leur choix de vie.

Normalement, ils faisaient tout dans le plus simple appareil, expliquèrent-ils avec des petits rires qui glacèrent les sangs de Patrick Morno : arroser les plantes, faire la cuisine, passer l'aspirateur, visser une ampoule neuve. Les seuls moments où ils s'autorisaient à mettre des vêtements, c'était pour prendre un bain et faire l'amour.

Il fallut un certain temps à Patrick pour comprendre que c'était une blague. Il fit semblant de rire, puis passa le reste de la soirée à ne savoir où poser les yeux, tant était persistante l'image de ces deux êtres aux corps flasques dont l'un venait de poser sept lettres tandis que l'autre vérifiait « ébénier » dans le dictionnaire.

Pour peu que Patrick puisse en juger, c'étaient par ailleurs de braves gens, tous deux employés des postes et végétariens stricts, qui n'en revenaient pas d'avoir donné le jour à une carnivore insatiable. Linda les effrayait. Ils avaient tendance à se tasser sur eux-mêmes lorsqu'elle leur adressait la parole, comme si elle les grondait depuis la naissance. Sans doute à leurs yeux était-elle un bébé mutant et potentiellement dangereux. Mais ils l'aimaient, bien sûr. Aussi se réjouirent-ils sans retenue à l'annonce de son mariage avec Patrick – enfin c'était là quelque chose de normal. Et si le Patrick en question semblait parfois un peu bizarre, on ne pouvait nier son appartenance à l'espèce humaine. C'était un Terrien, lui, au moins.

Après un repas improvisé de légumes cuits, de légumes crus et de légumes marinés, suivi, pour dessert, d'un gâteau aux carottes, Linda aborda franchement la question de la dot.

— Mais, ma chérie, ça n'existe pas, ici, la dot, énonça prudemment son père.

— Jouer au Chcrabble tout nu, cha n'existe pas non plus, répliqua Linda. Vous avez choisi le naturichme, moi je choisis la dot.

Elle n'en démordit pas et pendant plus d'une heure, entre la poire et le tofu, Linda négocia pied à pied, tantôt cajoleuse (*je chuis votre fille unique*), tantôt menaçante (*vous voulez vraiment que je revienne habiter ichi, avec vous?*), jusqu'à ce que les parents, toute résistance brisée, acceptent de contracter une seconde hypothèque pour offrir à leur fille, à l'occasion de son mariage, la somme de vingt-cinq mille dollars qui lui permettrait de prendre un bon départ dans la vie.

— Pas mal, dit Linda sur le chemin du retour. Je ne penchais pas leur arracher autant que cha.

— Pourquoi tu ne leur as pas dit qu'on attendait un enfant? lui demanda Patrick.

— Une chose à la fois.

La cérémonie se déroula sans anicroche en présence des parents de Linda, inconfortables dans leurs habits du dimanche, et de Benoît Brodeur, le professeur de mécanique, inconfortable tout court. Après le mariage, Linda entraîna tout son monde dans une rôtisserie spécialisée dans la volaille industrielle, où elle s'amusa comme une folle à la vue des parents picorant une salade de chou tandis que sur la table s'accumulaient les ossements de poulets morts.

Le mariage avait eu lieu en juillet. En septembre, ils emménagèrent dans une petite maison louée et se mirent en quête d'une occasion d'affaire. Le plan de Linda était simple : ils allaient acheter un petit garage. Patrick se chargerait de la mécanique, Linda de tout le reste.

— Il faut être chon propre boche, disait-elle.

— Son quoi?

— Chon boche! Chon patron.

— Ah oui. Bien sûr.

À la fin de l'automne, ils dégotèrent un petit atelier de mécanique, vieux mais correctement équipé, qui semblait correspondre aux critères de Linda. Les vingt-cinq mille dollars ne suffisaient pas, loin de là, mais, comme le disait Linda, les banques, c'est fait pour cha – et les banquiers, aussi méfiants soient-ils, n'étaient aucunement préparés à affronter Linda et ses armées de postillons.

Pendant tout un mois, leur lune de miel consista à nettoyer le garage et à se peloter avec leurs doigts tachés de cambouis. Quand enfin ils furent en mesure d'ouvrir leurs portes, Linda s'attaqua au problème de la clientèle. Sur les insistances de Patrick, elle renonça à sa première idée qui consistait à se promener de par la ville armée d'un pied-de-biche pour fracasser les phares des voitures avant de glisser sous l'essuie-glace un prospectus vantant les mérites du garage Pat et Linda.

En lieu et place, elle fit la tournée des autres garages du secteur et réussit, grâce à un savant mélange de flatterie et d'intimidation, à convaincre les patrons de leur refiler, en échange d'un pourcentage négociable, le trop-plein de leur clientèle.

Un mois et demi après l'ouverture, Patrick n'avait plus une seconde à lui. La qualité de son travail était telle que la clientèle ne semblait pas remarquer les factures gonflées et les pièces en surnombre que leur faisait avaler Linda. En fin de journée, Linda comptait la caisse en gloussant, tandis que Patrick d'un chiffon faisait briller ses outils. Le soin maniaque qu'il apportait à nettoyer tant le garage que les véhicules qui y étaient réparés comptait pour beaucoup dans le succès de l'entreprise. Ce qui était propre semblait neuf.

Patrick passa derrière sa femme et l'embrassa dans le cou.

— Mmm, gémit-elle.

— Linda?

— Quoi?

— Ton ventre?

— Quoi mon ventre?

— Ça ne devrait pas commencer à paraître?

— Oh.

— Quoi oh?

— Rien.

— Quoi rien?

— Ben...

Linda baissa la tête comme une enfant prise en faute.

— Oh! dit Patrick.

— Ch'était peut-être une erreur. Tu es déchu?

— Mmm, fit Patrick.

Oui, il était déchu, sans trop savoir pourquoi. Une sorte de chape de tristesse l'enveloppait, comme si on venait de murer une fenêtre et qu'un pan de paysage disparaissait à jamais de sa vue.

— Allez! s'écria Linda en lui empoignant l'entre-jambe. Il y en a plein d'autres là-dedans!

— Oui, bien sûr, dit Patrick. Plein.

2

Sur la terre comme au ciel

Au mois d'avril de 1986, la comète de Halley illuminait le ciel tandis que, sur Terre, des illuminés pleuraient le décès du fondateur de l'Église de scientologie, Ron Hubbard, un écrivain de science-fiction moins doué pour la plume que pour plumer. C'était un temps étrange, la fin d'une époque et le début d'une autre. Fin janvier, la navette spatiale Challenger s'était elle aussi transformée en comète, explosant soixante-treize secondes après son lancement et tuant sept personnes, dont une institutrice, marquant ainsi la fin de l'innocence spatiale.

Le monde tel que nous l'avions connu au cours des quarante dernières années tremblait sur ses bases. La guerre froide, avec ses menaces nucléaires, semblait sur le point de s'achever. À l'est, les réformes de Gorbatchev. Au sud, Duvalier avait quitté Haïti à la sauvette.

Certes, il existait encore des monstres affamés de pouvoir, mais les églises achevaient de se vider de leurs derniers fidèles et, dans le flou qui prenait la place de la foi, les plus exubérants des optimistes entrevoyaient les prémices d'une démocratie mondiale s'appuyant sur une spiritualité laïque.

Pas moi. Je voyais plutôt les marchands s'installer dans le temple et étaler leur camelote directement sur l'autel. Parmi eux : les psychologues, les psychanalystes, les thérapeutes béhavioristes, lacaniens, freudiens et Cie, les massothérapeutes, les naturopathes, les pharmacognosiens, les réflexologues, les fascia thérapeutes et les spécialistes du *rebirth* – comme s'il suffisait d'un chèque pour s'acheter une santé mentale et d'une carte de crédit pour acheter la paix.

Quand j'y repense maintenant, bien des années plus tard, je conçois que Victor, eût-il vécu à une autre époque, aurait connu un sort bien différent. Cinquante ans plus tôt, il aurait été dénoncé par l'Église, ou alors récupéré par elle. Il aurait été très apprécié en curé de village. Quinze ans plus tôt, on en aurait fait une sorte de gourou psychédélique officiant pendant des concerts rock tandis que ses adeptes se rouleraient dans la boue – et on se serait demandé avec raison si Victor était responsable de l'effet ressenti ou s'il ne fallait pas plutôt accuser le mélange de LSD, de chips au vinaigre et de rock bien pesant.

Mais en 1986 débutait l'ère du consommateur averti, c'est-à-dire de l'égoïsme exacerbé, et Victor devint une commodité. Qui se souciait de lui ? De son bien-être à lui ? Pas même moi, je dois le dire. Mais le mot se passait qu'il apaisait les esprits – et tous ceux qui se jetaient comme des bêtes sauvages sur des petits cônes d'encens thérapeutique et s'appliquaient à la moindre meurtrissure des tonnes d'onguent homéopathique, tous ceux-là se jetèrent en courant sur Victor dans leurs tenues de jogging chèrement acquises, tant il est vrai que l'on court mieux délesté de son fric.

C'était du moins ainsi que je voyais le monde à l'époque, c'est-à-dire trois ans après avoir perdu de vue Victor Lazarre, trois années au cours desquelles j'avais plus ou moins réussi à le chasser de mon esprit.

Trois années fort peu mémorables, pour être honnête. S'il est vrai qu'en début de carrière un chroniqueur de presse jouit de la totale liberté du choix de ses sujets, il ne lui faut pas bien longtemps pour comprendre qu'il passera l'essentiel de ses journées au téléphone à repousser les assauts des attachés de presse en tous genres – si bien qu'il ne lui restera plus assez de temps pour faire enquête et qu'il devra se contenter, dans ses écrits, d'une opinion peu fondée, mal construite et dont la dentelle stylistique servira de rideau pour déguiser les énormes trous de l'ouvrage.

Mais qu'importe, n'est-ce pas, puisque ça plaisait ?

Je n'étais pas à proprement parler malheureux. Frustré peut-être, mais qui ne l'était pas ? Provençal, par exemple, avait terminé son mémoire de maîtrise et, mis à part les membres du jury devant lesquels elle l'avait défendu, personne ne lui en avait soufflé un mot. Pas un autre prof, pas un autre étudiant. Des huit éditeurs à qui elle avait envoyé le manuscrit pour publication, elle avait reçu une lettre type lui indiquant que c'était avec regret que, blablabla, le sujet de votre livre ne concordant pas avec nos visées éditoriales, etc.

Mais c'était Provençal ; l'adversité la stimulait. Elle était repartie pour un doctorat, sur le nazisme cette fois. Devant son indomptable énergie, le corps professoral de l'université lui avait confié deux charges de cours sur l'histoire du vingtième siècle pour des étudiants en première année du baccalauréat.

— Ils ne savent rien, se désolait Provençal.

— C'est un signe de vieillesse que de se plaindre de l'inculture des jeunes, plaisanta Fred.

— Non mais : rien ! Pour eux, la Seconde Guerre mondiale s'est déroulée à une époque très lointaine qui ne les concerne pas ! Et pourtant, elle ne s'est terminée que vingt ans avant leur naissance. Vingt ans !

— Ils y viendront, dis-je pour la rassurer.

— Non, non, c'est le présent qui est en passe de remporter la victoire sur le passé et le futur. Le présent est impérialiste. Le présent se répand en avant et en arrière, il avale tout. Il nous fait croire que nous vivons comme nous avons toujours vécu et que nos habitudes d'aujourd'hui seront celles de demain. Ce qui disparaît, c'est la mémoire, et la vision d'avenir. Nous deviendrons des bébés myopes et presbytes, réclamant en braillant la tétée. Nous n'aurons que des désirs à satisfaire. Éternellement jeunes. Une jeunesse artificielle, fabriquée de toutes pièces, dans laquelle nous n'aurons de cesse d'acheter le dernier joujou à la mode, d'adopter la dernière tendance. Car qui ne courra pas assez vite sera largué par le présent. Il vieillira et, en vieillissant, n'appartiendra plus à l'histoire car l'histoire s'écrit au présent. Vous verrez. On n'a pas fini d'en baver. C'est long, l'éternité du présent.

— Tu n'exagères pas un peu ? demanda Fred.

— Si. Mais c'est eux qui ont commencé.

Pour mes chroniques, il m'arrivait de passer chez mes amis d'Info-Secte. J'adorais les récits de faux prophètes et plus encore ceux de leurs adeptes, qui subissaient avec le sourire les pires outrages au nom d'un salut qui ne venait jamais, du moins jusqu'à ce que le chef parte avec la caisse : Salut !

Je m'en souviens avec exactitude. C'était le 18 novembre, très exactement huit ans après le massacre de Jonestown, où neuf cent treize adeptes du révérend Jim Jones furent suicidés de force, parmi lesquels deux cents enfants.

— Salut Marco, quoi de neuf? avais-je demandé au jeune homme de permanence, constamment pendu au téléphone et quasi incapable de bouger dans ce local exigu et bourré de dossiers jusqu'au plafond.

— Hmm… avait-il répondu en agitant vaguement la main.

— Tu permets que je regarde.

Il hocha la tête. En deux pas, je me dirigeai vers le classeur métallique où je savais trouver le dossier des nouveaux inscrits. C'est qu'on rapportait, sur des fiches, l'apparition de nouvelles sectes ou de nouveaux groupes soupçonnés d'en être. C'est alors que je tombai sur une fiche qui me fit sourciller.

— Qu'est-ce que c'est que ça? demandai-je à Marc.

— Ben, on ne sait pas trop bien, dit-il en mettant une main sur le téléphone.

La fiche se lisait comme suit:

Nom de la secte:	?
Nom du leader:	?
Nombre d'adeptes:	?
Croyance type:	? (marche à pied?)
Lieu de culte:	Mont Royal (chalet de la montagne)
Fréquence des réunions:	Irrégulière. Débuts de soirée
Cotisation:	?
Modus operandi:	?

— Ça t'intéresse? me demanda Marco après avoir raccroché.

— Faut voir. Y a pas grand-chose.

— Tout ce qu'on sait, c'est qu'ils se réunissent depuis plus d'un an au moins trois fois par semaine. Tu sais ce qui est le plus bizarre?

— Quoi?

— Aucune plainte.

Le mardi suivant, caché derrière un pilier de soutien dans la vaste salle du chalet de la montagne, j'attendais qu'il se passe quelque chose. Je ne voyais pour l'instant que l'habituelle foule de promeneurs venus arpenter les sentiers en famille : les mamies deux par deux, bras dessus, bras dessous, papotant à petits pas en penchant l'une vers l'autre leur tête blanche ; les joggeurs en tenue de lycra inspirée par les super-héros de leur jeunesse ; et les adolescents romantiques qui se regardaient dans les yeux sans prêter aucune attention au paysage de la ville qui s'étendait à leurs pieds. Mais de gourou, je ne voyais aucune trace.

Sans doute me suis-je trompé de jour, pensai-je, mais juste à ce moment on m'asséna dans le dos une claque retentissante, et une voix haut perchée résonna à mes oreilles :

— Ça alors! Monsieur François!

Jacques Ledoux, pensai-je en me retournant. En effet, c'était lui. Il avait troqué ses vêtements de croque-mort pour ceux d'un alpiniste du dimanche, avec bottes de montagne à tiges montantes, gourde à la ceinture et sac à dos. Un autre déguisement pour une autre arnaque?

— Vous venez marcher avec nous! s'exclama-t-il en souriant largement.

Il avait l'air sincèrement ravi de me voir. Son visage bronzé respirait la santé et la joie de vivre. Il me prit par le bras et m'entraîna dehors en m'assaillant de questions sur ma vie, mon travail, mes amours, sans vraiment me donner le temps de répondre, si jamais j'en avais eu l'intention.

Il me conduisit par un complexe réseau de petits sentiers. Les arbres étouffaient le bruit de la ville, au loin, pour laisser toute la place au chant des oiseaux. Les feuilles d'automne, rouge et or, s'arrachaient des branches à regret et valsaient jusqu'au sol pour en épaissir le tapis. On pouvait se croire très loin de tout, mais j'avais peine à oublier que c'était là une oasis, une île de verdure cernée de béton, une aberration pour tous les promoteurs du monde, qui rêvaient de centres commerciaux, de logements en copropriété et de parkings souterrains.

J'avais perdu depuis longtemps mes repères lorsque nous rejoignîmes, au milieu de nulle part, un attroupement d'une vingtaine de personnes qui attendait en bordure du sentier.

— Mettez-vous ici, me dit Jacques Ledoux, en me poussant hors de la piste, dans une flaque boueuse couverte de feuilles pourrissantes.

— Et on fait quoi, là ? demandai-je.

— On attend en silence.

Dix minutes plus tard, Victor Lazarre apparut, marchant d'un bon pas, son éternel sourire bien en position. Il dévala le sentier et nous dépassa sans s'arrêter. Dès qu'il fut passé, la vingtaine de personnes en attente, dont je faisais partie, se lança à sa poursuite.

Il marchait vite, Victor. Ce n'était pas évident de rester à sa hauteur. Mais, un par un, en respectant une procédure et un ordre hiérarchique qui m'échappaient, chacun de ses poursuivants réussit à partager sa foulée pendant quelques minutes. Je les voyais qui bougeaient la tête et les bras tandis que Victor regardait droit devant lui. J'entendais leurs voix tantôt graves, tantôt aiguës, qui péroraient jusqu'à plus soif – ils assaillaient Victor l'un après l'autre, ils se jetaient verbalement sur lui. Mais Victor se contentait de marcher. Parfois il émettait un hum! qui ne me trompait pas. Ses poursuivants étaient comme des mouches qu'il ne servait à rien de chasser. Elles revenaient toujours, il fallait s'y faire.

Après deux bonnes heures à tourner en rond dans les sentiers de la montagne, Jacques Ledoux me donna un formidable coup de coude dans les côtes en disant :

— Vas-y, c'est ton tour!

Pourquoi était-ce mon tour et quel signal en avait averti Jacques Ledoux, je l'ignorais. Mais j'obéis à l'escroc et augmentai ma foulée jusqu'au pas de course pour ralentir lorsque je fus au coude à coude avec Victor Lazarre.

— Bonjour François, comment vas-tu? demanda-t-il en tournant brièvement la tête vers moi.

Je notai qu'un intervalle de trois ans entre nos deux seules rencontres lui permettait de passer au tutoiement. Je notai également que cette question, dans sa bouche, prenait une autre résonance que dans n'importe quelle autre. *Comment vas-tu?* Que répondre à cela sans soulever le couvercle d'une boîte de Pandore où sont enfermés non pas les malheurs de l'humanité, mais les miens seuls? Je préférais garder le couvercle bien en place et m'asseoir dessus.

— Qu'est-ce que c'est que tout ça? lui demandai-je au lieu de lui répondre.

— Tu en es le responsable, tu le savais?

— Moi?

— Oui.

— Jacques Ledoux! dis-je.

— Exact.

— Mais je…

— Trois mois après ta visite à St-Émile, des gens ont commencé à se présenter à ma porte sous les déguisements de promeneurs égarés, d'automobilistes en panne, de prospecteurs du dimanche, de voyageurs de commerce et j'en passe. Jamais plus d'un à la fois, mais chaque fois c'était la même chose : ils cognaient à ma porte sous un faux prétexte et je les faisais entrer. Ils restaient une heure ou deux puis repartaient en souriant, sans renseignement, sans carte, sans cric, sans avoir rien trouvé ni vendu. J'ai compris qu'il me fallait agir quand les visites sont passées de deux ou trois par semaine à deux ou trois par jour et que je revis le randonneur déguisé en voyageur de commerce et le voyageur de commerce déguisé en mycologue. Il ne me fallut que quelques questions pour découvrir la vérité. Jacques Ledoux, ou plutôt Jean-Louis Drolet de son vrai nom, vendait ce qu'il appelait des forfaits Lazarre. Alors je l'ai contacté et je lui ai dit d'arrêter son commerce, puisque je n'étais pas à vendre.

— Mais tu as mis sur pied ces… promenades.

— J'aime beaucoup marcher dans la nature, pas toi?

— Je ne fais pas de sermon sur la montagne.

— Moi non plus. Je me contente de venir marcher. Si des gens veulent marcher à mes côtés, pourquoi pas? Et s'ils veulent parler de ce qui les blesse, de ce qui les rend malheureux, s'ils veulent parler de leurs rêves et de leurs désespoirs, qui suis-je pour les en empêcher?

Ils sont libres, non? Je ne suis pas leur maître : juste un homme qui marche.

— Certains commencent à voir en toi un gourou.

— Et alors?

— Les gourous sont des charlatans.

— Qu'est-ce que ça peut faire, ce qu'on pense de moi, du moment que ce n'est pas vrai?

— Je t'aurai mis en garde, dis-je en m'arrêtant de marcher. Tu veux bien faire, Victor, mais tu te trompes, crois-moi.

— Mais, François, je suis comme toi, dit-il en s'éloignant. Je ne crois en rien!

Je le regardai disparaître dans les bois au détour du sentier, suivi de sa grappe de disciples en souliers de course. Au passage, Jean-Louis Drolet alias Jacques Ledoux agita la main dans ma direction. Il portait un pantalon de lycra noir et moulant, et un coupe-vent jaune vif. Le sexagénaire pétait le feu que c'en était indécent. Je haussai les épaules et revins sur mes pas. Je tournai en rond pendant plus d'une demi-heure dans le réseau des sentiers, complètement paumé, jusqu'à ce que je décide de suivre la pente de la montagne. Je traversai des ronces et des taillis épais. Je déchirai mes vêtements, je tombai trois fois en butant contre des racines. Puis j'émergeai de la forêt de la montagne comme un explorateur incapable, pour découvrir, s'étalant devant moi, la ville que nul n'avait besoin de découvrir.

* * *

Le téléphone sonna, je décrochai.

— Alors? me demanda Marco, le permanent d'Info-Secte.

— Quoi donc?

— Le gourou de la Montagne, tu y es allé?

— Oui.

— Qu'est-ce que c'est?

— C'est… rien, dis-je.

— T'es sûr?

— Je suis sûr de rien.

— C'est toi qui l'dis.

— Oui, c'est moi, dis-je. Salut.

Et je raccrochai.

* * *

Après avoir abandonné ses études en physique, et après sa brève carrière de DJ, Fred avait rempilé pour trois ans d'université en programmation informatique. La révolution numérique pointait le bout de son nez, et il avait souhaité être de la première barricade. Mais les cours l'avaient déçu.

— Vous allez voir! s'indignait-il. Pour la première fois de l'histoire de l'humanité, nous allons bientôt disposer d'un formidable instrument de communication et de partage des connaissances. Un outil démocratique, accessible, instantané et… gratuit! Gratuit, vous croyez? Peut-être gratuit, oui, au début, histoire d'appâter le poisson. Puis après, clac! On ferre! Ce n'est peut-être pas la bonne métaphore. Ce ne sont pas des pêcheurs, ce sont des requins qui rôdent autour et qui flairent le bon morceau. C'est la grande entreprise qui finance les recherches et qui se réserve les vraies découvertes. On aurait pu assister à la naissance d'une nouvelle civilisation, basée sur l'échange et le partage, mais non! La révolution numérique, c'est une occasion d'affaires, voilà tout!

Je l'avais rarement vu aussi remonté. La Toile n'en était encore qu'à ses premiers fils tendus entre quelques universités où régnaient des esprits libres, mais déjà, expliquait Fred, la bataille faisait rage sur le terrain des protocoles et des codes sources.

— Il faudrait que tout soit disponible à qui le veut! s'écriait-il. Ils invitent tout le monde à visiter la maison, mais c'est eux qui gardent les clés et qui pourront verrouiller les portes quand bon leur semblera!

À la session d'hiver, Fred avait tenté de monter les étudiants en programmation contre ce qu'il appelait le kidnapping informatique. Mais c'est à peine si les jeunes programmeurs avaient levé la tête de leur écran pour le regarder d'un air morne.

— Ils sont fascinés par le langage informatique mais n'ont aucune idée des conséquences de ce langage. Des programmes! Belle race, qui ne pense pas plus loin que le clavier. Il faudrait des sociologues programmeurs, des philosophes programmeurs, des artistes programmeurs!

C'était un soir à la fin de l'été 1986 et nous étions sur le toit. J'y avais monté des chaises de jardin en fer forgé trouvées dans une ruelle. Une bouteille de rosé à nos pieds, nous levions notre verre à la statue ailée, de l'autre côté du parc, qui semblait vouloir trinquer avec nous.

— Quel gâchis, poursuivait Fred. Ç'aurait pu être tellement extraordinaire. Mais ça ne sera jamais que du commerce, comme le reste. Un prétexte à pub, comme pour ton journal de merde.

— Merci pour le : de merde.

— Tu sais ce que je veux dire.

Je le savais, oui. Depuis trois ans, je travaillais pour un hebdomadaire de gauche. Mais il ne m'avait pas fallu longtemps pour comprendre que le *de gauche* n'était qu'un créneau à occuper comme, pour le fabricant de shampoing, celui des cheveux gras.

— J'arrête, dit Fred. Mes études.

— Il ne te reste qu'un an.

— Tant pis. Et puis, pour quoi faire?

— Tu ne m'as pas dit qu'il y avait des fortunes à faire là-dedans?

— Des milliards, tu verras. Ces deux-là, dans leur garage, qui ont fondé Apple, ils sont déjà riches à craquer, et ça ne fait que commencer. Mais ça ne *change* rien. Oui, c'est une révolution, et qui plus est une révolution de gens instruits, d'universitaires, d'originaux. Et ça ne *change* rien. L'éducation supérieure n'empêchera pas la vénalité. La culture n'est pas un remède contre l'appât du gain. Où est Provençal?

Je secouai la tête. La question de Fred était devenue une sorte de leitmotiv : où est Provençal? En tout cas, elle n'était pas ici. Elle disparaissait des nuits entières et revenait à l'aube, les yeux bouffis et les jambes flageolantes, pour aller s'enfermer dans sa chambre. Nous avions soupçonné un amant, mais alors pourquoi avait-elle l'air si malheureux? Il y avait une gravité, chez Provençal, une lourdeur, une sorte de fatalité qui vous donnait envie de la prendre dans vos bras pour la protéger. Mais jamais elle ne se serait laissé faire. C'était une battante, aussi, une combattante. Elle combattait le désespoir.

— L. pour Larmes, dit Fred.

— Louvoyante, dis-je.

— Longiligne.

— Lumineuse.

— Larguée!

— Un point, dis-je.

Je bus une gorgée de rosé en regardant la statue ailée. Le vrai pouvoir des anges, pensai-je, c'est de pouvoir tout quitter en quelques battements d'ailes.

— Qu'est-ce que tu vas faire? demandai-je à Fred.

— Pourquoi devrais-je *faire* quelque chose?

— On ne peut pas toujours glander.

— Pourquoi pas? Pourquoi attendre la retraite? Tiens, si tu préfères, je prends ma retraite.

— À vingt-cinq ans?

— À tous les âges.

— Et pour l'argent?

— La vie ne coûte pas cher quand on n'achète que l'essentiel. Je ferai des petits boulots, tant qu'ils ne me prennent pas la tête. De vrais petits boulots alimentaires. Ça au moins, ce n'est pas hypocrite. Je n'éduque pas les masses, je mange. Je n'informe pas le public, je mange. Je ne prépare pas l'avènement de la révolution numérique, je mange.

— Tu pourras toujours m'emprunter des sous.

— Aussi.

Nous gardâmes le silence un moment. J'admirais Fred. Mais je n'étais pas fait du même bois. Il se pencha pour prendre la bouteille et remplir nos verres. Nous trinquâmes en souriant.

— L. comme Leçon, dit Fred.

— Leçon Provençal, ça va pas?

— Deux cédilles.

— Bah. L. pour Liesse.

— L. pour Lumière.

— L. pour Lionne.

— Ouais, Lionne! Un point! s'exclama Fred. Tu crois qu'elle chasse la nuit?

— Je ne sais pas, répondis-je.

Et c'était vrai que je ne savais pas. Et pourtant, une nuit, je l'avais suivie.

* * *

Notre convention de colocataires interdisait l'implication romantique. Dès lors, je me sentais les coudées franches pour m'intéresser à Provençal sous le couvert de l'amitié. Son état m'inquiétait, et il sautait aux yeux qu'elle n'allait pas toujours bien. Elle prenait tout trop au sérieux. Mais ce n'était pas une maladie, et peut-être avait-elle raison? Elle était le contraire de la légèreté, et pourtant sa lourdeur avait de la grâce. Le poids de l'Histoire, j'imagine, lestait son regard et l'entraînait au fond des choses où elle se débattait, les mains sur la gorge, comme une noyée à la merci des courants.

Je la suivis une nuit, sans préméditation, sans vraiment m'avouer au début que je la suivais vraiment. J'étais à ma fenêtre, insomniaque toujours, et je regardais dehors. Sur ma table de travail, un vingt-deuxième début de roman s'achevait dans les embrouilles à la page dix-sept, page que je retravaillais depuis un mois ou deux, et qui était si parfaitement écrite qu'elle était singulièrement dénuée de vie, de passion et de tout intérêt pour qui que ce soit, y compris son auteur. À ce moment, par la fenêtre, je vis Provençal quitter la maison, traverser la rue et s'enfoncer dans le parc.

Je n'avais rien de mieux à faire, je sortis à sa suite. J'avais l'intention au début de presser le pas pour la rejoindre et lui offrir d'aller boire un verre quelque part en ma compagnie. Puis il me vint l'idée qu'elle croirait peut-être que j'avais voulu la suivre – alors je ralentis le pas, et plutôt que de la rejoindre, je la suivis en effet. J'attendais de voir ce qui allait se passer. Sans doute avait-elle un rendez-vous. Je la verrais alors disparaître derrière une porte et je continuerais mon chemin. Ou alors elle allait danser, et je pourrais entrer à sa suite et l'y croiser comme par hasard.

J'étais curieux, aussi, quoiqu'il m'était difficile de l'avouer. À bien des égards, Provençal restait un mystère. Tandis qu'elle traversait toute la longueur du parc et se dirigeait vers le centre-ville, je pensais au peu de choses que je savais d'elle, au fond, de son enfance, de sa jeunesse, de ses manies et de ses jeux. Les éléments de biographie qui nous étaient disponibles, c'était elle qui nous les avait livrés, en petits fragments, au gré de soirées arrosées de vin, dans l'intimité de notre château fort. Mais à peine les avait-elle lâchés qu'elle semblait l'avoir regretté. J'avais des secrets moi aussi, je préférais ne pas insister. Quant à Fred, il ne s'intéressait pas à ce qui voulait rester caché.

Je savais que ses parents, syndicalistes tous deux, avaient perdu la vie lors de l'écrasement d'un avion de brousse qu'ils avaient affrété pour aller prêter main-forte à des mineurs en grève dans le nord du pays. Elle avait alors cinq ans, et c'était déjà, à l'entendre, une sacrée tête de cochon.

Je savais qu'elle n'aimait pas la tante qui l'avait recueillie, et il semblait bien que c'était réciproque. Selon Provençal, la tante était une bourgeoise crispée de l'anus, endimanchée jour et nuit et qui devait au maquillage d'avoir un visage qui, vu de loin, pouvait passer pour humain. Après une petite enfance avec ses parents bohèmes, emportés, fougueux et iconoclastes, elle avait souffert une vie de fille rangée que la tante envoyait dans les meilleures écoles sans pour autant réussir à éteindre le feu qui la consumait.

Elle avait grandi. Et avait grandi en elle l'horreur de tout ce qui était faux, injuste. Les privilèges et les castes, les signes distinctifs de la bonne société, elle apprit à les dénoncer avec de plus en plus de virulence. Gare à vous si devant elle vous faisiez preuve d'affectation : elle se jetait sur vous pour démonter pièce par pièce le mécanisme de votre imposture. En revanche, pour autant que vous soyez authentique, elle était capable d'accepter sinon de chérir le pire de vos défauts. Ma veulerie l'enchantait et elle louangeait chez Fred son manque total d'ambition, ce qui ne l'empêchait pas, elle, d'en avoir à revendre. Elle avait l'ambition de déconstruire et de dénoncer les systèmes de pensée par lesquels les injustices sont maintenues et les misères, démultipliées. Misères économique, sociale, culturelle, psychologique. En reprenant, à haute altitude, le combat que ses parents menaient avant de se *crasher*, elle pouvait au moins garder en vie leur idéal, même si tout le reste avait brûlé quand les réservoirs de l'avion avaient explosé, une fraction de seconde après l'impact.

Mais elle était aussi étonnamment tendre sous sa brusquerie, extraordinairement attachante, même quand elle vous repoussait. Elle était drôle, même si la forme d'humour qu'elle pratiquait était celui du désespoir. Sa fragilité était une force et sa force, une fragilité. Elle était destinée à perdre son combat, ce qui ne l'empêchait pas une seconde de continuer à le mener, le front bas, comme un buffle de labour traçant dans le désert un sillon que le vent se chargeait aussitôt de combler.

Où allait-elle? Nous avions traversé une partie du centre-ville et dépassé la porte de nombreux bars où s'attardaient des hommes saouls qui la sifflaient en émettant des commentaires vulgaires d'une voix pâteuse. Elle les affrontait du regard comme pour les défier de passer à l'acte. Je crois qu'elle cherchait la bagarre. Je crois qu'elle voulait qu'un accident se produise. Elle le cherchait. À cette heure de la nuit, il ne restait dans les rues que les prédateurs sexuels, les skinheads survoltés, les junkies en état de manque et les soiffards que la vue d'une jupe affolait. Elle était une proie en quête d'un fauve.

C'était dans les rues les plus sombres qu'elle choisissait de marcher, évitant le cercle lumineux de lampadaires, ralentissant le pas à l'entrée des ruelles. Avec ma carrure de bûcheron, je n'étais guère rassuré. Et pourtant Provençal, menue, s'avançait à la rencontre du danger comme si c'était l'homme de sa vie.

Je me rappelais l'épisode des adeptes d'*Orange mécanique*. Je me rappelais d'autres ecchymoses et d'autres plaies. C'est ainsi qu'elle les récoltait, au hasard des rues.

Mais pas ce soir. Pas de chance, ce soir. Nous quittâmes bientôt les quartiers populaires et obliquâmes en direction du fleuve. Je ralentis le pas pour ne pas trahir ma présence. Quelques rues seulement nous séparaient du fleuve endiablé qui dévalait à gros bouillons la pente de son lit. Hormis le fracas des eaux, tout était calme et silencieux maintenant. Là-bas, à peine visible, Provençal enjambait le garde-fou et s'avançait vers la rive où s'entassaient, pêle-mêle, d'énormes blocs de pierre. Et alors, j'eus l'intuition qu'elle allait sauter à l'eau. Que tout le trajet pour venir jusqu'ici n'était qu'une marche expiatoire destinée à vaincre ses dernières résistances.

Je me mis à courir comme un dératé en criant son nom, mais le son des rapides blancs couvrait celui de ma voix. Je vis Provençal se hisser au sommet d'un rocher, tout au bord de l'écume. Je la vis se tenir bien droite, les pieds joints, je vis ses bras s'écarter de son corps et se tendre à l'horizontale.

Tandis que je courais en criant son nom, je la vis inhaler profondément, comme si ses poumons disaient adieu à l'oxygène. J'arrivai au garde-fou, espérant toujours arriver à temps, lorsque je la vis descendre de son rocher et revenir vers la terre ferme, c'est-à-dire dans ma direction.

Je restai figé.

Elle leva la tête et me vit. Pendant une seconde, je fus tenté de faire demi-tour et de détaler sans demander mon reste, de rentrer à la maison, de me glisser sous les draps et de nier vigoureusement que cet épisode ait jamais existé.

Elle marqua une pause. Elle semblait perdue, hésitante. Elle s'avança enfin, vers moi, plus près, tout près, si près. Elle appuya sa tête contre ma poitrine. Au bout d'un moment, je la pris dans mes bras et elle accepta l'étreinte. Toujours blottie au creux de mon épaule, je l'entraînai vers la ville pour la ramener à la maison.

J'eus un mal fou à trouver un taxi. Provençal n'avait toujours pas dit un mot. Quand enfin une voiture accepta de nous prendre, elle y monta avec un soupir de soulagement et vint s'appuyer, lourdement, contre moi. Pendant tout le trajet, elle regarda droit devant elle. J'avais mis mon bras autour de ses épaules. Je sentais sa chaleur, l'odeur de ses cheveux emmêlés. Je penchai la tête vers elle. J'approchai mes lèvres des siennes.

— Non, dit-elle simplement.

Elle se redressa un peu, sans rompre le contact, mais sans plus peser sur moi. J'avais relevé la tête comme si elle m'avait piqué. En me mordant la lèvre, je regardais par la fenêtre défiler les rues que nous avions foulées. Des larmes étaient montées à mes yeux, venues de je ne sais où.

Je ne sais comment dire : j'étais en proie à une sorte de désespoir qui n'était pas aussi douloureux que je l'avais d'abord craint.

3

Venir au monde

Aɪɴsɪ ʟᴇ ᴍᴏɴᴅᴇ ᴄʜᴀɴɢᴇᴀɪᴛ. En 1987, l'Union soviétique acceptait de produire sous licence, pour Coca-Cola, sa fameuse boisson gazeuse. L'année suivante, la chaîne de restauration rapide McDonald's annonçait l'ouverture de son premier restaurant à Moscou. C'est devant un hamburger, une frite et un verre de boisson gazeuse que devait se dérouler le festin mettant fin à quarante années de guerre froide.

Pendant ce temps, blasée, cernée, détachée, l'infirmière derrière le comptoir du poste de garde faisait courir son doigt le long des lignes de nombreux formulaires qu'il fallait absolument remplir avant d'avoir la permission d'accoucher en paix.

— Nom du père, nom de la mère, nom, prénom, adresse postale, numéro d'assurance-maladie, année de la naissance, date des dernières menstruations, heure du début des contractions, dilatation en centimètres, preuves d'assurances…

L'infirmière ânonnait tandis que, cramponnée au bras de Patrick, Linda sentait monter, avec l'exaspération, une nouvelle série de contractions absurdement douloureuses. Juste au moment où la vague de souffrance la submergea, elle pinça le gras du bras de son mari pour lui faire chèrement payer de l'avoir foutue en cloque. Elle serrait les dents pour ne pas crier, et elle s'aperçut avec stupéfaction qu'il était parfaitement possible de hurler en gardant la bouche close sans que le niveau de décibels s'en trouve affecté.

À la première vague succéda une seconde, puis une troisième, de plus en plus puissante. Linda suffoquait avec des hoquets de noyée. Puis les vagues diminuèrent et la marée se retira doucement. Linda se redressa, outrée, scandalisée, offensée par l'injustice de cette douleur. Oh non! Ce n'était pas un beau moment à passer. C'était l'enfer, quoi qu'on en dise, ce qui prouvait hors de tout doute possible que Dieu était un homme, et particulièrement misogyne avec ça.

Pendant que Linda reprenait son souffle, l'infirmière reprit du début sa litanie :

— Nom du père, nom de la mère, nom, prénom, adresse postale, numéro…

Linda poussa un cri et, malgré son énorme ventre, réussit à bondir sur le comptoir avec une agilité que seule une colère divine pouvait expliquer. D'un même mouvement elle sauta, s'assit, leva les jambes et effectua un demi-tour qui envoya valser de par la pièce les stylos, trombones, porte-mines et planchettes qui l'encombraient. L'infirmière recula autant qu'elle put, c'est-à-dire de moins d'un pas. Elle semblait craindre pour sa vie maintenant que Linda lui faisait face.

— Linda! hurla Patrick.

Mais Linda ne pouvait l'entendre puisqu'elle criait toujours, elle crachait ses hurlements à la face de l'infirmière dont le visage maintenant était aussi pâle que l'uniforme.

Quiconque n'avait pas l'oreille entraînée à déchiffrer ses chuintantes vociférations n'y aurait entendu qu'une suite chaotique de phonèmes indéchiffrables. Mais Patrick, lui, connaissait bien sa Linda. Il savait que ce qu'elle criait à pleins poumons, c'étaient les noms, prénoms du père, de la mère, adresse postale et numéro d'assurance-maladie. Avec un mélange de terreur biblique et de fierté matrimoniale, il vit l'amour de sa vie écarter les jambes et remonter sur ses cuisses dodues le tissu de la jupe sous lequel, il le savait, Linda ne portait rien d'autre que l'origine du monde. Et il l'entendit hurler à la face de l'infirmière, qui se recroquevillait à la vision du vagin moite et béant :

— Dilatachion en chentimètres ? Ch'est un canyon, ch'est une crevache ! Ch'est une chaleté de trou noir !

Sans doute aurait-elle pu continuer ainsi jusqu'à ce que s'écroulent les murs de l'hôpital si une nouvelle série de contractions ne l'avait cueillie à cet instant précis. Sous l'impact, Linda se plia en deux puis se déplia brutalement, dans un mouvement incontrôlé qui la précipita en bas du comptoir, vers le sol dallé où elle aurait pu se blesser gravement si Patrick ne s'était jeté sous elle pour amortir sa chute.

L'infirmière recouvra ses esprits et s'avança pour regarder par-dessus le comptoir. Puis elle consulta sa montre, après quoi elle décrocha le téléphone et composa un numéro à trois chiffres.

— On a des contractions aux deux minutes, ici, prononça-t-elle dans le combiné. Je vais avoir besoin d'une chaise roulante.

— Deux, entendit-elle prononcer dans un gémissement.

Elle se pencha à nouveau par-dessus le comptoir. Tandis que Linda tentait maladroitement de se relever, Patrick, encore à moitié enseveli sous la masse de sa femme, pleurait en silence, blanc comme un spectre et en proie à des souffrances qui n'avaient manifestement rien à voir avec les débuts imminents de sa paternité.

— Deux chaises roulantes, dit l'infirmière dans le combiné. Oui. Non. Non. C'est… compliqué.

Il s'avéra que Patrick avait le bras gauche et trois côtes cassés. Mais il refusa absolument de se faire soigner pendant que Linda accouchait, aussi le roula-t-on au chevet de la parturiente, où il put accompagner de ses propres cris de douleur ceux de sa femme qui l'agrippait par le col à chaque contraction pour l'agonir d'injures.

Le travail se poursuivit pendant plus de quinze heures. Le personnel hospitalier rasait les murs dans l'espoir d'échapper au radar de Linda. Le refus du médecin de service, pour raisons de santé, d'administrer la péridurale, lui valut un vigoureux coup de talon au menton. On dut alors se résoudre à lier les chevilles de Linda aux étriers, ce qui ne l'empêcha pas de se débattre jusqu'à l'extrême limite de ses forces et des forces de tous ceux qui se trouvaient dans la pièce avec elle. Si bien que quand l'enfant consentit enfin à sortir, au terme d'une ultime et tellurique poussée, Patrick trouva à peine l'énergie pour s'emparer d'un ciseau et couper le cordon, puis caresser du doigt le front ridé de sa fille avant de tomber dans les pommes avec un soupir de soulagement.

Quand il s'éveilla, plâtré, bandé, groggy de médicaments, ce fut pour voir Linda, dans un fauteuil roulant à côté de son lit.

— Où est-elle? demanda-t-il.

— Plus jamais cha, répondit Linda d'une voix sépulcrale.

Patrick avala sa salive avec grande difficulté. Que voulait-elle dire, au juste?

— Elle va bien? demanda-t-il encore.

— Écoute-moi. Plus jamais cha. Ch'est compris?

— Plus jamais quoi?

— Plus jamais d'enfant. Plus jamais de grochèche. Plus jamais d'accouchement. Plus jamais cha.

Pourquoi? se demandait Patrick. Comment? Mais il comprenait que ce n'était pas le moment de poser des questions. Linda, dans le fauteuil, était tassée sur elle-même. Son visage blanc était dénué d'expression, comme si elle dormait. Ou comme si elle était morte, pensa Patrick.

Il tendit à sa femme sa main valide, paume tournée vers le ciel. Mais Linda secoua la tête en refusant l'offrande de sa caresse.

— Jure-le, dit-elle.

— Oui, d'accord. Bien sûr. Je le jure.

Il l'entendit soupirer. Lentement, pesamment, Linda poussa les roues de son fauteuil en direction de la porte.

— Elle va bien, dit-elle en lui tournant le dos. Ils vont te l'apporter pour que tu lui donnes un biberon. Moi, je vais dormir.

La petite avait les yeux bleus, un duvet blanc sur le crâne et un demi-sourire qui éclairait son visage rouge comme une fraise. Son combat pour accéder à la vie lui avait légèrement déformé le crâne. Les infirmières assurèrent à Patrick que tout allait rentrer dans l'ordre. Et pour la mère? demanda-t-il. Les mamans doivent d'abord se reposer, répondirent-elles.

Sa fille était soigneusement emmaillotée et portait sur la tête un curieux bonnet qui lui donnait l'air d'un vieux loup de mer. C'était sans doute ce qu'elle était, pensa Patrick. Elle revenait d'un long voyage. Et elle s'embarquait pour un autre.

Aussitôt qu'il avait posé les yeux sur elle, Patrick avait recommencé à croire en Dieu. La brûlure dans sa poitrine ne pouvait s'expliquer autrement. C'était un mélange de gratitude et de peur. Comme si, pour la première fois de sa vie, il accédait à une forme supérieure de l'existence où toutes les couleurs sont plus vives, toutes les choses sont plus belles – mais seulement pour s'apercevoir que cet état est encore plus fragile que le précédent, et qu'un souffle ténu pouvait le détruire à jamais.

La petite accepta le biberon sans rechigner. Elle sombra bientôt dans un profond sommeil. Seuls ses doigts minuscules s'agitaient parfois, comme des nageoires dans un rêve de poisson.

Patrick demanda à ce qu'on la lui laisse pour la nuit. Les infirmières firent un berceau de son bras plâtré et il la regarda dormir en versant des larmes. Confusément, il savait que la naissance de sa fille était aussi, un peu, la mort de quelque chose. Il y aurait un prix à payer pour ce cadeau de Dieu.

Il veilla longtemps sur le sommeil de son enfant. Le cœur gonflé d'amour, il ne trouvait pas le repos.

4

L'ascension de Victor Lazarre

La vingtaine de marcheurs sur la montagne se transforma en cinquantaine, puis en centaine. À ce stade, ils constituaient un danger pour l'environnement. Pour préserver la paix de la montagne, Victor dut bientôt accepter qu'on louât une salle. La première fois qu'il y mit les pieds, il fit enlever l'estrade et le pupitre derrière lequel on avait souhaité qu'il haranguât la foule. Il disposa plutôt les chaises et les tables en îlots et se promena de l'un à l'autre sans jamais faire autre chose que d'écouter ce qu'on avait à lui dire en gardant le sourire. De l'avis de tous les spectateurs présents, la soirée fut un franc succès. Quant à moi, je ne saurais dire. Je ne comprenais rien à ce qui s'y passait.

Pour je ne sais quelle raison, Victor avait pris l'habitude de me téléphoner régulièrement afin de me tenir au courant des derniers développements. À chaque fois, il percevait dans ma voix un léger agacement qui le faisait rire.

— Tu es journaliste, tu dois être informé!
— Mais je suis contre tout ce que tu représentes!
— Vraiment?

Les rumeurs allaient bon train. Les disciples de Victor lui attribuaient la paternité de chacun de leurs bonheurs. En revanche, lorsque les choses tournaient mal, c'était toujours leur propre faute, sous prétexte qu'ils n'y avaient pas assez cru. Ainsi, sans qu'il fît rien, Victor faisait tout.

La centaine de disciples devint deux centaines, puis trois. À les voir, on eût dit que dans ce monde, il n'y avait que des naufragés. Pour eux, Victor était une bouée.

Ou alors Victor était l'équivalent de la plume magique de Dumbo, à laquelle l'éléphant à grandes oreilles se cramponnait pour obtenir le pouvoir de voler. Mais ce n'était rien d'autre qu'une plume. Et Dumbo n'était rien d'autre qu'un éléphant, et les éléphants ne volent pas sauf dans les dessins animés et les contes pour enfants.

Du moins était-ce ainsi que je voyais les choses à l'époque. Car les églises avaient beau se vider et les prêtres avaient beau agiter leurs ailes noires en se disputant les bons morceaux du cadavre de leur foi, la pensée religieuse, elle, était loin d'être moribonde. On assistait au contraire à la multiplication des Sauveurs. Il y avait des Sauveurs d'équipes sportives, des Sauveurs de la petite et de la grande entreprise. Des Sauveurs de baleines, des Sauveurs de blanchons, de morues, de lacs et de rivières. Des Sauveurs d'arbres qui s'y juchaient pour y vivre pendant des mois.

J'étais moins critique, au fond, envers Victor qu'envers ses disciples. J'avais l'impression qu'ils créaient Victor, comme les Hommes avaient ressenti le besoin de créer Dieu. En étions-nous toujours là?

Oui, bien sûr. Une grande quantité d'éclopés prenait Victor pour béquille et, s'étonnant de marcher à nouveau, s'empressait de crier au miracle. Les cris attiraient d'autres boiteux, et ainsi de suite. Au bout d'un certain temps, il fallut changer de salle pour une plus grande, puis pour une plus grande encore, et enfin il fallut organiser trois rencontres par semaine.

À ce stade, les rumeurs allaient bon train de par la ville. On commençait à parler de Victor dans les journaux. Il fit même les manchettes lorsque, pour des raisons pratiques, son attroupement voulut officialiser son existence sous le nom de Groupe du Soleil, appellation que contesta un ramassis d'échassiers, de jongleurs et de clowns qui tentait de se faire connaître sous l'appellation de Cirque du Soleil.

L'affaire faillit se rendre devant les tribunaux, mais une rencontre entre les dirigeants des deux groupes se solda par un règlement hors cour dont la teneur ne fut pas révélée. Ce qu'on sait, par contre, c'est que la rencontre en question dura plus de huit heures et que le président du Cirque du Soleil, un cracheur de feu, en ressortit survolté, qu'il remisa derechef ses torches et ses bouteilles d'essence et insuffla à sa troupe un esprit nouveau et franchement révolutionnaire dont le résultat prit la forme de spectacles de cirque qui firent le tour du monde et le font encore.

— Que lui as-tu dit? demandai-je à Victor.

— Oh! Tu sais... la même chose que d'habitude.

Les quelques journalistes qui souhaitaient l'interviewer sortaient en général ravis de leur rencontre. Mais au moment d'écrire leur papier, en relisant leurs notes, ils ne trouvaient rien à citer. En fouillant leurs souvenirs, ils s'apercevaient alors qu'ils avaient parlé tout le temps. Rouges de honte, ils abandonnaient le sujet en confiant à leur patron qu'il n'y avait pas matière à article. Cela permit à Victor, pendant un certain temps du moins, de voler sous le radar médiatique.

Mais le nombre de ses adeptes atteignait des proportions épidémiques.

— Pourquoi tu fais ça? lui demandai-je lors d'une autre conversation téléphonique.

— J'aime rencontrer des gens, me répondit-il.

— Il y a d'autres moyens.

— Pour moi, on dirait qu'il n'y en a pas d'autre.

Son nom commença à circuler dans les hautes sphères de la société. Les grands administrateurs, saoulés par leur propre pouvoir, se targuaient d'ésotérisme et ne dédaignaient pas les poignées de mains compliquées, les tenues en brocart et les cérémonies secrètes qui confinaient à l'orgie. Plusieurs sectes donnaient des «ateliers» à des conseils d'administration qui géraient des milliards et avalaient sans sourciller des tas de sornettes sur le «transfert vers Sirius». Lorsqu'ils eurent vent de l'existence de Victor, certains d'entre eux lui offrirent de fortes sommes pour qu'il leur révèle certains de ses secrets.

— Tu refuses, j'espère?

— J'accepte parfois, répondit Victor. Mais les résultats ne sont pas vraiment ceux qu'ils recherchaient! Si mes calculs sont bons, il y a de par le monde une bonne dizaine d'administrateurs qui n'administrent plus rien et qui se baladent, sac au dos et sourire aux lèvres, à la recherche d'eux-mêmes!

L'argent ainsi récolté permettait à Victor de financer toutes sortes d'activités que ses adeptes n'avaient pas les moyens de s'offrir. Des autobus nolisés les débarquaient en pleine forêt, où les attendait un campement complet et toute l'eau et toute la nourriture pour passer une semaine dans la nature. Ou alors c'était une partie de pêche pour deux cents personnes sur un grand réservoir dans le nord du pays.

Victor aimait bouger. Il lui suffisait d'émettre un souhait, et la machinerie lourde se mettait en branle, non pas pour exaucer son souhait, mais bien pour exaucer celui des deux cents disciples qui voulaient l'accompagner.

Tout cela faisait du bruit, évidemment, et ce bruit parvint jusqu'aux oreilles de mon rédacteur en chef, qui me demanda de trouver quelques squelettes dans le placard de Victor.

— Il n'y en a pas, dis-je.

— Il y en a toujours, répondit Ballot.

— Non, dis-je. Pas toujours.

Ballot me regarda en fronçant les sourcils et en se mâchouillant l'intérieur de la joue.

— Tu ramollis, François, me dit-il avant de me tourner le dos.

5

Les femmes et les enfants d'abord

APRÈS TROIS ANNÉES DE LUTTE, Patrick se résigna à être à la fois le père et la mère de sa fille. Il lui fallait bien être tout pour elle puisque Linda n'était rien, ou si peu : une présence qui ne se manifestait que par moments, tantôt dans les cris, tantôt dans les pleurs. La plupart du temps dans l'indifférence pesante de la dépression clinique. Elle gardait le lit tout le jour et une partie de la nuit. Le reste du temps, elle s'affalait dans le sofa du salon et, du pouce, changeait toutes les trois secondes les chaînes de la télé dans une sorte de carrousel écœurant d'images et de sons. Elle était grosse ; elle devenait énorme. Elle mangeait par dépit – or tout la dépitait. Il y avait un nom pour sa maladie : dépression *post-partum*. Malheureusement, il n'y avait pas de cure et à peu près personne ne cherchait à en trouver.

Au début, Patrick avait mis l'état de Linda sur le compte des fatigues de l'accouchement. Quelques semaines de repos lui semblaient raisonnables, aussi avait-il volontiers pris en charge l'ensemble des tâches dévolues à un couple de jeunes parents. Il installa sa femme dans son lit, sa fille dans un autre, et veilla à nourrir les deux, à les caresser, à les changer, à les distraire et à surveiller avec un soin maniaque leur état de santé respectif.

Mais tandis que leur fille se développait comme dans les livres de pédiatres, s'éveillait à la vie et commençait à sourire, Linda continuait de sombrer. Lorsque Patrick, pensant bien faire, voulut lui mettre sa fille dans les bras, elle la rejeta avec une moue de dégoût qui lui glaça les sangs tant elle semblait contre nature.

Il avait tout essayé, sur tous les tons : la flatterie, la raison, le reproche, la colère. Rien n'y faisait. Si on la poussait trop, le visage de Linda se déformait jusqu'à la haine. Elle avait lancé un verre contre le mur, une chaussure contre Patrick. Elle souhaitait qu'on la laisse tranquille, elle le demandait en criant, puis s'effondrait en larmes.

Elle était pour Patrick comme une île sans port. Il en faisait le tour sans pouvoir l'aborder. Elle ne lui offrait que la falaise de ses flancs. Jamais elle ne lui tendait la main. Jamais elle ne lui souriait. Jamais elle ne lui disait un mot gentil. Elle était désespérée, mais Patrick ignorait les raisons de son désespoir.

Il fit venir les parents de Linda, mais elle les chassa au bout de deux minutes, prétextant la fatigue.

Il fit venir un médecin, qui ne lui trouva rien qu'un peu de haute pression et qui prescrivit de l'aspirine.

Il fit des recherches à la bibliothèque, et ce qu'il lut l'effraya : d'autres femmes souffrant du même mal avaient tué leurs enfants. Dès lors il ne laissa plus jamais sa fille seule avec sa mère.

Il fallait pourtant continuer à vivre et à travailler, il fallait continuer à aimer cette enfant pour qu'elle grandisse heureuse et saine. Au garage, il installa un parc derrière la caisse. Sa fille jouait avec ses blocs tandis que papa réparait les voitures. Le soir, quand ils rentraient à la maison, Patrick espérait toujours un miracle. Il voulait retrouver Linda, l'énergie de Linda, l'appétit de vivre de Linda. Mais, chaque soir, la maison était telle qu'ils l'avaient laissée le matin. Le même désordre y régnait, que Patrick devait ranger avant de préparer le souper.

Il passait ses soirées couché sur le tapis du salon, à jouer avec sa fille et à la regarder ramper, puis marcher à quatre pattes et, enfin, tenter de se mettre debout. N'eût été de cet amour-là, il aurait été dévoré de chagrin. Mais quand sa petite chérie passait ses bras autour de son cou et qu'il pouvait humer l'odeur de ses cheveux, les larmes lui montaient aux yeux! Et il retrouvait la force d'aller voir Linda pour lui demander si elle avait besoin de quelque chose.

Avec le temps, pensait-il, elle s'en sortira. Elle nous reviendra.

— Je t'aime, lui disait-il avant de la laisser pour la nuit.

Puis il refermait la porte sur la cruauté du silence.

6

Bourré de père en fils

Il suffit parfois de lèvres qui ne se touchent pas pour rendre encore plus cuisant le souvenir d'un baiser. Depuis cette fameuse nuit où j'avais suivi Provençal, mes relations avec elle avaient perdu de leur aisance. Je me méfiais de moi-même, avec raison, dois-je ajouter. L'amour ne mène à rien de bon, et je consacrai dès lors beaucoup d'énergie pour agir en toutes choses comme si cet épisode ne s'était jamais produit.

Je redoublai d'amitié. Désormais, plus rien dans mon attitude ne pouvait laisser présumer une quelconque attraction. Mais la réelle difficulté était de ne pas faire montre de froideur ni de dépit. Il me fallait maintenir l'équilibre exact entre l'envie de fuir et celle de me jeter à ses pieds. Au bout d'un certain temps, j'y parvins assez aisément, et nul n'aurait pu deviner qu'au fond j'étais déchiré.

De son côté, Provençal avait eu la grâce de ne jamais remettre sur le tapis la question irrésolue de ce baiser. En retour, je m'abstins de mentionner son étrange traversée de la ville. Nous étions porteurs de secrets, mais nous gardions ces secrets pour nous. C'est aussi ce qu'on appelle vieillir, et c'est ainsi que nous abordâmes la trentaine, Provençal d'abord, ensuite moi, puis Fred, qui en profita pour donner une grande fête où Provençal ne vint pas.

Une sorte de lassitude s'installait. J'avais voulu changer le monde, à tout le moins le fustiger, mais dix ans d'efforts m'avaient surtout donné l'envie de m'acheter une voiture pour éviter le peuple dans le métro aux heures de pointe. Au moment des bilans, je ne pesais pas bien lourd. Des débuts de romans de plus en plus brefs s'entassaient dans des boîtes. Il me suffisait maintenant de cinq pages pour comprendre que je n'allais nulle part, et c'était, j'imagine, le seul progrès que j'avais accompli en matière de fiction pendant toutes ces années.

Quant au travail… C'était toujours la même histoire. Rédiger une chronique, c'est tenir le rôle du chien qui aboie pendant que passe la caravane. Cela dit, il ne faut pas négliger l'importance de la vanité, même pour un vieux chien. L'année d'avant, des producteurs m'avaient courtisé et j'avais accepté de participer à une émission de télévision qui fut retirée des ondes avant la fin de la saison. Depuis, de vieilles dames aux cheveux bleus m'arrêtaient dans la rue pour flirter avec moi en me reprochant mes erreurs de langage et, dans les bars, des hommes saouls tentaient de me convaincre de l'existence d'un complot mondial basé sur les principes de la numérologie. J'étais bien avancé.

Même la colère en moi semblait s'étioler. Or, je ne savais carburer qu'à elle, je n'avais pas appris autrement.

C'est alors qu'au mois de mars 1992 s'immisça dans nos vies Robert Bourré, le fils du propriétaire qui, à l'âge tendre de vingt-cinq ans, après des études de commerce, prenait en charge la gestion des immeubles tandis que son père se retirait à la campagne pour soigner son potager et un souffle au cœur.

Depuis ses quinze ans, le petit Bourré accompagnait son père pour la cueillette des loyers. Chaque fois qu'il venait chez nous, il dévorait Provençal des yeux. Chaque premier du mois, il récoltait ainsi les images qui lui permettaient de se branler frénétiquement jusqu'à la prochaine lune. Tout à son fantasme d'une femme expérimentée et intellectuelle, donc vicieuse, le fils Bourré en oubliait de fermer la bouche en présence de Provençal.

Celle-ci s'en amusait, flattée j'imagine, et jouait des paupières pour le faire rougir, ce qui me déplaisait souverainement, car c'était vraiment un jeune con d'une banalité désolante et *à la mode*. Tant qu'il était adolescent, on pouvait mettre sur le compte de sa jeunesse cette absence d'originalité. Or, il devint un homme, point trop laid d'ailleurs, et qui plus est un homme d'affaires, c'est dire quelle engeance!

Il était parfaitement en phase avec son époque, ce qui suffisait selon moi à le rendre suspect.

Depuis l'adolescence, il ne souhaitait qu'une seule chose : réussir. Il collectionnait les magazines sur les couvertures desquels s'alignaient des tronches d'hommes d'affaires, rois des cuvettes de toilettes, barons des chaussettes, magnats des lignes à pêche, caïds du styromousse, manitous des tournevis, grosses légumes des supermarchés… Il se délectait à la lecture de la vie de ces hommes, en général partis de rien, qui avaient édifié leur empire en ne ménageant ni leurs efforts ni la sensibilité de leurs concurrents. C'étaient là les héros de notre époque, qui regardaient droit devant et ne se laissaient pas distraire par les complaintes des syndicats ni par les problèmes de drogue de leurs enfants qui avaient tout mais ne ressentaient rien.

Le plus beau avec la réussite (et tous les livres sur le sujet s'accordaient là-dessus), c'est qu'elle était à la portée de tous et ne nécessitait aucun don. Il suffisait de persévérer. La persévérance était la seule condition de la réussite. Vous avez un produit à vendre dont personne ne veut ? Persévérez.

Vous avez une idée débile ? Persévérez.

Les autres *vous* trouvent débile ? Persévérez.

La débilité n'était pas un empêchement. La persévérance en aurait raison. La réussite en découlerait.

Tout cela tombait à point pour Robert Bourré qui n'avait aucun talent et qui entreprit, sans éclat, des études de commerce dont il émergea en queue de peloton. Il se lança ensuite dans les affaires, en tapant son père pour les mises de fonds. Il fit de l'import-export avec les Balkans, trois mois avant que la région n'explose. Il mit sur le marché des baguettes chinoises en sucre, à croquer au dessert. Il lança une ligne d'imperméables pour chiens.

Chacune de ces aventures échoua lamentablement, sans pour autant qu'il se décourage. Il lui fallait simplement travailler sa persévérance, qui entrait malheureusement en conflit avec une paresse congénitale et un fort penchant pour la sieste qui écourtait passablement ses journées de travail.

C'était l'époque où on achetait une toile de Van Gogh 87 millions de dollars. Dopé par ses propres succès, le milieu de la finance se comportait comme oncle Picsou et plongeait dans le fric pour y nager avec délices. L'argent n'était plus sale, au contraire, il lavait tout, le passé, les péchés, la pensée.

Aussi, quand Robert Bourré réussit à pousser son père vers les mirages de la semi-retraite, n'eut-il aucune honte à venir nous parler de ses plans d'avenir concernant notre logis.

Tenant dans une main le chèque de loyer que nous venions de lui donner, il agitait l'autre pour nous décrire les travaux qu'il comptait effectuer afin de subdiviser l'appartement en trois plus petits qu'il comptait vendre à prix d'or à une clientèle de riches boomers.

— Vous allez voir, disait le fils Bourré avec un large sourire, il y a une fortune à faire là-dedans. Dans quelques années, il n'y aura que les riches pour pouvoir vivre en ville et s'offrir des appartements de caractère.

— Et les autres? demandai-je. Ils iront où, les autres?

— Ben, plus loin.

Le plus énervant, c'est qu'il nous annonçait sans aucune gêne que nous serions prochainement mis à la porte, comme si c'était parfaitement normal.

— Mais ce n'est pas personnel, c'est les affaires! protesta-t-il.

— Et si moi je le prends personnellement?

— Faut pas.

Rien n'était personnel. Et pourtant tout le devenait. Plus tard, nous en discutâmes, Fred, Provençal et moi. Comme à son habitude, Fred ne prenait pas la menace au sérieux.

— Ça ne te dérange pas de te retrouver à la rue? lui demandai-je.

— On n'en est pas là.

Quant à Provençal, elle se contenta de hausser les épaules en disant:

— S'il faut déménager, on déménagera.

— Mais non! protestai-je. Déménager, ce n'est pas simplement déménager! C'est changer de vie! Qui vous dit qu'on restera ensemble? Qui vous assure que ça ne sera pas la fin de notre amitié? Chacun dans son coin de la ville, on s'invitera à dîner une fois par mois, puis une fois par trimestre puis plus du tout. On deviendra des étrangers les uns pour les autres. Et quand on se rencontrera par hasard au cinéma ou dans un bar, on s'embrassera et on ne saura plus quoi se dire, sinon que le temps a passé et qu'on finit tous par vieillir. On se quittera en se promettant de se revoir, tout en sachant très bien que ça ne se fera pas. Et les nouveaux copains demanderont: «C'était qui?» Et on répondra: «Oh! Une vieille connaissance!» C'est ça que vous voulez? Devenir des vieilles connaissances? Est-ce qu'il y a tant de choses chouettes dans la vie pour qu'on puisse se passer de nous? Merde! Je ne veux pas vous perdre parce que le fils Bourré a des idées de grandeur pour son compte en banque!

— François, ça va. C'est compris, dit Provençal.

— Ce n'est pas assez de comprendre, répondis-je. Il faut se battre.

— On se battra, dit Fred.

Ils me regardaient tous deux avec beaucoup de sollicitude. J'étais gêné soudain de ma sortie et de ma déclaration d'amour à leur endroit. Mais rien ne méritait autant d'être dit.

— Ce n'est pas tout de se battre, ajoutai-je.

Provençal éclata de rire. Fred l'accompagna. Je me surpris à sourire. Puis leurs rires s'éteignirent lentement et ma bouche retrouva son pli amer.

Après un assez long moment de silence, nous changeâmes de sujet de conversation.

7

La guerre des sectes

— MAIS QU'EST-CE QU'IL *FAIT*, au juste ? demandait le rédacteur en chef.

— Rien de spécial. Il écoute. Il sourit. Il est *disponible.*

— Ce n'est pas possible ! Personne ne *fait* rien ! Il y a des présidents de compagnies qui sont prêts à payer des fortunes pour le rencontrer, ce n'est pas *rien*, ça ! Et cette histoire de Cirque du Soleil, c'est vrai ?

— On le dirait bien.

— Ah ! Tu vois ! Un spectacle de cirque qui rapporte des dizaines de millions, c'est du jamais vu ! Des clowns et des équilibristes ! Même pas d'éléphant ! C'est une mine d'or, ce type, il faut l'avoir en couverture. Tu m'arranges le coup.

— Il ne parle plus aux médias.

— Allons donc ! *La Presse* a publié une série de reportages sur sa secte, pas très flatteurs d'ailleurs.

— Ce n'est pas une secte. Et ce n'étaient pas des reportages. Toutes les sources émanaient de membres de véritables sectes. C'était une entreprise de salissage systématique.

— Pourquoi les sectes feraient une chose pareille ?

— Victor ne demande jamais d'argent. Pour ses concurrents, c'est une pratique déloyale! Selon ce que Victor m'a raconté, il y aurait eu une rencontre au sommet à laquelle on l'avait invité. Ils étaient tous là : le pape de l'Amour Éternel, l'émissaire raélien en personne, l'archevêque de Montréal, le révérend mooniste du district, le grand prêtre de l'Ordre du Temple solaire, le délégué scientologue et quelques autres barons de la foi et du mieux-être. C'était une réunion ultra-secrète, dont le but était de se partager le territoire et surtout de s'entendre sur les moyens de financement. On voulait établir un barème de cotisations qui aurait permis de voler sous le radar et de ne pas épuiser la ressource.

— C'est sérieux ce que tu me racontes?

— Je n'en sais rien. C'est ce que Victor m'a dit. Je ne le considère pas comme un menteur, bien qu'il fasse preuve d'humour à l'occasion. Va savoir.

— Alors? Que s'est-il passé à cette réunion?

— Victor ne s'y est pas présenté. Il a envoyé à sa place une fillette de huit ans qui, après avoir dévisagé chacune des personnes présentes, s'est mise à chanter.

— À *chanter*?

— Oui. Tout ce qu'elle connaissait. *Au clair de la lune*, *La poulette grise*, *Feu, feu, joli feu...* Avec beaucoup d'enthousiasme et de fausses notes.

— Qu'ont fait les chefs de secte?

— Après trois chansons, ils ont applaudi et congédié la petite fille, que voulais-tu qu'ils fassent? Mais la guerre était déclarée et Victor était devenu leur ennemi. D'où les articles mensongers et les rumeurs incessantes. D'où, aussi, la volonté de Victor de se tenir loin de tout ça.

— Pourtant on ne parle que de lui.

— Le calcul des chefs de secte était mauvais. Ils ne pouvaient pas imaginer que Victor soit différent d'eux. Ils étaient persuadés que, scruté à la loupe, la feuille de route de Victor révélerait tous ses honteux secrets. Mais au contraire, malgré beaucoup d'efforts, on n'a trouvé que du bon.

— Je ne comprends pas, dit Ballot. S'il n'est pas un charlatan, qu'est-ce qu'il est?

— Je ne sais pas, répondis-je. Vraiment, je ne sais pas. Il est un peu bizarre, c'est vrai. Il ne s'énerve jamais. Il a toujours l'air content de vous voir et il s'intéresse à vous comme si vous étiez seul avec lui sur la Terre. Mais ça n'explique pas son effet sur les autres, qui est réel, j'ai pu le constater à de nombreuses reprises. J'ai vu des éclopés de la vie retrouver le sourire à son contact. J'ai vu des gens brisés, malheureux, malchanceux s'ouvrir comme des fleurs après avoir passé quelques minutes en sa compagnie.

— Ça ne veut rien dire. Il y a des tas de gens qui ne jurent que par des charlatans. L'hystérie collective peut faire des miracles.

— Oui. Peut-être que c'est le cas.

— À toi il ne semble pas faire beaucoup d'effet.

— C'est vrai. J'ai souvent eu l'impression qu'il ne veut pas me faire d'effet.

— Pourquoi?

— Difficile à dire. C'est comme s'il me gardait en réserve, pour plus tard. Je ne peux pas comprendre les choses autrement. Ça expliquerait du moins la raison pour laquelle il me téléphone souvent et m'invite à certaines occasions à venir le rejoindre. Ou alors c'est qu'il ne *peut pas* me faire d'effet.

— Parce que c'est un charlatan!

— Parce que je m'y refuse! Tu devrais voir ses disciples! D'abord on les prend en pitié. Ensuite on est attendri de leur reconnaissance envers Victor. Mais ils deviennent vite avides. C'est comme une drogue. Ils protègent leur source d'approvisionnement. Puisqu'ils ont trouvé le bonheur, ils ne sont pas près de le lâcher! Je ne sais pas… Ils perdent de leur humanité à force de croire en lui. Ils deviennent lisses, tellement sûrs d'eux qu'ils me font peur. On ne peut pas discuter avec eux. Il n'y a pas de place pour le doute, aucune ouverture pour les idées des autres. Comme s'ils avaient tout compris, pour toujours. Victor est peut-être leur sauveur, il est surtout leur prisonnier. Victor n'a jamais fondé de secte. Mais ceux qui croient en lui l'ont fait. Leur foi est aveugle.

— Un peu d'aveuglement n'est pas une mauvaise chose.

— Tu confierais ta vie à un chirurgien aveugle? Tu enverrais contre l'ennemi une armée de soldats aveugles? Non. La foi est une chose trop importante pour qu'on s'y livre aveuglément.

— Tu le tiens, ton papier! La mafia des sectes, la campagne de salissage, Victor Lazarre, Sauveur malgré lui!

— Je n'ai pas envie d'écrire là-dessus.

— Je ne te demande pas d'avoir envie.

— Rien de cela n'est vérifiable. J'en tiens la majeure partie de Victor lui-même, qui me raconte peut-être des bobards. Pour le reste, ce sont des rumeurs.

— Qu'est-ce que ça change?

— Ce n'est pas objectif.

— Ah! L'objectivité maintenant! Tu me les casses, François, tu me les casses vraiment!

8

L'incendie

La mère de Fred s'appelait Anne. Elle était dotée d'une vitalité hors du commun qui lui faisait entreprendre toutes sortes de projets qui n'étaient pas nécessairement du goût de son mari.

Des pantoufles et une télécommande, voilà ce à quoi aspirait Clément. Mais les pantoufles restaient au fond du placard et le téléviseur restait éteint, car il aurait fallu, pour enfiler les unes et allumer l'autre, qu'Anne cesse un instant de parler, de l'étourdir de paroles, de choses qu'elle avait lues, de lieux qu'elle voulait visiter, d'objets qu'elle voulait acquérir. Ce qu'elle était épuisante! À cinquante-six ans, elle se targuait de suivre la mode, de manger dans les bons restaurants, d'aller voir les bons films et de connaître les bonnes histoires.

Elle était vaine, souvent, et parfois vaniteuse pour des questions sans importance. Après trente-huit années de mariage, Clément avait eu le temps de dresser la liste de ses défauts, où l'incapacité de se taire arrivait bon premier. Coupez-lui la langue, quelqu'un! pensait-il parfois. Oui, mais voilà : il l'aimait. Il l'aimait depuis le premier jour et il ne cesserait jamais de l'aimer – et s'il souhaitait vraiment la faire taire, bon sang, il n'avait qu'à l'embrasser!

C'est pourquoi ce jour-là, quand Anne émit la suggestion de faire le chemin des antiquaires, Clément se contenta d'émettre un grognement qui pouvait passer pour un oui.

Ils quittèrent la ville tôt dans l'après-midi pour battre la campagne et examiner sous toutes leurs coutures des centaines de bahuts anciens, peints puis décapés, puis repeints et re-décapés, des lampes à l'huile converties à l'électricité, des bibelots pour le manteau de la cheminée, de vieilles gravures publicitaires pour médicaments de basse-cour (*le sauveur de la volaille!*) et des centaines d'autres objets qui révélaient, selon les termes de Fred, «le goût de chiotte de maman».

Mais le plaisir, c'était de sortir, n'est-ce pas? De rouler vers des villages inconnus et de commenter au passage la beauté du paysage et la grandeur du pays. Faire des choses qu'on ne fait pas d'habitude. S'ouvrir les yeux et les oreilles, être surprise, non? Les antiquités n'étaient qu'un prétexte pour voyager, car après tout, elle n'était pas aussi différente de son fils que celui-ci le pensait, et comme lui elle détestait par-dessus tout la routine qui tue l'enthousiasme et l'immobilisme qui tue l'amour. Qu'importait alors si elle remplissait le coffre de la voiture d'objets inutiles qu'il faudrait nettoyer, réparer, décaper ou peindre? Et qu'importait qu'on ne le fasse jamais et qu'ils disparaissent sous la poussière au fond du garage?

Ils mangèrent un steak délicieux dans une halte routière fréquentée par des conducteurs de poids lourds qu'Anne harcela de questions. Au dessert, elle était à tu et à toi avec une bonne demi-douzaine de gros bras qui la regardaient avec un mélange de fascination et de crainte que même la police des transports ne leur avait jamais inspiré.

La soirée était déjà assez avancée quand ils regagnèrent leur voiture. Mais Anne, Clément le devinait, n'était pas prête à rentrer. Ses yeux brillaient dans la pénombre et ses joues étaient rouges d'excitation.

Elle ressemblait encore en tous points à la jeune femme que Clément avait rencontrée, quarante ans plus tôt, à la sortie de l'école de commerce. Il pleuvait ce jour-là, et tandis que les autres étudiants se massaient sous le porche pour éviter l'averse de printemps, Anne s'était avancée jusqu'au trottoir. Elle avait écarté les bras et levé la tête. Elle avait offert son rire cristallin à la pluie tandis que ses vêtements mouillés se plaquaient sur son corps. Dans les années cinquante, c'était d'une audace extraordinaire.

Ils roulaient maintenant en direction de la ville, et Clément percevait très nettement, par-dessus les bruits du moteur, les soupirs de son épouse. Aussi ralentit-il lorsqu'ils arrivèrent à la hauteur d'un bar brillamment éclairé, posé au centre d'un parking et cerné par la forêt. Un grand panneau lumineux juché en hauteur annonçait : Chez Mado, bière, vin, liqueurs. Un autre panneau, peint celui-là, et décoré d'une grappe de ballons, était posé sur le sol : « Ce soir, fête western ».

— Ça te dit ?

— Oh ! Clément !

Le bar était bondé. Il y avait là près de trois cents personnes dont la moitié portait des chapeaux de cow-boys et l'autre des jupes à franges. Pour la décoration, on avait entassé des ballots de paille un peu partout, et on avait repoussé les tables contre les murs pour dégager un plancher de danse recouvert de sciure. Des harnais et des selles accrochés aux poutres complétaient l'illusion d'une grange.

Anne battait des mains. Ils commandèrent de la bière au bar et jouèrent des coudes pour se trouver une place assise, tout au fond, loin de la petite estrade où quatre musiciens en tenues de rodéo tentaient de dompter leurs instruments récalcitrants.

Clément ne dansait pas. C'était une donnée incontournable de leur vie de couple. Anne apprécia d'autant plus son geste lorsque, de la main, il lui fit signe d'aller rejoindre sur la piste une bonne centaine de danseurs en ligne qui avaient les pouces passés dans les ganses de leur jean et tapaient du talon en tournant sur eux-mêmes. Il ne fallut pas cinq minutes pour qu'un cow-boy deux fois plus jeune qu'elle ne tombe sous le charme d'Anne et accepte de lui montrer les pas. Le rire de sa femme était contagieux, et Clément vit bientôt une douzaine de gars et de filles l'entourer et applaudir à ses pitreries qu'elle faisait passer pour de la maladresse. Mais personne n'était dupe et les rires n'en étaient que plus francs.

Il fallut plusieurs semaines d'enquête pour déterminer avec exactitude comment l'incendie avait débuté. Une prise électrique mal mise à la terre et une poignée de paille sèche suffirent à engendrer les premières flammes. La clientèle trop nombreuse pour un établissement de cette taille expliquait le nombre élevé de vies perdues.

Clément regardait sa femme danser quand il remarqua la fumée. Il en cherchait des yeux l'origine lorsqu'il entendit comme un souffle. Alors une boule de flammes jaillit sur le sol et monta jusqu'au plafond, à sa droite, entre la table et la piste de danse. Tout au long de la soirée, la paille s'était détachée des ballots et jonchait maintenant le sol. Les flammes pour se propager empruntèrent ce chemin. La sciure à son tour s'embrasait en crépitant et voletait dans les airs pour allumer d'autres foyers. En moins de deux minutes, le bar était en flammes et la clientèle en proie à la panique.

Clément était à moins de deux mètres de la sortie de secours, mais pas un instant ne lui vint à l'esprit l'idée de partir sans Anne. À travers les flammes et la fumée, il pouvait l'apercevoir qui tournait en rond en cherchant une issue dans le mur de feu qui la cernait, bousculée par ceux-là mêmes qui, cinq minutes plus tôt, s'offraient pour cavaliers. En projetant par terre les verres et les bouteilles, Clément arracha la nappe et s'en recouvrit la tête et les épaules. Puis il fonça à travers les flammes pour aller rejoindre son épouse.

L'incendie fit trente-deux morts et une bonne centaine de blessés. L'affaire fit du bruit jusqu'à l'Assemblée nationale, où les ténors de l'opposition dénoncèrent l'incurie du gouvernement en matière de réglementation des établissements commerciaux. En conséquence de quoi toute une batterie de lois fut soumise au vote et acceptée. Dans les faits, les ballots de paille furent interdits de séjour dans les débits de boisson.

Malgré la célérité des pompiers, l'établissement fut entièrement détruit. On fouilla les voitures dans le parking pour aider à l'identification des corps. On put ainsi prévenir les proches. Mais sur les derniers moments des victimes, on ne pouvait que se perdre en conjectures.

Clément avait jailli comme une flèche du rideau de flammes. La fumée âcre et dense l'étouffait et lui brûlait les yeux. La chaleur était telle qu'il sentait ses cheveux et ses sourcils se recroqueviller. Il buta contre un corps secoué par une toux rauque. C'était un homme. Il chercha plus loin. Anne était accroupie au pied d'une poutre. Quand Clément la rejoignit, elle leva les yeux et sourit.

Clément l'aida à se remettre debout. Ils s'enveloppèrent tous deux dans la nappe à carreaux rouges et blancs. Ils firent quelques pas à droite, quelques autres à gauche. Le plafond à son tour avait pris feu. Clément tenait Anne bien serrée par la taille. Mais tout l'oxygène de la salle était brûlé par les flammes et ils ne pouvaient plus respirer. Le vacarme était incroyable, comme si l'incendie hurlait de rage. Il n'y avait nulle part où aller. Du plafond, une poutre enflammée s'abattit sur eux. Juste avant qu'elle ne les écrase, Anne appuya sa tête sur l'épaule de son mari. Puis la fumée et les flammes s'élevèrent et les dissimulèrent pour toujours à la vue de quiconque.

9

La voiture de Oui-Oui

En théorie, Patrick était comblé au-delà de ses espoirs les plus fous, et pourtant il ne pouvait s'empêcher d'éprouver un vague sentiment de crainte qui, la nuit, agitait ses rêves en tous sens au point qu'il se réveillait le matin comme s'il sortait d'une machine à laver.

Il avait éteint la première sonnerie du réveil d'une tape impatiente. Linda ronflait toujours en lui tournant le dos, épuisée sans doute par les acrobaties de la nuit. Patrick se dégagea doucement du chaos des couvertures et sortit de la chambre en grappillant au passage ses vêtements qu'il enfila dans le corridor. Il passa ensuite à la cuisine où il prépara le café avant de s'attaquer à la confection du petit déjeuner de sa fille.

Elle avait sept ans maintenant, bientôt huit. Et aux yeux de son père, elle était belle, même si elle était joufflue, blême et trop sérieuse pour son âge. Les moments intimes du petit déjeuner étaient, pour Patrick, un privilège qu'il ne manquait jamais d'apprécier à leur pleine mesure. Encore toute fripée de sommeil, elle venait se coller contre les jambes de son père et enserrait sa taille de ses bras pendant que grillait le pain. Elle se réveillait par étapes dans cet enlacement enfantin, et ce n'était qu'au bout de plusieurs minutes qu'elle relâchait son étreinte pour reculer d'un pas et prononcer gravement, en séparant les mots :

— Bonjour, papa.

Le cœur de Patrick était alors comme un petit animal joyeux qui secouait les barreaux de la cage thoracique pour saluer l'arrivée du bonheur.

C'était doux et douloureux à la fois. Étrange et familier. Extraordinaire et banal. C'était sa fille. C'était son amour pour elle.

Après le petit déjeuner et la corvée d'habillage, Patrick l'accompagnait à pied jusqu'à l'école. Il ne lui tenait plus la main ; elle ne le lui permettait plus depuis presque deux ans. Mais parfois, en attendant qu'un feu passe au vert, il pouvait déposer sa main sur l'épaule de sa fille et l'oublier là, dans le nid de la clavicule, jusqu'à ce que l'enfant, pas dupe, lève vers lui ses grands yeux et proteste d'un subtil mouvement du corps. Patrick récupérait alors sa main en réprimant un soupir, heureux néanmoins de ces instants volés qui se faisaient trop rares.

Au terme du trajet, la petite fille s'engouffrait dans le ventre de l'école sans un regard en arrière et Patrick ressentait alors un indéfinissable sentiment de désespoir, comme si plus jamais il n'allait la revoir.

Toujours à pied, il se dirigeait alors vers le garage, et la douleur causée par la séparation faisait progressivement place à une excitation d'origine mécanique.

Chaque matin, avant l'ouverture du garage à la clientèle, Patrick consacrait une heure de son temps à un projet qui lui tenait particulièrement à cœur : la remise à neuf d'une vieille Triumph TR3 1960, déglinguée, rouillée mais belle à couper le souffle. Ce n'était au début qu'un tas de ferraille disgracieux qu'il avait acheté au prix du métal trois ans auparavant. Mais à force de travail et de patience, lentement il avait extirpé le diamant de sa gangue. Il avait tenu à tout faire lui-même : usiner les pièces, refaire la carrosserie, la peinture. La remise en état du moteur lui avait demandé un an et demi : maintenant, le monstre étincelant de chrome rugissait à la moindre sollicitation.

Ce cabriolet était un sanctuaire, peut-être même un ami, avec ses phares qui ressemblaient à deux grands yeux ronds et gentils et son pare-chocs qui esquissait un sourire timide. Peint d'un rouge bien vif et tout brillant à force de cire, il ressemblait en tous points à la voiture de Oui-Oui.

C'est en tombant sur ce livre pour enfants dans un marché aux puces qu'il s'était rappelé avoir eu le même, jadis, avant les Disciples de l'Amour Éternel, avant que lui fussent retirés l'amour de sa mère et la présence de ses frères et sœurs. Il avait déjà acquis l'épave de la Triumph alors, et il avait soudain compris pourquoi il s'en était à ce point entiché. En feuilletant les pages jaunies du petit livre au dos brisé, des images oubliées remontaient à la surface : une cuisine aux murs recouverts de papier peint à motifs de fleurs rousses et beiges, une table en bois teint, le tout petit garçon qui était lui, déchiffrant des images dans un livre et se prenant d'amitié pour Oui-Oui, avec son bonnet à pompon. Dans la pièce flottait une odeur de sauce bolognaise. Il y avait du va-et-vient : sans doute ses frères et sœurs, dont les visages lui échappaient, gommés par l'espace et le temps.

Oui-Oui. Son souvenir avait été enseveli vivant sous des années de prières à genoux et de crainte de Dieu. La voiture de Oui-Oui. Tout ce qu'il avait connu par la suite, c'était non non. L'interdiction. Pas de jeux ni de rires. Pas d'amour. Dieu.

Il se glissa sous la voiture pour vérifier l'étanchéité du système de transmission. Quelques gouttelettes d'huile sur le sol l'avaient, la veille, inquiété. Muni d'un chiffon propre, il vérifia les joints un à un en s'absorbant dans sa tâche, mais il ne vit rien qui clochait. Il ramena les mains sur sa poitrine et ferma les yeux, bien à l'abri sous la voiture. Qu'est-ce qui clochait? Pourquoi cette boule au plexus ne cessait-elle de grandir? Il adorait cette voiture, il en était fou – mais il n'était pas fou au point d'ignorer que cette folie cachait précisément quelque chose : une fuite, une échappatoire. Il n'aspirait qu'à un peu de tranquillité. Il souhaitait que les choses et les gens cessent de bouger, de changer. Il n'aimait que les vieux vêtements longtemps portés, qui conservent la mémoire des formes et l'odeur des chairs. Le craquant des chemises neuves lui irritait la peau. De même, la nouvelle Linda l'épuisait.

C'était sa troisième incarnation, pensait-il, toujours couché sous la voiture de Oui-Oui. D'abord l'irascible jeune femme, déchaînée et tonitruante, qui l'aimait à sa manière dévorante. Puis la mère épuisée, dépressive, vidée de sa substance, brisée, lointaine, qui n'aimait personne et certes pas elle-même. Et puis il y avait la dernière Linda en date, et celle-là, il ne savait trop comment la décrire – pas plus qu'il ne savait s'il fallait, pour en parler, prononcer le mot amour.

Au début, il avait été fou de joie de la voir émerger des abîmes, légèrement titubante et comme éblouie par la lumière après des années d'obscurité. Après plus de quatre années de maladie pendant lesquelles Patrick s'était occupé de tout, elle était sortie de sa chambre, c'était déjà beaucoup. Même si elle semblait encore étrangère à tout, étrangère à elle-même. Mais ce qui chagrinait le plus Patrick, c'était le regard dénué d'intérêt que Linda jetait à sa fille, comme si elle ne lui appartenait pas, comme si on ne l'avait pas arrachée de ses entrailles.

Les médecins la bourraient d'antidépresseurs, c'est pourquoi elle ne pleurait plus. Mais elle tournait en rond dans la maison. Parfois, quand Patrick jouait avec sa fille ou l'aidait à faire ses devoirs, il surprenait dans les yeux de Linda quelque chose qui ressemblait à de la haine.

Patrick lui cuisinait de bons petits plats qu'à la longue elle finit par accepter. Il lui donnait chaque soir au coucher un baiser, une caresse et un petit mot d'amour qui finirent un jour par lui renvoyer un écho.

Un soir, plutôt que de lui tourner le dos, elle s'était pelotonnée contre lui et avait enfoui son visage dans les poils de sa poitrine. Ils s'étaient endormis étroitement enlacés. Au matin, Linda s'était levée la première et avait fouetté des œufs pour les crêpes du petit déjeuner.

L'intimité physique était une autre histoire. Linda avait ressenti l'accouchement comme un viol. L'acte sexuel, qui risque d'aboutir à la conception, ne pouvait en aucun cas lui procurer le moindre plaisir.

Pour la rassurer, Patrick proposa la vasectomie. Linda protesta pour la forme et accepta dans le fond, mais quand son époux eut fini de cicatriser, elle s'aperçut que le désir ne dépendait pas d'une suture ou d'un canal sectionné, mais bien d'une remise à neuf de son arsenal fantasmatique.

Elle commença par des petites huiles de massage et des chandelles parfumées achetées avec beaucoup de sérieux dans un sex-shop du quartier. Après plus de quatre années d'abstinence, Patrick se prêta volontiers aux laborieux préliminaires qui consistaient à s'oindre mutuellement le corps avec des bruits de poissons morts en feignant l'extase. Mais si ça marchait pour Linda…

Ça marcha pendant un certain temps. Puis ce ne fut plus assez. De cette époque dataient les jolis cordons de soie avec lesquels Patrick était censé attacher les poignets et les chevilles de sa femme aux montants du lit avant de la prendre comme une bête. Puis les cordons de soie firent place à des cordes abrasives qui râpaient la peau jusqu'au sang, si bien que Patrick croyait faire l'amour à une stigmatisée.

L'extase de Linda avait d'ailleurs quelque chose qui ne semblait pas appartenir à ce monde. La façon dont ses yeux se révulsaient, le volume de ses cris, la crispation de ses muscles, l'avidité, la férocité avec laquelle elle exigeait qu'il la morde, qu'il la pince ou qu'il la griffe ne lui semblaient pas tout à fait normaux.

Comme les drogues douces qui mènent aux drogues dures, les huiles et les cordes firent place aux gadgets à piles et aux accessoires de latex qui plongeaient Patrick dans des abîmes de stupeur. Il n'avait qu'une connaissance superficielle de la psyché féminine et, à bien y songer, aucune envie réelle de retenir son souffle pour en explorer les grands fonds. Mais pendant ce temps, le placard de leur chambre commençait à ressembler à l'entrepôt d'une association sado-masochiste, d'où Linda tirait de plus en plus souvent, en début de soirée, un petit film porno, histoire de se mettre en train.

Seigneur! Que devait-il en penser? Était-il censé devenir l'un de ces étalons prognathes et se faire greffer une bite de mulet? Il n'était qu'un gros garçon dans la trentaine qui perdait le souffle en retirant ses chaussettes. Ou alors la vision de ces femmes nues, cernées de grosses queues, était-elle censée lui rappeler qu'il existait plus d'une porte d'entrée pour accéder à l'intériorité féminine?

Oui, tout cela le mettait mal à l'aise. Mais l'ardeur de Linda finissait invariablement par vaincre ses réticences, car son pire cauchemar était de la voir retomber dans l'apathie. Alors, après l'amour, le corps et le cerveau vidés de leurs substances, il gisait, béat, tandis que, comme une pute, Linda allait aux toilettes se laver l'entrejambe.

Patrick aurait pu s'accommoder de cette réalité nouvelle si seulement les choses en étaient restées là. Mais non. Après les vibrateurs et les boules chinoises, le fouet avait fait son apparition dans leur foyer. Bon, il ne s'agissait que d'une cravache, du moins c'était ce qu'affirmait Linda. Mais si on y mettait suffisamment d'énergie, la peau n'en rougissait pas moins et elle semblait prête à éclater comme un fruit mûr en moins d'une dizaine de coups. De plus, le fouet rappelait à Patrick de bien mauvais souvenirs.

— Non, je ne veux pas, avait-il déclaré.

Mais que pouvait-il faire devant l'insistance de Linda? Si sa femme souhaitait qu'il la frappe, ne pouvait-il pas mettre de côté son propre déplaisir afin de la satisfaire?

On en était là aujourd'hui : la cravache avait fait place au fouet à lanières, et les morsures aux brûlures de cire. Et Patrick commençait à penser que tout cela n'était pas aussi normal que Linda le prétendait.

Si au moins il y avait de l'amour! Mais Linda ne s'intéressait plus qu'au sexe, négligeait tout le reste et semblait passablement agacée par tout ce qui ne concernait pas son propre bien-être. Mais que faire? Attendre, laisser le temps faire son œuvre? L'aimer, jusqu'à l'épuisement des forces?

Était-ce si surprenant alors qu'il trouvât un certain réconfort à venir se glisser le matin sous une voiture de collection pour en contempler les entrailles si propres, si *compréhensibles*? Une mécanique n'avait pas d'âme et c'était très bien ainsi. On peut ajuster une mécanique. Un moteur ne *change* pas.

— Hello! Y' a quelqu'un?

— Je ne suis pas encore ouvert! cria Patrick en s'extirpant de sous la Triumph. Oh. C'est vous.

— La porte était ouverte, répondit Robert Bourré. Je passais par là. Alors, elle est prête, ma voiture?

— Je vous ai déjà dit qu'elle n'est pas à vendre, répondit Patrick en posant une main protectrice sur l'aile de la Triumph.

— Tout est à vendre, répondit le fils Bourré.

— Non, pas tout.

— Si, tout.

Il souriait, sûr de lui. Patrick garda le silence en l'observant. Le sourire de Bourré s'effaça lentement pour faire place à une étrange expression faite de sincérité et d'urgence.

— Il me faut cette voiture, dit Robert Bourré.

Patrick soupira.

— Il y en a d'autres. Pourquoi celle-là?

— Je ne sais pas. C'est celle-là. Allez, combien?

— Oh, arrêtez. C'est ma voiture. Et puis, c'est l'heure d'ouvrir. J'ai des choses à faire.

— Bon bon. Je m'en vais. Mais vous savez où me joindre…

Patrick le regarda s'éloigner, mince et beau, insolent de jeunesse et d'argent. Pour rien au monde, Patrick n'aurait voulu le voir entrer en possession du cabriolet. Non, à moins d'une catastrophe, d'un cataclysme – à moins d'un bouleversement complet de l'ordre du monde, jamais il ne vendrait sa voiture à cet homme.

10

Les vivants et les morts

— MES PARENTS SONT MORTS, dit Fred en raccrochant le téléphone.

— Oh, Fred! dit Provençal, dont les yeux s'emplirent de larmes.

— Je suis désolé, dis-je, effaré par la banalité de ma phrase.

Fred ne répondit pas. Il ne bougeait pas. Il était six heures du matin, et le téléphone avait sonné longtemps. Fred et moi dormions. Provençal était sur le toit où elle regardait les rayons du soleil matinal teinter d'orange les verts des arbres sur la montagne, en face. C'était une sorte de rituel qu'elle pratiquait pendant les mois chauds, et pour lequel elle souhaitait qu'on ne la dérange sous aucun prétexte.

Mais la sonnerie du téléphone l'avait fait descendre en pestant. Elle avait ensuite réveillé Fred le plus doucement possible, puis moi d'une bourrade. Les flics au téléphone, ce n'était jamais bon signe.

Fred restait debout en clignant des yeux. Provençal s'approcha et le prit dans ses bras. Il se laissa faire sans réagir. Au bout d'un certain temps je demandai:

— Qu'est-ce que tu vas faire?

— Je ne sais pas.

Encore un silence, que je brisai :

— Je vais t'aider. Il y a sûrement des choses à faire…

— Je. Ne. Sais. Pas, articula Fred. C'est la première fois que mes foutus parents ont la foutue idée de mourir.

— Moi, je sais quoi faire, dit Provençal. Fred, tu as des oncles ou des tantes ?

— J'ai un oncle qui est médecin.

— Appelle-le, ordonna Provençal.

— Je ne l'ai pas vu depuis des années !

— Appelle-le, dit-elle plus sèchement. Lui, il saura quoi faire.

— Je ne connais pas son numéro.

J'allai chercher un bottin. Fred le parcourut d'une main fébrile et son index tremblait en s'arrêtant sur le numéro de son parent. Je composai pour lui. Provençal gardait ses mains appuyées sur les épaules de Fred, et avec les pouces lui caressait la nuque.

— Allô ? C'est Pierre-Frédéric. Papa et maman sont morts.

Il avait la voix d'un petit garçon.

L'oncle vint le chercher et nous n'eûmes plus de nouvelles pendant quatre jours. Enfin, Fred téléphona pour nous demander de le rejoindre.

— Où ça ?

— Chez mes parents. Demain, c'est l'enterrement. Vous pouvez dormir ici ?

— Bien sûr.

Nous fîmes nos bagages. Veston et cravate sombres, chemise blanche. Provençal n'avait rien de noir. Elle emporta une robe mauve. Je nous payai un taxi jusqu'à ce quartier de banlieue où Fred était né. Trente ans auparavant, ces rues résonnaient des cris des enfants qui jouaient à se poursuivre. Mais les enfants avaient grandi, puis ils étaient partis. Leurs parents devenaient vieux et le silence envahissait la place. L'ombre des grands arbres s'étirait sur les pelouses parfaites que nul ne venait plus fouler.

La porte du bungalow était entrouverte. Je sonnai quand même et la voix de Fred nous parvint du fond de la maison.

— Entrez! En haut, à droite.

Il se tenait sur le seuil de sa chambre d'adolescent, avec son lit à une place et ses affiches de cinéma. Dans une petite bibliothèque, des livres d'école côtoyaient des Doc Savage, des Bob Morane, des Boris Vian.

— Ça fait treize ans que je n'ai pas dormi ici, disait Fred. C'est comme un putain de musée.

Il alla s'asseoir sur le petit lit, son lit.

— Voulez-vous bien me dire ce qu'ils allaient foutre dans une soirée western?

Je ne me sentais pas bien. L'ambiance de cette chambre me ramenait des années en arrière, et j'avais dans la bouche le goût de la mort qui y était associé. L'odeur poussiéreuse du passé. Les couleurs fanées. Les ravages de la nostalgie.

— Ils voulaient que je devienne médecin, dit Fred. Ou avocat. C'est d'une originalité! Ils voulaient que je devienne *responsable*… «Responsable de quoi?» je leur demandais. Mais il n'y avait pas de réponse. Responsable, pour eux, c'était un programme en soi. Ça recouvrait tout, de la coupe de cheveux à l'ambition professionnelle en passant par le genre de fille qu'on a le droit de baiser… Je ne leur ai pas donné beaucoup d'occasions d'être fiers de moi.

Il resta silencieux pendant un long moment. Puis il reprit :

— Ils sont tenaces, les salauds. Même morts. Surtout morts. Vous savez ce qu'ils ont fait ? Ils m'ont désigné comme exécuteur testamentaire ! Faut que je m'occupe de tout ! Faut que je sois responsable ! La vache ! Ils ont dû se bidonner en le rédigeant, ce testament-là ! Ils devaient la trouver bien bonne…

Fred s'étrangla. Provençal alla s'asseoir à côté de lui, sur le lit. Elle le prit par le cou et l'attira à elle. Mais Fred résistait, bandait ses muscles.

— Sortons d'ici, dit-il.

Il nous fit faire le tour de la maison.

— C'est vrai qu'elle avait un goût de chiotte, ma mère, dit-il en désignant au salon une collection de bibelots exotiques accumulés au fil d'une vie de voyages en format club. La moitié de ces cochonneries a été fabriquée en Chine ! s'exclama Fred. Vous vous rendez compte ? Une pyramide en plastique achetée au Caire et fabriquée en Chine ! Et quand je le faisais remarquer à ma mère, elle me répondait : « Mais c'est un souvenir, Pierre-Frédéric, qu'est-ce que ça change où il a été fabriqué ? » La pauvre conne !

— Fred ! dit Provençal.

Il ferma les yeux puis les rouvrit. Il respira un bon coup.

— C'est à moi tout ça, maintenant. Leurs souvenirs sont à moi. Mais je n'en veux pas ! Je ne veux pas du fauteuil de mon père ! Je ne veux pas de la machine à coudre de ma mère !

Il quitta le salon et se mit à parcourir les pièces en pointant du doigt les objets.

— Je ne veux pas du broyeur à déchets, de l'horloge en forme de marguerite, du centre de table en plastique. Je ne veux pas de ces six chopes à bière. Je ne veux pas de la moquette beige et des rideaux verts.

Il traversait la maison au pas de course, maintenant. Nous le suivions sans trop savoir quoi faire. La liste des objets dont il ne voulait pas s'allongeait, énoncée d'une voix désincarnée, une sorte de désespoir glacé.

— Je ne veux pas du divan rayé, du système hi-fi. Je ne veux pas de la collection complète des disques de Nana Mouskouri. Je ne veux pas de leurs vêtements, je ne veux pas de leur équipement de ski de fond, neuf depuis dix ans. Je ne veux pas de leurs livres aux pages jamais cornées, aux dos jamais brisés. Comment faisaient-ils pour les lire? Je ne veux pas de leur fausse bûche en céramique pour faire du faux feu dans une fausse cheminée, je ne…

J'agrippai son poignet alors qu'il tendait la main vers le vélo stationnaire qui trônait, au sous-sol, à côté du bar en imitation de bambou.

— Ça va mon vieux, dis-je, sans relâcher mon étreinte.

Pendant quelques instants, il fit mine de vouloir se dégager. Puis ses muscles se détendirent et ses yeux s'emplirent de larmes.

— Je ne veux pas, dit-il avec un filet de voix.

— Je comprends.

Je relâchai son poignet.

— Si on buvait un coup? suggéra Provençal.

— Ouais, dit Fred. Bonne idée. Il y a une cave à vin, là derrière. Du vin qui ressemble à mon père. Solide, honnête. Pas trop cher. Rien d'extraordinaire. Mais ça se boit.

Ce fut la dernière oraison funèbre de la soirée.

Le lendemain, nous fîmes la queue comme tout le monde, Provençal et moi, pour offrir nos condoléances à Fred. Il se tenait, droit et pâle, près de la double fosse où on avait descendu les cercueils contenant les restes de ses parents. Fred portait un complet foncé mais, ultime rébellion, avait refusé la cravate. Il acceptait stoïquement les poignées de mains d'inconnus et les baisers de cousines dont il ne connaissait pas les noms.

Quand tout fut terminé, il s'éloigna, encadré par des oncles en tenues strictes entre les mains desquels il s'était remis, le temps de régler les affaires.

J'avais l'impression de voir un prisonnier politique s'éloigner en compagnie de ses tortionnaires pour aller inspecter le peloton d'exécution. Oui, il était entouré de gens responsables.

Avant de monter dans la limousine, Fred tourna la tête vers nous. Il souriait, espiègle, comme un gamin. Puis la portière claqua et la voiture remonta lentement l'allée du cimetière avant de disparaître au-delà du portail de fer forgé.

Je sentis les doigts de Provençal se glisser entre les miens. Je levai la main : ses doigts fins, les miens, larges et courts. Je les portai tous à mes lèvres pour les embrasser.

— On rentre ? demandai-je à Provençal.

— Oui, dit-elle. À la maison.

* * *

Deux jours après l'enterrement des parents de Fred, nous reçûmes par courrier recommandé un avis formel d'expulsion. Robert Bourré souhaitait reprendre notre appartement pour son usage personnel. Devant la loi, il n'y avait aucun recours. Nous avions six mois devant nous.

— Jamais il ne voudrait habiter dans un endroit pareil! protesta Provençal. L'architecture n'est pas assez nazie à son goût! Les traces d'usure doivent déclencher chez lui des crises d'angoisse!

— Des ballonnements! renchéris-je.

— Tout ce qui est vieux doit lui rappeler qu'il est mortel.

— Ah! L'odeur du plastique neuf!

— Et les comptoirs de cuisine en marbre, indestructibles comme des tombeaux!

— Le temps ne passe pas: il se gagne!

— Le temps, c'est de l'argent, pas de temps à perdre! Ce qui est vieux a perdu la bataille. Pas de temps à perdre avec des perdants!

— Il ne viendra que pour renifler tes traces et vénérer le sol où tu t'es tenue! taquinai-je Provençal.

— S'asseoir sur le siège de toilette où mon illustre derrière s'est posé!

— Il viendra se branler ici pendant six mois, ensuite il pourra commencer les travaux, moderniser tout ça.

— Et le vendre au pied carré! Ah! Le pied carré, c'est le pied, le pied carré! C'est le pied au carré pour les jeunes entrepreneurs.

— Il t'oubliera, va. Il pourra vendre à de jeunes professionnels qui auront à peine le temps de dormir ici, puisqu'ils devront travailler jour et nuit pour payer l'hypothèque!

Ça faisait du bien de rigoler. Mais voilà que nous étions à court de plaisanteries. La folie spéculative s'était emparée de la ville. Il me semblait parfois n'être qu'une crotte de nez dans la narine gauche du président de la Bourse. Toute la gauche y était, d'ailleurs. La guerre était perdue.

— Qu'est-ce qu'on va faire? demanda Provençal.

— Partir, dis-je, qu'est-ce que tu veux qu'on fasse?

— Peut-être que Fred aura une idée.

— Ouais, dis-je. Peut-être.

* * *

Fred resta absent pendant près d'un mois. Il nous revint un soir, sans s'annoncer, plus chiffonné que jamais. Il s'écrasa dans le divan. Je déposai mon livre. Provençal sortit de sa chambre. Sans préambule, il plongea dans le vif.

— Mon père était comptable, expliqua-t-il. Il savait y faire. Il s'est arrangé pour me lier les mains bien longtemps après sa mort. Devinez quoi? Je ne touche pas la totalité de l'héritage. La moitié maintenant, l'autre moitié à mes quarante-cinq ans! C'est merveilleux, non? Même morts, ils ne me font pas confiance! Ils ont bien raison d'ailleurs. J'ai converti tout ce que j'ai pu en liquide, et je vais le flamber! C'est quand même bizarre que le liquide soit plus facile à flamber, trouvez pas?

Il s'arrêta de parler, devint pensif. En fait, il semblait épuisé, comme s'il relevait d'une longue maladie – ce qui était peut-être le cas. Provençal et moi nous consultâmes du regard, mais nous préférions tous deux nous taire plutôt que de dire des bêtises. C'est Fred qui rompit le silence.

— Ils m'énervaient tellement tous les deux! Ils ont toujours été comme ça: lui réservé, presque absent, et elle terriblement sournoise, qui m'étourdissait de mots. Sous prétexte de me faire la conversation, elle me faisait toujours la morale. Elle me poussait à faire du sport, enfant, alors que je n'en avais pas envie. Elle appelait les mères des enfants du voisinage pour leur demander de m'inviter à jouer. À six ou sept ans, j'avais terriblement conscience de tout ça. Le piano, les cours de danse, le judo... Je sais, elle m'aimait. Je sais aussi quel est le poids de l'amour. La belle affaire! On n'aime pas quelqu'un, on aime l'image qu'on s'en fait. L'amour n'est jamais inconditionnel, il y a toujours des conditions. Et l'amour d'une mère... C'était comme le filet gluant d'une toile d'araignée. Je n'étais qu'un enfant, et je savais déjà qu'on n'aimait de moi qu'une image fabriquée : le petit garçon équilibré, obéissant mais pas trop, actif, pétant d'une santé fictive qui se résume à des joues bien rouges et des cheveux lavés. Bonjour madame, merci madame ; quelques questions compliquées pour montrer qu'il sait penser : Pourquoi le ciel est bleu? Qu'est-ce que le temps? Pourquoi on meurt? Un petit garçon doté d'une riche vie intérieure, mais capable d'en sortir quand c'est l'heure de souper. Vous vous souvenez de Gulliver sur la plage des Lilliputiens? Les attentes de mes parents, c'étaient les ficelles des Lilliputiens. De toutes petites choses. Mais leur accumulation m'empêchait de respirer! Le bain tous les jours parce que c'est comme ça. Les habits du dimanche parce que c'est dimanche. Pas de coudes sur la table. La raie sur le côté. On ne court pas dans la maison. Couché à huit heures même si tu n'as pas sommeil. Finis ton assiette même si tu n'as plus faim. Tiens-toi droit. Tu as bu assez de jus. Offre un cadeau d'anniversaire à ton camarade d'école même si tu ne l'aimes pas. Respecte tes aînés. Même s'ils sont cons ? On ne dit pas des choses comme ça. Pourquoi ? Parce que. Pourquoi ? POURQUOI ? Une toile d'araignée de comportements arbitraires, *insensés*. Ne mange pas ton cœur de pomme. N'avale pas ton chewing-gum, enlève tes mains de tes poches. Ne lance pas de cailloux dans la flaque. À douze ans, je rêvais de m'en aller ! Je voulais fuir la maison pour de bon. J'ai fait ma première fugue à six ans, mais comme je n'avais pas le droit de traverser la rue, j'ai fait le tour du pâté de maisons et je me suis retrouvé à mon point de départ ! C'était un piège !

Fred éclata de rire, Provençal réprima un sanglot. Je commençais à croire que j'ignorais des choses. Que se passait-il ?

— On avait un plan pour moi, continuait Fred. Un chemin tout tracé, de grandes espérances ! On m'inculquait une manière de vivre, la culture de mon milieu – et moi je mourais un petit peu plus chaque jour. Pas d'air, pas d'horizon, pas de grandeur, pas d'espace ! L'amour des parents : un carcan que vous êtes censé porter en les remerciant. L'amour n'existe pas. Il n'y a que l'idée qu'on s'en fait. J'aime l'idée de l'amour, et quand je rencontre quelqu'un qui correspond à cette idée, je l'aime. L'amour est une idée. Pourquoi on fait des enfants ? Avant qu'ils naissent, on ne les connaît pas. Avant qu'ils parlent, on n'a aucune idée de ce qu'ils ont dans le crâne. Avant qu'ils ne développent une personnalité, on ne sait pas à qui on a affaire. Mais on les aime ? Mais qu'est-ce qu'on aime au juste ? Hein ? Qu'est-ce qu'on aime ? Pourquoi, quand les enfants deviennent eux-mêmes, les parents sont-ils souvent déçus ? Il est tellement plus facile d'aimer un être incomplet, une page blanche, un projet, un rêve !

Les gens qui aiment l'amour n'aiment pas les gens. Il faut de la petitesse d'esprit pour se laisser séduire par l'amour.

De grosses larmes coulaient sur les joues de Provençal et je ne savais qu'en penser. Nous avions négligé d'allumer les lumières dans le reste de la maison. Il n'existait rien d'autre que nous trois dans une bulle lumineuse cernée d'obscurité. C'était fou. Il délirait, Fred.

— J'ai toujours voulu être libre, poursuivait-il. J'ai toujours voulu m'affranchir de cet amour paralysant. J'y avais pas mal réussi du vivant de mes parents. Mais maintenant qu'ils sont morts, c'est plus difficile. Ils ne veulent pas me laisser tranquille. Oh! Ils sont forts! Ils m'ont laissé des lettres, des instructions. Leur «amour» survit à travers elles. Ils ont laissé au fond des tiroirs des journaux intimes, des lettres d'amour de leur jeunesse. Pendant qu'ils vivaient, je les voyais une fois par saison, mais depuis qu'ils sont morts, ils ont réussi le tour de force d'habiter mes pensées! C'est mon héritage, mais je suis *leur* héritier. Je leur appartiens plus que jamais. En mourant, ils se sont approprié ma vie. Ils ont presque réussi à me la changer, à me changer... Mais ils ne m'auront pas. Je ne me laisserai pas enfermer. Je refuse l'amour, toutes les formes d'amour!

À ce moment, secouée de sanglots, Provençal quitta le salon précipitamment. Nous la perdîmes de vue dans le noir. Nous l'entendîmes ouvrir la porte et dévaler l'escalier. Une autre porte s'ouvrit et claqua, au loin. Puis le silence.

Je regardai Fred, mais il se contenta de hausser les épaules.

— Je m'en vais, dit-il. Je pars. Je vends tout et je me tire.

— Un voyage, c'est une bonne idée, dis-je prudemment. Où vas-tu ?

— Non, pas un voyage. Je pars, c'est tout. « Le soleil dans le dos, je poursuivrai mon ombre. » Tu connais ce poème ? Geoffroi de Malbœuf, fin du dix-neuvième. Seulement, il partait pour l'Amérique. Le soleil, il l'avait dans les yeux ! Encore un rêveur.

— Combien de temps ?

— Un an, cinq ans, dix ans ? Je ne reviendrai peut-être jamais. Qu'est-ce qui me retient ici ? Mes perspectives d'avenir ? L'attachement au territoire ? La qualité de l'air ?

— Nous, dis-je.

Fred soupira en secouant la tête.

— Si vous m'aimez vraiment, vous ne m'empêcherez pas de partir.

— Et Pro ?

— Ce n'est pas ce que tu crois. Oui, je sais qu'elle m'aime bien, mais à la manière d'une petite fille romantique. Nous avons eu du bon temps. Mais je n'ai jamais voulu qu'elle s'attache.

Il sortit de sa poche un gros pétard dont il savoura longuement la première bouffée. La fumée opacifia la lumière. Nous baignions maintenant dans une lueur bleutée, vaguement aquatique.

— Je vous écrirai, reprit Fred. Et sur le plan pratique, je vous laisserai ma part de loyer pour une année complète. Ça vous permettra de voir venir.

— Ce n'est pas une question d'argent.

— C'est tout ce que je peux faire, répondit Fred.

— Alors six mois seront suffisants, dis-je avec amertume. Quand ?

— Quand quoi?

— Quand pars-tu?

— À la fin de la semaine.

— Déjà?

— Ce n'est pas trop tôt, dit-il en se levant. Je vais me coucher. Bonsoir.

Je restai quelques minutes à réfléchir, puis j'allai vider le cendrier dans la poubelle de la cuisine. Une fois parti, je lavai la vaisselle et récurai une casserole. Je passai un linge sur le comptoir et sur la table. Quand tout fut propre et rangé, j'éteignis les lumières et j'avançai à tâtons jusqu'à ma chambre. Avant d'y entrer, j'écoutai à la porte de Fred mais je n'entendis rien et il n'y avait pas de lumière. Je rentrai dans ma chambre et me déshabillai, puis je me glissai sous la couette. Mais je savais que le sommeil m'échapperait, et je laissai la bride sur le cou à mes pensées. Puis, au bout d'une dizaine de minutes, comme on lance un filin, à voix haute:

— L. comme Larmes.

Silence. J'attendis. Peut-être dormait-il déjà?

— L. comme Lien, tentai-je à nouveau.

Les secondes s'égrenaient dans le noir.

— L. comme Larguée, dis-je encore sans trop y croire.

Silence. Puis:

— Elle s'en remettra, dit Fred. Je n'ai jamais caché ce que je suis. Elle a toujours su à quoi s'en tenir. Et toi aussi, ajouta-t-il après un moment.

Il avait raison. Je n'avais rien à ajouter. Je pensais simplement qu'en d'autres circonstances, j'aurais marqué trois points à ce petit jeu qui désormais n'avait plus sa raison d'être.

11

Un peu, beaucoup, à la folie

IL ÉTAIT QUATRE HEURES DU MATIN et le garage était plongé dans le noir. Au volant de la Triumph immobile, Patrick sanglotait bruyamment. Aucune dignité dans sa posture, pas l'ombre d'une trace de retenue. Des spasmes lui tordaient le corps et l'âme et ça faisait mal, très mal.

Depuis des semaines, c'était son état naturel. Les rares moments où il ne pleurait pas consistaient essentiellement en des périodes de repos pour se refaire un stock de larmes. Quand le stock s'était reconstitué, il pouvait se réveiller en pleine nuit pour y puiser de quoi pleurer encore.

Il habitait pour le moment dans une chambre minable qui ressemblait à une version infernale des cellules monastiques de sa jeunesse. Un petit lit bosselé, taché du sperme et du sang d'innombrables locataires furtifs et malchanceux, une table de chevet incrustée de messages haineux, un tapis usé dont la trame ne tenait en place que par la crasse et, au plafond, une ampoule nue oscillant au bout d'un fil électrique. C'était une chambre de fin du monde pour des êtres en bout de course. Alors parfois, juste pour échapper un moment à cette infinie laideur, Patrick venait pleurer au garage dont il avait conservé une clé et à la devanture duquel une pancarte «À vendre» lui rappelait que chacune de ses visites était en fait une cérémonie d'adieu.

Il n'en finissait plus de dire adieu, il n'en finissait plus de renoncer, ou du moins de chercher à le faire.

Voilà que le flot de larmes commençait à se tarir et que la fatigue musculaire espaçait les sanglots. Patrick redoutait ces moments plus que tout. Après les larmes, il n'y avait rien. Pleurer était une occupation. Pleurer *l'habitait*. Quand il pleurait, il pouvait étreindre sa douleur et être étreint par elle. Mais quand il ne pleurait plus… Quand les larmes l'avaient déserté, quand la douleur s'assoupissait pour un temps, il ne lui restait plus rien.

Voilà, ça y était. Plus de larmes. Derrière le volant recouvert de cuir cousu à la main, Patrick se carra dans son siège. La clé était sur le contact. Il n'avait qu'à lui donner un quart de tour. Alors les exhalaisons d'un moteur qu'il avait reconstruit de ses mains passeraient du pot d'échappement à l'habitacle de la voiture par la grâce d'un tuyau de plastique dont l'extrémité pendait au-dessus de la vitre, côté passager.

Une décapotable n'est pas la voiture idéale pour ce genre d'usage. Mais Patrick avait reconstruit la toiture avec le même soin que le reste. La toile était plus épaisse et plus résistante que n'importe quelle toile de n'importe quelle décapotable de n'importe quelle époque. Il avait usiné lui-même les montants métalliques sur lesquels la toile était solidement tendue, comme une peau de tambour. C'était de la belle ouvrage, qui avait peu à voir avec la mécanique mais beaucoup avec l'obsession de la rédemption. Il n'avait pas pensé, à l'époque, que l'étanchéité de l'habitacle servirait finalement à contenir l'haleine mortelle du moteur jusqu'à ce que sa concentration réussisse à combler le vide qu'il portait en lui.

Pourquoi alors ne le faisait-il pas ? Pourquoi ne pas tourner la clé ? Des images de sa jeunesse revenaient par bouffées, sa terreur d'enfant devant l'image d'un Dieu vengeur. Il ne croyait plus à tout ça, bien sûr. Mais à quoi croyait-il ? Les circuits neuronaux tracés dans son cerveau d'enfant subsistaient encore aujourd'hui, comme d'anciens sentiers dans une forêt, dont on retrouvait la trace sous les feuilles mortes et les arbres abattus. Or le suicide était alors un péché mortel. L'était-il toujours ? L'était-il ? Vers qui se tourner pour le savoir ?

Alors Patrick attendait un signe. La main sur la clé, les yeux fermés, il demandait la permission de mettre un terme à ses souffrances.

Mais à qui ? À qui le demandait-il ?

* * *

Avec Linda, les choses avaient dégénéré à une vitesse terrifiante. Elle réclamait de plus en plus de mauvais traitements sexuels, et lorsqu'il les lui refusait, elle piquait des colères terribles qui ressemblaient à des crises d'épilepsie. Elle l'accusait alors de tous les maux, d'être gros et veule, incapable et laid. Elle l'accusait surtout de lui avoir fait un enfant pour la priver de sa liberté. Puis, sans logique, elle l'accusait ensuite de lui ravir l'amour de sa fille en l'isolant, en la traitant comme une malade, une pestiférée, une bonne à rien.

La dernière en date de ces crises avait duré des heures, au cours desquelles Linda avait brisé un verre et s'était servie des éclats pour se lacérer la peau du ventre et des avant-bras. C'en était trop. Patrick déclara ce soir-là que les sévices sexuels n'étaient plus à l'ordre du jour et que Linda avait besoin de se faire soigner.

Cette déclaration avait eu un effet immédiat et apaisant. Comme si elle sortait d'une douche froide, Linda retrouva ses esprits et s'excusa platement. Elle donna raison à Patrick sur toute la ligne, puis entreprit immédiatement de ranger la chambre qu'elle avait mise sens dessus dessous. Patrick, fier de son coup de gueule, se disait qu'il aurait dû sévir voilà bien longtemps. Et en effet, pendant quelques semaines, le calme revint dans la maison, et une certaine harmonie s'installa entre les membres de la famille. La mère se rapprocha de sa fille. La fille se rapprocha de sa mère.

— Tu vois ? disait Linda. Pas besoin de médechin !

Et puis un soir, en rentrant du travail dix mois auparavant, Patrick avait trouvé la porte de la maison verrouillée et la serrure changée. Il avait cogné de plus en plus fort, pendant de longues minutes, mais sans résultat. Il y avait pourtant de la lumière à l'intérieur, et des ombres qui bougeaient.

Il n'y croyait pas. Il pensait à une erreur, peut-être un accident. Il fit le tour de la maison et se dirigea vers la porte du jardin, sur laquelle il tambourina longtemps en criant les noms de sa femme et de sa fille.

Il criait toujours quand les faisceaux lumineux de plusieurs lampes de poche convergèrent vers lui en l'épinglant comme un insecte.

— Linda! criait-il encore, lorsqu'une voix autoritaire lui intima :

— Reculez s'il vous plaît.

Il se retourna et ne vit que des taches de lumière qui le bombardaient de photons agressifs. Mais il n'avait pas besoin de voir pour comprendre qu'il s'agissait de policiers. Eux seuls avaient la faculté d'utiliser le vouvoiement comme une arme.

— Reculez S'IL VOUS PLAÎT! réitéra la voix.

— C'est ma maison, répondit Patrick. Je ne sais ce qui…

— Descendez du balcon MAINTENANT!

Peut-être les policiers le confondaient-ils avec un voleur? Il descendit du balcon en écartant les mains.

— C'est ma maison! répéta-t-il. J'habite ici avec ma femme et ma f…

À peine avait-il posé le pied sur la dernière marche que des bras anonymes et musclés se saisirent de lui pour le plaquer au sol.

— Euhrmph, tenta-t-il de prononcer tandis qu'un pied lourdement chaussé appliquait sur sa nuque et sa mâchoire une pression indue.

Les faisceaux des torches entamèrent un ballet chaotique. Du coin de l'œil, Patrick vit surgir de l'obscurité quatre agents de police qui se jetèrent sur lui avec un zèle féroce qui, en d'autres circonstances, l'aurait parfaitement rassuré quant à la productivité des employés des services publics. Des genoux et des coudes vinrent appliquer des pressions extrêmes sur certaines parties de son corps dont il ignorait jusqu'alors qu'elles étaient si sensibles. Lorsqu'il voulut protester, un «Ta gueule!» bien senti lui fut répliqué, accompagné d'un coup dans les côtes qui lui vida les poumons. Le passage du vouvoiement au tutoiement lui fit comprendre soudain la gravité de sa situation. Il se tint tranquille pendant que des mains retournaient ses poches et finissaient par en extirper un portefeuille.

— Ouais, c'est lui, dit une voix.

— Bien sûr que c'est moi, pensa Patrick, sans cependant oser s'exprimer à voix haute. De plus, il avait la bouche emplie de l'herbe tendre (*ray grass* et fétuque rouge) qu'il avait semée quelques années auparavant, pour faire joli dans le jardin.

Voilà, c'est terminé, pensa-t-il encore. Au lieu de quoi, par le miracle des torsions de ligaments, il se retrouva sur pied, menotté, traîné jusqu'à la rue et jeté à l'arrière d'une voiture de service qui démarra en faisant hurler sa sirène et ses pneus.

Les policiers l'escortèrent jusqu'au poste. On lui retira sa ceinture et ses lacets, puis on l'enferma dans une cellule jusqu'à ce qu'un officier l'en sorte pour lui apprendre que son épouse Linda avait demandé et obtenu d'un juge une injonction lui interdisant de s'approcher à moins de cent mètres de sa femme et de sa fille et de tenter par quelque moyen que ce soit d'entrer en contact avec elles.

— Mais… pourquoi?

— Ne faites pas l'innocent, lui fut-il répondu.

Le mieux pour Patrick, continua l'officier, était d'appeler immédiatement un avocat. Puisque l'ordonnance de la cour n'avait été émise que dans l'après-midi et qu'un très mauvais rhume avait empêché l'huissier de la lui remettre à temps, il ne serait pas pour le moment porté d'accusation. Allez, dégagez. Vous êtes libre.

Hébété, cotonneux, douloureux et totalement à côté de ses chaussures, Patrick quitta le poste de police. Il était passé minuit et sa voiture était restée devant sa maison. La maison dont il ne pouvait plus approcher.

Il marcha un moment, en espérant que l'air frais de la nuit lui remette de l'ordre dans les idées et chasse les lambeaux de ce mauvais rêve. L'horrible vérité de la folie de sa femme lui était enfin révélée. Il souffrait pour elle et comprit que ses propres tergiversations à la nécessité de la faire soigner avaient permis à la maladie de se développer sans contrainte. Il importait maintenant d'agir, songeait-il, et surtout de protéger sa fille.

À bout de forces, il finit par héler un taxi pour se faire conduire à l'hôtel le plus proche de la maison. À cette heure de la nuit, rien ne pouvait être tenté. Il prit une douche, se brossa les dents avec l'index, se dévêtit puis, en caleçon, tourna en rond le reste de la nuit. Comment dormir?

Moins de huit heures plus tard, Patrick racontait tout au premier avocat qui avait accepté de le recevoir. À en juger par son taux horaire, ce n'était pas un des plus mauvais. Il l'écouta avec toute l'attention d'un chronomètre, puis lui tendit la main en lui promettant de le rappeler aussitôt qu'il saurait à quoi s'en tenir.

Cela prit deux jours, au bout desquels l'avocat, d'une voix glaciale, convoqua Patrick à ses bureaux.

— Tout cela me semble assez simple, commença-t-il, sans préambule ni formule de politesse.

— Je le savais! s'écria Patrick, soulagé.

— Elle veut le divorce, la garde exclusive de votre enfant, la maison et une pension alimentaire assez élevée mais qui, dans les circonstances, ne me semble pas déraisonnable.

— Quoi? s'écria Patrick. Qu'est-ce que vous dites? *Quelles* circonstances?

Du bout des doigts, comme s'il risquait de se salir, l'avocat poussa devant Patrick un épais dossier cartonné. Hormis de nombreuses pages écrites dans un charabia qui ne l'éclairait en rien, le dossier consistait essentiellement en une bonne cinquantaine de photographies couleur qui, toutes, représentaient les plaies et les bosses que Linda s'infligeait à elle-même ou demandait à Patrick de lui infliger dans sa quête incessante de l'orgasme ultime. Les plus anciennes montraient des éraflures et des ecchymoses. Les plus récentes s'attardaient sur des marques de brûlures, des entailles encore saignantes et des traces de coups de fouet. Il y avait aussi l'œil au beurre noir que Linda s'était fait en se cognant contre le montant du lit. Toutes ces photos avaient été prises dans la salle de bain, au moment précis où Linda était censée se laver le cul, comme elle disait, après l'amour.

— Mais… Elle est *folle*! s'écria Patrick, dévasté.

— Ce n'est pas étonnant, avec les traitements que vous lui avez fait subir, répondit l'avocat. Écoutez, la seule chance que vous ayez dans tout ça, c'est qu'elle est prête à ne pas porter d'accusations au criminel, du moment que vous lui accordez le divorce à ses conditions. Je vous recommande d'accepter. Vous avez le choix : tout perdre et aller en prison. Ou tout perdre et ne pas aller en prison. Je vous suggère la seconde option. Je m'occuperai des papiers.

— Mais tout ça est faux!

— La vérité est toujours relative. Ce que vous avez là, ce sont des preuves en béton. Je vous conseille fortement de vous arranger pour que jamais un juge ne tombe sur ces photos-là. Vous comprenez ce que je dis ?

— Oui mais…

— Vous comprenez ce que je dis ?

— Oui, oui, mais…

— *Est-ce que vous comprenez ce que je dis ?*

— Oui.

— Bon, je m'occupe de tout.

— Je veux un autre avis ! déclara Patrick en tapant sur la table.

Mais trois autres avis furent identiques. En définitive, l'avocat offrit la jugulaire de son client aux crocs de la partie adverse en implorant d'épargner le reste. La procédure fut particulièrement expéditive. En quelques mois, Patrick perdit sa femme, sa famille, sa maison, la moitié de la valeur du garage (après avoir hypothéqué la moitié qui lui revenait), ainsi que toute forme d'espoir dans la nature humaine.

La pire torture était de ne plus pouvoir approcher sa fille. La photo d'elle qu'il avait conservée dans son portefeuille était la seule façon pour lui de contempler son visage de près.

Depuis maintenant cinq mois que le divorce avait été prononcé, il ne l'avait aperçue qu'à distance, en faisant bien attention de ne pas être vu. Au début, il se postait non loin de l'école pour la voir entrer, le matin, et en sortir, le soir. Linda l'accompagnait parfois, mais la plupart du temps elle était seule, avec sa boîte à lunch et ses longs cheveux. Patrick alors était parcouru de tremblements. C'était son corps qui se tendait vers sa fille, qui réclamait de la toucher, de l'embrasser. C'était son cœur qui voulait s'arracher de lui pour aller vers elle.

Comment sa fille pouvait-elle ne pas ressentir sa présence, même à distance? L'amour ne projetait-il pas dans l'atmosphère ses ondes puissantes que l'enfant serait à même de capter? Longtemps Patrick avait espéré qu'elle tournerait la tête vers lui, qu'elle lui sourirait à travers l'immensité qui les séparait et qu'ainsi un lien serait renoué entre eux.

Mais si au début la petite fille semblait abattue, l'énergie de la jeunesse avait vite repris le dessus. De son pas sautillant, elle courait rejoindre ses amies, et riait, et jouait, et agissait maintenant en toutes choses comme si son père n'avait jamais existé.

Toutes les demandes de Patrick pour obtenir un droit de visite lui avaient été refusées. Un batteur de femme tel que lui ne pouvait qu'être un danger pour une jeune fille. Il en était malade. Il avait perdu beaucoup de poids. Ses vêtements pendaient sur son corps comme des drapeaux en berne. Il n'avait plus assez de forces pour travailler. Il mit le garage en vente, en obtint à peine plus que ce qu'il devait. La situation était sans issue.

La seule autre fois où il s'était senti pareillement piégé, il avait fait le mur pour changer de vie. Mais ce n'était pas de murs qu'il s'agissait cette fois-ci, et il ignorait s'il avait la force d'en finir avec cette vie-là.

Demain, le nouveau propriétaire du garage prendrait possession des lieux. C'était le dernier clou enfoncé dans le cercueil de ses ambitions de jeunesse, et c'était à cet enterrement qu'il pleurait une fois pour toutes, assis au volant de la Triumph TR3 1960. La voiture de Oui-Oui était devenue la voiture de Non-Non. Il n'y avait plus de place pour elle dans l'existence qu'il se préparait. Comme elle était belle ! Comme elle brillait ! Mais un autre que lui la ferait rugir sur les routes, par une journée ensoleillée, avec l'insouciance de la liberté.

Du revers de la manche, Patrick essuya ses larmes. Il retira la clé du contact, sortit de la voiture et arracha le tuyau du pot d'échappement. Il lui fallait vivre avec son malheur. Il regarda dehors. Il faisait jour maintenant.

Il alla jusqu'au téléphone et, après une profonde inspiration, composa un numéro.

— Monsieur Bourré ? demanda-t-il. Oui. Patrick Morno. Vous la voulez toujours ? Dites un chiffre. Non. Non. Oui. Elle est à vous. Oui. Oui. D'accord. Monsieur Bourré ? Prenez-en soin, s'il vous plaît.

12

L'offre et la demande

Fred embrassa Provençal sur la joue sans rien lui chuchoter à l'oreille. Puis il me donna une accolade virile et recula de deux pas. Il sortit de sa poche une enveloppe qu'il me tendit.

— J'ai quand même mis ma part de loyer pour un an. On ne sait jamais.

Il ramassa, près de la porte, un sac de voyage qui ne pesait pas cinq kilos et, après un dernier regard dans notre direction, il descendit l'escalier et sortit rejoindre le taxi qui l'attendait en bas, dans la rue.

Nous restâmes un long moment sans bouger, Provençal et moi. Incapables de faire le premier pas de notre nouvelle vie. Bien des couples n'avaient pas survécu aussi longtemps que notre trio, même si, à l'instar de bien des couples, il y avait eu dans notre union des zones d'ombre, des silences pesants et des désirs inavouables.

Provençal semblait tétanisée, figée comme une statue. J'aurais voulu m'approcher et la prendre dans mes bras, lui communiquer un peu de chaleur. Mais je ne pouvais me résoudre à me glisser ainsi à la place que Fred venait tout juste de céder.

— Depuis combien de temps? lui avais-je demandé.

— Oh, des années, avait répondu Fred.

Quant à moi, je n'avais rien vu, ou rien voulu voir. J'avais la colère triste et la tristesse colérique. Au bout du compte, j'étais surtout fatigué de moi-même. Si j'étais incapable de comprendre les sentiments de mes amis les plus proches, qu'en était-il des autres? Émotivement incompétent. Voilà un badge à coudre sur mon uniforme de scout.

— Un café? proposai-je à Provençal, comme si le café était le remède adapté à nos maux – mais c'était tout ce que j'étais en mesure de proposer.

La statue de pierre s'ébranla. La statue de pierre sourit. La statue de pierre me suivit jusqu'à la cuisine.

* * *

Une semaine plus tard, le fils Bourré vint «prendre des mesures». Encore une fois, c'étaient surtout les mesures de Provençal qu'il jaugeait du coin de l'œil, en rougissant des oreilles comme un puceau. Je le détestais passionnément. Il était cette fois-ci accompagné d'un «designer» entièrement vêtu de noir qui, affirmait-il sans rire, était un «spécialiste des espaces». Moi, j'étais Rome envahi par les hordes barbares.

Je me réfugiai dans ma chambre tandis que l'homme en noir *fengshuinait* en gesticulant, passant d'une pièce à l'autre en pérorant sur les volumes et les énergies et en affirmant péremptoirement que le *chi* de la porte d'entrée n'était pas calibré.

— Le quoi? demanda le fils Bourré.

— Le *chi*. Le souffle vital.

— Vous croyez vraiment à ces conneries ? lui demandai-je un peu plus tard lorsque, armé d'un ruban de menuisier, il vint prendre la mesure des fenêtres de ma chambre.

— On ne sait jamais, dit-il. Mais les gens qui ont beaucoup de fric préfèrent ne pas prendre de risque. Ça augmentera la valeur de l'appartement.

— Ah ! dis-je. Vous l'avouez ! Vous n'avez pas l'intention de reprendre l'appartement pour vos propres besoins. Vous voulez le vendre.

— C'est pourtant évident, répondit-il, pas du tout décontenancé.

— Mais vous n'avez pas le droit !

— Il m'appartient, cet appartement. J'ai tous les droits.

Il paraissait sincèrement étonné que quelqu'un puisse penser autrement que lui.

— C'est peut-être votre droit, répondis-je, mais ce n'est pas juste.

La perplexité se peignit sur ses traits.

— Mais ça n'a rien à voir ! protesta-t-il.

Je voyais bien qu'il était sincère, et c'est alors que je compris que le fils Bourré, pourtant à peine plus jeune que moi de cinq ou six ans, appartenait à une autre civilisation que la mienne, à une autre culture et peut-être même à une autre espèce. Comme si une race de mutants s'était levée et envahissait la planète de l'*intérieur*. Ces hérauts de l'ère post-chrétienne ne voyaient plus le monde en termes de bien et de mal, plus rien ne pesait sur leur conscience libérée, nulle pudeur ne venait entraver leurs appétits. Les rapports humains, dépouillés de toute considération morale, se trouvaient réduits à leur dimension économique où pouvait s'ébattre en toute liberté la loi de l'offre et de la demande.

Ahuri, je regardais Robert Bourré qui me souriait gentiment, parfaitement à l'aise dans son rôle de propriétaire, parfaitement prêt à discuter le bout de gras comme si de rien n'était. Ainsi, alors même qu'il procédait à mon expulsion, le fils Bourré ne demandait rien de mieux que de devenir mon *ami*.

Je secouai la tête avec dégoût et quittai la pièce pour le laisser à ses mesures. À la cuisine, je rejoignis Provençal qui se mordait les lèvres pour ne pas pouffer de rire tandis que le spécialiste des espaces lui expliquait avec gravité les fondements du *feng shui*.

— C'est une question d'énergie, disait-il en gesticulant. Et les énergies sont des animaux célestes. Le Dragon vert doit être à l'Est, le Tigre blanc à l'Ouest : la Tortue noire au Nord, le Phénix rouge au Sud. C'est très très important.

— Et le Dindon de la Farce, j'imagine qu'il est au centre ? dis-je.

Provençal éclata de rire. Le spécialiste des espaces parut indigné.

— Vous saurez, monsieur, que le *feng shui* est un art millénaire !

— Mais la bêtise, elle, n'a pas d'âge !

— Un milliard de Chinois ne peuvent pas se tromper !

— Ils peuvent cependant mutiler les pieds des femmes pendant des siècles, se débarrasser des enfants de sexe féminin en les jetant dans le Yang Tsé puis suivre à la lettre les consignes du grand Mao. La bêtise n'est pas seulement immémoriale, elle est également universelle ! Dites-moi, est-ce que vous mangez aussi du chien ?

L'homme en noir s'était ressaisi. Il me regardait maintenant avec un mélange de pitié et de mépris.

— De toute manière, cracha-t-il, je n'ai pas à vous convaincre. Vous n'êtes que des locataires...

Puis, en pinçant le nez comme si je n'étais qu'un tas de merde, il me tourna le dos pour aller rejoindre le fils Bourré, à l'autre bout de la maison.

— Et vlan, dit Provençal.

— Ouais.

Locataire. Voilà qui me définissait assez bien. Je ne *possédais* rien.

* * *

Depuis le départ de Fred, Provençal n'avait de goût pour rien. Elle se traînait chaque jour à l'université pour poursuivre ses recherches dans l'indifférence générale et tenter d'enseigner l'Histoire à des étudiants qui n'en aimaient que l'exotisme. Elle s'en plaignait souvent.

— Mais pourquoi ont-ils choisi l'Histoire ? se lamentait-elle. Ça ne les intéresse pas ! Tout ce à quoi rêvent la plupart d'entre eux, c'est de se déguiser en chevalier du Moyen Âge pour se taper sur la gueule avec des épées en bois pendant des tournois de week-end sponsorisés par des fabricants de cigarettes ! Ils boivent de l'hydromel, nom de Dieu ! Et ils s'appellent Sire Ceci ou Sire Cela ! Ce n'est pas de l'Histoire, c'est de la régression ! Et les filles ! Elles portent des chapeaux pointus et de longs voiles diaphanes – et elles battent des paupières pendant que les garçons se disputent l'honneur de leur faire la cour !

— C'est romantique, dis-je.

— Mon cul, oui. C'est le refus du réel. Ils n'étudient pas l'Histoire pour comprendre le présent, mais pour le fuir. Ils se réfugient dans une certaine idée du passé, idéalisée, mensongère. Comme s'il était plus simple de vivre au Moyen Âge! Pour un noble, peut-être, quoique j'en doute. Ils ne sont pas nombreux à vouloir être des serfs, dans leurs tournois, à cirer les bottes des chevaliers et à manger du bœuf aux asticots! Et quand ils ont mal aux dents, ils ne rechignent pas à faire appel aux soins d'un bon vieux dentiste d'aujourd'hui, avec sa fraise électrique et ses injections de novocaïne. Et la peste, elle n'est pas invitée à leur tournoi, la peste? Des bons gros bubons juteux, ça ne fait pas assez Moyen Âge pour eux? Non, c'est trop commode; ils ne choisissent que ce qui les conforte et ils oublient le reste. Ils sélectionnent et se construisent à la pièce un monde confortable, amusant et simple.

— Mais, pourquoi pas?

— Parce que ça n'existe pas, répliqua Provençal. On ne peut pas…

— … nier la douleur, oui, je sais. Mais ça ne veut pas dire qu'ils la nient. Ils essaient simplement de l'oublier, le temps d'un week-end.

— On n'a pas le droit, répondit Provençal, butée.

— Pourquoi?

Elle ne répondit pas. Elle avait les bras croisés sur la poitrine, et elle fronçait les sourcils. Elle avait l'air d'une gamine insolente, boudeuse. Triste.

— Pourquoi? demandai-je encore.

— Parce que, répondit-elle. Si on l'oublie, ne serait-ce qu'un instant, la douleur prend des forces.

Fred était parti depuis trois mois. Nous avions reçu une carte postale de Paris – une tour Eiffel illuminée, merveilleusement kitsch – puis plus rien. Il nous manquait terriblement mais nous ne parlions jamais de lui. Son départ était une sorte de trahison, même si nous étions conscients qu'il souffrait sans l'avouer de la perte de ses parents. Néanmoins, son silence était pesant. Provençal surtout était blessée de ne rien recevoir, pas une lettre, pas un mot qu'elle aurait pu lire, à l'abri dans le sanctuaire de sa chambre.

Nous ne parlions pas plus de nos projets d'avenir. Il nous restait trois mois avant notre déménagement forcé. La question de savoir si nous allions toujours habiter ensemble restait pendante. Je ne faisais aucun effort pour trouver un nouvel appartement. Une sorte de fatalisme s'était emparé de moi. Je n'avais plus le goût de me battre, je voulais simplement qu'on me laisse tranquille. Dans mes rêves semi-éveillés d'insomniaque chronique, je voyais une équipe de gros bras balancer par les fenêtres toutes mes maigres possessions, qui atterrissaient sur le trottoir pour s'y briser en mille morceaux. Ce n'était pas vraiment un cauchemar, car je ressentais à cette idée une sorte de soulagement – la possibilité de repartir à neuf, les mains vides. Mais je n'avais pas la force de prendre par moi-même un nouveau départ – d'où les gros bras de mon rêve. Au contraire, à l'état d'éveil je me cramponnais à l'identité que je m'étais forgée depuis des années, comme si elle ne m'avait apporté que du bonheur.

Cet écartèlement expliquait peut-être ma paralysie. Quoi qu'il en soit, si rien ne s'était produit, il m'aurait bien fallu agir un jour ou l'autre. Serions-nous restés ensemble, Provençal et moi, ou aurions-nous continué séparément nos chemins, maintenant que Fred n'était plus là pour servir de liant? Mais un colis livré à la porte me déchargea de la responsabilité de choisir. Le livreur était un homme en costume d'apparence solennelle, ce qui semblait assez incongru.

— On m'a chargé de vous donner ça, dit-il en tendant le colis après avoir soigneusement vérifié mon identité à l'aide de mon permis de conduire.

— Qu'est-ce que c'est? demanda Provençal quand je ramenai le paquet à la cuisine.

— Aucune idée.

Je déchirai le papier d'emballage. Dans une boîte en carton, un volumineux dossier à anneaux annonçait, en page couverture: *Rapport d'enquête: Robert Bourré.*

— Bonne ou mauvaise nouvelle? demanda Provençal.

— Bonne, je crois. Mais de la mauvaise manière.

Nous nous assîmes pour lire. C'était bien le livre du fils Bourré. Un épais volume à lui entièrement consacré. Mais un seul aspect de son existence y était révélé: sa face sombre, en quelque sorte.

Le dossier commençait par quelques bulletins d'élève où les mauvaises notes et les commentaires désobligeants des professeurs étaient surlignés au marqueur jaune. Il continuait par les renvois officiels de deux établissements secondaires pour consommation de stupéfiants, puis venait un mémo interne concernant une affaire de tricherie aux examens du ministère. Parallèlement à ces informations scolaires, on trouvait dans le dossier des détails sur une affaire de vol à l'étalage dans une grande surface. On y apprenait également qu'à l'âge de quinze ans, en état d'ébriété, le jeune Bourré avait «emprunté» la voiture de son père dans le seul but de l'encastrer, deux cents mètres plus loin, dans le mur de briques d'un importateur de lampes halogènes.

— C'est un cauchemar! dis-je.

— Pas le nôtre, répondit Provençal.

Le document examinait ensuite les années universitaires du fils Bourré, les échecs, les changements subits de programme, les travaux soupçonnés de plagiat et les expulsions de cours pour manque d'assiduité.

C'était à la fois fascinant et morbide. Je frissonnais de ce qu'on aurait pu penser de moi après un examen aussi minutieux de tous mes échecs et de toutes mes lâchetés.

Le chapitre suivant concernait les contraventions pour excès de vitesse et la suspension du permis pour conduite avec facultés affaiblies.

— Regarde ça! s'exclama Provençal.

Il s'agissait de la déclaration sous serment d'une prostituée qui affirmait que le susnommé Robert Bourré avait fait appel à ses services professionnels à huit reprises entre janvier 1996 et juin 1997.

— Comment ils ont fait pour obtenir ça? dis-je, vaguement admiratif.

— Ce n'est peut-être pas vrai.

— Maintenant ça l'est.

La tranche suivante du dossier, plus volumineuse, s'attardait à examiner les affaires immobilières dont le fils Bourré avait hérité la gérance. Je n'y comprenais pas grand-chose, mais les rapports d'experts, photos à l'appui, dénombraient l'ensemble des infractions au code du bâtiment qui affligeaient les possessions du clan Bourré. Cela allait de la taille non réglementaire des rampes d'escaliers aux installations électriques artisanales, de la présence de champignons dans les caves à la discrimination raciale envers les locataires postulants.

La dernière et la plus abstraite partie du dossier comportait les déclarations de revenus du fils Bourré des cinq dernières années, ainsi que les états financiers de l'entreprise familiale, suivis d'un rapport d'analyse comptable qui soulevait plus qu'un soupçon d'évasion fiscale.

Scotché à la dernière page, il y avait ce mot, de la main de Fred :

« L'argent ne fait pas le bonheur, c'est entendu. Mais il fait très bien le malheur des autres. Au moment où vous lirez ces lignes, le fils Bourré les lira aussi, le front couvert de sueur et les ongles rongés au sang. Gageons qu'il vous laissera l'appartement en échange de votre discrétion. Considérez cela comme mon cadeau de départ. Je vous embrasse – Fred. »

Je reculai ma chaise et contemplai le plafond un moment. Je ne savais que penser. Puis je regardai Provençal, inquiet soudain de sa réaction.

— Qu'est-ce que tu en dis ? lui demandai-je.

— J'en dis que le fils Bourré m'est tout à coup plus sympathique, dit-elle, perdue dans ses pensées.

Je ne réussissais pas à comprendre si elle plaisantait ou si elle était sérieuse.

Quelques jours plus tard, nous reçûmes par la poste un nouveau bail sans augmentation de loyer, que nous nous empressâmes de signer. Quant au fils Bourré, il fallut près de deux ans avant de le voir rôder à nouveau dans les parages.

* * *

Après cinq mois de voyage, Fred nous envoya une carte postale de Barcelone. C'était encore une image banale, un cliché touristique qu'il fallait lire, j'imagine, au second degré. Avec Fred on ne savait jamais. Au verso, il y avait deux gros «x» et sa signature, c'était tout.

Pendant près de deux ans, de loin en loin, nous pûmes suivre ainsi son périple à l'aide de ces images préfabriquées et de ces gros «x» qui l'étaient tout autant. Après Barcelone, le Maroc, puis l'Égypte, la Grèce et la Turquie. L'Arménie, le Liban, le Nefoud d'Arabie Saoudite, puis un saut par-dessus l'Irak et l'Iran pour rejoindre directement le Pakistan, l'Inde puis la Birmanie. La dernière carte postale provenait de Thaïlande et montrait des danseuses traditionnelles exerçant leur art devant un troupeau de touristes occidentaux, gras et velus.

Ensuite, rien. Les mois passèrent un à un et s'additionnèrent pour former une année entière.

— Et s'il était mort? demanda un jour Provençal.

— Et s'il l'était? répondis-je.

On s'habitue à tout. Je m'habituais à son absence. C'était plus dur pour Provençal. Elle n'avait jamais été légère, elle devenait carrément sombre. Sa beauté se détachait sur toute cette noirceur, blanche, et ses yeux scintillaient comme des étoiles sur le point de mourir.

Nous formions un vieux couple, elle et moi. Nous partagions tout sauf l'amour. Elle était devenue la femme de ma vie. En rentrant du journal, je lui apportais souvent des fleurs, qu'elle recevait avec gratitude avant de m'octroyer un chaste baiser sur la joue. Nous passions des heures à lire sans parler.

Nous étions maintenant six milliards sur la planète. Je pense que c'est une information pertinente. Nous ressentons, je crois, la présence des autres. L'alourdissement. Le surplus d'émotions, de colères, d'espoirs, de déceptions. La faim, les maladies, les négligences. L'amour. Combien de tout ça la planète pouvait-elle digérer ? Comme du sel que l'on dissout dans l'eau, à trop en mettre, il finit par précipiter, par s'agglutiner et tomber au fond. Le 20 avril de cette année-là, deux adolescents d'une petite ville du Colorado revêtirent des imperméables noirs et abattirent douze élèves et un professeur de leur école secondaire avant de se suicider. Peut-être ceci a-t-il un rapport avec cela. Je ne sais pas.

À l'époque, je sentais monter en moi l'amertume, comme si la vie n'avait pas tenu ses promesses. Mais quelles promesses ? Peut-être les avait-elle toutes tenues, au contraire, et alors quoi ?

Mes articles s'en ressentaient, évidemment. Les dents longues du jeune loup s'émoussaient avec les années. J'avais l'impression de me répéter, mais c'était le monde qui bégayait sans cesse sur la même syllabe. Combien de fois peut-on écrire sur la vénalité des classes dirigeantes avant de sombrer dans le fatalisme ? Combien de fois peut-on dénoncer l'inculture de notre ère avant de finir par comprendre que c'est la culture qui n'y a pas sa place ? Combien de scandales peut-on décrier avant de découvrir que c'est toujours le même ? Combien de cris peut-on pousser avant de perdre la voix ?

Dans mon univers, seul Victor faisait figure d'exception. Toujours enthousiaste, toujours aimable. Il m'insupportait de plus en plus. À son contact, je pouvais mesurer le chemin parcouru, et comprendre que je faisais du sur-place. Ses coups de fil, ses invitations à boire un verre avaient fini par me lasser. J'inventais des prétextes pour me défiler. Il n'insistait jamais et finissait invariablement ses phrases par un « je comprends » qui me rendait fou.

La dernière fois que je l'avais vu, c'était aux funérailles de Jacques Ledoux. Le vieil escroc s'était éteint, un sourire aux lèvres, à l'âge vénérable de soixante-dix-huit ans, d'un cancer de la prostate. Sur son lit d'hôpital, pendant les jours de son agonie, il reçut avec gratitude la visite d'innombrables amis venus lui dire au revoir. C'était lui le chef véritable de la secte, dont, officiellement, Victor ne faisait même pas partie. Avec un zèle de converti, Jacques Ledoux avait organisé, pendant les douze dernières années de sa vie, des campagnes de levée de fonds, des soirées bénéfices et des « voyages de formation », dont il rendait scrupuleusement compte. Il mettait un point d'honneur à produire chaque année des états financiers irréprochables qui le mettaient en joie. « L'honnêteté est la meilleure des escroqueries ! » avait-il coutume de dire, en faisant référence aux innombrables moyens légaux que le système avait créés pour se court-circuiter lui-même.

Malgré des souffrances incontestables, son dernier soupir s'échappa de lèvres qui dessinaient un sourire. Mourir bien entouré, aimé et utile, voilà qui comblait l'ancien escroc au-delà de toutes ses attentes. Sans doute eut-il, à ses derniers instants, une pensée émue pour son père, mort en prison, méfiant et hargneux, puis enterré sans égards dans le cimetière des corps non réclamés tandis qu'un aumônier pressé ânonnait une prière générique.

La veillée funèbre de Jacques Ledoux ressemblait plutôt à une sauterie des Alcooliques Anonymes. Dans la vaste salle d'un bingo désaffecté, une centaine des disciples de Victor rigolaient en buvant du jus de fruits et en se remémorant les bons coups de leur ami disparu. Pas de fleurs, pas de corps, même pas une urne contenant des cendres. La seule trace de Jacques Ledoux consistait en une photo agrandie où on le voyait, humide et hilare, chavirer d'un kayak. Il régnait dans cette salle une bonne humeur qui me révulsait. Je reconnaissais des visages, on me saluait gentiment, mais j'étais autant à ma place parmi eux que le proverbial chien dans le jeu de quilles. Je cherchais Victor sans le trouver. Je me sentais emprunté et maladroit, et cela me mettait en rogne puisque j'avais la certitude d'être le seul être normal de toute l'assemblée. Je me recueillis néanmoins devant la photo de Jacques Ledoux, en essayant de ramener à la surface les images enfouies de notre première rencontre. Mais la pêche fut maigre et je m'étonnai de ne pas ressentir grand-chose.

Une sortie d'urgence donnait dans la ruelle. Je m'y rendis pour fumer une cigarette. En levant la tête pour exhaler la première bouffée, je vis Victor, assis en hauteur dans un escalier de service en métal.

— Qu'est-ce que tu fais là ? demandai-je.

— Je me repose.

Il semblait fatigué en effet, des gros cernes sous les yeux et, déjà, des sillons de gris dans sa chevelure en bataille.

— Tu devrais prendre des vacances, lui dis-je.

— Je sais.

J'étais stupéfait. Comment? Il ne répondait pas par des questions? Il ne profitait pas de la conversation pour distiller un peu de sa philosophie?

— Tu es sûr que ça va? demandai-je, soudain préoccupé.

— Ils sont de plus en plus nombreux, répondit Victor. Chaque jour, il y en a des nouveaux. Ça n'arrêtera jamais. Ça ne peut pas arrêter.

— Mais toi, tu peux arrêter.

— Est-ce que je le peux vraiment?

Il secoua la tête, las.

— Quand j'étais jeune, je souffrais de la solitude. Maintenant, je ne sais plus ce que c'est.

— Ils te prennent tout, Victor, mais qu'est-ce qu'ils te donnent?

Je devais me casser le cou pour le regarder, là-haut. Il devait être près de dix-neuf heures, le soleil se couchait. Ses derniers rayons nimbaient Victor d'une lueur orangée. Quant à moi, en bas, j'étais déjà dans le noir.

— Qu'est-ce que j'y peux, dit-il, si je leur fais du bien?

— Il faut que tu penses à toi d'abord.

— C'est ce que tu fais? me demanda-t-il. Est-ce que tu t'en portes mieux?

J'écrasai mon mégot du talon. Pourquoi faisait-il du bien aux autres et s'entêtait-il à me mettre devant mes propres contradictions? Sa mission sur Terre était-elle de m'embêter?

— Écoute, lui dis-je. Je t'ai averti voilà longtemps. Ne viens pas te plaindre à moi.

Je le vis se redresser puis descendre l'escalier. La nuit était tombée maintenant. Victor s'approcha de moi.

— Je ne me plains pas, dit-il.

Il me regardait intensément. Je faillis reculer sous le choc. J'avais senti… sa présence. Sa force. Juste un instant, une fraction de seconde, il me sembla que son esprit avait touché le mien. C'était comme d'ouvrir soudain les yeux sur un ciel étoilé sans savoir ce qu'est un ciel, ce que sont les étoiles. Mais on devine l'infini. Et alors on a le choix : avoir peur, ou applaudir. J'étais partagé entre les deux options. Avant que je puisse me décider, Victor rompit le contact et me sourit. Un sourire triste, lointain.

Il poussa à moitié la porte de la sortie d'urgence, par où s'échappa le brouhaha joyeux des voix de ses disciples.

— Je dois y aller, dit-il. À bientôt, François.

Il disparut. J'allumai une autre cigarette, que je fumai dans le noir, en essayant de ne penser à rien.

Depuis, je l'évitais. À chaque fois qu'il m'appelait, je répondais laconiquement. Je refusais systématiquement ses invitations. Il ne semblait pas en prendre ombrage et revenait à la charge la fois suivante avec la même candeur. Après un certain temps, je réussis à me convaincre qu'il ne s'était rien passé. Tours de passe-passe et tactiques de magicien. Quand je lisais ses aventures dans les journaux, je saluais son talent d'illusionniste, ses trucs de prestidigitateur, ses prouesses d'hypnotiseur de foire. En le rabaissant, je réduisais ses disciples à une assemblée de naïfs incapables de fonctionner par eux-mêmes, à ranger dans la même catégorie que les grenouilles de bénitier et ceux qui se réfèrent à la Bible pour savoir qui élire aux élections municipales. C'était beaucoup plus commode ainsi. Du reste, j'avais d'autres chats à fouetter.

Provençal dépérissait. Ses cours n'allaient nulle part et son travail avait abouti dans le cul-de-sac des thèses, une salle à part de la bibliothèque universitaire où sa pensée accumulait la poussière.

Je l'aimais, bien sûr, en silence et sans espoir. Depuis que Fred était parti, je l'aimais pour deux. Lorsqu'elle regardait à la télé les atrocités du Rwanda ou celles du Kosovo, elle frissonnait, et je m'attendais presque à voir sur sa chair la réplique des blessures que nous montrait le petit écran. Elle portait comme une couronne la souffrance universelle. «On ne peut pas nier la douleur», disait-elle. Elle l'affirmait, au contraire. Je pensais à elle parfois comme à la copie carbone d'un monde en folie qui martelait furieusement les touches d'une machine à écrire l'Histoire. L. comme Lettre. L. comme Lutte. L. comme Lourde.

De plus en plus souvent, elle disparaissait la nuit pour revenir le lendemain couverte de plaies et de bosses, comme si elle cherchait, par ses propres souffrances, à se rapprocher un peu des populations décimées dont elle tentait de préserver la mémoire par ses travaux.

Je n'avais pas, comme Fred, le talent de la dérider. Je veillais sur elle du mieux que je le pouvais. Je calquais mes horaires sur les siens, je lui faisais à manger, je l'entourais de soins. Mais ce n'était pas suffisant.

Il me vint un jour l'idée que je pouvais l'aider autrement. Puisqu'elle se plaignait sans cesse que ses travaux n'étaient pas pris au sérieux par le monde universitaire, je lui proposai de changer de monde.

— C'est-à-dire?

— Publie tes conclusions dans les journaux. Adresse-toi directement au peuple!

— Ça se fait?

— Tout le temps.

— Ma thèse dans les journaux?

— Les grandes lignes. Je peux t'aider, tu sais.

— À faire quoi?

— À résumer.

— Je sais faire.

Mais elle continuait de réfléchir.

— Ils ont beaucoup de lecteurs, les journaux?

— Certains, plus d'un million.

— Et le tien?

— Beaucoup moins que ça.

— Je me disais aussi.

— Hé!

— Non mais, c'est parce que... on l'aurait su!

Je décidai de fermer les yeux sur cette outrecuidance.

— Si tu écris le texte, je pourrai le porter en mains propres aux gens que je connais dans les salles de rédaction.

— Oui, dit-elle. Son visage s'éclairait. Je pourrais faire ça.

Déjà, elle se dirigeait vers sa chambre.

— Attention! lui criai-je, il faut faire court! Et avec des mots simples!

Mais elle avait déjà claqué la porte sur le monde extérieur, dont je faisais partie.

Deux jours plus tard, Provençal me tendit fièrement une liasse de cinquante feuillets tapés à simple interligne. La première phrase comptait soixante-huit mots dont quinze avaient plus de neuf lettres. Je comptai également six « ismes », quatre « logues » et deux mots qui me semblaient appartenir à la langue allemande. Je dus la relire trois fois avant de comprendre que je ne la comprendrais jamais.

— Je t'avais dit de faire un résumé, Pro.

— Mais c'est un résumé : mes deux thèses font mille trois cents pages !

— Je t'avais dit de faire simple.

— Quoi, ce n'est pas simple ?

Je fermai les yeux un moment. Comment lui expliquer les choses sans essuyer son courroux ?

— Tu t'adresses à des lecteurs qui ne sont pas tous allés à l'université. Des gens qui lisent rarement plus de trois cents mots sur un même sujet avant de passer à autre chose. Il faut tout faire pour les accrocher, aller directement à l'essentiel, leur faciliter la tâche... Tu comprends ?

Elle me regardait, impassible. Je me demandais si c'était une bonne ou une mauvaise chose.

— Et quand ils vont aux toilettes, est-ce qu'il faut aussi leur torcher le cul ? Non mais, je demande, mais je connais déjà la réponse !

— Pro ! implorai-je.

— Mais avant de leur torcher le cul, il faut d'abord leur mâcher la viande, c'est ça ? C'est comme ça que ça fonctionne dans ton monde de crétins ?

— Le même monde, précisément, que tu veux sauver des griffes du fascisme marchand, je te rappelle. Merde ! Tu exagères. À quoi ça sert tout ça, si c'est pour prêcher aux deux convertis capables de te déchiffrer ? Tu n'arriveras jamais à convaincre avec des coups de poing intellectuels et des armes de persuasion massive... Tu fais peur aux gens, Pro, c'est ça la vérité. Tu es trop... Tu es trop ! Tu veux trop. Tu en fais trop.

Mets un peu de sourire dans tes arguments. Un peu d'amour dans tes mots! Desserre le poing et tends la main. Je sais faire ça. C'est mon métier. Je peux t'aider.

Je la regardai droit dans les yeux, empli d'espoir.

— Ah bon? Parce que tu sais écrire, toi?

Puis elle retourna s'enfermer dans sa chambre.

Elle me bouda pendant plus d'une semaine. À bien y penser, j'avais mis dans ma plaidoirie un peu trop de moi-même. L'invitation à mettre de l'amour dans ses mots n'était-elle au fond qu'une invitation à *me* considérer avec amour et à *me* tendre la main? C'était plutôt pathétique. J'espérais que Provençal, aveuglée par sa colère devant le premier degré de mes propos, n'aurait pas l'occasion d'en percevoir le second.

Le samedi matin suivant, alors que je me préparais une omelette au jambon, Provençal surgit de sa chambre et vint s'affaler sur une chaise. Elle tenait à la main quelques feuillets chiffonnés auxquels je fis mine de ne pas m'intéresser.

— Peut-être que tu as raison, dit-elle à contre cœur. Peut-être.

Je ne répondis pas, absorbé par la tâche délicate de plier en trois mon omelette.

— D'accord, d'accord. Tu as raison, continuait-elle. C'est tellement ardu de me relire que je préfère continuer à écrire! Et pourtant, c'est toute ma vie, cette thèse-là!

— Tiens, mange, dis-je en déposant devant Provençal l'omelette qui au départ m'était destinée.

— J'ai besoin d'aide, dit-elle.

— Je sais.

— Je m'excuse.

— Moi aussi.

— C'est bon, dit-elle en mastiquant. Tu ne manges pas ?

— J'ai déjà mangé, mentis-je.

— Tu m'aideras ?

J'étais heureux.

— À une condition : tu ne m'engueules pas. Tu engueules les fenêtres, les oiseaux qui chantent, le temps qu'il fait ou les poignées de portes. Mais tu ne m'engueules pas.

Elle prit le temps de réfléchir.

— D'accord.

— Du café ?

— Oui, merci.

Nous passâmes les deux semaines suivantes à désosser le résumé de sa thèse. Il me fallait en comprendre chaque passage avant de le biffer d'un trait de crayon qui arrachait à Provençal de grands cris d'indignation. Mais elle tint sa promesse et chaque fois qu'elle enfilait les jurons, elle prenait soin de me tourner le dos. Jamais nous n'avions été aussi intimes que pendant ces deux semaines-là.

Plus j'avançais dans la compréhension des idées de Provençal, plus j'avais de l'estime pour elle. Bien sûr, je connaissais depuis longtemps l'idée maîtresse selon laquelle tous les fascismes tiraient leur origine d'une volonté inépuisable de nier la douleur intrinsèque de la condition humaine. Selon Provençal, les fascistes considéraient l'humanité comme étant naturellement saine, bonne, efficace et prospère. À chaque fois que la réalité se chargeait de contredire cette vision, les fascistes désignaient invariablement un bouc émissaire responsable selon eux de miner l'ordre naturel des choses : les Juifs, les communistes, le pays voisin, les homosexuels, les syndicats, les buveurs, les fumeurs ou, plus récemment, les consommateurs modérés.

Une recherche historique phénoménale et tatillonne multipliait les exemples jusqu'au vertige. C'étaient cependant les chapitres sur notre fin de siècle qui étaient les plus troublants, alors que le discours de la prospérité (contredit, dans les faits, par l'évidence) s'accompagnait d'une vision de l'humain toujours jeune, toujours en bonne santé, toujours désirable, aux dents toujours blanches et dont le moteur de la réussite était invariablement une foi en lui capable de remuer les montagnes. Avec pour conséquence que celui ou celle qui ne réussissait pas était responsable de son propre malheur, puisqu'il ne croyait pas assez en lui-même. C'était son problème, et nous n'étions pas tenus collectivement de l'aider.

Ainsi notre époque ne pourchassait-elle plus les Juifs, les homosexuels et les gitans, mais tous ceux et celles qui, à l'intérieur de chaque groupe, ne correspondaient pas au modèle proposé, tous ceux et celles à qui il arrivait de douter. Tous ceux et celles qui ne croyaient pas assez. Le fascisme capitaliste avait emprunté aux religions le mécanisme du *crois ou meurs*. Si le catholicisme et les religions protestantes ne semblaient pas s'en offusquer, d'autres religions ne s'y trompaient pas. Les musulmans, par exemple, savaient très bien qu'une bouteille de coca-cola n'était pas une boisson désaltérante, mais un outil de propagande destiné à les convertir.

Pendant ce temps, dans les pays déjà conquis, tout était mis en œuvre pour aider les plus fervents adeptes.

Les autres, qui doutaient de la nécessité de travailler toujours plus pour acheter les produits de luxe destinés à occuper leurs loisirs de plus en plus restreints, ceux-là étaient rapidement mis au ban de leur groupe social. Ne pouvaient emprunter aux banques que ceux qui avaient déjà de l'argent. Ne pouvaient survivre que ceux qui étaient prêts à faire acte de foi.

C'était la grande réussite du fascisme capitaliste, énonçait Provençal : en ne s'attaquant à aucun groupe social particulier mais aux éléments les plus incrédules de chacun d'entre eux, il ne braquait contre lui que ceux et celles qui, d'entrée de jeu, ne comptaient pour personne et n'avaient pas de voix. Chaque sous-groupe, de peur de perdre ses privilèges, se chargeait de mettre au pas ses membres ou de les exclure : les «bons» malades dénonçaient les mauvais; les «bons» assistés sociaux dénonçaient les profiteurs; les «bons» employés fustigeaient les tire-au-flanc. Ainsi les groupes s'autodisciplinaient et marchaient en rangs serrés vers des lendemains qui scintillent. Avec un usage de la force réduit au minimum, le fascisme capitaliste avait transformé le citoyen en consommateur, c'est-à-dire en con sommé de consommer. Il est grand le mystère de la foi.

— C'est… formidable, Pro, dis-je. Mais c'est trop long.

Ça l'était. Les grands journaux, dans leurs pages consacrées aux débats d'idées, n'acceptaient que des textes de deux à trois feuillets, c'est-à-dire à peine plus que ce que l'on peut lire sur une boîte de céréales. Sous le regard consterné de Provençal, je raturai, je biffai, je condamnai des paragraphes, des pages, des chapitres entiers… Du texte original, je ne retins que quelques mots, que j'arrangeai dans un ordre nouveau. Dans des notes en bas de page, Provençal mentionnait en passant ses expériences de récupération des slogans fascistes à des fins publicitaires pour des shampoings et des alcools apéritifs. Je ramenai ces éléments en tête d'article afin qu'ils constituent l'hameçon avec lequel j'espérais ferrer le lecteur et l'amener dans nos filets.

Au bout du compte, je me retrouvai avec un peu moins de trois feuillets bien torchés, au vocabulaire spectaculaire, capables de foutre le feu au parquet de la Bourse et de tirer des larmes de compassion du buste en marbre d'un président de banque à charte.

— Quinze ans de travail pour en arriver là! se lamentait Provençal.

— Eh oui! répondis-je, réjoui.

Je fis plusieurs copies de l'article, que j'envoyai à mes amis des salles de rédaction pour qu'ils les déposent sur le dessus de la pile.

Une semaine plus tard, je les appelai tour à tour. Ils me confirmèrent que les comités de lecture de leur journal respectif avaient tous rejeté l'article comme étant de peu d'intérêt pour leur lectorat. Je reçus la nouvelle comme une gifle et Provençal, comme un coup de couteau dans le dos.

— Alors c'est vraiment foutu, murmurait-elle, effondrée dans un fauteuil comme une poupée de chiffon.

— Non, dis-je en serrant les dents. Non.

Elle leva les yeux vers moi.

— Tu as une autre idée?

— Ma chronique. Je prends cinq lignes pour te présenter et pour dire que tous les autres journaux refusent de présenter tes idées. J'ouvre les guillemets, on publie l'intégralité du texte. Je ferme les guillemets. Je salue ton courage. Je signe. Fin de l'histoire. Il y aura moins de lecteurs, mais au point où nous en sommes…

C'est exactement ce que je fis. Le mercredi soir, j'envoyai mon papier à la correction puis à la mise en pages, et je rentrai chez moi, heureux d'avoir été utile.

Le jeudi matin, j'allai chercher le journal au dépanneur. Je le feuilletai debout devant la caisse. À la page habituelle, on retrouvait ma photo, prise de profil. Mais en lieu et place de ma chronique, on retrouvait une publicité pour un appareil censé procurer des abdos d'enfer en moins d'un mois.

Je rentrai à la maison et me ruai sur le téléphone. La réceptionniste, en reconnaissant ma voix, s'empressa de me mettre en attente. Au bout d'interminables minutes rythmées par les tubes du moment, un déclic se produisit, suivi de la voix de mon rédacteur en chef, glaciale.

— Je suis extrêmement déçu, dit la voix.

— Je…

— L'existence même de cette chronique remet en cause de longues années de collaboration. Je me sens trahi et souillé.

— *Souillé?*

— Les publicitaires que tu traites si cavalièrement de fascistes sont des partenaires de longue date sans l'aide desquels tes épanchements hebdomadaires n'auraient jamais pu voir le jour. Une bonne centaine de personnes ont trouvé au journal un gagne-pain et une famille. Je ne peux même pas commencer à imaginer ce qui a pu te permettre de croire que j'allais te laisser compromettre tout ça.

— *Souillé?* répétai-je, incrédule.

— J'ai l'impression qu'au fond tu n'as jamais été des nôtres, poursuivit Ballot dans un profond soupir. Je ne sais pas… J'ai besoin de réfléchir. Ne remets pas les pieds au journal. Je te ferai signe.

C'était tout réfléchi.

Le lendemain, je recevais par courrier recommandé une lettre me signifiant que le journal n'avait plus besoin de mes services. Un chèque l'accompagnait pour solde de tout compte, qui représentait le montant minimum légal de deux mois de salaire.

C'est drôle, pensai-je. Dans deux mois, j'allais avoir quarante ans.

13

La longue marche

La Triumph vendue, il avait déposé le chèque de Robert Bourré à la banque. Puis, uniquement équipé d'une carte bancaire, d'une bouteille d'eau, d'une poignée de noix et de ses chaussures les plus solides, il s'était mis en marche. Ce n'était pas un plan qu'il mettait à exécution. Mais, de la banque, il fallait bien aller quelque part, et comme il ne savait où, il avait commencé à marcher en se disant qu'une idée lui viendrait tôt ou tard en cours de route.

Pas un instant il n'avait pensé que cela lui prendrait autant de temps et autant de kilomètres, car pas un instant, à compter du moment où ses pieds s'étaient activés tout seuls, pas un instant il n'avait pensé.

Oh! Il se passait des choses dans le cerveau de Patrick. Mais elles appartenaient au règne de la sensation pure qu'aucune pensée raisonnable ne cherchait à interpréter. Peut-être au fond était-ce une sorte de prière? Une mortification par le vide? Une méditation déambulatoire? Un peu comme les pèlerins de Compostelle avec leurs coûteux vêtements de fibres extralégères et leur bâton de marche sculpté. Le voyage spirituel acheté au voyagiste du coin. Mais ceux-là avaient un but alors que Patrick n'avait rien et que, si on lui avait donné le choix, il aurait préféré manger des cochonneries en compagnie de sa fille devant un téléviseur débitant des âneries. Les gens ne connaissent pas leur chance. Mais même ce jugement de valeur était hors de portée de Patrick.

Après la banque, il remonta la rue vers le nord, traversa un pont puis continua sans s'arrêter, toujours vers le nord, à travers des quartiers industriels, des marchands de beignes, des restaurants de fritures et des vendeurs de pneus. Autour de lui, tout était à vendre. Tout était une occasion en or, à demi-prix, sans intérêts sur douze mois, financement disponible sur place. Des voitures énormes montées sur des pneus aux crans agressifs roulaient à toute allure d'un magasin à l'autre dans une agitation devenue insensée pour Patrick. La nuit tombait.

Des néons perçaient la nuit, des affiches, des panneaux lumineux où se détachaient les jaunes et les rouges, si vastes, si brillants, oblitérant la lumière des étoiles, éclairant jusqu'au noir des espaces infinis. Sans s'arrêter, Patrick poursuivait sa route. Pourquoi se serait-il arrêté? Il n'appartenait plus à ce monde, si seulement il lui avait un jour appartenu.

Enfin, les magasins, les concessionnaires de voitures s'espacèrent pour laisser place à des lots vacants, d'abord, puis à des arbres. Des arbustes plutôt, une nature chassée qui revenait en rampant et n'osait pas encore redresser les épaules.

Bientôt, il y eut plus d'arbres que de néons, et c'était la campagne. Quelque recoin du cerveau de Patrick connaissait ce chemin, pressentait le but à atteindre. Mais si quelqu'un le lui avait demandé, il n'aurait su quoi répondre. Le but n'était pas hors de lui. Le but était en lui. Il portait le but comme un fardeau. Il le traînait comme un boulet.

Quelle heure était-il maintenant? Une heure longue et floue. L'heure de la nuit. Ses pieds marchaient tout seuls. À deux ou trois reprises, ils avaient changé de direction, pris cette route plutôt qu'une autre. Et voilà que, si Patrick y avait prêté attention, il aurait reconnu ce paysage de conifères et de feuillus, ces collines qui s'arrachent à la plaine et moutonnent en grimpant comme des vagues à l'assaut des montagnes usées et vieilles comme le monde. Et s'il avait pris la peine de lever la tête, il aurait reconnu, là-bas, au-dessus de la ligne des arbres, au bout d'un poteau métallique, une enseigne aux lettres tarabiscotées coulées dans des néons éteints: «Chez Mado, bière, vin, liqueurs». Au lieu de quoi il regardait ses pieds, et ses pieds marchaient, et ils le portèrent au-delà du virage, jusque dans un parking vide, devant les ruines calcinées d'une bâtisse, et alors seulement il comprit ce qu'il avait devant lui.

Il alla s'asseoir sur le bloc de béton au pied de l'enseigne éteinte, pour manger quelques noix en attendant le jour. Il n'avait pas sommeil mais ses jambes étaient lourdes. Il regardait les ruines du bar, qui étaient les ruines de sa vie. Il n'avait plus mal. Il était au-delà du mal, dans une bienheureuse anesthésie des sentiments qui ressemble à la mort. La marche avait fait cela. Au-delà du mal, mais en deçà de la vie. Il mastiquait lentement chaque noix. Il but une gorgée d'eau. Il se releva et, tournant le dos à l'enseigne éteinte, il reprit sa marche vers le nord.

Le jour pointait quand il arriva au portail des Disciples de l'Amour Éternel. Deux vastes battants métalliques surmontés de crochets de fer épointés interrompaient la façade lisse du mur. À la jonction du mur et du portail, une caméra vidéo pivotait sur un axe pour surveiller la zone. Pas d'interphone ni de bouton de sonnerie.

Patrick regardait le portail, confus. C'était ce même mur qu'il avait franchi en se déchirant les chairs pour accéder à la liberté. C'était de ce même lieu qu'il avait voulu s'évader. Quelque part derrière, sa mère vivait peut-être toujours. Tout cela n'avait été qu'un grand cercle. Un zéro dessiné dans le temps et dans l'espace.

— Dégagez s'il vous plaît.

La voix, métallique, sortait amplifiée d'un haut-parleur encastré dans le mur.

— Je… murmura Patrick.

— Ceci est une propriété privée. Dégagez s'il vous plaît.

Patrick soupira, regarda à droite, regarda à gauche.

— Nous n'accueillons pas les visiteurs. Vous n'êtes pas le bienvenu. Je répète : dégagez s'il vous plaît, ou nous serons forcés de faire appel à la police.

En haussant les épaules, Patrick se tourna vers le sud et entreprit sa longue marche pour rentrer en ville.

Depuis, il n'en quittait plus les limites. Il faisait demi-tour chaque fois qu'il arrivait devant un pont. Il avait parcouru des centaines, des milliers de kilomètres. Il marchait. Il marchait en se couvrant de poussière et de crottes de pigeons. Beaucoup de temps passa. Chaque mois, chaque année le recouvrait d'une nouvelle couche d'indifférence. Quand l'argent manqua, il fit la manche. Mais il avait très peu de besoins. Il connaissait des refuges, des soupes populaires, des immeubles abandonnés, des poubelles de restaurants.

Il avait perdu beaucoup de poids, il était mince maintenant, presque maigre. Ses cheveux et sa barbe avaient beaucoup poussé, à l'exception, sur le dessus de son crâne, d'une calvitie grande comme la paume d'une main, qui lui donnait l'air d'un œuf poilu ou encore d'un panier de basket organique avec le ballon coincé dedans. Mais quand, par hasard, Patrick captait son image dans le reflet des vitrines, avec son grand manteau sale qu'un bout de corde retenait à la taille, il savait bien qu'il ressemblait à la version peu soignée d'un disciple de l'Amour Éternel. Autant que possible, il évitait simplement les vitrines.

Et puis un jour, alors qu'il se reposait sur un banc, un petit homme vint s'asseoir à côté de lui.

14

La Veuve noire

Les hommes qui frappaient Provençal n'avaient en quelque sorte pas le choix, s'ils tenaient à rester en vie. Dans les bars où ils la rencontraient, vêtue et maquillée de noir, dans les rues où ils la croisaient aux heures les plus sombres de la nuit, rien ne laissait présager que ses bras frêles pouvaient se révéler si vifs à la détente, ses ongles courts si acérés et ses petites dents de nacre, eh bien, si carnassières.

Rares étaient ceux qui avaient fait l'expérience de Provençal pour s'en vanter par la suite. Le secret et la honte dissimulaient sa nature réelle. Mais des bruits couraient sur l'existence de la Veuve noire, et la légende urbaine s'était emparée de ces bruits pour les amplifier. Ceux qui savaient hochaient la tête, un sourire crispé sur les lèvres. Ce n'étaient pas des salauds, du moins pas tous. Ils avaient entre trente-cinq et cinquante ans, bien qu'il y en ait eu de plus jeunes et de plus vieux. C'étaient des hommes faits, sûrs d'eux-mêmes pour la plupart. Mais la vision d'une femme mince et belle avançant vers eux en esquissant un sourire énigmatique, cette vision avait suffi à leur scier les genoux.

Difficile d'admettre qu'il suffisait qu'une belle femme passe à l'attaque pour que toutes les défenses de ces messieurs s'écroulent comme un château de cartes. Il y avait des hommes mariés parmi eux, des hommes fidèles jusqu'à nouvel ordre, qui n'hésitaient pourtant pas à sauter dans un taxi pour suivre Provençal jusqu'à une chambre d'hôtel et s'adonner pendant plus d'une heure aux formes les plus débridées de l'amour physique. Rien jusque-là, à part la violence des ébats, n'échappait aux lois naturelles de l'aventure d'un soir. C'était après le coït que les choses se compliquaient, quand, nus et soufflant, les amants reposaient côte à côte dans le fouillis d'une literie en ruine. Alors la Veuve noire commençait à bourrer les côtes offertes de l'homme de petits coups de poings réguliers et de plus en plus appuyés.

— Arrête, veux-tu, disait l'homme au bout d'un certain temps, quand le niveau de douleur changeait de catégorie, pour passer d'acceptable à désagréable.

Mais sans répondre, la Veuve noire commençait à frapper plus fort, avec une application de gamine obsédée, la langue dépassant des lèvres et les yeux mi-clos. Un signal d'alarme se déclenchait alors dans le cerveau de l'homme, qui cherchait maintenant à se dégager.

— Arrête! crie l'homme.

Rien à faire. Il saute hors du lit dans l'intention d'enfiler en vitesse ses vêtements et de s'enfuir de ce piège. Mais la Veuve noire a une longue pratique de l'homme nu et de la chambre d'hôtel. La voilà qui sort ses griffes et lui interdit l'accès à ses vêtements.

— Arrête! ordonne-t-il encore une fois de sa voix de mâle dominateur, tout en protégeant d'une main ses testicules ballottants.

Provençal ne recule pas d'un pouce. Au contraire, elle gagne du terrain, minutieusement, avec un entêtement de bélier, des pieds, des mains, des ongles, des dents, elle le frappe sans que son visage trahisse autre chose que l'impassibilité.

L'homme s'énerve, menace, la repousse, mais en vain. Il commence à avoir peur. C'est un piège. Elle est folle. Si ça se savait. La pensée fugitive de sa femme, de sa petite amie, de son patron, de ses copains lui traverse l'esprit. Tout son être se rebute contre l'idée du scandale : il ne le mérite pas. De quel droit cette femme...

C'est en général à ce moment qu'il la frappe. Il en éprouve une sorte de soulagement, puis d'inquiétude, en la voyant sourire. Car elle revient à la charge, et il ne peut alors que la frapper à nouveau, une fois, deux fois, trois fois pour être certain, bien certain qu'elle restera par terre, le temps pour lui de s'habiller et de quitter cette chambre où il n'aurait jamais dû mettre les pieds, cette chambre sur le plancher de laquelle, nue, blessée et souriante, la Veuve noire rit et pleure en faisant couler son rimmel.

Pourquoi Provençal rit-elle, fourbue et ensanglantée ? Elle rit et elle pleure de la douleur des hommes, de celle qu'ils infligent et de celle qu'ils subissent. Elle rit et elle pleure de la danse lascive à laquelle se livrent le bonheur et le malheur étroitement enlacés, le temps d'une danse qui est le temps d'une vie, tandis qu'autour de la piste, esseulés et risibles, les espoirs et les rêves restent plantés là, debout, spectateurs impuissants, un verre de punch à la main.

Elle rit et elle pleure. La douleur au moins est réelle, même si elle va s'atténuant. Bientôt, Provençal peut se lever. Elle peut enfiler sa robe, mettre ses chaussures. Elle peut quitter l'hôtel, sortir dans la rue, marcher et reprendre ses esprits. Respirer plus librement. La douleur l'accompagne pas à pas, par les ruelles noires qu'elle remonte lentement.

Soudain que voit-elle? Là-bas? C'est Fred? C'est l'ombre de Fred dans une encoignure. Elle s'approche. L'homme est maigre. Un garrot autour du bras, il cherche la veine puis, à l'aide d'une seringue, il s'injecte la drogue. Est-ce Fred, est-ce bien lui? Oui, c'est lui. Quand la drogue inonde son cerveau, il lève la tête, et la lumière d'un lampadaire le frappe de biais. C'est Fred.

— Fred! crie-t-elle.

Il la voit. Il se lève. Il la regarde. Il s'enfuit. Il disparaît tout de suite par une autre ruelle mal éclairée. Elle veut courir, mais elle en est incapable. Elle veut le rattraper, mais elle a trop mal aux jambes, au ventre, à la tête. Elle peut seulement crier:

— Fred!

Et crier encore:

— Fred!

Mais il est parti, ou il ne veut pas répondre.

15

La chambre interdite

Au petit matin, elle était rentrée dans un état épouvantable. Tuméfiée, le nez couvert de sang séché, elle semblait surtout hystérique. Elle parlait à voix haute comme une folle. Le temps que je sorte de ma chambre, elle avait disparu dans la sienne. Je l'entendais fouiller dans ses affaires et marmonner des phrases. Quand elle ressortit, je lui bloquai le chemin.

— Pro, dis-je. Ça ne va pas. Ça ne va plus. Il faut que tu te soignes.

Elle prit le temps de verrouiller sa porte, comme à son habitude, tout en secouant la tête.

— Tu ne comprends pas, dit-elle. J'ai vu Fred. J'ai vu Fred ! Il est ici. Il est en ville !

— Regarde-toi, Pro. Va te regarder dans le miroir !

— Je vais à sa recherche. Il a besoin d'aide.

— C'est toi qui as besoin d'aide.

— C'est Fred, c'est notre ami !

— Laisse-moi d'abord te soigner, dis-je très calmement. Ensuite, on pourra en discuter.

— Laisse-moi passer.

— Non, Pro. Pas cette fois.

— Laisse. Moi. Passer.

Je fis signe que non, en essayant de mettre dans mon regard tout l'amour que j'avais pour elle, et tout le chagrin que j'éprouvais à devoir agir ainsi.

Elle me gifla avec une force qui me laissa sonné pendant plusieurs instants. Quand je retrouvai mes esprits, elle dévalait déjà l'escalier.

J'enrageais. J'avais une vie de merde. J'inventais des tendances pour des magazines féminins. Je n'avais plus d'amis. Et quand on essayait d'aider quelqu'un, voilà comment on était récompensé. Je serrai le poing et, de toutes mes forces et de toute ma rage accumulée, je l'abattis sur la porte de la chambre de Provençal.

La porte s'ouvrit sous le choc. Il me fallut longtemps pour comprendre ce que voyaient mes yeux. Les murs et le plafond de la chambre de Provençal étaient entièrement tapissés de photographies serrées les unes contre les autres. J'avançai dans la chambre interdite.

C'était par ailleurs une chambre de fille à peu près normale. Un lit, une commode, une coiffeuse. Des colifichets, une grande penderie débordante de tissus. Puis, au fond, un bureau et un classeur métallique, une petite étagère, un ordinateur portable. Sur le mur devant le bureau, au centre, il y avait une photo, la seule de toute la pièce qui fût encadrée. On y voyait, en noir et blanc, un homme et une femme dans la jeune trentaine. La femme tenait dans ses bras une petite fille de quatre ou cinq ans. L'homme embrassait l'enfant sur la joue. La femme riait aux éclats. L'enfant grimaçait en tirant les cheveux de son père. Je reconnus tout de suite l'enfant. Provençal, bien sûr. Avec ses parents, avant qu'ils ne meurent.

Toutes les autres photos semblaient émaner de celle-ci. Elles en faisaient le tour en se bousculant, et seul leur grand nombre les empêchait de s'y frotter. Pro les avait épinglées sans ordre, sans souci esthétique, sans préoccupation géométrique. C'était foisonnant, organique, c'était fou. Elles se chevauchaient, entraient en collision, explosaient. Elles couvraient un premier mur, débordaient sur les autres tout en s'attaquant au plafond. C'était une gangrène. Une lèpre qui progressait jusqu'à tout envahir.

C'étaient des photos de cadavres, de blessés, de malades. C'était un catalogue irraisonné de toutes les atrocités commises depuis l'invention de la photographie. Des victimes de la Commune de Paris à celles de la guerre de Sécession, des charniers de Bosnie en passant par ceux du Rwanda, aucune chronologie ne semblait prévaloir. Autour de la photographie de ses parents, Provençal avait tout simplement épinglé ce qui lui tombait sous la main, au fil de ses lectures et de l'actualité.

Grands yeux vitreux d'enfants squelettiques, corps nus et maigres entassés en pyramides. Cadavres tombés au hasard dans l'herbe et dont les buses se régalaient des yeux. Alignement obscène des corps mutilés. Montagnes de dentiers, de cheveux humains, de lunettes. Une femme enceinte, éventrée, le fœtus égorgé encore dans le ventre. J'avais envie de vomir. Provençal vivait là-dedans.

Quand elle ouvrait les yeux le matin, c'était cela qu'elle voyait. Tout le désespoir de l'humanité. Toutes ses horreurs.

Je me ruai hors de la chambre. C'était insoutenable. Je ne savais pas.

Je vomis dans l'évier de la cuisine. Puis je glissai sur le sol en pleurant.

Oh! Comme elle avait besoin de moi, de nous, de quelqu'un, de tous.

Oh! Seigneur! Comme nous étions misérables!

Je l'attendis pendant quatre jours au cours desquels elle ne donna pas signe de vie. Plus le temps passait et plus je devenais confus. Pourquoi ne m'avait-elle jamais fait confiance? À quoi pouvait bien servir l'amitié sinon à exprimer nos secrets pour nous en décharger? Puis je pensais à Marie et à l'éclair descendu du ciel. J'étouffais. Je sortais en espérant vaguement tomber sur Provençal ou même, qui sait, sur Fred, puis je rentrais en courant pour vérifier s'il y avait des messages. J'étais frustré. Je ruminais. J'en voulais à tout le monde et surtout à moi-même.

Le quatrième jour, je reçus l'invitation de Victor à le rejoindre au Mexique. Je ne pris pas le temps de réfléchir. Je réglai quelques affaires, puis je me rendis à l'aéroport pour embarquer. L'avion décolla à l'heure, mais cela ne parvint pas à me consoler.

TROISIÈME PARTIE

NOS VIES

1

Les deux tours

Aussitôt, d'autres policiers mexicains furent appelés en renfort et l'oasis de paix qu'était le village de *cabañas* se transforma en camp retranché grouillant d'uniformes. Sur la plage, le métal luisant des mitraillettes et le cuir des bottes lacées remplacèrent les bermudas et les bouteilles de crème solaire. Je n'avais pas vu autant de moustaches au mètre carré depuis que j'avais couvert pour le journal un congrès d'ufologues.

J'avais du sable dans les fesses et, sur mon cuir chevelu, après des heures en mer à chercher Victor, les embruns salés avaient séché et me picotaient désagréablement. Le reste de mon corps qui n'était pas couvert par les vêtements avait brûlé au soleil. Mais étrangement je n'en avais cure. Depuis que je m'étais assis pour griffonner des notes dans mon carnet, il me semblait que mon cerveau était en ébullition. Je me demandais pourquoi, par exemple, je n'avais jamais songé à présenter Provençal à Victor. Si ce dernier n'avait rien pu pour moi, peut-être en aurait-il été autrement pour elle ? Mais il était trop tard maintenant. J'avais raté bien des chances. Tout au long de la journée, tandis que notre bateau sillonnait la zone de recherche, je m'étais plus ou moins attendu à voir Victor émerger de l'eau, crachant et souriant. Je ne croyais pas au fond qu'il fût un être comme les autres. Je savais depuis toujours qu'il était différent, une sorte d'aberration de la nature. Un homme bon. Il était plus facilement concevable qu'un tel être trouve la mort aux mains d'un assassin plutôt que dans un accident. On avait bien crucifié Jésus. Que serait devenu le christianisme si son fondateur était mort de la grippe ou d'une inflammation du côlon?

Les policiers avaient établi un barrage sur la seule route qui menait au village de *cabañas*. Nous étions plus ou moins assignés à résidence. Je m'étais installé sous la *palapa* pour écrire en buvant des bières fraîches. Souvent je levais la tête et je regardais les disciples de Victor, qui ne criaient ni ne hurlaient. Deux par deux ou par petits groupes, ils discutaient à voix basse, tristes, certes, mais je m'étais attendu à de plus spectaculaires démonstrations de deuil et de contrition. Passées les premières minutes de la chute de Victor, l'attitude des disciples m'avait étonné. Une sorte de fatalisme que je ne parvenais pas à bien identifier.

Ensuite, quand les policiers mexicains avaient confirmé qu'il s'agissait bien là d'un meurtre et non d'un accident, je m'étais attendu à des cris de colère, à tout le moins. Puis à de la méfiance. Après tout, il était vraisemblable que l'un d'entre eux soit le meurtrier de Victor. En temps normal, les ragots, les accusations plus ou moins fondées et les bagarres auraient dû se multiplier. Mais rien de tout ça. Une sorte de calme irréel semblait planer au-dessus des cases.

J'écrivais tout ce qui me passait par la tête. Cela faisait des années que ça ne m'était pas arrivé, comme si le bouchon avait sauté et que le trop-plein de mon esprit se déversait directement sur la page. J'entrevoyais déjà comment un livre pourrait surgir de ces notes, un livre sur notre histoire, pas seulement celle de Victor, qui restait à jamais secrète, mais un peu de la mienne et de celle des autres autour de moi. Notre histoire. Nos vies liées. Sans doute étais-je en proie à de grands bouleversements intérieurs, puisque des larmes me venaient aux yeux et s'écrasaient sur la page. Mais je les laissais couler. C'étaient de très vieilles larmes que j'avais gardées trop longtemps en moi. Maintenant j'acceptais de m'en séparer.

La mort de Victor, celle de Marie. La noirceur de Provençal. La disparition de Fred. Moi. Tout moi... J'imaginais la chute de Victor, ce petit homme luttant pour redresser son aile, et voyant arriver sur lui, dure comme la pierre, la surface agitée de l'océan. Peut-être avait-il eu peur ? J'en doutais pourtant.

Je sentis un mouvement sous la table. Quelque chose me chatouilla les mollets. Je me penchai. C'était Dune, le chien errant que Victor avait recueilli. Je le pris dans mes bras pour le caresser.

— Salut, dis-je. Salut le chien. Tu cherches ton maître ? Hein ? Tu cherches ton maître ?

Mais Dune me donnait des coups de langue en agitant les oreilles.

— Tu n'es pas triste, mon gros ? Il est où Victor, hein ? Il est où Victor ?

Le chien alors s'agita et hurla en tentant de m'échapper.

— Dune, ici ! entendis-je.

Le chien se calma aussitôt. Je le relâchai, et il bondit en direction d'Elena et d'un autre disciple.

— On le cherchait, dit-elle.

— Oui. Comment… comment ça va ? lui demandai-je.

Elle ne répondit pas. Je me souvenais, le matin même, du baiser que Victor avait déposé sur sa joue avec une tendresse qui ne lui était pas coutumière.

— C'est étonnant. La sérénité qui règne ici, je veux dire, continuai-je, pour meubler le silence.

— On s'y attendait, répondit le disciple, un jeune homme à l'abondante chevelure rousse et au visage criblé de taches de rousseur.

— Je ne comprends pas ?

Elena avait l'air embêté. Elle décocha au rouquin un regard glacial. Mais celui-ci continuait.

— Il nous l'avait dit. Il nous avait dit qu'il allait partir.

— Mais on l'a tué !

Le rouquin haussa les épaules.

— Le meurtrier n'est qu'un accessoire.

— Que vous a-t-il dit exactement ?

— Il nous a dit d'être forts…

— Il nous a dit des tas de choses, l'interrompit Elena. Il ne faut pas tout prendre au pied de la lettre. Tu peux aller enfermer Dune dans ma case, s'il te plaît ?

Le rouquin prit le chien dans ses bras et se dirigea vers la plage. Elena me regardait intensément.

— Nous voulions partir, dit-elle enfin. Lui et moi. Nous sommes… nous étions amoureux.

— Il ne m'en avait rien dit, répondis-je posément.

Je la regardais avec suspicion. Mais je ne doutais pas un seul instant de la sincérité d'Elena. Tout concordait.

— C'est pour ça qu'il les préparait à son départ, continuait-elle. Il avait le droit d'être heureux, lui aussi.

— Il ne l'était pas ?

— Qu'en pensez-vous ?

Je pris le temps de réfléchir.

— Je ne sais pas, dis-je enfin.

— Vous voyez?

Elle restait debout. Le vent agitait doucement ses longues boucles noires.

— Qu'allez-vous faire maintenant? lui demandai-je.

Elle sourit tristement:

— Qui vivra verra... dit-elle. Puis: J'ai des choses à faire.

— Oui.

— À plus tard, dit-elle.

— À plus tard.

Mais il n'y eut pas de plus tard. À vingt-trois heures, la rumeur prétendit qu'on avait procédé à l'arrestation du meurtrier. À vingt-trois heures dix, on connaissait son nom.

— Qui? demandai-je à un disciple qui passait devant moi au pas de course.

— Patrick. Patrick Morno.

Le nom me disait vaguement quelque chose. J'essayais de me souvenir, mais ça m'échappait, comme tant d'autres choses.

À minuit, il y eut couvre-feu. Nous rentrâmes dans nos cases respectives. Je m'attendais à passer la nuit à tourner en rond, mais à peine m'étais-je étendu sur le lit que je sombrai dans un sommeil profond et sans rêves.

Je me réveillai tard. Je sortis de ma *cabaña* en me frottant les yeux. Contrairement à la veille, le village était en proie à une agitation démesurée. J'entendais des cris et des pleurs. Je voyais des hommes et des femmes courir en tous sens et harceler de questions des policiers qui se cramponnaient à leurs mitraillettes en fouillant l'horizon du regard.

— Qu'est-ce qui se passe? demandai-je, mais les disciples hébétés passaient devant moi sans me voir.

Je me rendis à la *palapa*. Sur une table, on avait posé un téléviseur. Une bonne trentaine de personnes se massait devant. Je dus jouer des coudes pour voir de quoi il s'agissait. Ce matin-là, juste avant l'ouverture des bureaux, deux avions de ligne avaient percuté les tours jumelles du World Trade Center. J'étais arrivé juste à temps pour voir la seconde tour s'effondrer.

* * *

Les communications étaient difficiles, le trafic aérien inexistant. Nous étions une centaine pour deux téléphones. Pendant les deux jours suivants, je finis quand même par téléphoner à trois reprises à la maison, sans pouvoir joindre Pro. Je laissai à chaque fois des messages.

La quatrième fois, enfin, on décrocha. C'est une voix d'homme hésitante qui répondit.

— A… Allô?

— Provençal s'il vous plaît.

— Elle… elle n'est pas là.

Il me semblait reconnaître cette voix.

— Qui parle? demandai-je avec autorité.

— Monsieur François? C'est vous?

— Robert Bourré? Qu'est-ce que vous foutez chez moi?

— J'ai… j'ai essayé de vous joindre, mais je n'ai pas réussi. Je suis passé prendre quelques affaires… C'est… c'est Provençal. Il y a eu un accident. S'il vous plaît, venez vite.

2

L'attrapeur

Pour autant qu'il s'en souvienne, Robert Bourré avait toujours été un enfant normal. Jamais pourtant il ne porta cette normalité comme un fardeau : elle lui venait naturellement ; et si, parfois, il lui prenait l'envie de faire un geste exceptionnel, de faire quelque chose qui sorte de l'ordinaire, il faisait une sieste en attendant que ça passe. Ça passait toujours.

Robert Bourré avait un frère qui s'appelait Albert, et qui n'était pas normal. Albert était son aîné de quatorze ans. Ses parents allaient bientôt atteindre la trentaine lorsqu'il naquit, une petite surprise de plus dans le monde. Dès lors, les parents Bourré déployèrent tous les moyens modernes pour s'assurer que leur fils serait un être d'exception. Ils lurent avec application tous les traités de psychologie enfantine et l'inscrivirent, dès qu'il fut en âge de se tenir debout, à une panoplie de classes d'élite censées développer les talents naturels qui nous sont donnés à la naissance mais que nous perdons en grandissant. Bref, les parents Bourré soignèrent Albert comme un bonsaï. Dans sa chambre traînaient des instruments de musique, des partitions de Mozart, un portrait d'Einstein, des poèmes manuscrits de Baudelaire agrandis trente fois, une maquette du système solaire, une reproduction couleur du bacille de Koch, une Vénus de Milo en styromousse, deux tableaux de Delacroix, un seul de Picasso, et une maquette en balsa de la Scala de Milan, à l'échelle, avec une grosse soprano à l'étroit dans son costume de scène.

Mais les jouets que préférait Albert par-dessus tout, c'étaient les blocs de bois avec des chiffres peints en rouge et vert – quoiqu'au début il se contentât la plupart du temps de les barbouiller de salive. Il apprit néanmoins, étonnamment tôt, à compter jusqu'à dix. Dès lors il ne cessa de le faire. Il comptait ses pas, ses doigts, ses mastications. Il comptait les poignées d'armoires et les marches de l'escalier. Il comptait les lattes du plancher de sa chambre, les oiseaux aperçus par la fenêtre, ses orteils puis encore ses doigts. Il comptait les bisous à nounours.

— La bosse des mathématiques, disaient les parents Bourré, avec une certaine fierté perplexe, aux visiteurs qui s'étonnaient de ce penchant qui frisait l'obsession.

— L'autisme, désolé, répondit le spécialiste, quatre ans plus tard, quand il devint évident qu'Albert ne parviendrait jamais à compter jusqu'à onze et qu'aucun autre mot ne franchirait jamais ses lèvres, pas même le zéro.

Ce diagnostic bouleversa évidemment les parents Bourré. Confusément, ils s'accusaient de son état. Ils avaient voulu en faire un être d'exception? Eh bien, c'était réussi, on ne pouvait pas dire le contraire. Abandonnant dès lors toute velléité d'éducation, ils balancèrent dans les poubelles les poèmes agrandis et la maquette de la Scala de Milan, les instruments de musique et le portrait d'Einstein. Ils conservèrent les blocs de bois et entourèrent désormais leur fils de soins tendres et câlins, déterminés à lui prodiguer une vie agréable et aimante à défaut d'une vie normale.

Lorsque, treize ans plus tard, à l'âge avancé de quarante-deux ans, madame Bourré tomba de nouveau enceinte, ce fut à la fois une énorme surprise et une incroyable source d'appréhension quant à l'avenir de l'enfant.

L'accouchement eut lieu par césarienne. Robert Bourré était un bébé vigoureux, pétant de santé et abondamment chevelu, qui n'attendit pas la claque du médecin pour hurler à pleins poumons, ce qui n'empêcha pas ses parents de retenir leur souffle pendant l'examen pédiatrique.

— Tout est normal, fut le verdict.

Les parents de Robert accueillirent la nouvelle de la normalité de leur fils avec un immense soulagement. Ils employèrent dès lors tous les moyens pour encourager cet aspect pendant les années cruciales de son développement.

Robert Bourré grandit normalement, étudia norma-lement, joua normalement et subit normalement l'influence de son époque. Ni sage ni turbulent, ni vertueux ni crapule, il oscillait quelque part entre ces deux pôles. Il joua aux jeux des enfants de son âge, regarda les émissions de télévision conçues pour eux et fréquenta une école tout ce qu'il y a de plus ordinaire, où il obtint des résultats moyens. Ses amis étaient comme lui, c'est dire qu'il en changeait souvent. Ce n'était pas un enfant particulièrement heureux, mais on ne pouvait pas affirmer qu'il était malheureux non plus. Normal, quoi. Tiède – et content de l'être.

Le seul événement marquant de son adolescence fut la rencontre de Provençal, qui l'alluma comme du bois sec. Elle représentait tout ce qu'il n'était pas : une femme, déjà, une belle intellectuelle, étrange et plus âgée ; la promesse d'un monde qui lui était inaccessible, une autre manière d'exister que celle qu'il connaissait. Et un corps qui affolait ses glandes déjà hyperactives. Ce qui, en soi, était parfaitement normal.

Chaque mois, il insistait auprès de son père pour effectuer avec lui la collecte des loyers, dans le seul espoir d'entrevoir Provençal. Le père Bourré en déduisit que son fils s'intéressait à l'entreprise familiale. Il lui en apprit les rouages, et quand sonna pour lui l'heure de la retraite, il confia à son fils un énorme trousseau de clés et la combinaison du coffre-fort.

Dès lors, Robert Bourré n'eut de cesse d'inventer des stratagèmes qui lui permettaient de se rapprocher de Provençal. Visites d'inspection, réparations, augmentations de loyer, avis d'expulsion… L'imagination lui faisait souvent défaut, et il croyait qu'une relation antagoniste était préférable à pas de relation du tout. Le monde des sentiments lui était étranger puisqu'il échappait à la normalité. Il lui aurait fallu une fille comme lui, ordinaire, prête à camper efficacement son rôle d'épouse et de mère dans la pièce écrite d'avance de leur vie commune. Mais le malheur fit qu'il était amoureux de Provençal, éperdument amoureux, bêtement amoureux, merveilleusement amoureux – et que cet amour le fit basculer hors des limites de la normalité.

Puis il reçut le rapport du détective privé qui détaillait tous les aspects sordides de sa vie. Quelqu'un d'autre aurait rougi jusqu'aux oreilles, éprouvé de la honte, souhaité se cacher sous une pierre ou changer de pays. Pas Robert Bourré. Car, puisqu'il était un garçon normal et que son existence était normale, tout ce qui était contenu dans ce rapport d'enquête était, par définition, parfaitement normal, non? Certes, il n'y avait pas de raisons d'en être fier. Mais pas d'en rougir non plus. Simplement, c'était une indication qu'il était temps de changer de stratégie.

Il annula l'avis d'expulsion et, pendant plusieurs mois, s'abstint de se montrer devant Provençal, ce qui lui laissa du temps libre. Il choisit de le consacrer à sa réflexion sur la réussite. Car la réussite constitue, comme chacun le sait, la seule manière pour un homme normal de séduire une fille exceptionnelle.

Pour Robert Bourré, réfléchir consistait essentiellement à rêvasser jusqu'à ce que le sommeil le gagne. Il lui arrivait ainsi de s'endormir au volant de sa voiture stationnée, ou assis sur la banquette d'un bistro devant un verre de vin tiédissant. Il lui arrivait également de s'endormir en surfant sur le net, la tête posée sur ses avant-bras qui, eux, s'appuyaient sur le clavier qui, lui, protestait à l'écran en faisant apparaître une suite infinie de «grxbtkzxlpfsd».

C'est d'ailleurs en se réveillant dans cette position, la nuque douloureuse, que lui vint l'idée de commercialiser, sur le net, un kit de sieste portatif composé d'un oreiller gonflable, d'une couverture thermique doublée d'aluminium, d'une paire de bouchons d'oreilles et d'un masque pour les yeux.

Juste pour voir, il en fit la promotion en ligne. Deux jours plus tard il se retrouva avec des milliers de commandes dont il ne savait quoi faire. Toujours en surfant sur le net, il dégota un fabricant d'oreillers gonflables, un autre de couvertures, un troisième se spécialisant dans les bouchons d'oreilles, et il eut le choix parmi une bonne dizaine de fabricants de masques. Il passa ses commandes et engagea deux étudiants pour les réceptionner, les plier et les insérer dans un sac avec fermoir muni d'une pratique poignée en plastique. Un troisième étudiant se chargeait de les expédier aux clients de plus en plus nombreux.

Car le filon ne semblait pas vouloir s'épuiser, au contraire. Puisque ça ne coûtait rien, Robert fit également la promotion d'un kit de sieste pour enfants, pour corpulents, pour couples... Devant le succès croissant, il s'enhardit jusqu'à proposer des kits de sieste d'été, d'hiver, de printemps et d'automne. Enfin il cartonna au-delà de toute mesure en proposant un kit de sieste cochonne, dont les dix mille premiers exemplaires s'envolèrent en moins d'une semaine. Le succès était tel que Robert Bourré devait sans cesse engager du nouveau personnel pour faire face à la demande – et en premier lieu une équipe de quatre paresseux pour développer de nouveaux produits.

Dès les prémices de sa réussite, Robert Bourré fit ce que fait un homme normal dans ces conditions. Il chercha à s'acheter une belle bagnole. Il en trouva une dans un petit garage minable, une splendeur rouge comme un camion de pompier, mais que le garagiste refusa longtemps de lui vendre. Robert Bourré s'obstina – au-delà de ce qui était normal, il se demandait bien pourquoi – et finit par obtenir gain de cause. Dès qu'il eut la clé en main, il s'empressa d'aller la garer devant la maison qu'habitait Provençal. Il se doutait bien qu'elle n'était pas le genre de femme à s'émouvoir d'une Triumph décapotable 1960, mais ça valait la peine d'essayer, en attendant d'avoir une autre idée. Ainsi, pendant des semaines, il se gara le matin, se gara le midi, se gara le soir dans le but de reconnaître les horaires de sa muse et dans l'espoir de la voir et de se faire voir d'elle.

Le problème, quand on passe une bonne partie de sa journée de travail à faire la sieste (pour tester les produits et en inventer d'autres), c'est qu'on n'arrive plus à dormir la nuit. En été, avec le lever hâtif du soleil et la lumière qui inondait sa chambre, ses yeux s'ouvraient tout seuls à cinq heures du matin, et pas moyen de les refermer. C'est ainsi qu'un jour il s'était garé devant la maison à cinq heures trente et qu'il avait vu Provençal sur le toit, debout et immobile, comme une statue dans la lueur orangée du soleil levant.

Elle portait une robe de nuit bleu foncé. Robert était sorti de sa voiture. Il la voyait à contre-jour et en contre-plongée, mais c'était elle, très certainement. Il avait tant rêvé cette silhouette qu'il la connaissait intimement. Tout occupé à son propre ravissement, il ne se demanda pas une seconde ce qu'elle faisait là. Elle faisait ce qu'elle voulait : saluer le soleil, prendre l'air, méditer…

Cela dura une bonne quinzaine de minutes puis, quand le soleil fut assez haut dans le ciel, elle tourna le dos à Robert et disparut de sa vue. Celui-ci considéra comme un bon signe le fait que Provençal ne lui ait pas lancé une poignée du gravier qui tapissait le toit. À moins qu'elle ne l'ait pas vu ? Comment s'en assurer ?

Il revint le lendemain à l'aube, mais pas elle. Il revint le surlendemain et cette fois elle était là. Il lui fit un signe de la main auquel elle ne répondit pas. Dès lors, Robert Bourré résolut de s'en tenir aux termes du marché, selon lesquels elle ignorait son existence tandis que lui honorait la sienne.

Ce manège dura tout l'été. Septembre vint et avec lui un soleil de plus en plus pâle et lent. Deux fois par semaine en moyenne, parfois trois, Provençal se tenait là-haut, frissonnante dans sa robe de nuit, héraldique, statuesque.

Ce matin-là il faisait froid, et Robert Bourré songeait avec chagrin à ces longs mois d'hiver qui allaient mettre un terme à ces rendez-vous matinaux. Il avait poussé à fond le chauffage de la Triumph qui allait, elle aussi, devoir bientôt être remisée. Il la gara devant la maison, à sa place habituelle, c'est-à-dire devant une borne d'incendie commodément placée là pour lui faciliter l'existence. Il se pencha pour jeter un coup d'œil vers le toit, où Provençal brillait par son absence. Cela faisait plusieurs jours qu'elle ne s'était pas montrée. Mais le soleil se levait à peine. Robert choisit d'attendre dans la voiture, la capote en place et le chauffage ronronnant. Pour un peu plus de confort, il se gonfla un oreiller avec lequel il se cala le cou.

Cela lui sauva sans doute la vie, car plutôt que de se briser les vertèbres cervicales sous la force de l'impact, il s'enfonça simplement dans son siège. Lorsqu'il reprit connaissance, une minute plus tard, la capote de sa Triumph 1960 était horriblement déformée. Mais les montants que Patrick Morno avait soudés de ses mains avaient tenu bon. Et la toile extra-résistante dont Patrick Morno avait vérifié chaque couture et chaque rivet, la toile avait tenu bon.

Robert Bourré s'extirpa de sa voiture et découvrit alors, affalé sur le toit, dans une position qui n'était pas humaine, le corps désarticulé de Provençal en robe de nuit.

Il s'approcha. Du sang s'écoulait de ses oreilles et de ses narines. Mais, après une chute de quatre étages qui aurait dû lui être fatale, elle respirait encore.

3

Le long voyage

Où qu'il levât le regard, il en voyait une. Les petites affiches blanches lui semblaient clignoter dans le noir comme des yeux de chouette. Il y en avait dans les chiottes du snack où il allait vider sa vessie douloureuse. Il y en avait agrafées au bois fendu des poteaux de téléphone. Il y en avait collées sur les murs lépreux de ses ruelles de prédilection. Il y en avait encore à l'entrée des bars et des gargotes enténébrées où il éclusait des verres pour se calmer les sangs. Il y en avait même une chez lui, qu'il avait rapportée de l'extérieur et posée bien à plat sur la table.

Chez lui : ça ne payait pas de mine mais c'était rangé. L'usage de l'héroïne ne lui semblait pas une excuse pour le laisser-aller. En toutes circonstances, Fred avait une notion aiguë de sa propre dignité. Il pouvait faire avec les vieux vêtements usés et les trous dans les semelles. Il pouvait aisément se contenter d'un mobilier restreint ou de pas de mobilier du tout. Depuis qu'il était adulte, il avait toujours dormi sur un futon jeté à même le sol. Mais des restes de nourriture sur le plancher ? Des bouteilles vides en guise de cendrier ? Des odeurs d'urine et de merde en provenance des toilettes jamais lavées ? Pas question. De la même manière qu'il se tenait le dos droit et se servait, pour la conversation, d'un vocabulaire riche et précis, il se refusait à tout laisser-aller qui ne fût pas un choix éclairé, mûrement réfléchi. La pente naturelle des héroïnomanes ? Très peu pour lui. Il n'était pas un prisonnier de la drogue : il expérimentait. La drogue ne décidait pas pour lui.

Il avait toujours été fasciné par la face sordide des choses, par le lent pourrissement des certitudes, par l'érosion des espoirs et des êtres. *L'être et le néant* ne lui avait pas servi qu'à draguer les filles, il s'en était aussi servi pour moduler sa propre vision des choses : une forme de réalisme exacerbé qui confinait au pessimisme. La meilleure façon de ne pas être déçu est de ne rien espérer de bon. L'espoir le faisait bien rire, les certitudes n'étaient que du vent et il s'attendait, le jour de sa mort, à se rendre compte qu'il s'était trompé sur toute la ligne – ce qui en définitive lui donnerait raison !

Jamais il ne lui arrivait de se sentir supérieur aux autres. Il se savait fait de la même pâte hautement friable. Seulement, il n'avait pas d'illusions. Sa traversée de l'Europe, il ne l'avait pas faite dans les palaces étoilés des capitales mais dans les corridors de gare et les squats d'artistes surchargés de graffitis. Il se liait volontiers à des êtres un peu étranges, marginaux et pour cause, puisqu'il n'y avait pas de case prévue pour eux dans le plan directeur de la bonne société : petits trafiquants, éternels étudiants, jongleurs de rue, semi-putes, chômeurs de profession, resquilleurs, anarchistes, fugueurs, glandeurs, musiciens de métro, schizophrènes en rupture de traitement, monte-en-l'air, poètes – tous ceux-là l'enchantaient, et depuis toujours. Dans cette frange de l'humanité, dans cette fange, jamais il ne trouvait aussi belle la boue vivante dont nous sommes faits, jamais ailleurs que là il ne voyait sans masque le visage grimaçant et dévoré de tics de notre humanité.

Il avait traversé l'Europe et le Proche-Orient en suivant une piste de plans foireux, de spectacles abscons et d'invitations qui tournaient invariablement à la catastrophe – une piste qui sentait fort le haschisch, de plus en plus fort tandis qu'il se rapprochait des sources d'approvisionnement, l'Afrique du Nord. Quand ils arrivaient au Maroc, les anarchistes ne protestaient plus, les musiciens ne faisaient plus de musique et les étudiants refermaient sans regret leurs austères bouquins. Tout ce qui comptait, c'était fumer. Et manger des gâteaux au haschisch – des omelettes au haschisch, de la soupe au haschisch – et puis s'écraser dans un coin et rigoler en regardant ses doigts.

C'était amusant mais un peu limité : Fred avait toujours aimé le haschisch, mais le haschisch n'était pas une fin en soi, seulement une manière de rendre un peu plus agréable le temps qui passe, comme le soleil est préférable à la pluie et la musique au vacarme. Avec un peu de haschisch, la réalité se fardait comme une femme et s'en trouvait plus séduisante. Mais Fred savait bien que sous le fard, la vie avait des pores dilatés, des boutons, des lèvres minces et gercées et des yeux rougis de fouine aux cils rares et jaunes.

De l'Afrique du Nord, une autre piste remontait vers l'Asie en passant par l'Afghanistan et le Pakistan : la piste du pavot.

Oui, pensait Fred dans sa petite chambre nue et froide, en contemplant sur la table l'affichette de papier blanc : la piste de l'héroïne. Il n'avait pas cru au début qu'elle puisse devenir une maîtresse aussi exigeante. Pourquoi il était de retour dans sa ville natale après avoir parcouru la moitié du monde pour en cueillir la fleur était une longue histoire, qu'il évitait de se raconter à lui-même. Il avait goûté à l'héroïne dans un hôtel borgne de la place Jemaa el-Fna – et la femme fardée lui avait donné un orgasme. Ensuite, il s'était perdu pendant des heures dans les ruelles du souk, sous un déluge de couleurs, bombardé d'odeurs et de sensations.

Fred se piquait d'une curiosité toute scientifique. Il dériva lentement vers la Thaïlande, comme si de rien n'était, en flânant, les mains dans les poches et le nez en l'air.

Dès qu'il mit les pieds à Bangkok, il sut qu'il se plairait dans ce pays où venaient échouer tous les dépravés de la planète. Même s'il n'avait aucune affection pour les touristes sexuels et les pédophiles occidentaux, il ne pouvait s'empêcher d'éprouver de l'admiration pour la formidable capacité du genre humain à s'avilir et à avilir les autres, à ramper dans le caniveau et à salir ce qui était propre. À Bangkok, on trouvait de la brune à fumer qui vous faisait regarder les choses de très loin. En général, Fred sortait tard, mangeait debout puis passait la soirée appuyé au bar à regarder le spectacle, un sourire indéfinissable aux lèvres. Il rentrait au milieu de la nuit pour se jeter en travers du lit, dans la chambre du petit hôtel qu'il payait à la semaine. Sans doute resta-t-il trop longtemps. Une nuit, deux gars le suivirent et tentèrent de lui prendre son argent.

Fred avait pas mal bu, mais il eut la vivacité d'esprit de décocher un coup de pied dans les couilles du premier type avant qu'il puisse ouvrir la bouche ou sortir un couteau.

Il profita de leur surprise pour détaler et rentrer à l'hôtel par des chemins détournés. Il ne porta pas plainte, évidemment, n'empêche qu'il avait eu chaud. Les touristes vont et viennent. Sa présence depuis des mois attirait l'attention sur lui. Mais il attendit que se produise un nouvel incident avant de réagir.

Cette fois ils étaient quatre, et armés de bâtons. Fred ramassa sur le trottoir un morceau de ciment gros comme le poing et le balança dans la vitrine d'une bijouterie. Ses assaillants, surpris, détalèrent dès que retentit la sonnerie d'alarme. Fred à son tour prit ses jambes à son cou, dans l'autre direction.

Il était temps de quitter Bangkok. Du reste, il en avait assez de la vie urbaine et aspirait maintenant à un autre spectacle. Même en regardant les choses de très loin, on ne pouvait s'empêcher d'être éclaboussé. Ça jouait sur le moral, à la longue. Il fit ses bagages et prit un autobus pour le Nord, bien déterminé pour le moment à éviter les destinations touristiques : villes bordels et bords de mer. Ce faisant, il se rapprochait des cultures de pavot dont le ministère du Tourisme thaïlandais clamait officiellement l'inexistence. Il se joignit pendant quelques jours à un groupe d'écolos qui s'extasiaient devant l'ordonnance des rizières et photographiaient tous les bouddhas sur lesquels ils pouvaient pointer l'objectif. Finalement, Fred trouva à se loger dans un minuscule village, fier et pauvre, où la population était entièrement composée d'Akhas originaires du Tibet, animistes et pratiquant le culte des ancêtres.

L'économie de la région reposait essentiellement sur la culture du pavot, payé quelques dollars la tonne par les trafiquants internationaux. Mais la nature était belle et Fred s'y sentit tout de suite à l'aise. Moins hautains que les bouddhistes, les Akhas fraternisaient aisément. Des vieillards édentés frappaient à sa porte pour offrir à Fred d'acheter l'héroïne grossière mais pure que produisaient leurs champs.

À Bangkok, Fred avait commencé à se piquer. La seringue avait longtemps été une sorte de frontière à ne pas franchir, mais puisqu'il était là pour ça, il ne voyait pas de raison de ne pas pousser l'expérience jusqu'au bout. Il se méfiait cependant. Hormis les premiers instants après l'injection, qui lui révulsait les yeux et inondait chacune des cellules de son corps de bonheur concentré, il s'arrangeait pour rester fonctionnel. Il faisait de longues balades dans les collines, seul ou en compagnie des enfants du village trop jeunes pour travailler aux champs. Il donnait chaque jour une petite somme à une famille différente avec laquelle il partageait le repas du soir. C'était sa manière de participer à l'économie locale. Cela aurait pu continuer pendant des années s'il ne s'était pas mêlé aux histoires de trafic de jeunes filles.

Dès qu'elles atteignaient la puberté, plusieurs des filles du village disparaissaient du jour au lendemain. Ce n'était pas quelque chose dont on était fier, ici, mais l'indigence pousse aux extrémités. D'ailleurs, plusieurs mères avaient proposé leur fille à Fred pour des sommes qui semblaient dérisoires à un Occidental. Mais dans l'état actuel des choses, les désirs de Fred étaient plus métaphysiques que physiques, aussi avait-il poliment décliné.

Alors que la culture du pavot se faisait au grand jour, la vente des jeunes femmes se faisait dans le plus grand secret. Une fois la fille partie, son existence était rayée des mémoires – du moins en public, car des jours durant on entendait dans les cases les mères pleurer et crier leur douleur. C'étaient ces enfants de paysans qui allaient grossir les rangs des putes dans les bordels de Patpong ou d'ailleurs. La plupart ne reverraient jamais leur famille. Mais on n'en parlait pas. À la douleur se mêlait la jalousie. Toutes les familles n'avaient pas la chance d'avoir une jeune fille à vendre, dont le prix, quelques milliers de baths (une centaine de dollars), permettrait de faire vivre toute la smala pendant plus d'un an.

Au fil des mois, Fred finit par découvrir quelques secrets. Quand une famille dépensait pour des dessous de dentelle l'argent qu'elle n'avait pas pour se nourrir, c'est qu'elle se préparait à recevoir la visite d'un recruteur. Fred apprit à reconnaître les signes, mais il observait la plupart du temps une stricte neutralité. Qu'aurait-il pu faire, d'ailleurs ? Le mal était planétaire, et la pourriture était une étape incontournable dans le cycle de la vie. Plutôt que de vendre leur fille, était-il préférable que les paysans meurent de faim et de maladie ? Fred reconnaissait cependant que c'était dommage.

Et puis ce fut le tour d'une famille avec laquelle il avait développé des liens d'amitié. Cette année-là, la digue avait cédé et la récolte de riz avait été catastrophique. La vente du pavot ne suffirait pas à couvrir les frais. Or, la plus vieille des filles allait sur ses treize ans. Ce n'était encore qu'une enfant qui traînait partout une horrible poupée de chiffon et qui semblait toujours se déplacer en sautant à cloche-pied. Fred avait loué la case voisine, et tous les matins, quand il s'asseyait sur le porche pour lire un peu en buvant le thé, il la voyait jouer à une sorte de marelle dans la poussière de la route. À chaque fois qu'il tentait de lui adresser la parole avec les quelques mots de dialecte qu'il avait appris, elle pouffait de rire en se cachant derrière sa main. Fred savait ce qui attendait la jeune fille. On allait lui foutre aux pieds une paire de talons et rien sur le dos. On allait la droguer pour s'assurer de sa docilité. Et de gros vendeurs d'articles de sport de Bavière ou de Stockholm allaient littéralement la défoncer de leur grosse bite poilue en se disant que ça, c'est des vacances. Après quelques années de ce traitement, elle ne serait plus assez fraîche pour les bars à touristes. On la garderait dès lors prisonnière d'un bordel de seconde catégorie, où elle servirait de paillasson à des marins en permission avec, comme perspectives d'avenir, le suicide et le sida, la misère et la folie.

Deux jours avant l'arrivée du recruteur, Fred offrit à la famille de payer le prix du marché pour la petite, en échange de quoi elle viendrait deux fois par semaine ranger sa case et laver son linge, offre qui fut acceptée avec empressement. Dès lors, toutes les familles du village se tournèrent vers lui. En un an, il «acheta» ainsi une demi-douzaine de jeunes filles. Sa case et son linge n'avaient jamais été aussi propres.

Il ne songeait pas à faire le bien. Il voulait simplement être tranquille. Mais dès que vous jouez les sauveurs, les ennuis commencent à pleuvoir.

Les Akhas prirent l'habitude de venir directement à lui pour régler leurs problèmes, comme s'ils avaient perdu tout esprit d'initiative personnelle. Fred était la manne envoyée du ciel, qui préférait encore mettre la main à la poche plutôt que d'être dérangé. Pour ce que cela lui coûtait, d'ailleurs!

À la saison de la récolte du pavot, les villageois en délégation vinrent le trouver pour lui offrir de tout acheter pour un bon prix, légèrement supérieur à celui qu'offraient les trafiquants. Cela représentait quand même quelques centaines de kilos! C'était une offre tellement extravagante que Fred se contenta d'en rire.

— Mais avec ce qu'ils nous donnent, on ne peut pas vivre! protestèrent les villageois.

— Demandez plus, répondit Fred.

Quand les hélicoptères des trafiquants se posèrent au sommet de la colline, derrière le village, avec leurs pistolets à la ceinture et leurs AK-47 en bandoulière, les paysans en bloc exigèrent un meilleur tarif. Un trafiquant éclata de rire, un autre dégaina son arme et logea une balle dans le pied du porte-parole des paysans. Ensuite, ils expliquèrent aux villageois que c'était eux et personne d'autre qui fixaient les prix.

— Nous nous excusons, répondirent les villageois. C'est Fred qui avait dit…

Les trafiquants rendirent une petite visite à Fred. Ils le rouèrent de coups, lui confisquèrent tout ce qu'il possédait et lui conseillèrent vivement de garder ses conseils pour lui.

En guise de punition, les paysans reçurent encore moins que d'habitude pour leur production de pavot. Quand les trafiquants furent partis, on alla soigner Fred, puis on lui demanda poliment de quitter le village.

Avec pour seul viatique un kilo d'héroïne brune, Fred réussit à retourner à Bangkok. Mais il ne se sentait plus en sécurité et commençait à avoir le mal du pays. Il se prit un billet pour Montréal et passa beaucoup de temps à emballer soigneusement son kilo de brune dans des pots de crème à mains et des bouteilles de shampoing antipelliculaire. À la dernière minute, à l'aéroport, il eut l'impression de commettre une grosse bêtise. Il se rendit aux toilettes et y jeta toute la drogue qui lui restait.

Le vol dura vingt-trois heures au cours desquelles, pour la première fois de sa vie, Fred comprit ce qu'était l'état de manque. Il ne s'y était pas attendu. L'héroïne, jusqu'à présent, avait fait partie de son quotidien, pas le contraire. À l'arrivée, il suait comme un porc, il tremblait et il n'avait qu'une seule idée en tête.

C'était la même idée depuis, pensait Fred. Toujours la même idée, se disait-il dans sa petite chambre minable, en contemplant l'affichette posée sur la table. C'était une simple feuille de papier photocopiée. Au centre, on voyait une photo de Provençal. En haut, cette phrase, en gros caractères : « Elle a besoin de toi. » Et en bas de la feuille, ce mot : « Reviens. »

La même idée depuis très longtemps, pensait Fred. Mais ce n'était pas une pensée véritable, articulée, dont on pouvait tirer des conclusions. N'empêche. « Reviens », disait l'affiche. Mais revenir où ? pensait Fred. Et qui donc doit revenir ? Moi ? Qui moi ? se demandait-il dans cette forme de pensée floue que lui imposait la drogue.

« Reviens ? » Non. Pas encore. Pas tout de suite. Pas maintenant.

Pas capable.

4

La brisée

Elle n'était que pâleur et ecchymoses, pâleur et cernes, pâleur et vaisseaux sanguins éclatés. Comme si le marbre pouvait saigner. Parfaitement immobile sous ses bandages, des tubes dans le nez, dans les bras, des électrodes glissées sous la chemise d'hôpital, Provençal était, depuis sa chute, plongée dans un coma profond.

Je la contemplai, interdit. Elle n'avait jamais été grosse, mais maintenant elle semblait aussi fragile qu'une figurine de verre – translucide, cassable, *cassée*. Si j'avais pris un cliché d'elle sur son lit d'hôpital, j'aurais pu le punaiser sur un mur de sa chambre sans qu'il dépare en rien l'impression d'ensemble. En se jetant du toit, pensai-je, elle avait trouvé sa place dans l'armée des victimes dont elle n'avait eu de cesse de préserver la mémoire. Oh! Pro! Les plaies et les bosses infligées à ton corps ne les épargnent pas aux autres! L'atrocité a des ressources inépuisables, la haine et la barbarie se reproduisent à l'infini par scissiparité, comme des amibes! On ne peut pas prendre sur soi les malheurs du monde…

J'hésitais à m'approcher du lit. Je restais près de la porte en retenant mon souffle. Si quelque chose devait se produire, ce serait bientôt. Si l'amour et l'amitié y pouvaient quelque chose, Provençal sentirait ma présence et émergerait de son coma. Je tremblais. Il me semblait être chargé à bloc d'une énergie électrique qui était peut-être l'énergie du désespoir. Si mon passage sur Terre devait servir à quelque chose, qu'il serve à cela. Je tendais mentalement la main à Provençal. Je caressais mentalement son front. J'embrassais mentalement ses lèvres. Je serrais mentalement dans mes bras son corps brisé. Je lançais des bouées à son esprit submergé. Je lui chuchotais télépathiquement des mots d'amour et de vie. À pas de loup, je m'approchai du lit en tendant la main...

* * *

En raccrochant le téléphone, là-bas au Mexique, j'avais immédiatement sauté dans un taxi pour tenter, à l'aéroport, de trouver le premier avion disponible. J'eus alors l'occasion de vérifier que Victor ne m'avait pas menti : mon compte en banque, qui avait depuis longtemps basculé dans la marge, avait été renfloué à hauteur de cinquante mille dollars. J'étais trop énervé pour m'étonner de la somme. Pour Victor, je ne pouvais plus rien, mais pour Provençal, c'était différent. Après deux escales et une course en taxi désespérément ralentie par des bouchons incompréhensibles, j'arrivai à l'hôpital en chemisette d'été, la peau encore salée d'embruns. Robert Bourré était assis au chevet de Provençal et lui lisait à voix haute *L'alchimiste* de Coelho. Il se redressa à moitié en m'apercevant dans l'encadrement de la porte. Je ne sais pourquoi, j'avais envie de lui foutre mon poing sur la gueule, comme si tout cela était de sa faute. Peut-être était-ce à cause de son choix de lecture. Il le sentit sans doute, car il déposa le livre aussitôt.

Au téléphone, nous n'avions pas eu le temps d'entrer dans les détails. Ce qu'il faisait là restait pour moi un mystère. Mais la chambre était privée et abondamment décorée de fleurs. Puisque ce n'était pas moi qui en étais responsable, ce devait être lui. Je le saluai d'un petit hochement de tête réticent. Il s'extirpa de son fauteuil et s'avança vers moi pour me tendre une main que j'ignorai superbement. J'hésitais à regarder Provençal en sa présence.

— Que disent les médecins? lui demandai-je.

— Rien de neuf.

— Mais encore?

— Physiquement, ce n'est pas brillant. Mais ç'aurait pu être pire. Fractures nombreuses, poumons perforés, hémorragie interne. Ma voiture l'a sauvée. Pour le reste il faut attendre.

— Attendre quoi?

— Qu'elle s'en sorte ou pas.

— Vous avez demandé un autre avis?

— J'en ai demandé trois. Ils concordent. Elle pourrait se réveiller maintenant. Ou jamais. L'encéphalogramme est normal – normal dans les circonstances.

Je respirai un grand coup.

— Vous pouvez partir.

— Mais…

— Je m'occupe d'elle. Merci, réussis-je à m'arracher.

Mes yeux s'étaient emplis de larmes. Il me regarda puis regarda Provençal. Il eut la grâce surprenante de ne pas insister.

— Vous savez où me joindre, dit-il avant de franchir la porte.

— Vous, oui, hoquetai-je.

Puis nous fûmes seuls, Provençal et moi. Je m'approchai lentement du lit. Que se passait-il sous ces paupières? Que voyait-elle maintenant qui lui était caché jusqu'alors?

Je me penchai sur son visage et je tendis la main. Au bout de mes doigts, je mis toute ma force, toute ma voix. Je caressai sa joue. La peau restait chaude et souple, elle gardait toutes les apparences de la vie, mais une vie qui s'ébattait de l'autre côté d'une frontière invisible… J'appelai Provençal. Je murmurai son nom. J'approchai mes lèvres des siennes. Un peu de mon souffle chaud pénétra sa bouche.

Rien. Pas un frémissement de paupière.

J'avais espéré un miracle. J'avais espéré être celui par qui le miracle arrive. J'avais espéré posséder le pouvoir de guérir la femme que j'aimais. J'avais espéré que l'appel de l'amour soit plus fort que l'appel de la mort, et que Provençal suivrait son chant pour retrouver son chemin dans le labyrinthe de son esprit où elle s'était égarée.

Mais non. Rien. Immobile. Une statue de chair qui ne continuait à vivre que par l'obstination électrique du système nerveux. J'étais impuissant.

Je me penchai vers elle à nouveau. Je l'étreignis. Je n'avais qu'une envie: arracher tous ces fils et l'emmener loin d'ici, à l'abri. Mais quel abri? Il n'y avait pas d'abri.

Longtemps, je la serrai contre moi. Longtemps, je lui murmurai à l'oreille des phrases sans suite, des mots d'amour et d'évasion. Longtemps, je caressai ses cheveux. Et quand, le dos douloureux, la gorge sèche et le cœur brisé, je finis par me relever, ce fut pour aller à ma valise, en sortir un livre et m'installer dans le fauteuil que Bourré avait occupé avant moi, pour lire à voix haute et occuper le vide.

Je lus tout le livre (*Water Music*, T. C. Boyle), puis trois autres. J'appris à reconnaître les infirmières et les médecins, puis j'appris l'horaire de leur quart de travail. Au bout de dix jours, j'étais vidé. Pendant ces dix jours, trois fois Robert Bourré avait passé la tête dans l'encadrement de la porte. Trois fois il avait demandé :

— Ça va ?

Trois fois j'avais répondu :

— Oui.

Mais ça n'allait pas, je le savais. J'avais eu le temps de réfléchir, puisqu'il me fallait dans l'immédiat avouer mon impuissance. Je n'allais pas pour autant abandonner la partie. Entre le moment où elle avait sauté et maintenant, qu'y avait-il de changé pour Provençal ? Les conditions qui prévalaient alors s'appliquaient toujours. Pourquoi aurait-elle maintenant envie de vivre ? Je pensais à sa chambre tapissée de souffrances. Sur l'écran de ses paupières, dans la chambre obscure de son coma, quels films se projetait-elle sinon ceux-là mêmes qui l'avaient poussée à bout ? J'étais là avant sa chute, et je n'avais pas su la retenir. De quelle utilité pouvais-je être maintenant qu'il fallait la ramener à l'*envie* de vivre ?

Provençal ne dormait pas : elle avait plongé à l'intérieur de son corps. Soit elle avait perdu le chemin de la sortie, soit elle refusait de sortir. Mes dix jours passés à lui caresser les cheveux, à lui tenir la main et à lui parler n'avaient rien donné. Alors quoi ?

Alors Fred. Fred, que Provençal affirmait avoir aperçu, et à la recherche duquel elle s'était lancée. Fred était-il vraiment de retour ? me demandai-je. Si oui, pourquoi ne s'était-il pas manifesté ? Mais si quelqu'un pouvait sortir Provençal de là, c'était Fred. Je n'avais peut-être pas les pouvoirs requis pour ramener Provençal à la surface, mais j'avais ceux nécessaires pour ramener Fred à Provençal.

Du reste, j'avais besoin d'action. Au bout de ces dix jours, je sortais sans cesse de la chambre pour aller fumer des clopes. On s'habitue à tout, et vite. Je commençais à m'ennuyer. Je sais, c'est terrible à dire, mais je ne suis pas Provençal, et je n'ai jamais réussi à garder constamment en tête les souffrances du monde. Certes, j'étais triste, et j'aurais volontiers cédé l'un de mes membres pour que Provençal me revienne – mais malgré ce voile de douleur jeté sur chaque chose, je ne pouvais empêcher mon cerveau de se mettre à errer.

Je me surprenais à chantonner. Malgré tous mes efforts, je ne parvenais pas à maintenir dans l'état de tension souhaitable toute la puissance de ma volonté. Devant le corps vivant et pourtant immobile de Provençal, je me retrouvais comme devant la petite cuillère de mon enfance : je croyais pouvoir agir, mais je m'en montrais incapable. Les petites cuillères ne se tordaient pas sous l'impitoyable puissance de mes facultés mentales – et Provençal restait plongée dans le coma.

Aussi, quand le médecin de garde vint me trouver, j'accueillis la distraction avec gratitude.

— Y a-t-il de la famille à prévenir ? me demanda-t-il.

— Une tante, je crois. Je ne sais pas si elle vit encore.

— Si c'est le cas, il faudrait la prévenir. Il y aura peut-être une décision à prendre. Dans des cas comme celui-ci, les choses peuvent basculer très vite, dans un sens comme dans l'autre.

Avec la bénédiction du médecin, en quelque sorte, et chargé d'une mission à laquelle je ne pouvais me soustraire, après onze jours de veille ininterrompue, je quittai l'hôpital, soulagé et honteux de mon soulagement. Je devais retrouver la tante. Et je devais retrouver Fred.

5

La longueur du vol

— Qu'est-ce que vous foutez là ?

— Comment va-t-elle ?

— Rien de changé. Répondez à ma question.

Robert Bourré, debout sur le trottoir, regardait la façade de la maison en se grattant le crâne.

— Je calcule, dit-il.

— Vous calculez quoi ?

— Ma voiture était ici, dit-il en montrant l'espace vide le long du trottoir, devant la borne d'incendie. Et Provençal était là, continua-t-il en levant le bras pour désigner le toit en corniche, quatre étages plus haut.

— Et alors ?

— Alors je ne sais pas. Je trouve que ça fait beaucoup. Sur le coup, bien sûr, je n'y ai pas fait attention. Mais maintenant… Ça fait vraiment beaucoup.

— BEAUCOUP QUOI ?

Sans répondre, Robert Bourré marcha jusqu'à l'escalier extérieur, puis fit demi-tour et revint lentement en comptant ses pas.

— Beaucoup de distance, dit-il. Vous ne trouvez pas ?

— De quoi parlez-vous ?

— Depuis la façade jusqu'au trottoir, je compte environ dix mètres. Le trottoir, lui, fait deux mètres de large. Cela fait douze mètres, treize si on calcule l'endroit où se trouvait ma voiture… Donc il lui a fallu sauter presque treize mètres, horizontalement, pour atterrir sur la capote de ma voiture. Ça ne vous semble pas beaucoup ?

Je levai la tête, puis je reculai jusqu'au milieu de la rue. C'est vrai que ça semblait beaucoup.

— Elle aura couru, dis-je.

Bourré fit la moue.

— Vous la voyez courir pour se jeter dans le vide, à six heures du matin, en robe de nuit, pieds nus sur le gravier ? Non. Je ne pense pas.

— Sinon quoi ?

— Je ne sais pas, dit Bourré. Pourquoi étais-je là, à ce moment précis ? Pourquoi conduisais-je exactement cette voiture-là ? La seule voiture au monde qui pouvait lui sauver la vie ? Pourquoi ai-je eu *besoin* d'acheter cette voiture et pas une autre ? Pourquoi étais-je stationné exactement là à six heures du matin ?

— C'est une question que je voulais justement vous poser.

— Vu d'en haut, poursuivit Bourré, il ne devait pas avoir l'air bien gros, le toit de ma Triumph, vous ne croyez pas ?

— Je ne crois rien.

— Tout petit et très loin. Même avec beaucoup d'entraînement, pour peu qu'on puisse s'entraîner à une chose pareille, je parie qu'il est presque impossible de sauter de là-haut et d'atterrir sur le toit d'une voiture stationnée ici.

— Presque, peut-être. Mais sûrement pas impossible. Provençal l'a fait.

— Je me le demande.

— Vous délirez.

— Pourquoi pas ? Vous avez quelque chose de mieux à proposer ?

Au lieu de répondre, j'allumai une cigarette. Bourré n'avait rien à ajouter. Il continuait à regarder en l'air. Je regardais mes pieds. Cela dura un moment.

— Écoutez, reprit-il enfin, je crois que c'est bon pour elle, de sentir une présence, je veux dire. Si ça ne vous dérange pas…

— Et si ça me dérange ?

— Je n'irai que quand vous n'y serez pas.

Je haussai les épaules, ce que Bourré prit pour un acquiescement. Il s'éloignait déjà, courant à demi.

— Merci ! cria-t-il.

Comme s'il allait à une fête, et qu'il y avait vraiment là une occasion de se réjouir. Je le regardai s'éloigner, puis disparaître au coin de la rue. Je terminai ma cigarette en observant les arbres du parc puis ceux de la montagne, derrière. Je saluai mentalement la statue de la Muse et ses ailes de bronze largement déployées. D'une chiquenaude, j'envoyai mon mégot dans le caniveau. Puis, en comptant mes pas, je remontai l'allée pour rentrer à la maison. Bordel, pensai-je. C'est vrai que ça fait loin.

6

La tante Jeanne

La vieille dame dans le fauteuil roulant était garée près d'une plante en pot. Un livre ouvert sur les genoux, elle semblait dormir. Sa tête auréolée de blanc avait basculé sur l'épaule. Elle pouvait avoir quelque part entre soixante-quinze et cent ans. Ses rides avaient des rides. Je n'avais jamais été très à l'aise avec les vieux, qui disent de drôles de choses et dont on ne sait jamais s'ils sont sérieux ou s'ils vous font marcher.

— Vous êtes sûr que c'est elle ?

— Mais oui, allez-y. La visite lui fera du bien, répondit le préposé aux bénéficiaires. Ils sont tous terriblement inquiets. Ils ont peur.

Je le regardai, interrogateur.

— Les terroristes.

— Ah. Oui.

Depuis l'effondrement des deux tours, chaque personne que je croisais semblait en état de choc. La ville elle-même vivait au ralenti, dans l'attente d'une catastrophe. Ainsi mon petit drame personnel se trouvait noyé dans celui, collectif, d'un Occident indigné et craintif. Il n'y avait pas que Robert Bourré qui regardait en l'air en se grattant le crâne. Ces jours-ci, tout le monde le faisait.

— Allez-y, répéta le préposé.

— Mais elle dort.

— Parce qu'elle n'a rien d'autre à faire. Elle va se réveiller dès qu'elle sentira votre présence.

Je m'approchai prudemment.

— Madame Beaudoin? dis-je. Madame Beaudoin?

J'avais retrouvé la trace de son existence dans un paquet de lettres au fond d'un tiroir, dans le bureau de Provençal. Poussé par la curiosité, je les avais parcourues. Elles étaient remarquables en cela qu'elles ne disaient absolument rien de personnel et qu'elles distillaient, sous forme de questions anodines, l'essence même d'une moralité inébranlable : « Je me demande, disait la tante Beaudoin dans l'une des lettres, s'il vaut la peine d'étudier aussi longtemps sans jamais arriver à jouir des bénéfices d'une éducation supérieure? »

Je me souvenais de ce que Provençal m'avait dit de sa tante Jeanne et de son oncle André, à savoir qu'ils n'étaient pas des parents mais des éleveurs, pour qui la réussite des enfants consistait à ce qu'ils se conforment en tous points à l'idée qu'on se fait d'eux. Chacune des lettres avait été expédiée à l'occasion de Noël et comportait des vœux de bonne année. La plus récente était vieille de cinq ans.

Entre-temps, la tante Jeanne était devenue une vieille dame qui ronflait doucement la bouche ouverte tandis que les feuilles de la plante en pot ondulaient sous son haleine. J'ignore si, pendant toutes ces années, Provençal avait répondu à ses lettres, mais à chaque fois qu'elle lui écrivait, la tante Jeanne lui rappelait son adresse.

Elle vivait dans une de ces maisons pour vieux qui ont les moyens – un mouroir comme les autres, mais dont on lavait régulièrement les moquettes.

— Madame Beaudoin, dis-je encore.

La tête toujours penchée sur l'épaule, elle ouvrit un œil qui se posa sur moi.

— Madame Beaudoin ! répétai-je.

Le deuxième œil s'ouvrit, la tête se redressa et la bouche se referma, dans l'ordre. Tante Jeanne émit un « Mmm » interrogateur.

— Je suis un ami de… Provençal, dis-je.

Elle fronça les sourcils.

— De L.

— Ah !

J'avais écrit le scénario dans ma tête. À ce moment précis, la vieille dame demanderait « Comment va-t-elle ? », et moi je répondrais : « Il y a eu un accident », puis je lui raconterais tout avant de m'en aller. Au lieu de quoi la vieille dame demanda :

— Vous aimez le café ?

— Euh, oui.

Elle prit des airs de conspiratrice, pencha la tête vers moi et expliqua, dans un murmure à peine audible :

— Ici, ils ne me laissent pas en boire. Mauvais pour ma tension.

Elle se redressa et dit, plus fort :

— C'est un moment terrible quand arrive le jour où on ne peut plus faire librement quelque chose de mauvais pour soi !

Elle ferma ensuite les yeux et pinça les lèvres. Je crus un moment qu'elle s'était rendormie. Mais elle réfléchissait.

— Leur obsession, dit-elle en se redressant, c'est de nous voir mourir en bonne santé!

Elle rit toute seule pendant quelques instants. Puis elle revint au murmure.

— Allez me chercher un café à la machine là-bas, voulez-vous?

Sous le regard de la vieille dame, je m'éloignai pour remplir ma mission. Quand je revins avec le gobelet de café chaud, elle réprima un sourire. Elle prit le verre à deux mains et le serra contre sa poitrine maigre. Elle en aspira bruyamment deux gouttes en levant les yeux au ciel. Il était difficile de voir en elle le tyran des années de jeunesse de Provençal. Peut-être était-ce le voile de cataracte qui lui donnait ce regard doux? J'allai chercher une chaise et je m'assis auprès d'elle.

Ce qui m'avait semblé aller de soi me paraissait maintenant insurmontable. La tante Jeanne continuait à serrer son verre sur sa poitrine, rassérénée par la chaleur et l'arôme qui s'en dégageaient. Comment lui dire : «Votre nièce est dans le coma. Un jour peut-être, il faudra prendre la décision de la débrancher?» Comment lui dire cela alors qu'un gobelet de café était un événement?

— Écoutez, commençai-je néanmoins…

Je lui racontai toute l'affaire. Elle m'écouta, les yeux flous. Quand à la fin je me tus, il lui fallut un long moment avant d'émettre un son.

— C'est l'orgueil, dit-elle. On peut être orgueilleux de sa peine et de ses souffrances. On s'y mire comme dans un miroir. Peut-être même qu'on s'y trouve beau.

Ses yeux voilés s'embuèrent un peu plus.

— Elle avait cinq ans et déjà son orgueil m'effrayait. Sa peine était si extraordinaire que de simples larmes ne lui convenaient pas. Elle n'a jamais pleuré la mort de ses parents. Cinq ans, pas une larme. Mais un feu, un brasier, un incendie intérieur qu'elle ne voulait surtout pas voir s'éteindre. Déjà, à cette époque, elle était entêtée. Elle s'accrochait à la mort de ses parents comme si c'était la définition de son existence. J'ai tout fait pour casser cet orgueil, pour qu'elle accepte de pleurer. Mais je n'ai pas réussi.

— Elle n'avait que cinq ans, dis-je.

— Cela en dit beaucoup sur l'état de notre monde, reprit la tante Jeanne, que les gens soient de plus en plus nombreux à se définir en fonction de ce qui les a blessés.

Elle sirota deux nouvelles gouttes de café.

— Je n'avais que des garçons. La mort de ma sœur me donnait une fille. Mais elle ne voulait pas qu'on l'aime. Elle ne se laissait pas aimer. Une enfant de cinq ans qui repousse toutes les offres d'affection est un spectacle terrible. Le malheur donne de la force, même si cette force ne sert à rien de bon. Avec le temps, j'ai eu peur d'elle. De sa colère, de ses silences. Je la croyais capable de violence.

— Envers elle-même, certainement. Envers les autres, j'en doute.

— J'étais bien orgueilleuse, moi aussi. À cette époque-là, quand on était parent, on l'était de droit divin. Nous pensions notre jugement infaillible. Malheureusement, on ne savait rien. Qu'une chose telle que la psychologie de l'enfant puisse exister, nous ne nous en doutions pas une seconde. On fait de notre mieux avec ce qu'on a, vous savez. On ne peut vraiment pas demander plus aux gens, sous peine d'être toujours déçu. Peut-être que je cherche des excuses. J'ai beaucoup de temps pour réfléchir. Trop. Quand on se met à scruter le passé, nos erreurs s'en détachent. J'imagine qu'il faut du courage pour se jeter dans le vide, et une certaine forme de lâcheté pour continuer à vivre malgré tout. Mais le lâche au moins conserve un espoir que tout ira mieux demain. Sans cet espoir, l'humanité n'a qu'à fermer boutique. Je n'ai jamais été très courageuse, et il me reste très peu de lendemains. Vous direz au médecin que je refuserai toujours qu'on la débranche. J'aurais voulu l'aider à vivre. Je refuse de l'aider à mourir. Je prierai pour elle, même si j'ai perdu le contact avec Dieu au milieu des années soixante-dix!

Elle rit avec le son d'un grelot fêlé.

— Ça fait deux mois que je n'ai pas eu de visites, reprit-elle après un moment. Mes garçons n'ont pas dû s'entendre sur celui à qui échoirait la corvée mensuelle.

— Je suis sûr que… commençai-je pour la rassurer.

— Mais non! Vous n'êtes sûr de rien. Je sais que c'est pénible, tous ces vieux qui attendent de mourir. Avant, quand j'étais jeune, il y en avait un ou deux par famille, perdus parmi une ribambelle d'enfants. Autour de la table, aux repas, il y avait plus d'avenir que de passé, plus de promesses que de déceptions. Le monde a bien changé. Trop de vieux. Ça joue sur le moral. Quand ils étaient petits, mes garçons me disaient : nous allons toujours habiter ensemble! Aujourd'hui, ils ont des choses à faire, et moi je ne suis qu'une arrière-pensée, au mieux un sentiment de culpabilité. Mais, croyez-moi, on peut tirer beaucoup d'un sentiment de culpabilité, quand on sait y faire. Et je sais y faire! dit-elle en riant.

— J'en suis certain, répondis-je.

— J'ai froid, je suis fatiguée, dit soudain la tante Jeanne. Pouvez-vous m'amener près du radiateur?

Je passai derrière elle, pris les poignées du fauteuil et la roulai contre le mur. Une plaque électrique poussée à fond dispensait une chaleur sèche et poussiéreuse. La tante Jeanne avait de nouveau fermé les yeux.

— Bon, ben… dis-je.

— C'est ça jeune homme, répondit-elle sans ouvrir les yeux. Au revoir!

Je m'apprêtais à partir lorsque me vint à l'esprit une dernière question. C'était sans importance, mais depuis le temps…

— Dites-moi, demandais-je, Provençal, son prénom, L., qu'est-ce que c'est?

La vieille dame leva vers moi un regard perplexe. Je formulai autrement.

— Quel est son prénom?

— Mais c'est ça, vous l'avez dit.

— L.?

— Mais oui!

— La lettre L?

— Non! Ailes, comme dans ailes d'oiseau. Ses parents étaient des originaux, des hippies avant la lettre. Ils aimaient bien Révolution, aussi. Révolution Provençal! Je n'étais pas d'accord, mais personne ne se souciait de mon avis. Vous êtes sûr que vous êtes son ami?

— Ailes Provençal?

— Les prénoms ont-ils une si grande importance? demanda la tante Jeanne.

— Je me le demande, répondis-je, pensif. Au revoir madame Beaudoin.

— Jeanne.

— Jeanne.

— J'ai été jeune vous savez.

— Oui, je sais, dis-je.

— Non, dit-elle. Vous ne savez pas. Personne ne sait.

* * *

Malgré le froid, je retirai mes chaussures et mes chaussettes. Le gravier roulait et blessait la plante de mes pieds. J'essayai de courir, mais je n'obtins qu'une sorte de trot déséquilibré, plus riche de mouvements désordonnés que de vitesse pure. Je pilai net avant d'arriver à la corniche. Les ornements de bois qui la décoraient faisaient bien un mètre de hauteur, je me serais senti incapable de la franchir d'un saut, emporté par l'élan. Provençal n'a pas sauté, me dis-je.

La corniche elle-même était assez large pour qu'on puisse s'y tenir debout. Ce que je fis, prudemment, attiré par le vide et effrayé de cette attirance. Sans doute s'était-elle tenue là. Je regardai alentour. Les premiers jours de l'automne donnaient une brillance au paysage, une sorte d'adieu des verts frémissant sous la brise. La statue de la Renommée flottait au-dessus des arbres, ses orbites vides tournées vers le ciel, et ses grandes ailes déployées, prêtes au décollage.

Ses ailes. Je tournai les yeux vers le sol. Je cherchai un instant l'endroit exact où Robert Bourré avait garé sa voiture. C'était loin. Très loin. Qu'est-ce que ça veut dire? Comment est-ce possible? Trop loin. Ailes Provençal. Soudain mon pied glissa sur le bois légèrement vermoulu. Je me sentis tomber vers l'avant.

Je m'accroupis aussitôt et me rattrapai aux moulures. Je sentis le sang pulser dans mes artères avec la force d'un torrent de printemps et venir battre contre mes tempes. Pendant une milliseconde, je perdis la vue. Je me sentais tomber, et pourtant mes ongles s'enfonçaient comme des lames dans le bois poreux de la corniche. Pourquoi est-ce impossible? me demandai-je, pourquoi? Pendant un instant, un seul instant, minuscule et fugace, j'avais senti l'univers trembler sur ses fondations, se fissurer de partout, craquer – et par les fissures j'avais entrevu *quelque chose*, mais quoi? Une vision myope et parcellaire du mystère? La conviction de mes propres limites? Une bouffée attrapée au hasard du parfum des possibles?

C'était comme une mouche qu'on essaie d'attraper au vol. Comme un bruit à peine audible, dont on cherche la source sans y parvenir. Je descendis prudemment de la corniche et je découvris que je pleurais. Ce n'était pas des larmes de peine ou de joie, ou de colère ou d'impuissance. Rien de ce qui m'était familier.

Je pleurais de l'immensité des choses et des gens.

Je pleurais parce que Provençal avait volé, ne serait-ce qu'un instant, avec les ailes que ses parents lui avaient données en la baptisant, *en lui donnant la vie* – et ces ailes l'avaient portée jusqu'au seul site d'atterrissage qui pouvait lui éviter la mort: le toit de la voiture de Robert Bourré. Je pleurais parce que je savais avec une certitude absolue que ce vol de quelques mètres était une réalité, mais une réalité qui appartenait à un autre plan de l'existence que celui auquel j'avais, jusqu'ici, appartenu. Et je pleurais parce que je savais que je ne pourrais jamais partager cette certitude avec quiconque, car il n'y avait pas de mots pour la décrire.

Je devrais dorénavant la porter en moi comme un secret, à la fois lourd et léger. Je savais que ce secret allait me changer. Il était temps. J'appelais ce changement. Avec ces larmes, j'abandonnais la partie. Je m'avouais vaincu.

Je devais dire adieu à certaines portions de moi-même, familières et réconfortantes, pour faire face, dépouillé et fragile, à l'arrivée de l'Inconnu.

7

Le prix de la liberté

— Ça t'a pris du temps, dit-il.

— Pas tant que ça.

La petite pièce était envahie par la pénombre. Seul un mince rayon de soleil traçait une diagonale sur le plancher. J'allai vers les rideaux pour les ouvrir en grand.

— Non, n'ouvre pas, dit Fred.

J'arrêtai mon geste.

— Tu as peur de la lumière, maintenant?

Il soupira.

— Je ne suis pas très beau à voir.

— Tu as honte? demandai-je doucement.

— Non, dit-il. Puis, après un temps : Je suis imperméable à la morale!

Il voulut rire mais le rire se transforma en quinte de toux. Je le vis qui s'agitait. Je le devinai, plutôt. Il était assis sur un futon jeté par terre, dans le recoin le plus obscur de la petite pièce. Le dos appuyé contre le mur, il avait jeté sur ses jambes et son torse plusieurs couvertures usées.

Quand j'avais cogné à sa porte, quelques minutes plus tôt, il n'y avait pas eu de réponse. Mais j'entendais une respiration sifflante, le froissement des draps et une toux sèche, étouffée. Avec ma carte de crédit, j'avais essayé le vieux truc des détectives privés. À ma grande surprise, la porte s'était ouverte. Une odeur rance était montée à l'assaut de mes narines. Une odeur de corps malade, de poussière et de muqueuses. J'avais appelé :

— Fred ? Fred ?

Il avait fallu quelques secondes pour que mes yeux s'habituent à la pénombre et que je devine la forme de Fred allongée sur le futon.

— Fred ? avais-je répété.

La forme avait bougé. Elle s'était péniblement assise. Et alors Fred, d'une voix rauque, d'une voix affaiblie et chevrotante, Fred avait dit :

— Tu faisais plus maigre, avant.

J'avais éclaté de rire. J'étais tellement heureux d'entendre le son de sa voix. La voix de Fred, même brisée, même malade. Je finis de rire et je voulus m'approcher de lui pour l'embrasser. Mais il avait stoppé net mon élan en levant la main et en détournant la tête.

— Non, François. S'il te plaît.

Nous en étions là. Je lui en voulais encore un peu. Une partie de moi le tenait responsable de ce qui était arrivé à Provençal. Il m'avait fallu faire des pieds et des mains pour arriver à le retrouver. Il n'est pas toujours facile de faire parler des junkies. À plusieurs reprises j'avais dû me défendre d'appartenir à la police. J'avais reçu de nombreuses menaces et, une fois, j'avais dû détaler sans demander mon reste quand un petit revendeur avait exhibé un gros couteau. Mais avec les junkies, ce n'est qu'une affaire de temps. Ce qu'ils vous refusent un jour, ils vous l'accorderont avec empressement le lendemain, en échange du billet dont ils ont besoin. C'est ainsi que j'avais pu retrouver Fred.

Je m'assis sur l'unique chaise de la pièce, face à la petite table. Je pris entre deux doigts la feuille de papier qui y était déposée. Je l'agitai en l'air.

— Donc tu l'as vue, dis-je en plissant les yeux pour scruter les ombres.

— Difficile de faire autrement. Combien il y en avait?

— Quatre mille.

— Ben dis donc!

Puis il se tut de nouveau. J'avais l'impression qu'il devait faire un effort pour parler, pour arracher quelques mots au silence, comme on arrache ses bottes à la boue, l'une après l'autre, pour avancer d'un pas.

— Tu t'en fichais? lui demandai-je, sans colère ni animosité.

— Je n'ai pas dit ça.

— J'ai posé quatre mille affiches, pour toi. J'ai arpenté les ruelles jour et nuit pour te retrouver. Tu ne demandes pas pourquoi?

Il ne répondit pas.

— Tu n'es pas curieux?

Un autre silence, une autre toux. Puis:

— Je crois que j'ai perdu ma curiosité quelque part en route. Avec la plupart de mes autres caractéristiques.

— Provençal est à l'hôpital. Dans le coma. Elle s'est jetée du toit. Depuis ton départ, ajoutai-je après un moment, elle n'allait pas bien.

— Tu crois que c'est ma faute?

— Je ne sais pas, Fred. La mienne aussi, sans doute. La faute à personne et à tout le monde. Pourquoi tu es parti? Pourquoi tu n'es pas revenu à la maison? Qu'est-ce qu'on t'a fait pour que tu ne reviennes pas? Si tu étais revenu… Tu préfères ta vie maintenant? Tu préfères ça?

Du geste, je désignai la chambre minable, le petit lavabo de faïence et le robinet qui gouttait, le petit miroir au mur, tacheté de rouille, le parquet incrusté de saletés plus vieilles que nous, l'odeur.

— Ce qui compte, ce n'est pas ce que je préfère, dit Fred avec une voix sifflante qui, à la fin des phrases, se transformait en gargouillis. C'est ce que je choisis. La vraie liberté, François, c'est se donner le droit de faire les mauvais choix. Ce n'est pas beau la liberté. Ce n'est pas propre. Ce n'est pas moral. Ce n'est pas même intelligent. Mais c'est la liberté. J'assume mes choix.

— Et l'amitié?

Je devinai plus que je ne vis qu'il ramenait ses jambes contre sa poitrine. Il formait une petite tache pâle, aux contours mal définis. Je ne distinguais pas son regard. Peut-être gardait-il les yeux fermés. Je fermai les miens un moment. Comme nous avions vieilli! À force de traîner nos corps dans la poussière, nous nous étions salis et usés, le fil et la trame révélés, les couleurs passées, la beauté évanouie. Je pensai soudain à la fête de la légèreté, des années auparavant. Notre légèreté était de ne pas encore avoir vécu. Tout cela en avait-il valu la peine? Que resterait-il de nous si nous devions disparaître maintenant? Qu'avions-nous *fait* qui pourrait nous survivre? Je secouai la tête pour briser cet enchaînement de pensées. Tout était une question d'échelle. Il ne s'agissait pas de survivre, mais de vivre. Ici et maintenant, que pouvais-je faire? Que pouvais-je faire pour améliorer un tant soit peu le sort des miens?

J'étais fatigué. Mais si quelque chose de beau sur Terre pouvait exister, il m'appartenait de me cracher dans les mains pour l'aider à naître.

— Je veux que tu viennes avec moi, dis-je, d'une voix douce, presque un murmure. Tu viens avec moi, et nous irons voir Provençal. Et nous resterons à son chevet jusqu'à ce qu'elle se réveille. Parce qu'elle nous aime et que nous l'aimons.

— Je ne peux pas, répondit Fred.

— Tu ne veux pas.

— Ah oui, la volonté! La belle affaire! Qu'est-ce que tu crois que je fais ici, François? Que je m'amuse? Entre la volonté et le corps, c'est toujours le corps qui gagne. Le corps a sa propre conception de la volonté. Le corps a sa propre définition de la liberté. Mais mon corps, c'est moi! Tu crois que je voulais écrire le récit de la liberté? Mais ma vie est un manuscrit plein de fautes qui ne sera jamais révisé, et qui s'écrit tout seul. Je reste bloqué dans un chapitre dont je ne trouve pas la sortie. Il n'y a pas de sortie. Je ne peux pas t'aider. Je ne peux pas aider Provençal. Je ne peux pas m'aider moi-même.

— Tu es malade?

— Oui, répondit Fred dans un grognement.

— Le manque?

— Oui.

— Depuis quand?

— Qu'est-ce que ça peut bien faire? Tu veux être utile? Laisse de l'argent sur la table et va-t'en. Va-t'en. VA-T'EN!

Je me levai lentement. J'allai jusqu'à la fenêtre et j'écartai les rideaux, le gauche d'abord, puis le droit. La lumière pénétra dans la pièce comme un liquide et l'inonda jusqu'au plafond. Fred se cachait les yeux avec les mains. Il avait beaucoup maigri. Il avait le teint jaune et une sueur visqueuse donnait à sa peau l'apparence de la cire. Ses mains tremblaient. J'imaginais sans peine les efforts surhumains qu'il avait dû déployer pour parler à peu près normalement. Je m'approchai, grand et gras. Je le surplombais comme une tour. Qu'allions-nous tous devenir? pensai-je.

Je me mis à genoux sur le futon.

— Je ne te donnerai pas d'argent, dis-je.

— Je sais.

Je me penchai vers lui. Ses bras étaient croisés sur sa poitrine maigre, ses poings crispés s'enfonçaient dans ses orbites pour fuir la lumière et me fuir, moi. Je lui saisis délicatement le poignet. J'attirai à moi l'une de ses mains, qui résista avant de s'abandonner. Je caressai sa main aux ongles noirs et ébréchés. Je caressai ses doigts agités de soubresauts. Je caressai l'avant-bras aux veines noueuses et criblées.

— Je t'aime, dis-je.

— Oui, gémit Fred.

Je passai un bras autour de son cou et j'attirai sa tête contre ma poitrine. Il y enfouit son nez, ses yeux, sa bouche, comme un petit animal se creusant un terrier.

— Je t'aime, répétai-je, à court de mots.

— Oui.

Il gémissait. Je glissai un bras sous ses genoux, et je me redressai lentement, en le portant comme un enfant. Je me dirigeai vers la porte.

— Viens. On rentre à la maison.

Cette fois il ne répondit pas. Mais je sentais la chaleur de ses larmes à travers le tissu de ma chemise.

8

Coma

IL FALLUT BIEN UN JOUR que je me résigne à y entrer de nouveau. J'avais repoussé l'échéance, négocié avec moi-même et tergiversé de toutes les manières possibles. Après tout, cela n'avait qu'une valeur symbolique. Justement. Quand les autres valeurs n'ont plus cours, quand la réalité est devenue un désert, le symbole est tout ce qui nous reste comme point de repère dans la platitude du paysage. Je viens de là. Je suis ici. Je vais là-bas.

Armé de trois sacs-poubelles format géant, j'ouvris la porte de la chambre interdite. La dernière fois, j'avais vomi. Mais des mois de pratique assidue des corridors d'hôpitaux m'avaient endurci. Un simple bras cassé pouvait causer d'épouvantables souffrances. Je n'osais imaginer la somme des misères affichées sur le mur de la chambre de Provençal. Les brûlures du napalm. Les radiations de Hiroshima et de Nagasaki. Le gaz moutarde. Les machettes dégoulinantes de sang du Rwanda. Les frappes chirurgicales des Américains. Les millions d'Africains mourant du sida parce que les compagnies pharmaceutiques préfèrent les actionnaires aux malades.

Je me mis au travail sans tarder. À pleines poignées j'arrachais les photos du mur pour les entasser dans les sacs. Il le fallait. Il fallait que les morts laissent un peu vivre les vivants. Je n'avais pas l'impression de commettre un sacrilège. Je n'agissais pas à la légère. Je priais en silence. J'implorais le pardon des morts. Mais si on voulait un jour briser le cycle, il fallait tenter d'agir dans le moment présent et garder en vie ceux qui l'étaient encore.

Où Provençal aurait-elle trouvé la place pour accrocher de nouvelles photos? pensais-je. Celles des victimes des nouvelles guerres, puisqu'on semblait bien parti pour un autre baroud d'honneur. On envoyait des gosses de vingt ans au front avec notre bénédiction. Et quand ils revenaient, dans des sacs à fermeture éclair, on leur faisait des funérailles de première. La rangée des corps aurait trouvé sa place ici, juste à côté de l'image des deux tours en feu, avec des hommes et des femmes qui se jetaient du quatre-vingt-dixième étage pour échapper au brasier, petites silhouettes qui n'en finissaient plus de tomber. Pourquoi avaient-ils fait cela – quel fragment d'espoir conservaient-ils? Que Dieu leur donne des ailes?

J'avais brièvement testé auprès de Fred la théorie du vol pour expliquer la survie miraculeuse de Provençal. Je lui avais fait compter les pas qui séparaient la rue de la façade. Il n'avait guère paru impressionné. Il m'avait longuement expliqué la théorie des trajectoires paraboliques, mais je n'avais pas bien compris. Il m'avait aussi expliqué que le vent dévalant le flanc de la montagne prenait de la force dans le goulot d'étranglement que constituait l'allée bordée d'arbres du parc. Quand il frappait la façade de notre maison, le vent n'avait d'autre endroit où aller que vers le haut. Il avait illustré son exemple en lâchant en l'air un sac plastique, qui se gonfla puis alla se plaquer contre le mur, et s'éleva de quelques mètres avant de glisser vers la droite puis de filer hors de vue. Provençal, selon Fred, avait sans doute bénéficié d'une rafale particulièrement violente, qui avait réussi à prolonger son vol de la fraction de seconde nécessaire.

Je n'avais pas d'objection. Des ailes ou le vent, c'était la même chose pour moi. Un miracle absolu. C'est-à-dire un hasard magnifique. Provençal avait eu cette chance alors qu'elle ne la désirait pas. Les prisonniers des deux tours espéraient, en sautant, atterrir quelque part en sécurité après une chute de plus de quatre cents mètres. S'il subsiste un tout petit, un minuscule espoir, les humains le choisiront.

J'enlevai toutes les photos des murs, puis j'allai chercher un escabeau pour retirer celles du plafond. Je ne touchai cependant pas à celle de ses parents qui tenaient dans leurs bras une Provençal de cinq ans – la photo encadrée d'un paradis perdu. Je pensais à ce que m'avait dit la tante Jeanne : « Elle s'accrochait à la mort de ses parents comme si c'était la définition de son existence. »

Mais la vieille dame avait tort. Provençal ne s'accrochait pas à la mort de ses parents ; elle s'accrochait à leur vie. Toute sa pensée, tout ce qu'elle avait écrit que personne ne voulait lire, toutes ses études n'étaient pas une glorification de la mort, mais une célébration obstinée de la vie *malgré tout*. La photo de ses parents était une image d'amour. La douleur était en Provençal, qui la contemplait.

Quand j'eus fini, quand toutes les photos furent entassées dans les trois grands sacs-poubelles – quand un siècle et demi d'horreurs fut proprement mis au rebut et hermétiquement scellé par des attaches en fil de fer – il ne restait derrière qu'une chambre de fille un peu bordélique. Des bouts de chaussures pointaient le nez de sous le lit. Des pots de crème pour les mains, pour le visage, pour les pieds, et pour les coudes s'entassaient sur le rebord de la fenêtre, à côté des bijoux, broches, boucles et bagues. Sur l'une des deux tables de chevet, une brosse était si pleine des cheveux de Provençal que j'aurais pu m'en tricoter une réplique modèle réduit. Cela m'émut outre mesure. Je m'assis sur le lit pour reprendre mon souffle.

J'entendis un sifflement admiratif.

— Ben, dis donc !

C'était Fred, qui restait dans l'encadrement, comme s'il hésitait encore à outrepasser les anciennes consignes de Provençal. Il me souriait en grignotant un bagel.

Il avait repris du poids et des joues. Il avait bonne mine, mais je ne m'habituais pas à sa nouvelle tête. À chaque fois que je le voyais, je sursautais. Il m'arrivait de perdre le fil de nos conversations en m'abîmant dans la contemplation de sa chevelure en bataille, dense et, me semblait-il, vivante. Une chevelure de rêve, m'étais-je dit la première fois que j'avais posé les yeux sur elle. Mais surtout, une chevelure uniformément blanche – d'un blanc de neige.

Cela s'était produit au second jour de la crise. D'abord je l'avais amené à l'hôpital pour une série de tests. Son teint jaunâtre m'avait fait craindre une hépatite, mais il s'agissait d'une jaunisse bénigne. Fred s'était montré étonnamment coopératif pendant qu'on lui faisait subir l'indignité d'une batterie de tests. Mais il tenait à ce que je reste près de lui, et il me répéta plusieurs fois à l'oreille :

— Ne les laisse pas me garder.

Il est vrai que le personnel hospitalier se montrait particulièrement peu empathique envers Fred. Les médecins ne lui adressaient pas la parole, ils gardaient leurs explications pour moi et disaient «lui» pour le désigner, comme s'il n'était pas là, ou comme s'il était un demeuré. C'était assez odieux, même si je pouvais comprendre la colère des professionnels de la santé devant ceux qui se faisaient sciemment du mal alors que tant d'autres, qui ne l'avaient pas cherché, patientaient dans les couloirs.

Dès que j'appris que l'état de santé de Fred ne requérait aucun soin immédiat et particulier, je nous appelai un taxi. Nous quittâmes l'hôpital comme des voleurs, tandis qu'une infirmière courait derrière nous pour nous rattraper.

Fred s'était pelotonné sur le siège arrière. Il paraissait épuisé, et sa main gauche frottait compulsivement sa cuisse.

Je le ramenai à la maison. Je dus l'aider à monter l'escalier. Je le déshabillai. Je le lavai. Je le forçai à avaler quelques cuillères de soupe. Je lui mis un de mes vieux pyjamas, puis je le conduisis dans son ancienne chambre. Je l'étendis dans le vieux futon que lui avait acheté sa mère, des années auparavant. Je déposai sur la table de chevet une grosse bouteille d'eau, une pomme et trois biscuits à la farine d'avoine. À côté du lit, je disposai deux seaux.

Il me regardait avec des yeux inquiets. J'éteignis la lampe et je sortis de la chambre. Puis j'allai jusqu'au salon et j'entrepris de déplacer un lourd buffet, que je poussai péniblement dans le corridor, en rayant le parquet, jusqu'à ce qu'il bloque entièrement la porte de la chambre de Fred.

Je l'entendis bouger toute la nuit. Je l'entendis vomir. Je l'entendis gémir. Je l'entendis appeler mon nom.

Au matin, je déplaçai le buffet. J'apportai de l'eau fraîche. Fred n'avait pas touché à la pomme ni aux biscuits. Avec un linge humide, j'essuyai son front et les dépôts blanchâtres à la commissure de ses lèvres. Je vidai les deux seaux maculés de merde liquide, d'urine brouillée et de vomissures bilieuses. Je remis le buffet en place.

Le lendemain il avait les cheveux tout blancs. Je fis semblant de ne rien voir. Mais je souriais car il avait mangé un demi-biscuit.

Au cours de la nuit suivante, il démolit sa chambre. Il jeta par terre les étagères. Il arracha les affiches des murs. Il brisa une chaise. Il réduisit en miettes son vieux système hi-fi. Il lança ses disques contre le mur, l'un après l'autre, comme des frisbees. Je l'entendais rire parfois, puis sangloter tout de suite après. Il y eut aussi de longs moments de silence. Je lui souhaitais de dormir.

Au matin, il avait tout mangé et souriait en contemplant les décombres de son ancienne vie. Il était très faible, mais déjà ses yeux brillaient un peu plus. Il réclama de la soupe et du pain. Il prit tout seul une longue douche brûlante. Il examina longtemps sa nouvelle tête dans le miroir, sous tous les angles. Au bout du compte il parut satisfait et sourit à son image, qui lui sourit en retour. Mais je replaçai le buffet devant sa porte pour la nuit.

Deux jours plus tard, je l'amenai voir Provençal. À ce stade-ci, je n'espérais pas un miracle. Mais je n'avais pas d'autre option. La voix de Fred saurait-elle trouver son chemin dans les méandres où Provençal s'était égarée ?

À notre arrivée, Robert Bourré bondit de son siège comme s'il avait un ressort vissé dans l'anus. Je crois qu'il avait peur de moi. Je penchai la tête pour déchiffrer le titre du livre qu'il était justement en train de lire à voix haute. *Les frères Karamazov*. Nette amélioration.

J'avais décidé de lâcher la grappe à Robert Bourré. Son empressement à veiller Provençal faisait bien mon affaire. Je détestais la savoir toute seule, impuissante et vulnérable, dans la petite chambre anonyme, étendue là sans mouvement, sans chaleur et, presque, sans vie. Mais surtout, je détestais m'y trouver moi-même. J'enviais presque à Robert Bourré sa vitalité, la bonne humeur suspecte qu'il mettait à changer l'eau des vases une fois par jour, et les fleurs elles-mêmes une fois par semaine. Il avait l'air content de se trouver là. Certains matins, je l'avais surpris lisant le journal à voix haute en imitant la voix des politiciens. Tout compte fait, il consacrait la moitié de son temps à Provençal. Mais au fil des semaines, j'en étais arrivé à la conclusion qu'il était sans malice, et terriblement amoureux. Pauvre garçon, avais-je pensé. Au moins m'avait-il abondamment pourvu en trousses de sieste.

J'avais oublié que Fred voyait pour la première fois Provençal dans cet état. Je me tournai vers lui, soucieux de lui épargner un trop grand choc. Mais il ne sembla pas le moins du monde gêné par l'aspect cadavérique de Provençal, ni intimidé par les appareils qui bipbipaient de chaque côté du lit. Il s'avança vers elle, se pencha et lui déposa sur les lèvres un juteux baiser qui dura (je comptai) plus de trois bipbips. Puis il s'assit sur le lit et entreprit de raconter, avec couleur et sens du détail, l'essentiel de sa vie des quatre dernières années.

Évidemment, cela n'eut aucun effet sur l'état comateux de Provençal, pas la moindre influence sur l'électrocardiogramme, pas un poil de déviance sur le tracé de l'électroencéphalogramme. Je soupirai. Au moins en avais-je appris beaucoup sur les aventures thaïlandaises de Fred.

Les jours, les semaines et les mois se suivirent dans une sorte de routine lasse. Fred acheva de se remettre. Deux ou trois fois par semaine, il participait à des réunions d'anciens toxicomanes, puis il laissa tomber parce que ça l'emmerdait.

— Ils regrettent tous, François! Ils s'en veulent! Ils se considèrent comme des moins que rien! Alors je leur dis : « Mais au moins, vous avez *appris* des choses, non ? » Tu sais ce qu'ils me répondent? Rien. Ils me font des gros yeux! Et si j'insiste, ils me réfèrent à ma puissance supérieure. C'est insupportable.

Nous partageâmes les tours de garde, Fred, Robert et moi, sans passion ni impatience. Ce qui devait être fait l'était. Avec le temps, j'en vins à penser à Provençal comme si elle avait toujours été ainsi. La réalité de son existence antérieure s'effilochait un peu plus chaque jour. L'état présent colonisait le passé, et l'avenir. Chaque jour qui passait reléguait un peu plus à l'oubli le rire de Provençal, le sourire de Provençal, la beauté de Provençal, l'intelligence de Provençal, les colères de Provençal.

Celle que j'aimais disparaissait petit à petit, comme un rêve dont on ne retrouve plus trace au réveil.

9

Derrière les murs

Il était très bronzé et chauve comme un genou. Je le vis s'avancer vers moi en traînant les pieds dans la poussière. Il portait des sandales dont les semelles avaient été taillées dans un vieux pneu. Son uniforme de serge bleu délavé, trop grand pour lui, flottait sur son corps musclé. Sa chemise était déboutonnée et laissait voir son ventre plat et la toison de poils noirs et frisés de sa poitrine. Il n'avait pas l'air surpris de me voir.

Ça ne ressemblait que vaguement à une prison. On aurait plutôt dit une vaste cour de ferme entourée de barbelés. Les bâtiments formaient un quadrilatère sur un seul étage, et le vaste espace qu'ils délimitaient, où poussaient quelques arbres dont un palmier solitaire, servait à la fois de cuisine en plein air, de réfectoire, de terrain de jeu et de parloir. Les tables n'étaient que des planches posées sur des tréteaux, les chaises étaient dépareillées, des cordes étaient tendues entre les branches d'un bosquet de palétuviers et quelqu'un y avait suspendu du linge à sécher, maillots de corps et caleçons. Le tout était écrasé de soleil, et la chaleur brûlante chassait vers l'ombre tout ce qui était vivant et voulait le rester. C'était l'heure de la sieste. Les prisonniers comme les gardiens semblaient partager une même indolence, un même laisser-aller. Tous frères sous la chaleur... Mais comme j'avais pu le constater, la majorité des prisonniers étaient Indiens ou Mayas, tandis que la majorité des gardiens étaient d'origine espagnole. Dans quatre miradors, des mitrailleuses montées sur trépied brillaient au soleil, achevant de défaire l'illusion.

Patrick Morno traversa toute la cour en diagonale, sans se presser, en prenant le temps de répondre, en espagnol, aux plaisanteries que lui lançaient des détenus accroupis à l'ombre du mur. Il semblait incroyablement à l'aise dans cet environnement dur et sec, mais après tout, pensai-je, c'est un tueur.

Si je reconnus facilement, lorsqu'il s'approcha, l'homme qui, un an auparavant, avait préparé le deltaplane de Victor pour son ultime envol, il m'était cependant presque impossible de reconnaître en lui l'adolescent maladivement timide et complètement perdu que j'avais interviewé, jadis, après sa pitoyable évasion du complexe de l'Amour Éternel.

Je m'étais documenté avant de venir. J'avais mis au jour une partie de son histoire. J'avais un livre à écrire et je prenais mon rôle au sérieux. Les choses se seraient sûrement passées autrement, au cours des deux derniers millénaires, si les évangélistes avaient pu interviewer Judas. J'avais cette chance, je ne voulais pas la gâcher.

Au tout début de 2002, quand il s'était avéré que le coma de Provençal pouvait durer indéfiniment, j'avais commencé à ressentir une certaine forme de culpabilité. Je vivais depuis septembre de l'argent que m'avait versé Victor, mais je n'avais pas levé le petit doigt pour accomplir ma part du marché.

Pourtant, au cours de ces mois d'une infinie tristesse, il m'arrivait souvent de penser à lui. Maintenant qu'il n'était plus là, je comprenais à quel point il avait été une force structurante de mon existence adulte. La place qu'il occupait, même si je lui avais reproché de l'occuper, était désormais vacante, et ce vide prenait paradoxalement beaucoup de place.

Poussé par le remords et par le sentiment de mon inutilité (je ne pouvais rien pour Provençal), j'avais repris mes carnets du Mexique, relu mes notes, noirci de nouvelles pages. Mais je savais qu'il me fallait aller beaucoup plus loin si je voulais atteindre mon but. Je n'avais pas été journaliste pour rien.

Je m'étais bientôt mis en quête des anciens disciples de Victor. Ce ne fut pas aussi facile que je l'avais d'abord cru. Le Groupe du Soleil n'avait plus d'existence légale. Les comptes en banque avaient été fermés, la raison sociale avait été rayée des livres et le conseil d'administration s'était dispersé. Les lieux de réunions habituels étaient retournés à leurs vocations premières, salle de bingo, cours de judo, gymnase, cafétéria. Mes anciens collègues d'Info-Secte ne me furent d'aucune aide. Le groupe avait été retiré de la liste des sectes actives. À ce jour, toujours aucune plainte n'avait été enregistrée.

Si je n'avais eu en ma possession un volumineux dossier de presse pour attester de sa réalité, on aurait pu croire que Victor n'avait jamais existé. Les médias avaient d'autres chats à fouetter. La guerre en Irak, la chasse aux terroristes… Un certain parfum de testostérone flottait sur l'Occident. Avec une délectation qui me semblait obscène, toute l'attention était portée sur les problèmes de *sécurité*.

Aux lendemains de la tragédie des deux tours, l'assassinat de Victor n'avait eu pour tout écho qu'une dépêche de la Presse canadienne reléguée en fin de cahier. On y signalait la disparition du gourou aux mains d'un disciple dérangé. On rappelait en deux lignes que la secte avait été fort populaire pendant les années quatre-vingt et jusqu'au début des années quatre-vingt-dix, alors qu'elle était entrée dans une semi-clandestinité pour des raisons *jusqu'ici inconnues.*

Ce fut la seule épitaphe que la presse consentit à écrire. *Exit* Victor. Son passage sur Terre avait créé un petit remous, mais la surface de l'eau avait retrouvé son habituelle platitude. Il m'appartenait de lui rendre justice.

Je finis par rencontrer un ancien disciple, par hasard, que je reconnus au moment où il tâtait les melons dans la section fruits du supermarché. Nous allâmes prendre un café et il se montra plein d'entrain, empressé de répondre à mes questions. Il s'appelait André Bourdon et il avait un enfant de trois ans dont il voulut absolument me montrer la photo, un gamin aux yeux brillants, barbouillé de chocolat. Bourdon parlait de Victor avec beaucoup d'admiration, mais en des termes qui, à mon avis, auraient mieux convenu pour décrire un entraîneur de football. Tout cela était assez fade, d'une banalité désolante. Victor était mort depuis moins d'un an, mais André Bourdon en parlait comme si cela remontait à très loin. Une autre vie, j'imagine. Nous nous serrâmes la main au moment de nous quitter. Bourdon garda la mienne une seconde de trop, en me regardant droit dans les yeux et en disant :

— Au revoir. Bonne chance.

Cela me fit froid dans le dos.

Il m'avait refilé les coordonnées d'autres anciens disciples, qui ne me furent d'aucune utilité. Ils ne connaissaient pas Victor ; celui qu'ils avaient fréquenté était une figure d'autorité morale, une espèce de héros unidimensionnel, lisse, sans aspérités, à peine humain. C'est sans doute la raison pour laquelle ils peinaient à m'en faire un portrait ressemblant : pas assez de détails, pas assez de chair, aucun défaut. Ils s'en étonnaient presque, d'ailleurs. Mais cela les faisait rire, comme s'il s'agissait d'une bonne blague de Victor, la dernière.

Du moins avaient-ils tous l'air heureux et équilibrés. Ils étaient beaucoup plus sympathiques pris individuellement qu'en meute, quand ils couraient aux mollets de Victor.

Trop occupés à lui parler de leurs problèmes, ils n'avaient jamais pris la peine de questionner Victor. Moi, si. J'étais le seul à connaître ses origines. J'étais après tout celui qui l'avait découvert.

Je fis des recherches. Je confirmai une bonne partie des informations sur sa naissance. Je retrouvai la trace de son père, qui était effectivement horticulteur. Il avait inventé certaines variétés de fleurs encore vendues dans le commerce, et dont les redevances expliquaient l'indépendance financière de Victor.

Je noircissais des pages et des pages de carnet, je cherchais un fil directeur, une faille par où m'introduire. Je me souvenais de ce qu'avait révélé le disciple, au lendemain de la mort de Victor : «Il nous avait dit qu'il allait partir.» Et Elena, qui m'avait confié : «Nous voulions partir, nous étions amoureux.»

Mais d'Elena je n'avais pas retrouvé la trace. Certains anciens disciples affirmaient qu'elle n'était pas revenue au pays, qu'elle était restée là-bas pour pleurer Victor. J'avais joint par téléphone le village de *cabañas*, mais personne ne se souvenait d'elle. Victor amoureux, voilà qui lui conférait un peu d'humanité.

Je travaillai tant que je pus, mais à la fin de l'été, je confiai Provençal aux bons soins de Fred et de Robert Bourré, et je m'envolai pour le Mexique, à la rencontre de l'assassin de Victor.

Patrick Morno ne me tendit pas la main.

— Je ne voudrais pas vous salir, dit-il en souriant.

Ses mains en effet était tachées de graisse et de cambouis.

— Vous travaillez? lui demandai-je.

— Ils construisent encore des Volkswagen, au Mexique. La prison a un petit atelier de mécanique, alors je répare les Coccinelles des gens de la ville. Le directeur de la prison arrondit ses fins de mois, et de temps en temps, les prisonniers mangent du poulet frais. Tout le monde est content. Vous avez une cigarette?

Je lui tendis mon paquet de Gauloises et mon briquet. Patrick Morno prit une cigarette, l'alluma et me rendit mon briquet. Il mit le paquet de Gauloises dans sa poche en me faisant un clin d'œil.

— Vous savez qui je suis? lui demandai-je.

— Oui. Je me souviens très bien de notre première rencontre. J'avais seize ans et depuis que j'avais quitté les disciples de l'Amour Éternel, vous étiez le premier jeune homme que je rencontrais. J'étais très intimidé.

— Je devais l'être moi aussi.

— Non. Pas du tout. Du moins je n'en ai pas eu l'impression. C'était mon histoire qui vous intéressait. Pas moi. Je ne crois pas que vous m'ayez vraiment regardé une seule fois.

— J'étais bien jeune, dis-je en guise d'excuse.

— La jeunesse a le dos large.

Je ne savais quoi répondre. Morno avait sans doute raison, d'ailleurs. Quelle importance? Je n'étais pas là pour ménager la susceptibilité de l'assassin de Victor.

— Mais ce n'est pas pour ça que nous sommes ici, dis-je.

— Non. C'est vrai. Victor m'avait prévenu que vous alliez chercher à me rencontrer.

Je levai les yeux au ciel, persuadé qu'il s'agissait là d'une autre démonstration de crédulité criminelle.

— Vous avait-il dit aussi de quelle couleur seraient mes chaussettes?

Morno se pencha pour regarder sous la table.

— Il avait raison! dit-il.

Puis, devant mon exaspération:

— Mais non, je blague. Il m'a dit que vous alliez écrire un livre.

— Il vous en avait parlé?

— Oui. À la fin, il me racontait pas mal de choses.

Je tentai de digérer l'information. J'aurais voulu prendre mon temps, tourner autour du pot avant d'aborder la question de front. Mais je ne pouvais pas.

— Et vous l'avez tué.

Patrick Morno ne chercha pas à détourner le regard, bien au contraire. Il le vissa solidement au mien.

— Oui, dit-il. Bien sûr.

— Mais pourquoi? Que vous avait-il fait, à part tenter de vous aider en écoutant à longueur de jour vos jérémiades de chiot mouillé?

— Il me l'avait demandé.

— Quoi?

— Il me l'avait demandé. Et il m'a demandé de vous le raconter.

— Il vous a demandé de le tuer?

— Non. Il m'a demandé de scier l'un des montants du deltaplane.

— Pourquoi?

Patrick Morno haussa les épaules.

— Je ne lui ai pas posé la question.

— Je ne vous crois pas.

— Comme vous voulez.

Je croisai les bras et le toisai. Il se renfonça dans son siège et me regarda en souriant.

Pourquoi je le crus au bout du compte? Tout cela était si typique de Victor! Nous discutâmes longtemps ce jour-là, Patrick Morno et moi. Le soleil descendait sur l'horizon, la poussière scintillait et nous fumions des cigarettes. Un gardien m'offrit de la bière fraîche à dix dollars la bouteille. J'en achetai deux, que nous avons bues en évoquant le passé. Patrick me raconta son histoire, tout ce qu'il avait vécu, tout ce qu'on lui avait enlevé. Il me surprit en affirmant que sa rencontre avec Victor n'était pas la panacée que certains espéraient. Certes, Victor lui avait donné l'envie d'une seconde chance. Mais la douleur et la perte n'avaient pas disparu pour autant. Cependant, ça faisait du bien d'en parler. Et il était possible de retrouver l'espoir en fréquentant un homme bon. Peut-être était-ce là tout le secret de Victor.

Je l'écoutais avec un sentiment d'irréalité qui allait grandissant. Patrick Morno n'était pas un imbécile, mais des imbéciles fous de Dieu lui avaient ravi les années de sa jeunesse et lui avaient inculqué une vision du monde qui séparait les choses, les actions et les gens en Bien et en Mal. Entre ces pôles, rien. Du noir et du blanc, aucune nuance de gris, pas de couleur non plus. Il était déjà étonnant qu'il ait réussi si longtemps à mener une vie à peu près normale. Mais tout cela ne répondait pas à la question fondamentale : Pourquoi l'avait-il fait ? Pourquoi avoir accédé à la demande de Victor ?

Et pourquoi Victor le lui avait-il demandé ? Vouloir mourir est une chose. Mais entraîner quelqu'un dans sa chute... Envoyer Patrick Morno en prison, alors que Victor aurait parfaitement pu scier lui-même les montants de son aile ?

Je m'apprêtais à poser la question à Patrick lorsque, de l'autre côté de la cour, un gardien tapa à grands coups de marteau sur un morceau de ferraille suspendu à une corde.

— La soupe, dit Morno. Si ça ne vous dérange pas ?

Tous les prisonniers convergèrent vers la cuisine en plein air, ou trônait une vénérable marmite piquée de rouille. Ce n'était pas une prison à sécurité maximum. Son statut d'étranger avait permis à Patrick Morno d'éviter le pire. Il s'en était pris pour quinze ans. Avec un peu de chance, il en ferait moins de dix. C'était quand même un bail.

Il faisait la queue avec les autres prisonniers, blaguant et discutant, sa gamelle à la main. Je me fis la réflexion qu'il semblait s'être magnifiquement adapté en très peu de temps.

Quand il revint, je vis un œil de poisson flotter dans sa gamelle.

— Oui, dit Patrick en suivant mon regard. J'ai eu de la chance. C'est très nourrissant.

Je le laissai manger tranquille. J'avais tout mon temps. Ici, les heures de visite était monnayables. Pour cinquante dollars, j'aurais pu passer la nuit. Je commandai deux autres bières. Depuis tout à l'heure, elles avaient augmenté de cinq dollars chacune. Je les payai sans sourciller. C'était l'argent de Victor après tout.

Patrick Morno essuya le fond de sa gamelle avec une tortilla, but une grande gorgée de bière puis alluma une cigarette en me regardant.

— Pourquoi? lui demandai-je.

— Ah. Oui. Pourquoi.

— Pourquoi l'avez-vous fait? Et pourquoi vous l'a-t-il demandé?

— Je crois, en vérité, qu'il l'a fait pour moi. Pour mon bien.

— Je ne vous suis pas.

— Vous connaissez mon histoire. Vous savez d'où je viens. Je n'avais ma place nulle part. Je n'ai toujours souhaité que trois choses : vivre tranquille, réparer des voitures et pouvoir m'occuper de ma fille.

— Et alors?

— Victor a exaucé mes vœux. Je vis tranquille. Cet endroit est rassurant. Les horaires sont fixes, les limites sont claires. À bien des égards, ça me rappelle le complexe des Disciples de l'Amour Éternel, mais en moins dur. Personne ici ne vous dit quoi penser. Il n'y a pas d'autre enfer que le trou, et c'est facile d'éviter le trou. Suffit de marcher droit.

— C'est une prison!

— C'est clairement une prison. J'aime que les choses soient claires. Dehors, elles ne le sont pas. On croit être libre, mais… Et puis, ici, on développe des amitiés à long terme!

Il riait.

— Ensuite il y a la mécanique, reprit-il. C'est quand même invraisemblable que je tombe sur une prison dotée d'un atelier de mécanique, non? Je passe la journée à travailler, et le soir je regarde des *tele-novelas* avec mes copains en mangeant des tortillas. Il n'y a pas de vie plus normale que ça.

— Mais votre fille n'est pas ici.

— Non. Elle n'est pas ici. Mais elle arrive le mois prochain!

Il sortit une lettre de sa poche. Tout ce que je pus voir, c'est que le papier était bleu poudre et que les points sur les «i» avaient la forme de petits ballons.

— Elle a quatorze ans maintenant, poursuivit Patrick. L'an dernier, elle a vu mon nom dans le journal. Elle a absolument voulu me retrouver. Elle est bien trop grande pour que sa mère puisse l'en empêcher. D'ailleurs, je crois que Linda ne s'y oppose pas. Elle aussi m'a écrit. Disons que mon nouveau statut de meurtrier l'émoustille!

Il rit encore, puis le rire s'éteignit doucement pour faire place au silence. La bière était finie. La Terre basculait du côté de l'ombre. Dans la cour de la prison, un peu plus loin, des hommes jouaient aux dés en s'exclamant. Au sommet des miradors, les gardiens, appuyés sur leur mitrailleuse, contemplaient à l'horizon les dernières lueurs du jour.

— Alors vous voyez, conclut Patrick Morno: trois sur trois. Victor a exaucé mes vœux – Victor est mort *pour moi.*

10

Le 23 décembre 2002

Le 23 décembre 2002, à deux heures douze du matin très exactement, Provençal sortit de son coma. C'était bien d'elle d'avoir attendu le milieu de la nuit.

J'avais reçu un appel de l'hôpital. L'encéphalogramme s'affolait. *Provençal avait bougé les doigts.* Après quinze mois d'immobilité totale, c'était une nouvelle inespérée.

Je réveillai Fred, j'appelai Robert Bourré et je m'habillai en vitesse. Robert vint nous prendre dans sa voiture d'hiver, une robuste Volvo d'occasion. Silencieux et tendus, nous filâmes à vive allure par les rues désertes, sans échanger un mot. La routine que nous avions établie depuis plus d'un an se trouvait bouleversée. L'esprit humain est ainsi fait qu'il redoute le changement. La rencontre de l'inconnu est une épreuve. Plutôt que de parler, nous économisions nos forces.

Robert gara sa voiture dans un emplacement interdit. Je claquai la portière et m'engouffrai dans l'hôpital au pas de course. Mais il fallut attendre l'ascenseur en nous regardant comme des idiots.

Dans la chambre, à première vue, rien ne semblait avoir changé. Provençal était couchée sur le dos, dans la même position où je l'avais laissée, une dizaine d'heures auparavant. Mais le médecin de garde examinait l'écran des appareils et auscultait Provençal avec une application qui tranchait sur l'habituelle nonchalance de la procédure.

Nous étions debout dans nos vêtements d'hiver, immobiles au pied du lit, et nous attendions que le médecin en finisse avec son examen. J'éprouvais de la difficulté à avaler ma salive. J'avais pourtant rêvé ce moment, et voilà que je le redoutais. Le médecin se tourna vers nous.

— Elle n'est plus dans le coma, dit-il.

— Vous êtes sûr ? demanda Robert Bourré.

— Absolument.

— Mais elle ne se réveille pas, dit Fred.

— Elle se réveille lentement, répondit le médecin.

— Sera-t-elle… demandai-je.

— Sera-t-elle comme avant ? Nous en avons déjà parlé. Je ne sais pas. Il faut attendre. Appelez-moi s'il y a du changement.

Le médecin quitta la chambre. Nous retirâmes nos manteaux et nous installâmes pour une veille à nulle autre pareille. Toute la nuit, tout le matin, tout l'après-midi nous restâmes penchés au-dessus de Provençal, scrutant son visage, ses doigts, ses orteils. Elle *bougeait*. Imperceptiblement d'abord, à peine un frémissement de la peau. C'était comme si nous assistions en direct au retour de la vie dans son corps, une marée montante, l'arrivée de la sève. Un léger tremblement des doigts de la main droite, d'abord. Puis la contraction involontaire du muscle de la cuisse. Nous observions ces progrès avec une fascination, une exaltation sans nom. Chaque nouveau signe d'activité était pointé du doigt par l'un d'entre nous et désigné aux autres avec le sentiment précis d'être les témoins d'un miracle.

En début de soirée, ses paupières s'agitèrent. On sentait les yeux qui roulaient dessous comme des billes affolées. Nous nous rapprochâmes encore un peu. Nous hurlions mentalement des encouragements aux paupières de Provençal. Nous tendions nos esprits vers elles, nous *étions* ces paupières lourdes comme le monde, et nous arc-boutions nos dos pour les soulever et faire entrer la lumière dans le corps de Provençal.

À vingt-deux heures trente-six, elle ouvrit les yeux. La première chose qu'elle vit en revenant au monde, c'étaient les visages de trois hommes mûrs qui pleuraient comme des enfants, de joie.

11

Chronique de l'en-deçà

Il fallut encore plusieurs jours avant qu'elle puisse parler. Pendant son coma, elle avait oublié comment. Tout son corps était comme un outil neuf dont elle devait apprendre à se servir. C'était une seconde naissance, à bien des égards. D'une certaine manière, c'était une chance qui lui était donnée. Recommencer.

À tout le moins nous reconnaissait-elle. Voici le premier mot qu'elle prononça laborieusement, en fronçant les sourcils :

— Blanc.

— C'était blanc ? dis-je, plein de sollicitude. Tu voyais du blanc ?

— Blanc, répéta-t-elle. Fred. Blanc. Cheveux.

Tout alla très vite. Dans les profondeurs de son cerveau, les circuits neuronaux de la parole, de la pensée, de la coordination existaient déjà. Il suffisait d'en retrouver la porte d'entrée. Au bout de quelques semaines, Provençal nous était rendue. Elle voulut tout savoir sur ce qui lui était arrivé. Certains épisodes la laissaient perplexe. Mais elle ne paraissait pas prendre les choses trop à cœur, comme si les aléas de sa vie, ses bagarres innombrables, les photos sur les murs et sa tentative de suicide avaient été vécus par une autre. Ce qui, dans un certain sens, était parfaitement exact.

De notre côté, nous l'avions également bombardée de questions.

— Tu ne te souviens de rien? Vraiment?

— Rien.

— Pas de lumière au bout du tunnel? Pas d'entité ectoplasmique?

— Non.

— Tu n'as pas revécu toute ta vie en accéléré? Tu n'as pas flotté au plafond en regardant ton corps?

— Tu n'as pas senti notre présence à ton chevet? Tu n'as pas entendu notre voix te raconter des histoires? Tu n'as pas senti nos caresses?

— Pas même le gros baiser cochon que je t'ai donné? demanda Fred.

— J'ai lu tous ces gros bouquins emmerdants pour rien? se lamenta Robert Bourré.

— Pas pour rien, dit Provençal.

— Non, c'est vrai. Pas pour rien.

— Alors tu veux dire qu'on aurait pu, pendant tout ce temps, rester à la maison et regarder la télé plutôt que de faire le pied de grue à ton chevet en buvant du mauvais café?

— Mais oui! répondit Provençal.

Elle semblait heureuse.

— On ne m'y reprendra pas, dit Fred, tout aussi content.

— Moi j'ai bien aimé, dit Robert, un peu dépité.

— Ce que tu es chou! s'exclama Provençal.

* * *

Mais elle n'avait pas été tout à fait honnête. Elle se rappelait certaines choses. Le coma n'était pas une nuit lisse et opaque. Cela ressemblait plutôt à une plongée sous-marine. Pendant quinze mois, il lui était poussé des branchies, et elle avait respiré sous la surface. C'était lent et sombre, assourdi et sans pesanteur. Seulement, ce n'était pas de l'eau. C'était l'intérieur de son propre corps, l'intérieur de son esprit. Et quand elle essayait d'en sortir, elle se heurtait à une sorte de membrane élastique, gélatineuse, qui se déformait sans céder. C'était une expérience troublante, dont elle ne voulait pas parler.

Parfois elle descendait au plus profond. Cela l'effrayait pourtant, mais l'attirait aussi. Elle n'aurait su dire de quoi étaient faites ces profondeurs. Ni passé ni présent, ni mémoire ni intelligence ne semblaient y résider. C'était un état de l'être primitif et sans forme, une présence diffuse. C'était elle pourtant. C'était Provençal au fond de Provençal.

Elle n'avait pas l'impression d'avoir appris quelque chose, au contraire. Dans cette plongée de quinze mois, elle s'était dépouillée. Des tas d'habitudes, des tas de pensées, des tas de réflexes n'avaient pas résisté à la pression des profondeurs. Elle les sentait se détacher d'elle comme des peaux mortes, flotter un instant puis couler doucement, entraînés par leur propre poids, jusqu'au fond, pour être avalés par la présence d'en bas.

Elle n'avait pas non plus été honnête en disant qu'elle n'avait pas eu conscience de ce qui s'était passé dans la chambre d'hôpital. Lorsqu'elle remontait près de la surface, elle percevait les mouvements de l'autre monde. Elle en entendait les sons. Elle avait écouté quelques chapitres des *Frères Karamazov*. Elle avait eu conscience de certaines caresses.

Chaque fois qu'elle remontait, ils étaient là. Ils racontaient des histoires, ils lisaient des livres, des magazines, des journaux. Ils lui disaient, tous, à quel point ils l'aimaient. Ils lavaient son corps, soignaient ses plaies, brossaient ses cheveux. Ils lui tenaient la main pendant la traversée.

À la fin, Provençal restait en permanence près de la surface. Elle était aimée. Elle aurait donné beaucoup pour pouvoir crever la membrane et retrouver ses amis, ses amours. Puis elle se rendit compte qu'elle avait *déjà beaucoup donné* et qu'il était peut-être temps d'apprendre à recevoir.

Elle poussa sur la membrane, elle poussa en criant, en agitant les jambes et les bras, tête baissée et les poings en avant, jusqu'à ce que la membrane, étirée au point de rupture, finisse par céder.

Elle la franchit comme un nouveau-né. À travers ses paupières closes, la lumière la blessait. Elle aurait voulu parler, dire quelque chose, mais elle ne pouvait pas encore. Elle ouvrit les yeux.

Ils étaient là.

12

Après les anges

Nous y étions tous, comme jadis, là-haut. J'étais monté le premier, poussant des épaules la trappe aménagée dans l'avancée du toit. C'était coincé, depuis le temps. Deux automnes, deux hivers, un été. Quand enfin la trappe avait cédé, j'avais passé la tête dans l'ouverture en me faisant l'effet d'un explorateur. Sur le lit de gravier travaillé par le gel et le dégel, sillonné de rigoles, les chaises, la table basse, la grosse boîte de conserve lestée de cailloux qui servait de cendrier avaient l'air de ruines grises et enfouies, comme une cité antique au milieu d'un désert de pierrailles.

Nous avions aidé Provençal à monter l'échelle bien que, physiquement, elle n'avait pas besoin de notre soutien. Je lui avais tendu la main pour la tirer à moi. Elle portait un châle qu'elle resserra sur ses épaules. Je la laissai s'avancer seule, vers la corniche, tandis que Fred et Robert Bourré venaient me rejoindre.

Nous la vîmes s'appuyer sur la frise de bois pour regarder en bas. Elle se redressa ensuite et leva la tête vers le soleil. J'avais eu peur un instant qu'elle ne saute à nouveau, ou alors qu'elle ne défaille. Au lieu de quoi elle se détourna de la corniche et se dirigea vers les chaises pour s'asseoir.

— Attends! cria Fred.

Il se précipita vers elle armé d'un chiffon humide, pour enlever des sièges la poussière et la suie.

— Voilà! dit-il triomphalement.

— Merci, répondit Provençal.

C'est Robert Bourré qui en avait eu l'idée.

— Après une chute, il faut remonter sur le cheval, disait-il.

— Si on suit ton raisonnement, je devrais m'injecter de l'héroïne pour achever de me désintoxiquer! répondit Fred.

— Ce n'est pas la même chose.

— Non. Tu as raison.

La décision fut prise de ramener Provençal sur les lieux de sa chute. Mais comment allait-elle réagir? Ce que nous croyions savoir d'elle se révélait souvent faux. Une femme s'était jetée du toit, une autre y remontait. Je me souvenais du jour où nous l'avions ramenée à la maison. C'était la fin de l'hiver, la pluie se mêlait à la neige. Dans les rues et les ruelles, les ordures enfouies étaient soudain révélées. Tout était moche, et gris, et humide. Ça sentait la merde. Mais la joie de voir Provençal rentrer à la maison donnait à ce jour des airs de fête. Nous étions enfin réunis, comme si le temps avait été aboli. Si Provençal pouvait se relever de sa chute, nous le pouvions tous.

En mettant le pied dans l'appartement, elle avait fait le tour des pièces avec lenteur, examinant chaque objet du décor comme si elle voulait se le réapproprier. C'était un moment solennel. Lorsqu'elle arriva à sa chambre, la porte était grande ouverte. J'avais tout repeint d'un jaune ensoleillé. J'avais rangé. J'avais acheté un joli tapis marocain. Provençal resta sur le seuil un long moment sans réagir. J'avais enfreint la règle. J'avais jeté les photos. Elle s'était tournée vers moi et m'avait embrassé sur la bouche. Puis elle avait passé sa main dans mes cheveux, et elle avait souri.

Aujourd'hui, c'était le jour des feuilles. Le 7 mai. La journée s'annonçait ensoleillée et chaude. Les bourgeons depuis quelque temps avaient éclaté sous la pression des feuilles tendres qui voulaient se déployer. C'était le jour que nous avions choisi pour ramener Provençal sur le toit. Le retour de la vie après l'hiver.

Nous y étions, comme avant. Mais nous étions quatre maintenant. Jamais je n'aurais cru pouvoir un jour dire cela de Robert Bourré, mais sa fidélité, sa constance, son dévouement avaient vaincu mes dernières réticences. En temps de crise, le gros bon sens est souvent préférable à l'analyse psychohistorique. Certes, on ne pouvait pas le qualifier d'intellectuel, et la majorité de ses idées ne lui appartenaient pas en propre. Mais il était ouvert à la discussion. Pour quelqu'un qui n'avait jamais achevé un livre, quinze mois de lecture au chevet d'une comateuse étaient l'équivalent d'un bac de lettres. Lui aussi avait été changé par cette expérience. Les frontières du Bien et du Mal étaient un peu moins nettes. Merci Dostoïevski. Et Malraux. Et Yourcenar. Et Joyce Carol Oates.

Nous étions montés à dix heures du matin. Fred avait préparé des sandwichs. Il y avait un pot d'eau citronnée, du vin, des livres, des fruits et des noix. Le projet était d'y passer la journée, pour ne pas rater le moment exact où les feuilles se dérouleraient au soleil. Nous avions une vue imprenable sur les arbres du parc, sur ceux de la montagne, en face. Un océan de gris passerait au vert, comme un mirage, une illusion, un miracle.

Nous parlions peu. Chacun était plongé dans ses pensées. Provençal paraissait heureuse de s'offrir au soleil. Elle gardait les yeux fermés mais un imperceptible sourire semblait en permanence éclairer son visage. La colère qui avait si longtemps entretenu en elle le feu qui la consumait, la colère s'était évanouie. Elle avait encore un caractère de cochon, elle était toujours opiniâtre et elle nous avait clairement signifié son intention de poursuivre ses travaux sur le fascisme marchand. Mais elle ne s'offrait plus en sacrifice.

Robert lisait en fronçant les sourcils un livre de Robert Penn Warren que je lui avais prêté. Les constants va-et-vient dans le temps le laissaient perplexe.

— Tu n'es pas obligé de le lire, lui avais-je dit.

— Je ne suis pas obligé de comprendre, avait-il répondu. Quand je suis perdu, je me laisse porter par le courant. Ça m'amène toujours quelque part.

C'était une forme de sagesse aussi valable qu'une autre.

Pour Fred, c'était une autre histoire. Il ne tenait pas en place. Sans cesse à tourner en rond. Je m'en étais inquiété. N'était-ce pas un signe avant-coureur d'une rechute ? Il m'avait aussitôt rassuré.

— Je n'ai aucune envie de tâter de l'héroïne à nouveau. Mais il faut que tu comprennes : aussi misérable que pouvait être ma vie avec la drogue, *je ne m'ennuyais jamais*. Alors que maintenant… J'ai connu des hauts extrêmement hauts – et des bas extrêmement bas. Il faut que je me fasse à l'idée de vivre *au milieu*. J'ai beaucoup de difficulté à l'accepter. Je ne suis pas sûr de *vouloir* l'accepter.

Pour l'heure, il lançait à distance des cailloux dans le cendrier. La matinée tirait à sa fin. Je déballai les sandwichs. Nous mangeâmes en discutant de choses et d'autres. L'avenir était trop incertain pour que nous puissions nous y projeter. Nous nous accrochions au moment présent comme à une bouée.

À treize heures, les feuilles s'ouvrirent. La cime des plus hauts arbres, mieux exposés au soleil, se couvrit d'une multitude de petits points vert tendre. Puis ce fut comme une marée lente qui inonda le monde à nos pieds, et qui grimpa à l'assaut de la montagne. Le printemps verdissait le monde à vue d'œil, et nous assistâmes au spectacle en direct, silencieux, émus, pendant tout l'après-midi. Seule Provençal rompit le silence, d'un seul mot, sans s'adresser à personne.

— Merci, dit-elle.

C'était la seule chose à dire, et nous le fîmes tour à tour.

— Merci, dit Fred.

— Merci, dit Robert Bourré.

— Merci, dis-je à mon tour.

Oh merci! pensai-je. Merci.

Les bouteilles de vin étaient dans un seau dont la glace avait fondu. Mais elles étaient encore fraîches, et je les débouchai pour que nous puissions trinquer au printemps.

Nous étions las, fatigués de soleil. J'avais les jambes lourdes. Je me mis debout. Ce jour de renouveau était la fin de quelque chose. Il nous restait à inventer l'avenir. Je levai mon verre à la statue et bus une gorgée de vin rosé. Je me tournai vers Provençal.

— Tu te souviens, lui dis-je, la première fois qu'on est montés sur le toit et que tu m'as parlé de cette statue?

— Oui, dit-elle. Je m'en souviens.

— Qu'est-ce que c'était au juste?

— Je t'avais dit que, pour les Grecs, c'est un monstre avec des ailes, la Renommée. Fille de Gaïa, la Terre, qui est née après Chaos. On l'appelle aussi Fama, la Voix Publique. Ensuite, les Romains en ont fait Clio, la muse de l'Histoire.

— Et plus tard, la mythologie judéo-chrétienne en a fait un ange, c'est ça?

— Oui. Les muses se sont transformées en anges.

— Mais, Pro, qu'est-ce qui viendra *après* les anges?

Elle prit le temps de réfléchir. Elle but une gorgée de vin. Puis elle leva la tête et, s'adressant au soleil, elle dit d'une voix très douce:

— Après les anges, il y a nous. Les humains.

13

Victor et le soleil

Mon livre sur Victor parut l'automne suivant. Je ne m'attendais pas à grand-chose. Je l'avais écrit beaucoup plus par sens du devoir que dans le but de faire un tabac. Mais mon éditeur eut cet éclair de génie : il envoya le manuscrit au président du Cirque du Soleil et lui demanda une préface.

Le chiffre d'affaires du cirque dépassait le milliard de dollars par année. Ses spectacles jouaient à guichets fermés sur tous les continents. On disait que tout ce qu'il touchait se transformait en or. Ce fut aussi le cas de mon livre. Non seulement le président du cirque signa-t-il la préface, mais il tint également à ce que sa prose fût accessible au plus grand nombre. Il mit le livre en vente dans chacun de ses chapiteaux, dans chacune de ses salles, parmi les t-shirts et les casquettes, les cassettes vidéo, les cendriers souvenirs et la barbe à papa. Il subventionna également la traduction dans toutes les langues des pays où le cirque se produisait. En contrepartie, il me demanda de modifier très légèrement le titre de l'ouvrage. J'avais choisi *Victor et le soleil*. Il me demandait un « s » majuscule. J'avais à peine hésité une seconde. Mon livre devint *Victor et le Soleil* et en moins d'un an, j'en vendis plus de cent mille exemplaires – et ce n'était qu'un début.

J'y racontais l'histoire de Victor telle que j'avais pu la découvrir au cours des vingt dernières années – tout ce que j'avais appris, tout ce que j'avais deviné, tout ce que j'avais rejeté. Les premiers chapitres faisaient la description de son enfance solitaire à St-Émile, sous l'égide de parents fous qui moururent jeunes. Je décrivais l'aridité du territoire, la vétusté de la ferme et cette impression particulière d'être au bout du monde parce qu'on est au bout du chemin. J'émettais l'hypothèse que l'enfant avait hérité de la folie de ses parents, mais qu'il l'avait sublimée, en quelque sorte, pour la transformer en folie du Bien. Je l'imaginais, seul dans les champs arides, courir en écartant les bras. Son ombre sur le sol semblait avoir des ailes.

Je poursuivais en décrivant en détail la quête qui me mena jusqu'à lui. Vingt ans plus tard, je lui restituai le titre qui avait été usurpé d'*être le plus extraordinaire que j'ai connu*. Je racontai le *modus operandi* d'un homme qui savait écouter, et qui avait faim de la vie des autres au point de toujours s'en émerveiller. J'y présentai la manière dont les vies de Myriam Songeur et Jacques Ledoux avaient été irrémédiablement bouleversées par un petit homme empli d'amour.

J'y rapportai également la manière dont le Groupe du Soleil s'était constitué, malgré Victor et, dirais-je, à son détriment. Dans les chapitres suivants, je décrivis l'emprise des disciples sur leur bienfaiteur et l'espèce de prison que constituait leur besoin de lui.

Je consacrai également quelques pages aux mensonges colportés par les médias, et qui faisaient de Victor un gourou comme les autres. Je rectifiai des faits, en particulier celui-ci : jamais Victor n'avait touché un seul sou de ses activités bienfaitrices. Au contraire, il dépensa souvent sans compter pour renflouer les caisses ou simplement pour dépanner quelqu'un, n'importe qui.

J'abordai la dernière période de la vie de Victor en exprimant des regrets personnels. J'avais beau l'avoir fréquenté pendant vingt ans, je l'avais toujours abordé avec une certaine dose de méfiance. Puisque je ne m'ouvrais pas à lui, il ne pouvait rentrer en moi, pensais-je. Le problème, c'est que je ne pouvais pas non plus sortir de moi pour aller à lui. Il n'avait pas besoin d'un disciple de plus. Mais sans doute avait-il besoin d'un ami. J'aurais pu être cet ami-là.

La dernière partie du livre racontait la fatigue grandissante de Victor. La misère du monde est sans fin, il est impossible d'en venir à bout – même pour un ange. C'était d'autant plus vrai qu'une nuée de journalistes le pourchassait en le piquant sans cesse. De cette époque date son entrée dans une semi-clandestinité. Finies les réunions publiques annoncées dans les journaux. De plus en plus, Victor revenait au soleil, aux activités de plein air de ses débuts. Excursions en forêt, escalade, canoë, natation, trekking, ski de fond, raquette... Victor était un excellent athlète malgré sa petite taille. Il semblait se ressourcer lorsqu'il pouvait s'exercer sous un ciel ouvert.

Le tout dernier chapitre racontait le sacrifice de Victor. Puisqu'il ne pouvait les sauver tous, à tout le moins il en sauverait un. J'avalisais ainsi la thèse de Patrick Morno, pour lequel Victor aurait donné sa vie afin d'exaucer ses vœux. J'avais beaucoup hésité à le faire. Mais je n'avais pas trouvé d'autre explication.

J'avais longuement chipoté sur ces pages, ne sachant quel parti prendre, lorsque m'était parvenue une lettre de Patrick Morno. Il m'y annonçait que son ex-femme et sa fille venaient d'emménager dans la ville voisine de sa prison. Il les voyait régulièrement, et pour autant que ce fût possible, ils menaient tous ensemble une vie de famille à peu près exemplaire. «Avec un peu d'argent, m'écrivait Morno, on peut avoir accès au bureau du directeur, en son absence bien sûr. Il y a là un divan ma foi très confortable pour deux adultes consentants!»

Cela acheva de me convaincre. Je terminai le livre et l'envoyai à l'éditeur. J'étais un peu abasourdi. Je me souvenais très bien de ce que m'avait dit Victor, au Mexique, lorsque je lui avais demandé :

«Que veux-tu?

— Un livre.

— Je n'ai jamais été capable de terminer un livre.

— Tu seras capable de terminer celui-là.»

Il avait raison, bien sûr.

Il avait toujours raison.

14

Nos adieux

Cette fois-ci il n'y eut pas de sanglots, pas de colère. Les choses se firent lentement, laissant à chacun le temps de faire ses adieux. Je n'avais pas été particulièrement surpris lorsque Fred m'avait dit :

— Je veux partir, François. J'étouffe. Je ne sers à rien.

Nous avions eu l'occasion d'en discuter. Mais je savais qu'il avait raison. Depuis qu'il avait touché la seconde moitié de son héritage, il était indépendant de fortune, à condition de faire très attention. Pourquoi travailler alors ? Et pourquoi retourner aux études puisqu'il pouvait lire des livres, surfer sur le Net, apprendre par lui-même, comme il l'avait toujours fait ? Il voulait retourner en Thaïlande, auprès des Akhas. Il avait la vague idée de pouvoir être utile.

Je soupçonnais également que la ville avait une autre couleur pour lui, maintenant. Il en avait vu la face sombre. Cela lui rappelait trop de souvenirs. Peut-être aussi, tout simplement, ressentait-il l'appel du large ? D'autres paysages, d'autres odeurs, des horizons différents. Le dépaysement est une façon de sortir de soi-même, lorsqu'on y est trop à l'étroit.

Je regrettais infiniment sa décision. Mais je l'aidai à préparer ses bagages. Je passai deux jours avec lui à courir les magasins pour l'aider à acheter des vêtements souples et infroissables, de bonnes chaussures de marche, un chapeau, des lunettes de soleil, un solide couteau de poche, un ordinateur portable et tout ce qu'il fallait pour entreprendre une nouvelle vie dans un pays tropical. Ce furent de bons moments.

Il invita trois fois Provençal au restaurant. Je ne sais pas ce qu'ils se racontèrent, mais à chaque fois ils rentrèrent bras dessus, bras dessous, parlant fort, ayant trop bu, riant beaucoup.

Fred se garda aussi du temps pour Robert Bourré. Ils allèrent ensemble conduire vite sur des routes de campagne, au volant de la Triumph que Robert avait achetée à Patrick Morno. La façon dont les choses et les gens sont inextricablement liés m'étonnera toujours. Plus étonnant encore est que nous soyons dans ce contexte capables de souffrir de solitude.

Le jour du départ, Fred ne s'enfuit pas comme un voleur. Nous l'accompagnâmes à l'aéroport, où nous eûmes le temps de boire un verre avant l'embarquement. Mais l'alcool ne délia pas nos langues et le silence était un peu lourd. Quand enfin on appela son numéro de vol, personne ne bougea. Peut-être pensions-nous que l'immobilité nous préserverait ? Mais au deuxième appel, Robert dit :

— Faudrait pas rater ton vol.

Nous escortâmes Fred jusqu'à la porte d'embarquement, en escadrille serrée, en le touchant, ses bras, ses mains, son cou, ses cheveux tout blancs. Il se retourna vers nous. Il nous embrassa l'un après l'autre, très fort, longtemps. Quand ce fut mon tour, il me dit à l'oreille.

— François, tu sais que je ne reviendrai pas?
— Je sais.
— Je t'aime.
— Je t'aime.

Nous ne pûmes nous résoudre à partir tout de suite. Nous attendîmes de voir son avion décoller. C'était un Airbus. À tout hasard, nous agitions nos mouchoirs. L'avion s'éleva, vira sur l'aile puis rapetissa jusqu'à disparaître.

— Encore un qui a gagné ses ailes, dit Provençal.

Puis nous rentrâmes à la maison.

15

Les recommencements

Je MARCHAIS SUR LA PLAGE en tenant mes chaussures de toile à la main. Mon pantalon, roulé jusqu'aux genoux, était trempé à mi-cuisse. Parfois je piquais un sprint pour jouer avec les vagues. C'était le matin. Pas un nuage dans le ciel. Pas de vent. Pas de touristes enduits de crème solaire. J'étais seul. J'étais bien. Depuis que j'avais arrêté de fumer, je me sentais mieux. J'avais pris du poids, puis j'en avais perdu. J'avais quarante-cinq ans. Et j'avais, la veille, mis le point final à mon second roman.

Le premier n'avait pas marché très fort. Mais j'avais eu à l'écrire des satisfactions qui n'étaient pas de ce monde. La même chose s'était produite avec le second. Je portais des univers en moi. J'étais *habité*.

Je flottais. Dans cette île des Caraïbes, je flottais. Je laissais le soleil faire son travail. Je me contentais d'exister, sans me torturer, sans chercher à savoir pourquoi.

J'arrivais au bout de la petite baie. Je remis mes chaussures pour marcher sur les rochers qui formaient une pointe. J'avais envie d'aller voir plus loin. J'avais le temps.

Après la baie, c'était une autre baie, plus petite encore, et presque déserte. Je n'y voyais au loin qu'une seule maison, une habitation basse, blanche, cernée d'hibiscus et de gingembre. Je franchis la pointe et retrouvai le sable. J'enlevai mes chaussures et je repris la marche.

Au large, une barque de pêcheurs montait à bord une grosse prise. Portées par le vent, leurs voix me parvenaient par bribes. Sans doute un requin, pensai-je. Je sentis quelque chose d'humide et froid contre mon mollet. Je baissai les yeux.

C'était un chien plus très jeune, couleur de sable, aux oreilles et au museau parfaitement triangulaires. Il avait l'air en bonne santé. Je me penchai pour le caresser, mais ma main resta suspendue dans les airs.

Le chien agitait amicalement les oreilles et me regardait en penchant la tête. Puis il se mit à courir autour de moi en faisant des petits bonds, comme pour m'inciter à le suivre.

Je courus derrière lui dans un état second, la gorge nouée et la vision brouillée. Nous arrivâmes à la hauteur de la petite maison. Je contournai un petit bosquet de cocotiers juste à temps pour voir Dune se jeter dans les bras de Victor.

Je pilai net. Victor me vit.

Il n'avait pas beaucoup changé. Des fils gris dans sa chevelure emmêlée. Pour tout vêtement, il portait un short. Il était assis par terre, un filet de pêche sur les genoux, qu'il réparait. Je ne sais combien de temps le silence dura. Je sais que je passai par une très large gamme d'émotions. Puis je me surpris à sourire. Victor sourit aussi.

— Je t'attendais, dit-il.

— Moi ou quelqu'un comme moi, ajoutai-je.

— Oui, dit-il. Toi ou quelqu'un comme toi.

ÉPILOGUE

Aujourd'hui

La petite Marie avait maintenant presque cinq ans, mais sa vessie avait plus de maturité que celle de sa mère à vingt ans. Nous roulions depuis bientôt deux heures et elle n'avait pas réclamé une seule fois d'arrêter pour une pause pipi.

Le monde était devenu un endroit étrange, où l'on pouvait boire du coca islamiste et où des pharmaciens refusaient de vendre des contraceptifs par conviction religieuse. Des jeunes gens emplissaient des stades pour prononcer des vœux de chasteté, ce qui ne les empêchait pas de faire l'amour avant le mariage. Mais cela les empêchait effectivement de se soigner ou de prévenir leurs partenaires quand ils chopaient une maladie honteuse.

Les autorités d'une petite ville d'Amérique avaient décidé de flageller un homme déguisé en lapin afin de rappeler que la fête de Pâques n'était pas qu'une affaire de chocolat. Les enfants, terrorisés, en convinrent aisément. Dans certaines universités, on enseignait que l'univers avait été créé par Dieu voilà cinq mille ans tandis que, dans la salle d'à côté, on étudiait un Big Bang vieux de quinze milliards d'années.

De manière générale, ceux qui étaient contre l'avortement étaient pour la peine de mort, et vice versa. Il n'y avait plus *une* logique, mais des dizaines, des centaines. La conversation était devenue impossible, puisque tout le monde avait raison. Dans les pays libres, le droit de dire des bêtises et de croire n'importe quoi était enchâssé dans la constitution. Dans les pays qui n'étaient pas libres, ce droit était réservé aux élites.

Même le climat s'affolait. De terribles inondations, des ouragans dévastateurs. Pas de neige en hiver. L'augmentation du niveau de la mer rayait de la carte les îles basses.

Ici, c'était la sécheresse. On était en juillet, il n'avait pas plu depuis mai. Nous traversions un paysage rabougri. Dans les arbres, les feuilles se recroquevillaient sur elles-mêmes pour échapper à la morsure du soleil. Couvertes de poussière, elles semblaient grises, minérales, fossilisées. Le tiers des forêts du Nord était en feu et une fine couche de suie s'était déposée sur toutes choses, atténuant les couleurs, attristant les esprits.

La vie en ville était insupportable. J'habitais maintenant un confortable appartement de cinq pièces pas trop loin de la montagne. Après le mariage de Robert Bourré et de Provençal, la maison avait paru trop vaste, emplie d'échos et de souvenirs qui m'empêchaient de penser. J'avais rendu mes clés à Robert.

— Tu es sûr?

— Depuis le temps que tu as l'œil dessus.

— C'était sur Provençal que j'avais l'œil.

— Il est temps que j'apprenne à vivre seul.

Je menais une vie somme toute agréable. J'écrivais des romans qui obtenaient un succès relatif, bien suffisant pour combler à la fois mon ego et mon compte en banque. Je fréquentais beaucoup mes amis et j'estimais être un parrain irréprochable pour la petite Marie. Fred me manquait, mais le courriel est une invention merveilleuse, et il m'arrivait, pendant mes nuits d'insomnie, de chatter avec lui des heures durant. Il déconnait toujours autant et parfois je riais à tue-tête, tout seul dans la nuit. Mais je n'étais pas vraiment tout seul.

Sa *présence* me manquait. Il était heureux là-bas. Il avait acheté un peu de terre. Il essayait de fonder une coopérative. Il ne comptait pas revenir. Je lui envoyais mes manuscrits pour qu'il m'en fasse la critique. Il était impitoyable, et juste. Il était devenu comme un pur esprit qui veillait sur moi, par écrit, depuis l'autre côté du monde où il avait sa vie.

Provençal enseignait toujours, mais à la maîtrise maintenant. Robert, lui, faisait de l'argent, je ne vois pas comment décrire autrement ses activités. Ils avaient prévu tous deux, cet été, un voyage en Turquie, en amoureux. J'avais bien sûr offert de garder Marie. Je m'en faisais une fête.

Mais la sécheresse avait compliqué les choses. En ville, le béton et l'asphalte emmagasinaient la chaleur, et les fontaines s'étaient taries pour économiser l'eau. On ne pouvait pas sortir, par peur de cuire. La couche d'ozone était si mince que même la peau noire de Marie attrapait des coups de soleil. Jouer aux cartes dans un appartement climatisé révélait vite ses limites pour une enfant de cinq ans, fille de la mer et du soleil.

Aussi, ce matin, en lisant le journal, je n'avais pas été long à me décider.

— Ça te dirait de faire un tour à la campagne ?

— Oh oui!

Je parcourais distraitement la section des petites annonces. Je caressais vaguement l'idée de m'acheter quelque chose à la campagne. Mon regard s'était accroché au nom de St-Émile. J'avais lu l'annonce avec soin. C'était bien ça. La maison de Victor était mise en vente pour arriérés de taxes. J'étais convaincu qu'un éventuel acheteur ne manquerait pas de la raser pour construire en neuf. Je souhaitais y jeter un dernier coup d'œil avant sa disparition.

— Tu ne t'ennuies pas? demandai-je à Marie pendant que nous roulions

— Non. Ça va.

Cela me faisait tout drôle de revenir par ici. Nous étions trois alors, mais nous ne formions qu'un, et le monde était jeune. La route qui jadis venait d'être refaite était aujourd'hui pleine de fissures, de trous et de bosses. Je décidai d'arrêter au village pour acheter une glace à Marie.

Une maison sur deux avait des panneaux de contreplaqué en guise de fenêtres. Les herbes folles, desséchées et jaunies, avaient tout envahi.

Quant à l'hôtel, il avait perdu tous ses «X». La danseuse sans poils s'épilait sous d'autres cieux. Elle avait été remplacée par des machines à sous gouvernementales devant lesquelles s'escrimaient des zombies en fin de parcours.

La barmaid était une jeune femme percée de partout, ce qui est également une façon de fuir. Je lui achetai une glace à la framboise qu'elle me servit sans jamais croiser mon regard. Je poussai Marie dehors.

Je retrouvai sans peine le chemin de la ferme de Victor. Cet endroit déjà extraordinairement aride ne semblait pas trop souffrir de la sécheresse en cours. Je roulais très lentement pour ne pas soulever un nuage de poussière, mais c'était peine perdue. Au bout du chemin, j'éteignis le moteur.

— C'est quoi, ça? demanda Marie.

— C'est la maison d'un très vieil ami.

— Il est là?

Je fermai les yeux. J'avais promis.

— Il est mort, dis-je.

— Sa maison aussi, on dirait.

Nous débarquâmes. Voilà vingt-cinq ans, la maison n'était pas fraîche. Aujourd'hui, elle tombait en ruine. Seules les dernières écailles de peinture semblaient faire tenir debout la charpente. J'en fis lentement le tour tandis que Marie allait courir dans les champs de pierraille. Les enfants de la région devaient venir souvent ici, pour lancer des pierres et casser les vitres. Je montai sur le porche. La porte d'entrée pendait sur un gond. À l'intérieur, tout avait été saccagé. Il traînait des bouteilles de bière, des emballages, des cartouches de fusil. Pas une tasse intacte. Pas un meuble qui ne fût lacéré de coups de couteau. Dans un coin du salon, je vis des excréments qui me semblèrent humains.

Il ne subsistait aucune trace de Victor. Cela me fit un choc, comme si je le perdais encore une fois. Discrètement, l'année d'avant, j'avais tenté d'obtenir de ses nouvelles. Mais la petite maison dans la baie avait été vendue, et personne dans l'île n'avait plus jamais entendu parler de lui.

Je ressortis sur le porche et j'allai m'asseoir sur les marches branlantes de l'escalier.

— Regarde, François : c'est pour toi!

Marie, mignonne et ravie, arborait un immense sourire et tenait, serré dans son poing, un joli bouquet de petites fleurs mauves.

— Pour moi ? Comme c'est gentil !

Je me penchai pour l'embrasser, puis je me relevai soudain.

— Marie, demandai-je doucement, où as-tu trouvé ces fleurs ?

— Là-bas.

Elle désignait la vieille serre en ruine, dont il ne restait qu'une armature tordue, en partie effondrée.

— Montre-moi.

Elle me prit la main et me guida jusqu'à la serre. Je dus me pencher pour y pénétrer.

— Par ici, dit Marie.

Je la suivis à quatre pattes.

— C'est quoi ces trucs ? demanda-t-elle en désignant des appareils en forme de boîtes, couverts de bosses et de rouille.

— C'est pour enlever l'eau de l'air, répondis-je après les avoir examinés un instant.

— C'est un peu plus loin, dit-elle.

Je dus me pencher encore. Tout au fond de l'ancienne serre, des centaines de fleurs mauves semblaient surgir d'un tas de sable pâle, comme une multitude au milieu de nulle part, invraisemblable et merveilleuse. J'enfonçai mes doigts dans le sable. Je n'y sentais aucune trace d'humidité. Les grains s'écoulèrent entre mes doigts en déclenchant de minuscules avalanches. Je creusai un peu plus. Mais ce n'était que du sable. Rien que du sable. Et pourtant les fleurs respiraient la santé. Sous la surface, le réseau fin de leurs racines s'entremêlait inextricablement. Il l'a fait, pensai-je. Au bout du compte, c'était vrai.

— Des fleurs dans le désert, murmurai-je.

— C'est possible, des fleurs dans le désert? me demanda Marie.

Je la pris par le cou et l'embrassai sur le front, longuement, avec force. Je riais.

— Oui, dis-je, je crois que c'est possible. Tout est possible, mon ange.

Alors, Marie et moi, couchés à plat ventre dans la poussière, le menton sur les poings, nous contemplâmes longuement les petites fleurs à l'apparence si fragile. Des particules assemblées en atomes puis en molécules formaient une architecture complexe et mystérieuse qui était la vie. Les fleurs vibraient imperceptiblement sous l'influx de la sève et leurs pétales s'agitaient au ralenti en cherchant la lumière. C'étaient des créatures belles et éphémères, qu'un souffle pouvait détruire, si nombreuses, si petites, si *tendres*, entourées de dangers, menacées de toutes parts. Et pourtant, elles s'obstinaient à vivre et à croître, – debout *malgré tout*.

Des fleurs dans le désert, pensai-je. Oh oui!

C'était ça.

Table

Achevé d'imprimer en octobre 2011
sur les presses de l'imprimerie Gauvin

ÉD. 01 / IMP. 01